FANTASY FRONTIER SPIRIT

아르카디아
대륙 기행

아르카디아 대륙 기행 9

오병일 판타지 장편 소설

초판 1쇄 찍은 날 § 2009년 3월 17일
초판 1쇄 펴낸 날 § 2009년 3월 25일

지은이 § 오병일
펴낸이 § 서경석

편집장 § 문혜영
편집 § 정서진

펴낸곳 § 도서출판 청어람
등록번호 § 제1081-1-89호
등록일자 § 1999. 5. 31
어람번호 § 제1-1040호

주소 § 경기도 부천시 원미구 심곡2동 163-2 서경B/D 3F (우) 420-822
전화 § 032-656-4452 팩스 § 032-656-4453
http://www.chungeoram.com
E-mail § eoram99@chollian.net

ISBN 978-89-251-1727-0 04810
ISBN 89-5831-173-8 (SET)

FANTASY FRONTIER SPIRIT

아르카디아
대륙 기행

오병일 게임 판타지 소설

[완결]

도서출판
청어람

Fantastic Game Adventure
Fantastic Game Adventure Fantastic Game Adventure
Fantastic Game Adventure Fantastic Game Adventure Fantastic Game Adventure
Fantastic Game Adventure Fantastic Game Adventure Fantastic Game Adventure
Fantastic Game Adventure

Fantastic Game Adventure

0001102002000110102001002001002000110200200011010

Contents

어둠의 왕 ─

1장 분노의 역류 / 7

2장 스치는 인연 / 147

3장 로즈빌 / 167

4장 파괴의 왕 217

5장 새로운 내일을 위하여 / 313

1장

분노의 역류

분노의 역류

커케로차라 케케부쿠와 쿠엘라베라 쿠엘부쿠, 이 두 개의 명칭은 라자드맨의 역사를 연구하는 학자가 있다면 맨 처음으로 알아야 하는 보석의 이름이다. 붉게 화염처럼 타오르고 깊이 모를 심연의 차가움을 간직하며 빛나는 결정체. 이 보석들은 라자드맨 역사의 시작과 영광의 시대의 상징이기 때문이다.

비천한 종족에서 태어났으나 창조주의 시중을 드는 영광을 얻었다가 마침내 은총을 입어 신의 반열에 오른 마신 나가는 무한한 능력과 영원의 수명을 얻었다. 하지만 한때 그가 태어나고 자라난 라자드맨 부족은 세상의 이치를 깨닫는 지혜를 지니지 못하고 그저 여느 짐승처럼 단순한 욕망에 사로잡혀 하루하루를 살다가 짧은 생애를 덧없이 마감하고 있었다.

신마전쟁과 이방인들과의 대전쟁을 겪은 대륙의 숲은 잿더미로 가득하고 물은 검게 더럽혀져 있었으며 땅은 가뭄으로 메말라 있었다. 굶주린 각 종족들은 생존을 위해 다른 종족을 습격하고 그 살과 뼈를 뜯으며 붉은 피로 몸의 갈증을 해갈하던 때다. 물과 육지를 드나들 수는 있었지만 그 어느 쪽에도 적응을 하지 못하고 있던 연약한 라자드맨들에게 있어 이 시기는 재앙의 시대가 아닐 수 없었다.

라자드맨들은 늪지대와 호숫가의 수풀 속에 숨어살다가 조잡한 나무창으로 물고기를 사냥하고, 흉포한 적이 나타나면 두려움에 젖은 비명을 지르며 도망치거나 천적의 먹이로 짧은 생애를 마쳤다. 아무런 희망도 없이 그저 공포로 몸을 떨다가 사라져야 하는 질고 그늘진 운명이 뒤덮고 있는 그들, 우연히 자신이 태어났던 종족을 되돌아보게 되었던 마신 나가는 그들의 불행한 삶에 눈물을 흘리지 않을 수 없었다.

때마침 다른 신들은 황폐화된 대륙에 새로운 생명력을 불어넣는 작업을 하고 있었다. 그리고 몇몇 신들은 창조주의 권능을 흉내 내어 새로운 종족을 태동시킬 준비를 하고 있었다. 대지의 여신 가이아와 마신 히데스와 부로로가 전면에 나섰는데, 이방인의 문명 네수메르가 쫓기는 원인이 되었던, 조잡하게 만들어진 생명의 진흙이 그들을 잠시 협력하게 만든 것이다.

그들은 다른 신들의 묵인 하에 창조주가 남긴 일부의 기록을 토대로 조잡한 생명의 진흙을 창조주가 만들었던 창조의 진흙과 비슷하게 만들어냈다. 대지의 여신 가이아와 마신 히데스와 부로르가 그것을 나누어 가졌다.

대지의 여신 가이아는 진흙에 숲의 요정의 기운을 담은 생명의 나무를 만들어내었다. 그 나무에서 숲을 사랑하는 하이엘프가 태어났다. 그리고 하이엘프의 결합으로 그들보다 수명은 짧지만 번식력이 높아진 엘프들이 태어났다. 그리고 아직도 많이 남은 진흙에 이번에는 호기심과 대지의 요정의 기운을 섞어 한 쌍의 종족을 만들어냈다. 이들이 바로 드워프 족의 시초였다.

마신 부로르와 히데스는 가이아가 떼어가고 남은 창조의 진흙을 다시 나누어 가졌다. 마신 부로르는 수명은 짧지만 체력이 높고 번식력이 높은 종족을 만들어냈다. 이들이 바로 오크 종족이 되었다. 하지만 이들은 기존의 몬스터에 비해 약간 지능이 높을 뿐, 가이아가 만든 엘프나 드워프에 비해서는 차이가 많았다.

한편, 마신 히데스는 제대로 된 종족을 만들어내지 못했다. 결국 그는 마신 부로르와 협력하여 이미 만들어진 오크보다 더욱 지능이 높고 체력이 강한 우루크하이 오크를 만드는 데 도움을 주었다. 그리고 대지의 여신 가이아와 마신 부로르가 각 종족을 만들고 남은 찌꺼기를 모아 자신에게 남은 창조의 진흙에 뒤섞어 마지막 종족을 만들어냈다. 바로 휴먼 종족의 시초였다. 여러 종족을 만들고 남은 찌꺼기를 모아 만든 영향인지, 후대로 내려가면서 머리와 피부색이 달라지고 개개인의 능력의 편차가 다른 종족에 비해 심하게 벌어지기도 했지만, 여타의 종족과 다르게 다양한 재능과 빛과 어둠의 속성을 모두 한 몸에 품을 수 있는 특성이 있었다.

다른 마신들이 새로운 종족을 빚어내는 것을 기회로 삼아 마신 나가는 라자드맨 종족에게도 한 가지 선물을 주기로 결심했다. 그것은 바로 자신의 피였다. 선택된 부족이 모인 앞에 마신 나가의 성혈이 떨어져 붉은색의 호수를 만들었다.

마신 나가의 명령에 부족 전체가 호수에 몸을 적시며 반대편으로 빠져나왔는데, 호수에 잠겨들기 전과 물기를 말리며 몸을 일으키는 그들의 눈빛과 신체에 변화가 있었다. 예전의 그 어떤 라자드맨보다도 총명한 눈빛에 크고 튼튼한 몸을 지니고 있었던 것이다. 이들의 바로 케케로차 제국을 건설한 아이언 라자드맨 종족이다.

그리고 마신 나가의 성혈로 탈바꿈하던 와중에 호수 가장 깊숙한 곳에서 붉은 빛을 뿌리고 있는 보석 하나가 발견되었는데, 이 보석이 바로 케케로차르 케케부쿠였다. 직역하면 '붉은 함성 일족의 붉은 보석'으로 해석이 가능하다. 마신 나가의 성혈 일부가 굳어져 만들어진 것으로 보이는 이 보석은 '나가의 붉은 눈동자'로 칭해지며, 가장 용맹스런 라자드맨에 의해 지배자의 상징이 되었다.

한편, 마신 나가의 눈물이 떨어졌던 나가라스 산맥의 정상에도 깊은 호수가 만들어졌는데, 뒤에 이곳에서 '쿠엘라베 쿠엘부쿠'가 발견되었다. 이는 '푸른 비늘 일족의 푸른 보석'으로 직역되지만, '나가의 푸른 눈동자'로 칭해지며 대대로 대제사장의 권위의 상징이……

—사마트흐라의 저서 '쿠엘라베 역사 연구' 제1장 나가의 눈동자 편에서 발췌

휘이이이잉!

높은 산의 정상으로 향하는 길은 대병력이 움직이기에 몹시 비좁고 급경사를 이루고 있었다. U자 형의 길은 좌우로 성인 키의 몇 배 높이의 수직에 가까운 벼랑 사이에 놓여 있었고, 그 벼랑 너머는 까마득한 절벽이 펼쳐져 있었다. 정상으로 통하는 유일한 통로를 따라 마치 귀신이 울부짖는 소리를 내며 차갑고 강한 바람이 머리를 후려치듯 불어오고 있었다.

하지만 새벽 찬이슬을 맞으며 움직이고 있는 수많은 그림자 중에서 그 누구도 바람이 일으키는 차가움에 불만을 터뜨리는 이가 없었다. 어딘지 약간 부자연스러운 움직임에 걸을 때마다 덜그럭거리는 뼈마디의 소음이 귀에 거슬리는 그림자들, 깊은 밤의 어스름이 동터 오는 하늘을 보며 슬그머니 자리를 비킬 준비를 하는 가운데, 새벽의 미명이 서서히 주위를 밝혀주며 그림자의 정체를 드러내 보여주었다.

낡은 투구 사이로 퀭하니 뚫려 있는 눈 안쪽에 적의를 품은 붉은 눈동자가 보이고, 빛바랜 갑옷 속으로 누렇게 변색이 된 뼈마디가 희미한 어둠 속에서 간간이 푸른 인광을 뿌리고 있었다. 안식을 거부하고 세상의 질서에서 벗어나 사악한 마력을 생명 삼아 세상에 증오의 칼을 휘두르는 몬스터, 현재 파괴의 동맹군의 선봉에 배치되어 있는 스켈레톤 병사들이 바로 그림자의 정체였다.

휘이이이이!

또다시 차갑고 거센 바람이 진군하는 병력을 들이쳤다. 바람의 마녀는 날카로운 손톱을 곧추세워 병사들의 몸을 마구 할퀴었지만, 역시 별다른 성과를 거두지 못하고 있었다. 그러나 스켈레톤 대군단을 빠져나오자 그녀의 매서운 공격에 반응하는 이들이 나타났다.

"으드드득! 귀가 떨어져 나갈 것 같네. 무슨 놈의 바람이 이렇게 차갑고 거칠어? 같은 남부 대륙인데 이렇게 기온 차이가 나다니……."

"젠장! 밤이라서 그래. 해가 뜨면 조금 좋아질 테니 참아!"

"반란군 놈들도 우리처럼 추위에 떨고 있을까? 사우스빌이 점령을 당했으니 지금쯤 비상이 걸렸을 텐데."

"그래도 거기는 분지 안쪽이고 주변에 온천물이 나오는 곳이 많아서 여기보다 훨씬 좋겠지?"

"흥! 내일이면 놈들의 온천에서 피로를 풀 수 있겠군."

"당연하지. 자토만 용병 놈들이 제법 뼈가 굵다고 해도 지금의 이 병력이면 하루도 막아내지 못할 거야."

스켈레톤 대군단의 뒤를 따르는 반야크 왕국의 병사들은 저마다 차가운 바람에 몸을 움츠리며 걷고 있었다. 그리고 부족한 수면과 추위를 이기려고 제각기 어깨를 나란히 걷고 있는 병사들과 소곤거렸다. 사우스빌을 점령하고 하루 정도 휴식을 가질 수 있을 것으로 알았는데, 곧바로 밤을 새워가며 자토만 요새 본성으로 향하는 산길 행군에 나서자 병사들의 입에서 조금씩 불평이 쏟아져 나오기 시작했다.

그래도 지도부에 대한 원망은 차마 내뱉지 못하고 대부분은 이렇게 야간 행군까지 나서게 만든 자토만 요새의 적에 대한 전의를 불태웠다. 그리고 일부는 요새를 정복하고 전리품을 얻기 위한 약탈의 계획마저 세우며 어디를 제일 먼저 털어야 할지 머리를 굴리고 있었다.

한편, 파괴의 동맹의 어둠의 군대를 이끄는 반야크 왕국의 국왕 테오르는 선두의 스켈레톤 대군단에 이은 반야크 왕국의 병사들로 이루어진 중군에서 타이탄 타란툴라를 타고 이동하고 있었다. 그의 좌우에는 반야크 왕국의 기둥인 레이븐 후작과 미첼 후작이 자리 잡고 있었다.

"바람이 장난이 아닌데? 귀가 떨어져 나갈 것 같아. 스켈레톤 병사들이야 영향을 받지 않더라도 우리 병사들은 고생이 심하겠군. 같은 남부 대륙인데도 이렇게 기온 차이가 심하다니……."

반야크 왕국의 국왕으로 현재 자토만 요새를 침공 중인 파괴의 동맹군을 이끌고 있는 테오르가 차갑게 얼어붙은 귀를 문지르며 중얼거렸다.

"나가라스 산맥은 산세가 험악하기로 유명하죠. 오죽하면 남부 대륙의 개발이 제일 늦어졌겠습니까?"

테오르의 좌측에 앉아 있던 미첼 후작이 역시 차갑고 세찬 바람에 미간을 좁히며 그의 말을 받았다.

"하지만 예전에 자토만 요새에 머물 때는 이렇게 추위를 느껴본 적이 없었는데, 오랜만에 돌아와서 적응이 되지 않은 모양이오. 경의 생각은 어떻소?"

테오르가 그의 우측에 자리하고 있는 레이븐 후작을 바라보았다.

"그 당시에는 텔레포트 마법이나 역마차를 이용해서 나가라스 산맥의 혹독한 추위를 거의 느끼지 못했을 겁니다. 저지대에 위치한 관문 도시들은 약간 시원할 정도의 기온을 보이고 있고, 본성은 비록 고지대에 자리를 잡고 있지만 지형적인 특성을 잘 살리고 있습니다. 화산지대의 움푹 파여진 지형 안쪽 분지에 위치해 바람의 영향을 받지 않고, 온천수를 끌어들여 도시 아래로 거미줄처럼 상하수도를 연결해 놓고 있습니다. 덕분에 나가라스 산맥의 정상임에도 거의 추위를 느낄 수 없게 되어 있죠."

"듣고 보니 레이븐 후작의 말이 맞는 것 같소. 아무리 거친 용병들이라도 이 가파른 산길을 걸어서 다니는 이는 거의 없었지. 그나저나 다크 나이트와 사뮤엘라 왕자 측은 우리의 전격적인 진격에 몹시 당황스럽겠군."

테오르가 화제를 슬쩍 틀었다. 미첼 후작과 레이븐 후작이 새로운 화제에 대해 입을 열었다.

"나가라스 산맥은 바빌로니아 제국의 북부산맥과 더불어 험준하기로 쌍벽을 이루는 곳이죠. 자토만 요새의 명성은 이런 천혜의 요충지에 자리 잡은 지리적인 이점 덕분에 얻을 수 있었다고 봅니다. 여기라면 1만 명의 병력으로 10만 명의 대군을 막을 수 있는 곳이니까요. 그러나 내일의 전투에서 그들은 자신들의 튼튼하다고 믿었던 성벽을 지킬 수 없다는 사실을 뼈저리게 느끼게 될 것입니다. 지금 파괴의 동맹군은 병력과 화력 면에서 그들의 전력에 비해 압도적인 우세를 점하고 있으니까요."

"그렇습니다. 놈들이 보유하고 있던 투석기는 이미 사우스빌에 모두 동원되어 지금 본성에는 우리를 막을 제대로 된 원거리 공성 무기도 남아 있지 않습니다. 더구나 첩보에 의하면 내분이 일어나 사우스빌의 패전을 빌미로 안드레이 백작과 그들 세력이 사실상 축출당했다는 소식입니다. 원래 사우스빌 수비군 소속의 패잔병 2만 명과 본성에 주둔하고 있던 북부군 2만 명, 그리고 다크 나이트가 이끌고 온 병력을 합쳐 약 5만 명의 병력만이 남아 있다고 합니다."

미첼 후작과 레이븐 후작이 승리를 확신하는 듯 옅은 미소를 보이며 테오르 국왕에게 자신들의 생각을 말했다. 테오르 국왕도 그들과 비슷한 견해를 가졌다. 그러나 상대가 상대인지라 신중을 기할 필요는 있었다.

"다크 나이트가 무슨 생각을 하는지 모르겠네. 이 정도로 병력의 세가 뚜렷하다면 차라리 명예로운 항복을 택하는 것이 나을 텐데, 설마 그는 성벽에 의존해서 우리 병력의 파괴력을 막아낼 수 있다고 보는 것일까?"

"하하하! 자토만 요새의 성벽이 두텁다고는 해도 여기 우리가 타고 있는 골렘의 파괴력이면 마치 종이처럼 가볍게 찢겨 버릴 걸요? 이제는 투석기도 없으니 타이탄 타란툴라의 접근도 막을 수가 없겠죠. 아마도 그는 이미 패전의 책임을 안드레이 백작에게 떠넘기고 자신은 생색만 내다가 병력을 철수할 생각일 겁니다."

미첼 후작이 다크 나이트에 대한 비웃음을 담은 웃음을 터뜨리며 테오르의 우려를 희석시켰다. 그리고 레이븐 후작 역시 미첼 후작의 의견에 동조를 보였다.

"맞습니다. 다크 나이트의 이름이 제법 유명하지만 어쩌다가 조금 명성이 높아졌을 뿐이죠. 온갖 역경을 딛고 공인을 받은 대륙의 10대 용병의 한 명인 테오르 국왕님이 나섰으니 아마도 지금쯤 어떻게 자토만 요새를 탈출할까 그것을 고민하고 있을 겁니다."

"흠! 그렇겠지."

레이븐 후작이 언급한 10대 용병이라는 말에 테오르 국왕이 잠시 미간을 좁혔다. 그의 눈이 이미 저만치 발아래 놓여 있는 어둠 속에 잠긴 사우스빌을 돌아보고 있었다.

'10대 용병이라? 이 전쟁이 끝나면 내가 그 명예를 지킬 수 있을까?'

사우스빌을 점령하고 보니 이미 도시는 인기척이 남아 있지 않았다. 격렬하게 저항하던 병력을 모두 쓰러뜨리고 손에 넣은 도시는 유저들과 NPC가 모두 떠나 버린 유령의 도시가 되어 있었다. 보통의 점령전과 다르게 지금의 전쟁은 빛과 어둠의 겨룸, 살아남은 모두는 어둠의 노예가 되어버리는 운명만이 남아 있을 뿐이다. 그것이 싫다면 모두 도망치면 되겠지만 여기처럼 NPC 주민까지 모두 소개된 도시는 처음이었다.

당연하게도 10대 용병의 전설이 태어난 '영웅들의 함성' 주점도 문이 굳게 닫혀 있었고, 건물 전체를 마법의 결계가 휘감고 있었다. 마치 그 누구의 발길도 그 안으로 들여놓기 싫다는 강력한 거부의 몸짓을 보이는 그 앞에서 테오르 국왕은 잠시 망설였다. 그리고 결국 돌아섰다. 굳이 부수고 들어가자면 못할 것이 없겠지만, 어딘지 떳떳하지 못한 자신의 감정이 그의 발걸음을 되돌리고 말았다.

'영웅들의 함성' 주점은 입장 조건이 까다로운 주점의 하나로 모두들 인식하고 있다. 하지만 테오르를 비롯한 몇몇은 주점이 품고 있는 특별한 비밀을 어렴풋이 짐작하고 있었다. 그래서 테오르는 자신이 정복한 도시의 일개 주점의 문을 강제로 열지 못하고 결국 그냥 뒤돌아서게 되었다.

'이번 전쟁에서 승리한다면 더 이상 10대 용병이란 자리에 연연하지 않아도 된다. 이미 돌이킬 수 없는 걸음을 떼고 말았거늘 후회는 하지 말자, 테오르.'

그렇게 스스로에게 굳은 다짐을 하며 그가 시선을 다시 나가라스 산맥의 산봉으로 돌렸을 때. 테오르가 상념에 잠긴 동안에도 미첼 후작과 레이븐 후작은 대화를 나누고 있었는데, 문득 레이븐 후작이 산밑의 사우스빌을 돌아보며 의문스런 표정을 지었다.

"그런데 조금 이상하지 않나요?"

"무엇이 말이오?"

미첼 후작이 되물었다.

"부사령관 샤크아이 백작 말입니다. 지난번 사우스빌 공성전에서도 그렇고 이번에도 너무 뒤로 물러서 있는 것 아닙니까? 더구나 그는 후군을 맡고 있음에도 그가 지휘하는 병력은 아예 사우스빌 외곽에 주둔해 꿈쩍도 않고 본성이 함락되면 그때서야 움직일 예정이라니, 엉덩이가 보통 무거운 것이 아닌 것 같은데요?"

레이븐 후작이 부사령관 샤크아이 백작에 대한 불만을 토로했다.

"흠! 그가 지휘하는 켄타우로스 궁기병대 10만 명과 기사단과 중장 기병대를 합친 5만 명의 병력도 이런 산악 공성전에는 부적합한 전력이 아닌가? 그리고 데스랜드에서 이끌고 온 붉은 투구 스켈레톤과 데스토리아 좀비 20만 명까지 합치면 35만 명의 병력인데, 좁은 사우스빌에 그들까지 머물 여유가 없으니 야영을 택한 것은 당연한 선택이라고 보네."

미첼 후작이 레이븐 후작의 의문에 반박했다. 처음 50만 명의 군단에서 이제는 40만 명의 규모로 줄어든 스켈레톤 군단은 곧바로 북문을 통해 자토만 요새 본성 공략을 위해 출발시켰음에도 모든 병력이 북문을 통과하는 데에만 몇 시간을 우습게 넘겼다. 그 와중에 반야크 왕국의 병력 15만 명은 사우스빌 동문과 서문 밖의 공터와 도시 곳곳의 골목길에서 밤이슬을 맞으며 잠시의 휴식을 취해야 했던 것이다.

"샤크아이 백작과 후군은 자토만 요새가 함락되면 중부 대륙에서 크게 힘을 쓰겠지. 여기에서는 미첼 후작의 말대로 그들 병력이 크게 도움이 되지 않네. 그리고 아까 자네도 말했듯이 굳이 우리 반야크 왕국의 병력이 아니더라도 파괴의 왕이 내게 맡긴 40만 명의 스켈레톤 대군단과 우리가 타고 있는 이 골렘으로 자토만 요새는 단숨에 무너뜨릴 수 있으니까. 너무 예민하게 생각하지 말게."

테오르 국왕이 미첼 후작에 이어 레이븐 후작의 우려를 씻어주는 말을 던졌다.

"알겠습니다. 제가 과민했었나 봅니다. 그가 너무 머리를 굴리는 것 같이 보여서……. 하하! 이 게임은 NPC의 인공지능도 너무 높게 만들어서 가끔 당황스러울 때가 있다니까요."

레이븐 후작이 가볍게 웃으며 분위기를 넘겼다. 그 말에 테오르 국왕은 지난번 드래고니아 왕국을 쿠테타로 전복시킬 때의 베카엘라 왕세자를 떠올렸다. 위급한 순간에 스스로 독주를 마시고도, 드래고니아 왕국의 인장을 지키기 위해 시간을 끌면서도, 테오르의 부추김에 나라를 멸망으로 이끈 이시엘라의 말로를 예측하며 비웃지 않았던가.

"그런 매력에 우리 모두 이 게임에서 헤어나지 못하는 것이 아닙니까? 지금까지 해왔던 게임에 비해 너무도 사실 같으면서도 예측하기 힘든 사건과 인물들. 솔직히 저는 가끔 현실 속의 나보다 게임 속의 내가 더 현실이었으면 하고 바랄 때도 있습니다."

미첼 후작이 레이븐 후작의 말을 받으며 자신의 경험담을 털어놓기 시작했다. 거기에 다시 레이븐과 테오르가 겪었던 모험담을 이야기하기 시작하며 그들은 깊은 밤 춥고 지루한 행군의 고단함을 잊으려 했다.

아직 새벽이 오려면 멀었지만 자토만 요새는 불야성이 되어 매우 부산한 움직임을 보이고 있었다. 남부 관문 도시 사우스빌을 점령한 파괴의 동맹군이 곧바로 북문을 통과해서 진격해 오고 있었기 때문이다. 거기에다가 사우스빌의 방어를 책임졌던 안드레이 백작과 다크 나이트로 잘 알려진 바레이타 대공의 불화로 사우스빌 수비군이 해체되었다는 소식이 들렸다.

사우스빌 수비군에 소속되었던 용병들에게 새로운 주둔지로의 이동을 알리는 명령이 떨어지자, 그들의 위기감과 불안감은 최고조에 달했다. 결국 용병의 일부는 명령에 따라 움직였지만, 대부분은 자토만 요새의 미래를 부정적으로 여기고 계약을 해지하고 독자적인 움직임을 보였다.

　요새에 대한 애정과 기반이 있는 몇몇은 새로 편성된 요새 수비군에 자원했고, 나머지 용병들은 마차 터미널과 텔레포트 마법진을 찾았다. 파괴의 동맹군에 대항해서 이길 가능성이 없다고 보고 다른 도시로 떠나려는 것이다. 급하게 떠나며 지니고 있는 아이템을 빨리 처리하려는 용병들 때문에 상점과 좌판을 연 유저들이 즐거운 비명을 질러야 했다.

　그리고 요새를 떠나려는 용병들이 너도나도 마차 터미널과 텔레포트 마법진으로 몰려드는 바람에 마차와 텔레포트 마법진의 순번을 기다리는 줄은 줄어들기는커녕 더욱 길게 늘어지고 있었다. 한편으로 대기 시간이 길어짐에 따라 미처 빠져나가지 못할 것을 우려하는 용병들의 조바심이 그렇지 않아도 고가인 텔레포트 스크롤의 가격을 계속해서 올리고 있었다. 덕분에 텔레포트 스크롤을 팔던 유저 중에서 대량을 보유하고 있던 몇몇은 순식간에 떼돈을 버는 행운에 입이 크게 벌어졌다.

　"이거 불안한데요. 상황을 보니 괜히 온 것이 아닌지 걱정됩니다."

　요새를 떠나는 텔레포트 마법진에 비해 요새로 도착하는 마법진은 매우 한산함을 보여주고 있었는데, 마침 도착한 지 얼마 되지 않은 것으로 보이는 한 무리가 광장의 한쪽에서 탈출을 위해 길게 늘어선 줄을 지켜보고 있었다. 그들 중 한 명에게서 우려 섞인 목소리가 흘러나왔다.

　"같이 오고 싶다고 매달릴 때는 언제고 도착하자마자 겁쟁이처럼 목을 움츠리는 것이냐?"

　세 명의 일행 중에서 마른 체격의 용병이 처음 말을 꺼낸 턱수염의 용병을 향해 비웃음이 담긴 말을 던졌다.

"설마 이 정도 상황일 줄은 몰랐거든요. 방금 지나가던 용병들이 하는 말을 들었잖아요? 세상에 100만 명의 대병력에 겨우 수비 병력은 5만 명밖에 되지 않는다는데, 아무리 대륙의 10대 요새의 하나인 자토만 요새에 자리 잡고 있다고 해도 요새를 지킨다는 것은 불가능합니다."

그렇게 말하며 불안한 표정을 짓던 턱수염의 용병은 아직껏 침묵을 지키고 있는 일행 중 한 명에게 시선을 주었다. 그들 일행은 모두 통일된 복장을 하고 있었는데, 아마도 같은 길드나 용병대 소속으로 보였다. 그것을 증명하듯 일행의 실버 플레이트 아머의 가슴에는 검은색의 문장이 달려 있었다.

원 안에 검은색의 창이 위로 세워져 있는 단순한 문장이다. 그런데 원의 한 귀퉁이에 작은 크기로 역시 검은색의 단검 한 자루가 새겨져 있었는데, 동부 대륙에서는 누구라도 단번에 알아보고 한 걸음 물러나게 만드는 파괴력 넘치는 중장기병들로 이루어진 용병대를 나타내는 표식이 바로 이것이다. 종족 퀘스트에서 보여준 얀의 용맹을 흠모하여 그가 지닌 단검을 자신들의 문장에 집어넣은, 다크 소드 용병대의 하나인 '블랙 스피어' 용병대의 상징이 바로 이 단순해 보이는 문장의 정체였던 것이다.

"흠! 호들갑 떨지 마라! 나름대로 이유가 있겠지. 더구나 그는 우리를 초대했을 뿐, 우리에게 도움을 요청하지 않았다. 만약 요새가 함락당하게 되면 우리는 그냥 텔레포트 스크롤로 떠나면 된다."

일행의 리더로 보이는 중년인이 일행의 불안감을 잠재웠다. 처음 말을 꺼냈던 용병이 그의 말에 약간은 안심한 표정을 지었다. 다크 나이트의 열렬한 팬인 용병대장이 혹시라도 무리하게 전투에 참여할까 봐 걱정했는데, 다행스럽게도 그렇게까지 나설 의향은 없어 보였기 때문이다.

"대장님, 저기를 보시죠. 역시 초대를 받은 것은 우리만이 아닌 것 같네요?"

마른 체격의 용병이 무엇을 발견했는지 광장 한쪽을 손가락으로 가리켰다. 일행은 그가 가리키는 방향으로 시선을 옮겼다. 거기에는 머리까지 깊게 눌러쓴 검은색 로브를 입은 네 명의 마법사가 마침 그들 일행을 보고 있었다.

서로 시선이 마주치자 그들 가운데 한 명이 살짝 고개를 숙여 보였다. 그리고 이내 몸을 돌리는 리더로 보이는 마법사를 뒤따르며 마법사 무리는 천천히 광장을 빠져나갔다. 블랙 스피어 용병대장은 상대방이 인사를 건네자 마주 답례를 보내고 멀어지는 마법사들의 뒷모습을 한동안 바라보았다.

"분명히 '검은 불꽃' 의 네크로맨서들이지?"

"네. 붉은색 바탕의 해골 문양에 두 눈에는 검은 불꽃이 타오르고 검은색 단검을 입에 물고 있었습니다. 트라자켄 제국의 북부 지역에서 활동하는 '검은 불꽃' 용병대가 맞습니다. 그들도 다크 나이트의 초대를 받았군요."

중년의 용병대장의 말에 마른 체격의 용병이 마법사들이 목에 걸고 있는 목걸이의 조그만 펜던트에 새겨져 있던 그들의 문장을 확인했음을 알렸다. 저주 마법과 소환 마법을 특징으로 하는 네크로맨서들만 모인 용병대, 그들 역시도 다크 나이트에 대한 존경의 표시로 다크 소드를 그들의 문장에 포함시키고 있는 다크 소드 용병대의 하나였던 것이다.

'어쩌면 이번 기회에 다크 소드 용병대 모두를 보게 될지도 모르겠군.'

블랙 스피어 용병대장이 속으로 그렇게 생각할 때였다. 턱수염의 용병이 고개를 돌렸다. 용병대장이 느끼기에 또 뭔가 귀찮은 질문거리가 떠오른 것 같았다.

"저기, 대장님, 그런데 한 가지 궁금한 것이 있는데요."

"말해보게."

"다크 나이트가 우리를 초대한 날짜가 아직 게임 시간으로 이틀이나 남았는데, 그는 정말로 파괴의 동맹군을 막을 자신이 있어서 그렇게 날짜를 잡은 것일까요, 아니면……."

턱수염의 말이 더 이어지기 전에 용병대장이 가볍게 한 손을 드는 것으로 그의 말을 막았다. 먼 길을 와서 피곤한데 시끄럽고 정신없는 광장에 서서 대화를 나누고 싶지 않았던 것이다. 그가 걸음을 옮기며 곧 자신을 따라 움직이는 일행에게 입을 열었다.

"내 생각에 그가 날짜를 그렇게 잡은 것은 따로 의미가 있다고 보네. 우리를 필요로 한다는 것은 분명하지만, 그전에 자신을 직접 드러내고 우리에게 그에 대한 평가를 내릴 시간을 주려는 의도가 있지 않을까? 조금 전의 '검은 불꽃' 용병대도 그런 것을 알고 곧 결전이 벌어지는 자토만 요새로 위험을 감수하며 미리 도착했겠지. 아마 다른 용병대도 곧 도착하거나 이미 도착해 있을지도 모르겠어."

"아! 그럴 수도 있겠네요. 그런데 지금 어디로 가는 거죠? 여기 처음 오시는 길이 아닌가요?"

"이 사람아, 좋은 구경거리가 있으면 전망이 멋진 자리를 찾아봐야 할 것 아닌가? 더불어 피곤을 풀어줄 맛있는 음식도 필요하고 독한 술도 있으면 더 좋고 말이야."

용병대장이 더 이상 귀찮게 말 시키지 말라는 듯이 휘휘 걸음을 빨리했다. 마른 체격과 턱수염이 술이라는 말에 입맛을 다시며 그의 발걸음에 속도를 맞추었다. 그들이 떠난 광장은 타 도시로 떠나는 텔레포트 마법진의 불빛으로 새파란 섬광이 점멸하며 아직 떠나지 못하고 길게 줄을 서고 있는 용병들의 가슴을 조바심 나게 만들고 있었다.

자토만 요새의 용병들이 커다란 동요를 보이고 있는 가운데 영주성의 대전에서는 요새를 방어하기 위한 마지막 지휘관급 회의가 열리고 있었다. 참석자의 면면을 살펴보면, 사뮤엘라 왕자와 얀이 상석에 어깨를 나란히 하고 앉았다. 그리고 입구를 기준으로 긴 회의용 탁자의 좌측으로 왕실근위대장 세니에 백작, 북부 군단장 그로메스 백작, 사우스빌 수비군의 맥켄리 자작, 이실디엔 마법병단의 스머프 자작이 자리했다. 그리고 우측으로 슬레이어즈 기사단장인 시르뎅 백작, 공포의 화살 와이번 기병대의 베컴 백작, 블루 썬더 와이번 기병대의 엘시아 자작, 발키리 기사단장 티그리샤가 자리 잡고 있었다.

비교적 차분하게 진행되고 있는 회의는 얀의 주관 하에 현재 거의 마무리 단계에 접어들고 있었다. 안드레이 백작을 위시한 많은 용병을 수비군에서 제외시켜 현재 자토만 요새의 수비 병력은 파괴의 동맹군에 비해 20:1의 압도적인 병력의 열세에 처해 있었다. 결국 여타 지휘관들이 내놓을 수 있는 작전 계획은 거의 없다시피 했고, 대부분의 용병을 내치며 현재의 상황을 만든 총사령관 바레이타 대공만을 바라볼 수밖에 없는 형편이었다.

"흠! 지금까지의 여러 정보를 취합하면… 놈들이 끌고 다니고 있는 골렘이 단순한 공성 무기로서의 역할만이 아니라는 말이군요."

"그렇습니다. 지난번 대공께서 겪으셨던 북부 대륙에서의 경험을 보더라도 언데드 몬스터들이 아무런 제약 없이 움직이게 만드는 저 하늘의 두터운 먹구름은 분명 인위적인 어둠의 마법의 영향일 가능성이 높습니다."

"하지만 당시 내가 무너뜨린 어둠의 결계는 일개 작은 마법진 같은 것이 아니었습니다. 골렘의 크기가 제법 된다고 해도 그런 결계가 설치될 공간이 부족하다고 봅니다."

"물론 당연히 대공께서 겪었던 어둠의 결계를 생각하면 그렇습니다. 하지만 당시의 결계는 이미 만들어져 있던 수호의 결계를 개조했던 것이고, 북부 대륙 전체를 뒤덮으려는 의도로 대규모 마법진이 될 수밖에 없었습니다. 그러나 지금 남부 대륙의 상황은 조금 다릅니다. 정보에 따르면 세 군데로 나누어진 파괴의 동맹군에 각기 하나씩의 상징물, 혹은 골렘이 분산되어 있고, 그 군대를 따라 어둠의 결계 영향이라 볼 수 있는 먹구름층이 이동하고 있습니다. 물론 그들에게 점령된 곳은 따로 도시를 덮는 작은 결계가 점령 후에 새로 설치되었고요. 정보를 취합하면 놈들은 이동형의 어둠의 결계와 군대가 같이 움직이고 있습니다. 그리고 아마도 그것은 일정 지역만을 덮을 수 있는 기능과 그에 맞는 소형 마법진 형태를 지니고 있을 겁니다."

얀과 스머프 자작이 어둠의 군대의 주력인 언데드 몬스터의 파괴력을 향상시키고 행동의 제약 조건을 무력화시키는 어둠의 결계에 대해 상의하고 있었다. 먼저 얀은 자신이 겪었던 북부 대륙의 경험과 자료를 보여주고 현재 파괴의 동맹군에 있는 것으로 추정되는 어둠의 결계 위치에 대해 스머프 자작에게 자문을 구하는 중이었다.

물론 결계를 파괴해도 어둠의 군대가 일시에 무너지지 않을 것이다.

하급 언데드는 몰라도 데스랜드에서 넘어온 언데드 몬스터들은 대낮에
도 활동이 가능할 가능성이 높았다. 그래도 결계가 사라지면 공격력,
방어력, 민첩 등에서 패널티가 있을 것이다.

　문제는 파괴의 동맹군에는 언데드 몬스터만이 있는 것이 아니라, 이
종족의 군대와 반야크 왕국의 군대 비율도 높아서 북부 대륙의 슈바빌
에서의 상황처럼 일거에 전세를 뒤엎는 효과는 없다. 그러나 파괴의
동맹군이 흔들릴 정도의 강력한 타격은 될 수 있었다. 바로 파괴의 동
맹군 병력의 절반 가까이 차지하고 있는 스켈레톤 대군단을 일거에 잿
더미로 만들 수 있기 때문이다.

　'오크 백 마리가 모이면 오우거도 무섭지 않다' 라는 말을 증명하는
것처럼, 파괴의 왕은 하급의 스켈레톤을 대규모 군단 단위로 모아서 남
부 대륙을 거의 점령했다. 지금은 파괴의 동맹군 병력을 셋으로 나누
어 전장을 세 군데로 나누었지만, 다른 곳의 스켈레톤 군단은 열 개 군
단 규모에 불과했다. 그저 상대편의 체력을 깎고 파괴의 동맹군 정예
병이 투입할 시간을 벌어줄 병력 규모에 불과한 것이다.

　그러나 테오르가 이끌고 자토만 요새로 몰려드는 파괴의 동맹군인
스켈레톤 군단은 무려 50만의 대군단으로 이루어져 있었다. 여러 복합
적인 요인도 있었지만 25만 명의 수비군이 지키고 있던 사우스빌을 그
자체 병력으로 함락시킬 만한 가공할 파괴력을 지닌 병력이다. 현재의
자토만 요새의 병력으로는 이 스켈레톤 대군단을 막기도 어려웠다.

　하지만 스켈레톤 대군단은 한 가지 치명적인 약점을 지니고 있었다.
병력의 숫자는 일개 도시를 뒤엎을 정도로 많았지만, 개개인이 하급 몬
스터들이 모여 이루어진 것이다. 만약에 그들에게 힘을 주는 어둠의
결계 보호막을 걷어버리면 찬란한 빛에 노출되는 전신이 재로 변해 버

릴 약한 몸을 지닌 것이다.

파괴의 동맹군을 완전히 무너뜨리지는 못할지라도 스켈레톤 대군단을 모조리 없앨 수만 있다면, 자토만 요새의 승률은 제법 많이 올라갈 것이다. 물론 그들이 사라져도 남아 있는 병력의 수는 여전히 절대적인 열세였다. 그러나 얀의 눈빛은 아직 절망이 아닌 희망을 바라보며 빛나고 있었다.

"그렇다면 스머프 자작은 어둠의 군대에 분산되어 있는 골렘이 결계를 품고 있다고 보는 겁니까? "

"제가 내린 결론은 그렇습니다."

"흠!"

얀은 눈을 지그시 감았다. 수많은 정보와 여러 가지 가능성이 그의 머리를 어지럽혔다. 모두가 얀의 상념을 방해하지 않는 가운데 소중한 시간은 하염없이 흘러가고 있었다. 얼마가 지났을까. 얀이 감은 눈을 떴다.

"이실디엔의 마법사들이 준비하고 있는 마법진의 준비는 어떻습니까?"

"마법진 '썬더 스톰' 이라면 회의에 들어오기 직전에 완성되었습니다. 문제는 지난번에도 말씀을 드렸다시피 파괴력은 막강하지만 그 범위가 생각보다 적게 나오고, 놈들이 이미 본성을 향해 이동을 시작하여 거의 무용지물의 상황이 될 것 같습니다."

"지난번 회의에서 좌표의 변환에 일주일이 걸린다고 하셨는데, 다른 대안은 없을까요? 저들이 데리고 있는 골렘은 일반 무기로는 상처조차 입히기 힘들 것입니다. 하지만 우리가 만든 썬더 스톰 마법진이라면 놈을 파괴하는 것이 어렵지 않을 텐데요."

얀은 모처럼 준비한 강력한 마법진 '썬더 스톰' 이 너무도 아쉬웠다. 만약 그것을 제대로 활용할 수 있다면 그가 나름대로 구상하고 있는 작전의 성공 확률은 무척 높아진다. 마법진에 대한 얀의 미련과 집착에 스머프 자작이 살며시 미소를 지어 보였다.

"그렇지 않아도 지난번 회의 이후 여러 마법사들과 마법진의 검토와 활용 방안에 대해 머리를 맞대어보았습니다."

"오! 그래서요? 좋은 결과가 있었나요?"

얀이 반색하며 스머프 자작에게 입을 열도록 재촉했다.

"많은 의견을 수렴하고 검토한 끝에 한 가지 방법을 찾아냈습니다. 썬더 스톰 마법은 최종적으로 마법진 내부의 부속 마법진에 기록된 좌표의 영향을 받습니다. 이 마법진이 바로 좌표 마법진입니다. 이미 입력이 된 것을 다시 해체하고 새로운 좌표를 입력하기에는 많은 시간이 필요하다는 난점이 있습니다. 그러나 이 부속 마법진에서 메인 마법진에 보내는 정보를 중간에 바꾸는 작업이 가능하다는 결론을 얻었습니다. 하지만 새로운 문제점이 도출되었습니다."

"어떤 문제점이오?"

"네. 일명 '고양이 목에 방울 걸기' 라고 할까요. 부속 마법진과 메인 마법진 사이에 유도 마법진을 설치하면 빠른 시간 안에 좌표 변환 문제는 해결할 수 있지만, 문제는 유도 마법진에 목표 좌표에 대한 정보를 송출해 주는 유도장치에 있습니다. 썬더 스톰 마법진을 발동해 목표를 타격하려면 목표물에 유도장치가 부착되어 있어야 하는 것이죠."

웅성웅성!

스머프 자작의 말에 회의실이 가볍게 술렁였다. 그의 말은 타이탄 타란툴라를 없애려면 누군가 경비가 삼엄한 적지에 아무도 모르게 접근해서 마법이 발동하기 전에 골렘에 유도장치를 부착해야 한다는 것이다. 접근도 어렵지만 치명적인 단점이 숨어 있는 작전이다.

"유도장치의 크기는 어느 정도요? 강도는? 만약에 적이 발견한다면 쉽게 파괴되지 않겠소?"

이제껏 입을 다물고 얀과 스머프 자작의 대화를 경청하던 이들 중에서 그로메스 백작이 모두가 머리에 떠올린 단점에 대해 질문을 던졌다.

"유도장치는 겨우 성인 주먹 정도의 크기를 지니고 있습니다. 문제는 그로메스 백작님의 우려처럼 발견된다면 약한 칼질 한 번으로도 쉽게 부서진다는 것이죠."

회의장이 일순 침묵에 빠졌다. 스머프 자작의 말이 지닌 의미를 파악한 것이다. 누군가 고양이 목에 방울을 거는 자는 예정된 시간에 목표에 도착해서 유도장치를 부착한다. 그리고 썬더 스톰 마법이 활성화되기 직전에 탈출해야 한다.

문제는 목표에 접근하는 것도, 시간에 맞추어 유도장치를 부착하고 지키는 방어, 마지막으로 현장을 탈출하는 것까지 처음부터 끝까지 목숨을 걸어야 할 만큼 만만한 일이 아니다. 그런데 만약 하나라도 삐끗하면 목숨만 덧없이 날리고 작전은 실패하게 되는 것이다. 모두의 얼굴이 심각하게 굳어지는 것은 당연한 일이다.

"대공 전하, 제게 그 일을 맡겨주시지요! 목숨을 걸고 임무를 완수하겠습니다!"

엘시아 자작이 자리에서 일어나 외쳤다. 성공과 실패에 관계없이 일을 맡은 이의 죽음은 확실했다. 누군가 죽음으로 일을 성공시키려면 엘시아는 자신이 그 일을 맡아야 한다고 생각한 것이다.

NPC들은 죽음과 동시에 그 존재가 영영 게임에서 사라지게 된다.

그렇다면 패널티를 받더라도 유저가 그 임무를 수행하는 것이 나을 것이다.

이 자리에 있는 유저는 얀과 스머프 자작, 그리고 엘시아 이렇게 세명이었다. 얀은 전황에 따라 대국을 주지해야 하는 막중한 위치에 있고, 스머프 자작은 승패를 가늠할 중요한 마법진의 책임을 맡고 있었다. 이에 엘시아는 타이탄 타란툴라의 몸체에 유도장치를 부착할 임무를 맡을 이는 자신밖에 없다고 여긴 것이다. 그러나 얀은 고개를 내저었다.

"엘시아 자작의 용기에 기사로서 경의를 표하고 싶네. 하지만 이 일은 내가 직접 맡아야 할 일이야. 나는 며칠 동안 자토만 요새를 지키기 위한 방안에 고심했고, 오늘 회의를 통해 미진했던 해결책을 완성할 수 있게 되었네."

얀은 좌중을 둘러보며 입을 열면서 엘시아 자작을 자리에 앉도록 손짓했다. 엘시아가 마지못해 자리에 앉았다. 모두의 시선이 집중된 가운데 얀이 말을 이었다.

"전임 영주이신 사마트흐라 대공이 내게 한 가지 과제를 준 것이 있습니다. 만약 풀게 되면 자토만 요새를 지킬 수 있다고 하셨는데, 다행스럽게도 여기 자토만 요새에 숨겨져 있는 고대의 힘을 깨우는 방법을 찾아내게 되었습니다."

"오오! 그런 일이……."

자토만 요새에 숨겨진 힘이라니? 얀의 말에 모두들 크게 놀랐다. 그들의 눈빛이 놀람에서 안도, 다시 호기심으로 변모했다. 그러나 얀은 그 호기심을 충족해 줄 생각은 없어 보였다.

"하지만 이 힘을 깨우는 일은 과제를 받은 내가 해야 합니다. 그러니 이후에 벌어지는 전황의 변화에 맞추어 유도장치의 부착 건도 내가 맡아야 할 것 같군요. 여러분은 그동안 적을 좁은 관문로에 묶어두는 역할을 해주셔야 합니다."

이어 얀은 병력 배치에 대해 일사천리로 지시를 내렸다. 사뮤엘라 왕자와 근위대는 요새의 남문과 성벽을 수비하고, 스머프 자작과 이실 디엔의 마법사들은 마법진을 완성하고 얀의 발동 명령을 기다린다. 그리고 그로메스 백작이 이끄는 북부 군단은 적이 좁은 관문로를 돌파하지 못하게 틀어막는 중임을 맡았다.

북부 군단은 2만의 병력을 열 개의 부대로 재편했다. 티그리샤가 이끄는 발키리 성기사단 역시 열 개로 세분해서 나누어진 각 부대에 편입되었다. 언데드에 대한 아군의 공격력과 방어력을 높이기 위한 조치였다.

한편으로 시르뎅 백작이 이끄는 슬레이어즈 기사단은 사뮤엘라와 함께 남문에 배치되었고, 베컴 백작이 이끄는 공포의 화살 와이번 기병대는 이실디엔 마법사들의 보호를 맡았다. 그리고 엘시아가 이끄는 블루 썬더 와이번 기병대가 적군에 대한 교란 작전을 맡았는데, 대부분 유저 출신의 기병대원들은 이번에 처음으로 와이번을 타고 실전을 벌이는 것이다.

얀으로서는 바레이타 공국의 주력으로 성장할 그들에게 조금 더 안전한 상황에서 실전 경험을 쌓을 기회를 주고 싶었다. 하지만 이번 전투에서 그들을 안전한 후방으로 돌릴 수 없었다. 왜냐하면 얀은 이번 전투를 마치고 자신의 탑과 다크 타워 상단을 지키기 위해 파괴의 왕과 어둠의 군대 정예군과의 전투에 나서야 하는 입장이었기 때문이다.

아마도 이번 전투에서 실전 감각을 날카롭게 갈아놓지 않는다면 그들은 파괴의 왕이 이끄는 어둠의 군대에 무방비로 나서는 상황이 될 것이다. 비록 이번 전투에 다소의 피해를 입더라도 예방주사를 확실히 맞는 것이 좋았다. 그래서 얀은 정예인 공포의 화살 와이번 기병대를 후방으로 돌리고 엘시아가 이끄는 그들을 전방으로 내보낸 것이다.

"이제 시간이 얼마 남지 않았습니다. 대기하고 있는 병력을 이끌고 자신이 맡은 지역을 사수하길 바랍니다. 그리고……."

병력 배치에 대한 지시를 마친 얀이 좌중을 돌아보며 모두의 눈에 차례로 자신의 눈을 맞추었다.

"잊지 마시오. 분명히 적의 본진이 크게 흔들리는 순간이 올 것입니다. 그때는 성벽에 남아 있던 병력까지 모두 출동해 적군의 선두를 격멸하시오. 그러나 적의 본진은 마법 공격이 가해진 다음에 공격하게 될 것이오. 모두 수정구를 통한 본인의 명령을 충실히 따라주시길 바랍니다."

말을 마친 얀이 한 손을 들어 크게 외쳤다.

"승리를 위하여!"

"승리를 위하여!"

곧 회의장을 가득 울리는 커다란 후창이 그의 선창을 뒤따랐다. 동시에 모두 회의장을 나섰다. 자토만 요새의 최후의 전쟁은 이제 시작이었다.

뿌우우우우!

하늘을 뒤덮고 있는 두터운 구름의 장막 너머로 희부연 밝음이 찾아오는 이른 아침, 비상 상황을 알리는 뿔 고동 소리가 자토만 요새를 소란스럽게 깨웠다. 사우스빌과 통하는 남부 관문로를 살피는 남문 위 성루에서 밤을 새워 진군한 어둠의 군대의 접근을 발견한 것이다. 자 토만 요새의 남문과 성벽, 내부 광장과 성문 밖의 공터가 급히 움직이 는 사람들의 물결로 몹시 어수선했다.

"사우스빌 수비군 1군은 좌측 성벽으로, 2군은 우측 성벽을 사수하 라!"

성문 수비를 맡은 맥켄리 자작이 성루에서 고래고래 고함을 질렀다. 그의 명령에 따라 남문 광장에 모여 있던 사우스빌 수비군이 각자 맡 은 지역을 향해 차례로 열을 지어 움직였다. 하지만 그들이 빠진 공터 에는 1군과 2군의 교대 및 예비 부대 성격의 3군과 4군 병력이 다시 부 대별로 모이고 있었다.

한편으로 최정예 부대라 할 수 있는 왕실근위대와 바레이타 공국의 슬레이어즈 기사단은 각기 남문 광장으로 통하는 소로 하나씩을 점거 하며 집결해 있었다. 남문 광장은 사우스빌 수비군 예비대를 수용하기 에도 비좁았기 때문이다. 그들은 앞으로 벌어질 전황의 변화에 따라 투입 시기가 결정될 것이다.

"왕자님, 여기는 안전한 장소가 아닙니다. 근위대로 합류하시지요."

근위대장 세니에 백작이 성루에 오른 사뮤엘라 왕자에게 안전지대 로 몸을 피할 것을 권유했다. 성루에는 사뮤엘라 왕자를 비롯해 근위 대장 세니에 백작, 슬레이어즈 기사단의 시르뎅 백작이 왕자의 호위를 위해 함께 자리하고 있었다. 얀을 비롯해 얼굴이 안 보이는 여러 사람 들은 각자 자신이 수행할 임무를 위해 이 자리에 함께하지 못했다.

"이곳에서 전투 상황을 지켜보고 싶군요. 어차피 여기까지 밀리면 우리에게 내일은 없는 것 아닙니까? 차라리 내 눈으로 직접 오늘의 전투와 모두의 운명이 어디로 흘러가는지 살펴보고 싶습니다."

사뮤엘라 왕자가 근위대장 세니에 백작의 청을 거절했다. 드래고니아 왕국과 아나톨리아 왕가의 운명이 결정되는 전투를 직접 참관하고 싶었다. 이 엄숙한 시간에 기사들 품속에서 몸을 떨며 있을 수 없다는 생각으로 그는 계속되는 세니에 백작의 요청을 거절했다.

"왕자님의 말씀을 존중하시지요, 세니에 백작님. 병사들도 왕자님이 자신들과 함께 있는 모습에 커다란 용기를 얻을 수 있을 겁니다."

"시르뎅 백작, 물론 그대의 말도 옳습니다만 왕자님의 안위는 무엇보다 중요한 일입니다."

보다 못해서 시르뎅 백작이 사뮤엘라 왕자를 옹호했다. 세니에 백작이 그런 시르뎅 백작의 참견에 못마땅한 표정을 지었다. 그리고 재차 사뮤엘라 왕자를 설득하려 했다. 그러나,

와아아아아!

일제히 울리는 우렁찬 함성 소리에 세니에 백작은 미처 설득 기회를 놓치고 말았다. 모두의 시선이 바라보고 있는 가운데 성문 밖에 집결해 있던 북부 군단이 재편성을 마치고 커다란 함성으로 사기를 끌어올리고 있었다. 성문과 성벽 위에 늘어서 있던 병사들이 일제히 그들에게 호응하며 목청이 터지도록 함성을 토해냈다.

"드래고니아의 용감한 전사들이여, 침략자들이 저기에 있다! 이제 우리는 물러날 곳이 없다. 저들을 물리치고 잃어버린 우리의 터전을 되찾아 가족의 복수를 하자! 드래고니아를 위하여!"

"와아아아아!"

"드래고니아를 위하여!"

"적들에게 복수를!"

북부 군단을 이끄는 그로메스 백작의 목소리가 모두의 가슴에 시퍼런 불길을 지폈다. 모든 병사가 침략자들에 대한 복수심을 불사르며 무기를 들어 응징을 다짐했다. 그리고 두 개의 천인대 병력과 발키리 기사단 100명씩으로 이루어진 북부 1대부터 북부 10대 중에서 먼저 1대 병력이 관문로를 메우며 적군의 진로를 막기 위해 투입되었다.

"인.간.들.을. 죽.여.라."

"그.들.에.게.도. 죽.음.을."

사우스빌을 떠나 자토만 요새 본성 가까이 도착한 스켈레톤 군단의 최전방 '날카로운 뼈' 군단과 북부 군단의 1대가 드디어 마주쳤다. 스켈레톤 로드의 적개심 서린 명령에 스켈레톤 병사들이 적의로 붉게 물든 눈빛을 번뜩였다. 그리고 낡은 무기를 머리 위로 들어 올리고 약간 경사진 관문로를 치달려 왔다.

카카카캉!

콰드드득!

무기와 무기가 맞부딪치는 귀가 따가운 금속성과 격렬하게 상대를 향해 덮쳐드는 몸통들이 엇갈리며 뼈와 뼈가 부러지는 소리가 터져 나왔다. 산 자와 죽은 자, 물러서지 않겠다는 의지와 반드시 상대를 죽이겠다는 적의가 교차되면서 순식간에 자욱하게 피어오르는 먼지 속에 붉은 핏줄기와 부러진 뼈 조각, 고통의 신음과 단발마의 비명 소리가 동시 다발적으로 쏟아지기 시작했다. 길쭉하고 좁은 빨대 같은 관문로에서 서로 밀치고 나가려는 두 개의 커다란 힘은 그 정점에서 서로 밀려나지 않고 정체하며 무수한 희생자를 배출하기 시작했다.

자토만 요새에 주둔해 있던 북부 군단은 오랜 세월을 트라자켄 제국의 침입에 맞서 싸우던 정예병의 군대. 비록 숫자는 많지만 그 개개인이 하급 몬스터로 이루어진 스켈레톤 병사들이 초반 희생자의 대부분을 차지하고 있었다. 그러나 북부 군단의 병사들은 용감했으나 수가 적고 체력의 한계가 있다. 그에 비해 스켈레톤 병사들 개개인은 약했지만 북부 군단의 20배가 넘었고, 어둠의 마력이 지속되는 한 지치지 않는 체력을 가지고 있었다.

평지에서라면 아마도 압도적인 병력의 열세를 극복하지 못하고 북부 군단의 기세가 곧 꺾이고 말았으리라. 그러나 지금은 좁은 면적에서 서로 수십 명씩 마주 보며 싸워야 하는 상황이었고, 북부 군단에는 언데드의 천적인 신성력을 온몸에 두르고 있는 성기사들이 포함되어 있었다. 결국 어둠의 군대 전위군 역할의 스켈레톤 대군단과 북부 군단의 전투는 빠른 시간 안에 어느 한쪽으로 무게 추가 기울어지지는 않을 것 같았다.

빠각!

"캐액!"

아마라의 팔이 힘차게 휘둘러졌다. 그녀의 손에 잡힌 워해머가 궤적을 크게 그리며 자신을 덮치던 무기들을 후려쳤다. 낡은 단검과 녹슨 해머를 들었던 손이 박살나고 피가 묻은 쌍도끼를 들고 있던 스켈레톤 병사가 머리가 부서져 뒤로 날아갔다.

"타락한 어둠의 변종들이 감히!"

신성한 어둠의 신 닉스의 딸이자 달의 세 자매 중에서 둘째인 푸른 달의 루시엔을 모시는 예비 성녀, 그리고 성도 닉소스를 지키는 발키리 기사단의 20명의 부대장 중 한 명인 아마라는 분노로 몸을 바르르 떨었다. 전투를 시작한 지 겨우 30분이 넘었을까? 그의 눈앞에서 자신이 지휘하던 부대의 자매 한 명이 쓰러지는 것을 보았기 때문이다.

성기사들은 모두들 몸에 한 겹의 홀리실드를 두르고 있었다. 이는 사악한 힘에서 자신을 보호하는 기본적인 방어 장치였다. 신앙의 힘을 외부로 끌어내어 물리적 공격의 피해를 반감시키고 사악한 마력의 침투를 막는 역할을 한다.

그런데 이 홀리실드는 개별 차가 존재했다. 신앙심이 깊은 이는 몇 시간을 유지할 수 있었지만 보통은 30분 정도면 성력이 소모되어 사라지게 된다. 물론 무기나 마법에 공격을 받으면 타격을 상쇄하고 기능을 잃지만, 성력이 남아 있으면 언제나 간단한 기도문으로 재생성이 가능했다.

그런데 불운한 자매 하나가 미처 자신의 홀리실드가 소멸된 것도 모르고 난전에 휘말려 집중 공격을 받아 신의 부름을 받은 것이다. 발키리 기사단에 입단한 지 얼마 되지 않아 실전 경험이 거의 없는 신입 성기사였다. 그리고 자신과 함께 푸른 달의 루시엔을 모시는 신녀로, 루시엔의 성녀로 내정된 아마라를 친언니처럼 따르던 귀여운 동생이기도 했다.

스켈레톤 병사들을 부수며 길을 트자 바닥에 피를 흘리고 쓰러져 있는 자매가 보였다. 그리고 그 옆에는 그녀를 해친 스켈레톤 나이트도 있었다. 스켈레톤 나이트가 뭐라고 명령을 내리자, 놈을 호위하고 있던 스켈레톤 워리어들이 괴성을 지르며 달려왔다.

"신성한 힘이 주변의 사악함을 정화하리라! 홀리웨이브!"

아마라는 자신을 포위하는 몬스터 중앙에서 한쪽 무릎을 땅에 대고 신성력으로 옅은 푸른색으로 빛나고 있는 워해머를 들어 힘껏 내려쳤다. 그러자 눈부시게 빛나는 푸른빛이 그녀가 내려친 곳을 중심으로 둥글게 물결치듯 퍼져 나갔다. 그녀를 덮치던 몬스터들이 푸른색의 물결에 휘말려 재로 변해 사라졌다.

"타핫!"

홀리웨이브로 스켈레톤 워리어들을 처리함과 동시에 아마라는 그 반동을 이용해 몸을 허공에 띄웠다. 그녀의 몸이 빠르게 전면으로 날아갔다. 투핸드소드를 들고 있는 스켈레톤 나이트의 모습이 아마라의 눈에 크게 확대되어 들어왔다.

"죽.어.라."

부웅!

스켈레톤 나이트가 투핸드소드를 휘둘러 아마라의 몸통을 둘로 나누려고 했다. 이에 그녀는 착지와 동시에 몸을 앞으로 굴러 적의 공세를 피했다. 등 위로 투핸드소드가 스쳐 지나가는 풍압이 느껴졌다. 한 바퀴 더 구르며 몸을 일으키던 아마라의 눈에 무방비로 등을 보이고 있는 스켈레톤 나이트의 모습이 잡혔다.

터엉!

"크아아!"

얼마나 힘주어 내려쳤는지 마치 종을 치는 것 같은 타격음과 함께 스켈레톤 나이트의 비명 소리가 터져 나왔다. 물리적 통증을 느끼지 못하는 특성을 지닌 언데드였지만, 사악함에 물든 영혼을 불태우는 신성력이 주는 고통은 어쩔 수 없었다. 스켈레톤 나이트의 낡은 갑옷과 함께 내부의 뼈다귀를 단번에 조각내자 워해머에 서린 신성한 힘이 놈의 몸을 빠르게 불태워 버렸다.

"릴리스?"

이미 그녀의 주변은 다른 성기사들이 도착해서 방어해 주고 있었다. 아마라는 쓰러져 있는 자매의 이름을 부르며 그녀를 품에 안았다. 그리고 그녀의 투구를 벗겼다.

"아! 리, 릴리스!"

이미 그녀는 입가에 붉은 핏줄기를 흘리며 창백한 안색을 보이고 있었고, 숨도 멎어 있었다. 아마라는 고통으로 부릅떠져 있는 릴리스의 두 눈을 감겨주며 그녀의 뺨에 작별의 입맞춤을 했다. 그녀를 보낸 슬픔은 작은 것이 아니었지만, 지금은 전투가 벌어지는 전장의 한가운데. 부대장으로서 다른 자매들도 돌봐야 하는 입장이기 때문이다.

'릴리스야, 잘 자렴. 어쩌면 곧 우리는 루시엔님의 품속에서 다시 만날 수 있을 거야.'

끊임없이 몰려드는 적군을 보며 아마라는 곧 릴리스를 뒤따라갈 자신을 예감했다. 평지와 다르게 좁은 관문로의 전투는 등 뒤에서 밀려드는 압력에 무조건 전진밖에 할 수 없었다. 예비 부대와 교대하고 싶어도 할 수가 없는 상황. 그래도 모두들 두려움의 표정을 짓지 않고 있었다. 북부 군단의 병사들은 자토만 요새에 남아 있는 가족을 위해 싸워야 했고, 발키리 기사단은 신께서 내리신 사명을 위한 순교의 길이었기 때문이다.

"선두에 나선 스켈레톤 군단의 피해가 커지고 있습니다. 이미 '날카로운 뼈', '검은 뼈' 군단이 무너졌습니다. 그리고 '피로 물든 뼈' 군단도 전멸을 앞두고 있습니다, 국왕 전하!"

"놈들의 피해 상황은?"

"네, 관문로에 투입된 북부 군단과 성기사단의 연합 군대는 열 개의 독립 부대로 나뉘어져 있는 것으로 보입니다. 현재 그들의 가장 선두에 서서 저항하고 있는 1대 병력도 아직 400명 정도 남아 있습니다. 이런 상태라면 그들을 모두 죽이고 관문로를 빠져나가는 동안에 전위를 맡고 있는 스켈레톤 군단을 모두 잃게 될 것입니다."

"제법 반격이 매서운걸. 북부 군단과 성기사단을 포기하는 대신에 스켈레톤 대군단을 맞바꾸자는 의도인가? 이렇게 진행되면 중앙군까지 피해가 커지겠군."

테오르는 동맹군의 선두에서 벌어지고 있는 전투 상황에 대한 보고를 받았다. 그리고 예상외로 요새를 등지고 관문로에 북부 군단을 투입한 다크 나이트의 전술에 감탄했다. 아무리 2만의 정예 병력을 성기사단을 함께 묶은 연합 부대라 하더라도 평지라면 수십만이 넘는 스켈레톤 대군단의 포위 공격에 얼마 버티지 못할 것이 분명했다.

그런데 병의 목을 틀어막듯이 연합 부대를 관문로에 투입해 버린 것이다. 우회로도 없이 오직 정면으로 치고 나갈 수밖에 없는 상황. 좁은 공간 때문에 한정된 인원이 1:1로 맞붙어야 하는데, 지금처럼 소모전이 지속된다면 결국 2만의 북부 군단과 40만의 스켈레톤 대군단의 공멸은 불가피했다. 그리고 그것은 동맹군 입장으로 너무도 커다란 대가를 지불하는 셈이다.

과거 드래고니아 왕국에서 국경 방위의 최전선을 지키는 북부 군단은 최고의 정예병들로 이루어져 있었다. 그리고 현재 자토만 요새에는 사뮤엘라 왕자를 따르는 100명의 기사와 1만 명의 정예병으로 이루어진 근위대, 그리고 다크 나이트가 데려온 기사단과 와이번 기병대가 남아 있었다. 그밖에 패잔병 성격의 사우스빌 수비군과 이실디엔의 마법사들도 남아 있었다.

비록 병력은 동맹군에 비해 1/10 규모에 미치지 못했지만 게임 아르카디아의 모든 왕국의 근위대는 최고의 정예병들로 설정되어 있었고,

각 왕국은 또한 성격이 제각기 다른 정예 부대를 하나씩은 지니고 있는데, 과거 드래고니아 왕국의 북부 군단이 바로 남부 대륙을 대표하는 정예 부대였던 것이다.

얼마 전에 서부 대륙에서 벌어진 전쟁에서 카드모스 3국의 황무지 진출을 가로막았던 벨로크라 국경 수비대, 그리고 북부 대륙 바빌로니아 제국의 와이번 기병대가 이런 각국 고유의 정예 부대에 속했다. 그런데 현재 자토만 요새에는 북부 군단을 제외하고도 드래고니아 왕국의 근위대와 바레이타 공국의 와이번 기병대가 있었다. 또한 노스빌을 비롯한 나머지 관문 도시에는 아직 8만 명의 북부 군단이 분산해서 주둔하고 있었다.

당초 계획은 스켈레톤 대군단으로 하여금 최대한의 피해와 혼란을 안겨줄 생각이었다. 자신에게 파괴의 왕에게 받은 스켈레톤 링이 있는 한 수십만의 스켈레톤 군단은 며칠이면 다시 모을 수 있는 병력이었기 때문이다. 더구나 자토만 요새는 수백 년이 넘는 기간 동안 늘 전란에 휘말려 있던 곳이라 스켈레톤 병사들을 모을 수 있는 여건이 매우 풍부한 터였다.

'스켈레톤 대군단이야. 이미 요새 점령전에 모두 소모할 것을 생각했지만 겨우 요새 내부에 주둔해 있던 2만 명의 북부 군단과 교환하기에는 일방적으로 손해 보는 장사인데. 더구나 샤크아이 백작이 이끄는 후위군을 투입할 여건이 되지 않고 말이야. 중앙군의 희생이 너무 크지 않았으면 좋으련만, 이러다가 중앙 대륙으로 진군하는 일에 차질이 벌어지지 않을지.'

테오르는 제법 긴 시간을 장고에 들어갔다. 하지만 지금의 상황에서 별다른 수가 떠오르지 않았다. 단지 관문로를 돌파하면 마법병단과 타이탄 타란툴라를 동원해 벌일 복수심만 커질 뿐이다.

"전군을 예정대로 계속 진군시켜라! 자토만 요새 전체를 피로 씻어 우리에게 대항한 죄를 물을 것이다!"

테오르는 이 기회에 그동안 자신의 정통성 확보에 걸림돌이 되었던 드래고니아 왕국의 망령들을 모조리 쓸어버릴 각오를 다졌다. 그의 명령이 전군에 다시 퍼져 나가는 동안 그는 레이븐 후작을 마법병단에 보내고 미첼 후작을 중앙군의 선두로 내보냈다. 관문로를 돌파함과 동시에 자토만 요새를 빠르게 점령하라는 임무가 그 둘에게 내려졌다.

카아아!
카오!

북부 군단과 스켈레톤 대군단이 좁은 관문로의 돌파와 사수를 위해 접전이 한창일 때, 자토만 요새 상공에 수천 개의 새 그림자가 떠올랐다. 엘시아 자작이 이끄는 '블루 썬더' 와이번 기병대가 출동한 것이다. 그들이 목표는 동맹군의 중앙군, 정확히는 타이탄 타란툴라 주변 병력의 약화에 있었다.

자토만 요새를 수비하고 있는 저항군의 입장에서 전투를 승리하기 위해서는 타이탄 타란툴라에 내장된 것으로 여겨지는 어둠의 결계를 파괴해야 하는데, 유도장치의 부착을 수월하도록 위험 요소를 미리 제거하려는 의도였다. 아니나 다를까, 와이번 기병대가 모습을 보이기가 무섭게 파괴의 동맹군 후방에서도 일단의 검은 구름이 나타났다.

'저놈들은?'

와이번 기병대를 이끄는 엘시아가 점차 다가오는 검은 구름을 바라보며 눈썹을 찡그렸다. 어딘지 상당히 익숙한 그림자였지만, 그가 아는 몬스터에 비해 크기가 엄청 차이가 났기 때문이다. 하지만 곧 눈앞으로 다가오는 놈들을 보며 누군가 그의 의문을 풀어주었다.

"다크랜드의 흡혈박쥐다! 대장님, 놈들의 송곳니에 독이 있습니다! 물리면 몸을 독으로 마비시키고 온몸의 피를 빨아먹는 놈들입니다!"

남부대륙 출신의 와이번 기병 한 명이 다가오는 몬스터의 정체를 알려주었다. 그는 미프로이에서 용병 생활을 했었는데, 공포의 계곡에서 흡혈박쥐의 습격에 일행을 모두 잃어버린 적이 있었다. 일반적인 박쥐와 다르게 독수리보다도 큰 덩치를 지닌 놈들은, 밤에 소리도 없이 조용히 일행을 한 명씩 독에 중독시키고 바짝 말라붙은 가죽만을 남기며 모든 피를 빨아먹어 죽였다.

"모두 들었지? 재수 없게 물리면 피를 빨리거나 공중에서 떨어져 산산조각이 날 거야! 정신 바짝 차리도록!"

엘시아가 수정구를 통해 기병들에게 주의를 상기시켰다. 그런데,

"혹시 베트맨이 어떻게 탄생했는지 아는 사람? 스파이더맨이 거미에게 물린 것처럼 박쥐에게 물려서 그렇게 된 것 아냐?"

블루 1대를 맡은 카카오 남작의 목소리였다.

"흐흐흐! 한번 시험해 보시지? 난 흡혈귀가 되는 쪽에 돈을 걸지!"

그러자 이번에는 썬더 3대의 더스티 남작이 끼어들었다. 그러자 곧 이곳저곳에서 수정구를 통해 돈을 걸었다. 압도적으로 흡혈귀 쪽으로 돈이 몰리고 있었다.

"이 사람들이? 이번엔 훈련이 아니야! 실전이라고! 돌아가면 피해가 많은 팀은 각오해!"

엘시아가 난장판이 되어가는 수정구 통신을 간단한 협박으로 교통정리를 했다. 시끌벅적하던 수정구의 잡음이 순식간에 사라졌다. 엘시

아는 와이번 기병대를 각기 2,500명씩 블루와 썬더 팀으로 나누고, 500명씩 5개 편대로 나누어 경쟁시켰다. 각 팀의 피해가 가장 높은 두 개 편대가 상대팀의 제일 피해가 적은 두 개 편대에게 월급의 1/4을 바쳐야 했고, 각 팀의 중간에 낀 1개 편대는 그날 저녁 상대 팀에게 술 다섯 상자를 보내야 했던 것이다. 수정구 너머로 상위 두 개 편대 안에 들겠다는 무언의 집념이 전해져 오는 것 같았다.

"블루 1편대장!"

공격을 위한 선회를 마치며 엘시아가 블루 1편대의 카카오 남작을 호출했다.

"네, 대장님!"

곧 카카오 남작이 수정구를 통해 나타났다.

"평소 남작의 모험심이 남다른 것은 잘 알고 있소. 그래서 말인데, 내가 특별히 주방에 말을 해둘 테니 복귀하면 적어도 하루 동안은 매운 마늘 수프를 매 식사마다 반드시 깨끗이 비우도록 하시오."

"……"

블루 썬더 와이번 기병대 곳곳에서 피식거리는 웃음이 터져 나왔으나, 끝내 수정구를 통해 카카오 남작의 대답은 들려오지 않았다. 그동안 검은 구름을 이루고 있는 흡혈박쥐들이 와이번 기병대를 노리고 빠르게 근접하고 있었다. 엘시아는 롱소드를 치켜들며 공격 명령을 내렸다.

"푸른 번개여, 적을 들이쳐라!"

카오오!

카아아!

순간 와이번의 포효성을 터뜨리며 수천 기의 와이번이 일제히 적을 향해 힘찬 날갯짓을 시작했다. 바레이타 공국의 블루 썬더 와이번 기병대의 첫 번째 실전이었다. 모두들 들뜬 가슴을 억누르며 무기를 잡은 손에 힘이 들어가고 손바닥은 땀으로 촉촉이 젖어들고 있었다.

스켈레톤 대군단과 북부 군단의 접전이 치열하게 벌어지고 있을 때 얀은 혼자 영주관을 걷고 있었다. 그의 걸음이 향하는 곳은 바로 영주관 북쪽의 '쿠엘라베의 우물' 이다. 자토만 요새의 모든 이가 파괴의 동맹군에 맞서 힘겨운 전투를 벌이고 있는 상황에서 얀은 오랜 세월 동안 방치된 옛 라자드맨의 제단을 찾은 것이다.

쿠엘라베 우물 주변에는 아무도 없었다. 평소에도 외부인의 출입이 별로 없는 장소였는데, 오늘은 요새의 운명과 남부 대륙의 미래를 걸고 한판 커다란 전쟁을 벌어지고 있었다. 한가롭게 유적지를 찾는 이가 없는 것은 당연했다.

그러나 오히려 얀이 이렇게 유적지를 찾은 것은 지금 벌어지고 있는 전쟁과 깊게 연관되어 있었다. 동맹군에 맞서 싸워 승리를 얻을 수 있는 최소한의 가능성이 이 제단에 숨겨져 있었기 때문이다. 얀은 피라미드 형상의 유적지에 도착해서 계단을 올라 도마뱀 눈 형상을 하고 있으며 내부에 푸른 물을 채우고 있는 석대 앞에 걸음을 멈추었다.

얀은 석대에 새겨진 문자를 손으로 더듬었다. 처음 사마트흐라를 여기서 만났을 때는 라자드맨의 문자를 이해하지 못했지만, 그가 남긴 '쿠엘라베 역사 연구' 라는 이름의 책을 통해 이제는 어느 정도 라자드맨의 문자를 스스로 해석할 수 있게 되었다. 그는 문자가 모여 만든 긴 문장을 소리 내어 읽었다.

"신성한 나가의 푸른 눈에 잠겨 영생을 얻으리니, 나가의 눈물 한 방울이 우리를 영광스럽게 했도다. 젊어서는 그의 위대함을 드높이는 전사의 삶을, 늙어서는 모두에게 칭송받는 현자의 삶을 살았도다. 이제 나가의 눈에 잠들어 푸른 꿈을 꾸리라."

처음 쿠엘라베의 우물에 올랐을 때는 이 문장의 내용을 전혀 알지 못했다. 하지만 지금은 책을 통해 라자드맨의 역사를 약간이나마 알게 되었다. 그리고 여기 유적에 숨겨진 그들의 비밀에 한 걸음 다가설 수 있게 되었다.

쿠엘라베의 우물은 라자드맨들의 탄생 설화에도 언급되는 중요한 곳이다. 창조주에게 봉사한 공로로 신의 반열에 오른 마신 나가, 자신이 태어났던 종족의 불쌍한 운명에 슬퍼 눈물을 흘렸다. 그 눈물이 떨어져 지금의 쿠엘나가루 호수를 만들었다. 나가의 피로 거듭났던 아이언 라자드맨은 케케로차 제국을 건설했고, 그중의 한 무리가 여기 쿠엘나가루에 정착하게 되었다. 그리고 훗날 호수 깊숙한 곳에서 마신 나가의 눈물의 결정으로 보이는 푸른 보석을 찾아냈다.

마신 나가의 성혈이 굳어져 황제의 상징이 된 붉은 보석의 권위에 뒤지지 않는, 제국의 대제사장의 권위의 상징이 된 푸른 보석이 발견된 것이다. 이후 쿠엘나가루 호수는 성지로 추앙받았고, 모든 라자드맨의 영혼의 안식처가 되었다. 제국의 몰락 이후 두 개의 보석은 역사의 어둠 속에 사라져 버렸고, 라자드맨의 성지를 알리는 신성한 제단은 승전의 기념물로 겨우 살아남았다.

"젠장! 똥물에 튀겨 죽일 늙은이 같으니. 그냥 쉽게 가르쳐 주면 혀에 가시가 돋나. 며칠 동안 머리 싸매고 밤새워 공부를 시키고, 정신없이 북부 대륙까지 뛰어갔다 오게 만들다니."

얀이 음각된 라자드맨의 문자를 더듬으며 사마트흐라를 향해 푸념을 던졌다. 얀은 자토만 요새의 방어를 책임지고도 사우스빌의 방어를 안드레이 백작에게 맡기고 며칠 동안 전혀 모습을 드러내지 못하고 영주관에서 책과 씨름해야 했다. 사마트흐라가 남기고 떠난 책은 먼저 케케로차 제국의 문자를 배울 것을 요구했다. 첫 부분에 라자드맨들의 기본 문자와 그것을 해석한 주해가 달려 있었고, 본문은 주해 없이 케케로차 제국어로만 적혀져 있었던 것이다.

라자드맨 문자와 그 밑에 달린 주해를 읽다 보니 케케로차어 스킬이 생성되었지만, 숙련도를 높이기 위해 거의 하루 가깝게 문자와 주해서를 수없이 반복해서 읽어야 했다. 덕분에 나머지 케케로차 제국의 탄생 설화와 쿠엘라베 유적에 관한 내용은 쉽게 해석이 가능했다. 그래도 또 어려운 벽이 남아 있었다.

사마트흐라의 말대로라면 비밀이 숨겨져 있다고 했는데, 아이언 라자드맨의 탄생 신화와 케케로차 제국의 성립, 쿠엘나가루 호수의 유래, 쿠엘라베 제단 등의 짧은 기록의 나열에 불과했던 것이다. 어디에서고 쉽게 자토만 요새를 지킬 수 있는 귀중한 정보를 찾을 수 없었다.

그러다가 쿠엘라베 우물의 도마뱀 눈같이 생긴 석대에 새겨진 문장 한 구절, '이제 나가의 눈에 잠들어 푸른 꿈을 꾸리라!' 를 떠올리게 되었다. 어쩌면 비밀은 제단의 깊고 푸른 물속 깊숙한 곳에 숨겨져 있을 것 같았다. 그리고 얀은 그때서야 자토만 요새에 숨겨진 힘의 비밀을 한 겹 벗겨낼 수 있었다.

휘익!

얀은 가볍게 발을 굴러 석대 위로 뛰어올랐다. 찰랑이던 물이 그의 부츠 끄트머리를 가볍게 건드렸다. 얀은 짙은 푸른색으로 보이는 깊은 우물 속을 보며 가볍게 몸을 떨었다. 지난번에 무턱대고 뛰어들었다가 겪은 경험이 떠올랐던 것이다.

쿠엘나가루 호수의 물은 차갑기로 유명해서 누구도 5분 이상을 헤엄치지 못하기로 유명했다. 그런데 여기 쿠엘라베의 우물 속은 더욱 지독해서 마치 북극의 얼음물 같은 한기를 품고 있었다. 물론 얀의 망토에 있는 체온 유지 마법 덕분에 곧 한기를 이겨낼 수 있었지만, 처음 입수할 때의 심장이 얼어붙는 것 같은 차가운 물의 느낌은 잊기 어려운 고통이었다.

잠시 심호흡으로 마음을 가다듬은 얀은 이어 시선을 자신의 손에 낀 건틀릿에 두었다. 검은색의 가죽 재질의 건틀릿은 옅은 푸른색의 비늘로 가득 덮여 있었다. 그런데 손목 안쪽 부근에 마치 작은 물고기 형상의 조각이 붙어 있었는데, 얀은 그 물고기 형상의 조각에 가볍게 힘을 주어 눌렀다.

그러자 그의 시계 좌측 상단부에 조금 전 누른 물고기 조각 형상의 스킬 아이콘이 떠올랐다. 물의 정령 마법 '수중 호흡' 스킬이 발동한 것이다. 이 스킬은 물속에서 1시간 동안 숨을 쉴 수가 있는 것으로, 지난번 '대장장이 노인의 부탁' 퀘스트를 마치고 받은 건틀릿에 내장된 기능이었다.

〈푸른 달의 건틀릿〉

'푸른 달(루시엔)의 자유용병' 세트 아이템의 일부이다. 고대의 호수 밑바닥의 푸른 물뱀 가죽으로 만든 것으로, 상급 물의 정령 마법 하나를 품고 있다. 오래전 푸른 달의 신전에 공로가 큰 용병에게 선물이 된 것이다.

누군가 인연이 있어 용병에게 주어졌던 모든 물건(버거빗, 스케일 아머, 아이언 벨트, 건틀릿, 플레이트 부츠)를 구할 수 있다면, 그는 루시엔의 축복으로 상급 물의 정령의 모든 힘을 얻을 수 있다고 전해진다.

방어력:기본 방어력 50+재료 방어력 100

부가 옵션:정령 마법에 대한 저항력 20% 상승, 정령 친화도 5% 상승, 회복 속도 10% 상승, 상급 물의 정령 마법 '수중 호흡(1시간)'이 가능하다.

과거 '대장장이 노인의 부탁' 퀘스트에 비해 아쉬운 느낌이 많았던 아이템이다. 그래서 더 좋은 아이템을 얻으면 곧바로 바꿀 생각이었지만 여태껏 바꿀 기회가 없었다. 그런데 지금의 상황에서 오히려 다른 어떤 아이템보다도 유용성이 높은 '수중 호흡' 스킬이 붙어 있어 얀에게 큰 도움을 주고 있었다.

첨벙!

"으으! 역시 장난이 아니야!"

더 이상 머뭇거릴 시간적 여유가 없었다. 얀은 질끈 눈을 감고 한 걸음 내디뎠다. 그의 몸이 우물 속 깊숙이 가라앉으며 동시에 차가운 한기가 전신을 따갑게 자극했다. 잠시 후 망토에 걸려 있는 체온 유지 마법 덕분에 얀은 바들바들 떨리는 몸의 추위를 겨우 이겨낼 수 있었다.

쿠르르! 쿠르르!

얀의 몸은 물속으로 빠르게 가라앉고 있었다. 귀에 물이 차며 몸의 움직임이 부자연스럽고 가슴이 답답했다. 다행히 수중 호흡 스킬 덕분에 숨이 막히지는 않았다. 머리 위로 샘의 표면을 뚫고 들어오는 빛줄기의 광채가 점점 아득하게 멀어지고 있었다. 그리고 곧 얀은 새까만 어둠에 포위되었다. 그렇게 약간 지루하다 싶을 정도의 하강이 이어지고 있을 때, 저 멀리 발 아래로 희미한 빛이 나타났다.

문득 지금까지 죽은 듯이 움직이지 않고 있던 얀의 몸이 움직임을 보였다. 마치 나타난 빛을 기다리고 있었던 듯이 팔다리를 휘저어 유영을 시작한 것이다. 얀의 몸이 빛에 점점 가까워졌다.

쿠웅!

가벼운 착지와 함께 하강의 충격으로 바닥에 쌓여 있던 침전물이 피어오르며 시야를 온통 뿌옇게 만들었다. 얀은 잠시 제자리에서 움직이지 않았다. 잠시 후 눈앞을 어지럽히던 침전물의 안개가 엷어지기 시작했다. 동시에 주변의 사물이 제 모습을 보였다.

얀이 서 있는 곳은 반경 3미터 정도의 접시 모양의 석대였다. 접시 모양의 석대는 50미터 아래 바닥에서 위로 솟은, 지름이 작고 길쭉한 기둥이 받치고 있었다. 그리고 바닥에서부터 원형의 석대로 오르는 계단이 석대를 받치고 있는 기둥을 나선형으로 휘감고 있었다.

접시 모양의 석대 중앙에 원형으로 마법진이 새겨져 있었는데, 마법진 안쪽으로 세 개의 석상이 세워져 있었다. 먼저 1미터 크기의 마신 나가의 석상이 마법진 가운데에 자리 잡고 있었고, 겨우 손가락 크기의 작은 두 개의 석상이 금 쟁반 하나씩을 들고 있었는데, 제각기 붉은색 갑옷과 푸른색의 사제복을 입고 있었다. 얀에게 옆을 보이며 서로 마주 보고 서 있는 작은 석상들의 발치에는 제각기 다른 문양이 새겨진 구슬 네 개가 있었다. 그리고 그들 앞에서 마신 나가의 석상까지 황금색 굵은 선이 연결되어 있었다.

마신 나가의 석상은 여덟 개의 팔을 지니고 있었는데, 두 개의 팔은 붉고 푸른 구슬을 들고 있고, 두 개의 팔은 긴 할버드를 잡고 있었다. 그렇지만 나머지 팔은 무기를 들지 않고 있었다. 원래 들고 있어야 할

칼과 방패는 등 뒤에, 쌍도끼는 허리춤에 매달려 있었다. 대신 네 개의 팔은 동서남북으로 뻗어져 있었는데, 저마다 손에 붉은색과 푸른색의 쇠사슬이 한 쌍씩 매달려 있었다. 쇠사슬들은 동서남북의 마법진 외곽에 두 개씩 배치되어 있는, 여덟 개의 조그만 구멍 속으로 연결되어 있었다. 주렁주렁 매달려 있는 쇠사슬은 무엇인가 그 역할이 있을 것이다. 그리고 얀이 서 있는 발밑에 그 실마리가 되는 글귀가 바닥에 새겨져 있었다.

나가의 슬픔은 푸른 증오를 적에게로.
마신의 고통이 붉은 분노로 타오르리라.
눈물과 붉은 피가 한자리에 모이는 날.
마신의 공포가 세상을 덮치리라.

만일 얀이 사마트흐라가 넘겨준 책을 읽지 않았다면, 이 글귀가 의미하는 뜻을 정확히 알지 못했을 것이다. 하지만 라자드맨의 기본적인 역사를 공부한 덕분에 얀은 나가의 눈물과 붉은 피가 상징하는 것이 두 개의 보석, 쿠엘라베라 쿠엘부쿠와 케케로차라 케케부쿠를 지칭함을 알게 되었다. 하지만 여기에서 다시 얀은 벽에 부딪치고 말았다.

해답은 알아냈지만 문제는 그것들이 어디에 있는지, 어떻게 얻을 수 있는지 아무런 정보가 없었던 것이다. 사우스빌의 수비군은 파괴의 동맹군을 며칠 동안 막아내기도 벅찰 것이다. 그들이 자토만 요새 본성으로 마수를 뻗기 전에 두 개의 보석 중에서 하나라도 찾아야 하는데, 사마트흐라의 책과 쿠엘라베의 우물에서는 그에 대한 실마리를 찾을 수가 없었다.

테오르가 이끄는 파괴의 동맹군이 사우스빌의 코앞까지 진군했을 때다. 쿠엘라베의 우물 곳곳을 조각 하나하나 세심하게 살피던 얀은 문득 어느 조각상 앞에서 걸음을 멈추게 되었다. 검은 연꽃 문장을 가슴에 달고 있는 헬라시아 일족을 나타내는 조각상 앞이었다. 라자드맨 석상의 가슴에 있는 검은 연꽃 문장에서 그의 기억 저편에 잠들어 있던 궁금증 하나를 떠올리게 된 것이다.

종족 퀘스트를 수행하던 중에 얀은 바빌로니아 제국을 감싸고 있는 어둠의 결계를 없애기 위해 수도인 슈바빌로 잠입을 시도했었다. 그리고 그 지하도에서 종속 퀘스트 하나를 얻게 되었다. 바로 어둠의 왕에게 슈바빌이 점령되던 날, 탈출하던 황태자가 라자드맨들에게 습격을 당했는데, 당시에 황태자를 수행했던 기사의 주검에서 얀은 잃어버린 후계자의 인장을 찾아달라는 퀘스트를 얻었다. 그리고 지하에 있는 헬라시아 지하 사원으로 잠입해서 마침내 반지를 찾아 나올 수 있었다. 덕분에 어둠의 결계를 깨고 수호의 결계를 가동할 수도 있었다.

그때 얀은 인간들에게 터전을 잃고 내몰렸던 헬라시아 라자드맨들이 어둠의 왕과 손을 잡으며 기어코 슈바빌로 돌아와야 했는지, 벽화에 그려져 있던 푸른 보석에 어떤 의미가 있기에 라자드맨들이 그렇게 얻고자 했는지 마음속에 한 조각의 의문을 품고 있었다. 하지만 당시에는 그 의문에 대한 해답을 알아내지 못했다.

이제는 헬라시아 지하 사원의 벽화에 대해 조금은 이해할 수 있을 것 같았다. 어떻게 쿠엘라베 일족이 지키고 있던 푸른 보석이 헬라시아 일족에게 흘러갔는지는 모르지만, 보석이 지닌 힘에 기대어 그들은 무너지던 헬라시아를 재건하는 것에 성공했다. 그리고 다시 왕국이 인간들의 손에 멸망하고 반지는 막강한 바빌로니아 제국의 황태자 인장이 되어버렸다. 결국 그들은 어둠의 왕에게 협력해서라도 반지를 다시 되찾아야 했을 것이다.

얀은 종족 퀘스트 당시의 저장했던 동영상을 재생했다. 지하 사원에서 보았던 벽화를 다시 훑어보며, 당시에는 무심코 지나치고 말았으나 푸른 보석에 담겨 있는, 인간과 라자드맨 종족의 역사의 굴곡에, 비록 게임에 불과하지만 조금 마음이 무거워졌다. 그러고 보니 마신 나가의 눈물로 만들어져 있다는 푸른 보석에는 확실히 신비로운 힘이 있는 것 같다. 라자드맨 제국에서는 대제사장의 신물이자 인간들이 세운 바빌로니아 제국에서는 다음대 황태자의 상징이 아닌가?

"그러고 보니 이 반지가 나오는 인연이 깊은걸."

얀은 인벤토리에서 꺼낸 반지를 보며 중얼거렸다. 그의 손에는 지난번 종족 퀘스트에 얻었던 '후계자의 인장'이 놓여 있었다. 그는 라자드맨이 신성시하는 쿠엘라베라 쿠엘부쿠의 정체를 알게 되자, 곧바로 바빌로니아 제국으로 텔레포트 마법으로 이동했다. 그리고 황제에게 접견을 요청했다.

얀은 푸른 보석이 바빌로니아 제국에서 지닌 상징적인 권위 때문에 후계자의 인장을 얻기가 힘들지 않을까 걱정스러웠다. 하지만 파괴의 왕을 막기 위해 반지에 있는 보석의 필요성을 알렸더니 황제는 아예 반지를 통째로 얀에게 넘겨주었다. 시간이 부족했던 얀에게 있어서 무척 다행스러운 일이었다.

"여기 있네. 어차피 이제는 이 반지의 권위를 이어받을 피붙이가 없어. 더 이상 내게는 의미가 없네. 제국에 빛을 되찾아준 대공이라면 누구도 다른 말을 할 수 없겠지. 이 반지로 인해 어둠에 잠길지 모를 드래고니아 왕국에 도움이 되는 것도 좋고, 남부 대륙에 친 바빌로니아 왕가가 새로 들어서는 것도 좋겠지. 모든 것을 대공의 판단에 맡기겠네. 모쪼록 용맹을 크게 떨치고 바빌로니아의 영광을 더욱 빛내주게나."

"황공합니다, 황제 폐하. 이렇게 큰 은혜를 입었으니 아마도 사뮤엘라 왕자는 폐하의 자비로운 마음을 두고두고 잊지 못할 것입니다."

얀은 돈이 들지 않는 아부를 마음껏 풀어놓으며 황제의 마음을 흡족하게 만들었다. 사실 얀은 기분이 더욱 좋았다. 지난번에 반지의 옵션이 무척 마음에 들었지만, 퀘스트의 성공을 위해 황제에게 바쳐야 하지 않았던가?

황제는 푸른 보석에 대한 설명을 듣고 은연중 반지를 사뮤엘라 왕자에게 선물하려는 의중을 내비쳤다. 크게 선심을 쓰고 트라자켄 제국을 견제하는 배후의 칼로 남부 대륙의 신생 왕국을 키울 생각이었다. 하지만 중간에 끼어 있는 얀에게는 다른 생각이 있었다.

어차피 지금 필요한 것은 푸른 보석의 힘이다. 보석과 링을 분리해서 왕자에게는 푸른 보석을 끼워 넣은 새 반지를 주고, 보석이 빠진 링은 얀이 갖는 것이다. 비록 후계자의 인장으로서의 가치는 사라지겠지만, 얀이 원하는 반지의 옵션은 그대로 남아 있기 때문이다. 명분은 사뮤엘라 왕자에게 주고 자신은 실리를 챙기는 것이다. 결국 지금 얀의 손에 들려 있는 것은 푸른 보석을 넣어 새로 만들어낸 반지였다.

"그런데 라자드맨들의 골렘 제조술은 정말 놀라워. 설마 여기서 이것을 다시 보게 될 줄은 몰랐는데 말이야. 어쩌면 헬라시아 지하 사원에서의 나가의 석상은 여기를 참조해서 만든 것이 아닐까?"

얀이 고개를 들어 주변을 밝혀주고 있는 두 개의 마법석을 보며 중얼거렸다. 그가 서 있는 원형 석대 위로 거대한 구형의 마법석 두 개가 빛나고 있었다. 그런데 마법석은 돌로 만든 것으로 보이는 커다란 손에 붙잡혀 있었고, 그 손과 팔을 따라 시선을 옮기면 거대한 마신 나가의 석상이 나타난다.

무려 60미터가 넘는 키를 지닌 마신 나가의 석상은 석대의 마법진 속에 있는 작은 석상과 동일한 자세를 취하고 있었다. 그런데 역시 네 개의 손은 얀의 몸통보다도 굵은 쇠사슬을 붙잡고 있었다. 얀은 자신을 내려다보는 마신 나가의 석상을 보며 자신도 모르게 몸이 오싹해졌다.

지난번 슈바빌에 나타났던 나가의 석상은 미약하지만 '파멸자의 강림'이라는 9클래스 암흑 마법의 영향을 받고 있었다. 그래도 저기 파괴의 동맹군에 있는 타이탄 타란툴라 정도는 우습게 깨뜨릴 만한 파괴력을 지니고 있었다. 그런데 여기에 있는 석상은 비교도 할 수 없을 정도로 더욱 정교하고 크기는 엄청나게 더 컸다.

얀은 종족 퀘스트가 끝난 이후 마신 나가의 석상에 대해 조사를 했었다. 그래서 파멸자의 강림 마법이 지닌 위력에 대해 알게 되었다. 그리고 겁없이 나가의 석상을 상대하지 않은 것을 다행스럽게 여겼다. 그런데 여기 자토만 요새의 호수 깊숙한 곳에서 슈바빌에서의 것보다 더욱 크고 정교한 마법의 완성형을 보게 되었다.

얀이 서 있는 원형 석대의 까마득한 아래는 온통 희부연 얼음으로 뒤덮여 있었다. 그런데 자세히 살펴본다면 얼음 안에는 사람 형상의 물체들이 들어 있다. 모두 여기서 스스로 죽음을 맞은 라자드맨들이다.

그들은 모두 마신 나가의 석상을 향해 절을 하는 자세를 취하며, 얼음 석상이 되어 영원한 잠에 빠져 있었다. 문제는 그들의 수가 장난이 아니라는 것이다. 적어도 이 호수 안에 잠겨 있는 리자드맨의 시체는 20만 명은 우습게 넘을 것 같았다.

얀은 내기를 하라고 하면 전 재산을 걸어 이길 자신이 있었다. 얼음이 된 라자드맨들이 엎드려 있는 바닥에는 예전에 헬라시아 지하 사원에서 보았던 마법진보다도 더욱 크고 정교하고 파괴적인 암흑 마법진이 그려져 있을 것이다. 그리고 그것을 깨우는 방법도 알 것 같았다.

'눈물과 붉은 피가 한자리에 모이는 날, 마신의 공포가 세상을 덮치리라.'

바닥에 새겨져 있는 글귀의 마지막 2구절이 그 방법과 결과를 암시하고 있었다. 라자드맨의 신성한 푸른 보석과 붉은 보석을 한자리에 모으는 것은 아마도 라자드맨 종족 전체가 이미 멸망했다는 의미로 볼 수 있다. 그렇다면 남은 일은 세상을 향한 복수, 수십만 명의 라자드맨 귀족의 제물로 깨운 마신 나가의 분노와 복수심의 화신이 나타날 것이다.

아마도 북부 대륙에 나타난 어둠의 왕이나 지금의 파괴의 왕보다도 더욱 무서운 결과가 나타날 것이 분명했다. 어둠의 왕과 파괴의 왕은 궁극적으로 세상의 지배를 원하지만, 파멸자의 강림 암흑 마법으로 마신 나가의 분노의 화신체가 된 석상은 오직 세상의 파멸만을 위해 움직일 것이기 때문이다. 물론 지금 얀이 원하는 것은 결코 그런 무시무시한 놈이 아니다.

바닥의 새겨진 마지막 2구절은 아마도 먼 훗날 관련된 퀘스트를 받은 다른 누군가의 몫이다. 지금의 얀은 단지 '나가의 슬픔은 푸른 증오를 적에게로', 이 첫 번째 구절의 비밀을 풀려는 것이다. 그의 짐작이 맞을 경우 이것은 지금 관문로를 따라 진군하는 적에게 커다란 피해와 혼란을 줄 수 있을 것이다.

딸칵!

얀이 손에 들고 있던 반지를 푸른색 사제복을 입은 석상의 금 쟁반에 올려놓았다. 그러자 사제복을 입은 석상의 고개가 그를 향해 조금 위로 들렸다. 동시에 네 개의 구슬이 놓인 원형 진이 옅은 황금색의 불빛으로 점멸을 반복했다. 마치 얀에게 다음 행동을 요구하는 것처럼 보였다. 얀은 푸른색 구슬 중에서 구름 문양의 구슬을 골라 반지가 놓인 금 쟁반에 올려놓았다. 구름 문양은 라자드맨에게 동서남북 중에서 남쪽 방향을 상징했다.

잠시 후 정확히 30번의 빛의 점멸이 끝났다. 이어 푸른 사제복의 작은 석상이 마신 나가를 향해 몸을 틀어 얀에게 등을 보였다. 그리고는 금 쟁반을 들고 황금색 선을 따라 움직였다. 그리고 마신 나가의 앞에 이르러 제물을 바치듯 금 쟁반을 내려놓으며 엎드렸다. 얀은 왠지 엄숙해 보이는 석상의 행동과 정교한 석상의 움직임에 조심스럽게 변화를 지켜보고 있었다. 그때였다.

드드드드!

마법진 안의 마신 나가의 석상 눈이 푸르게 빛나는 것과 동시에 약간의 진동이 얀의 몸을 흔들었다. 그리고 이어 고요했던 호수가 깊은 잠에서 깨어난 것처럼 요동치기 시작했다. 얀은 마법진에서 시선을 거두고 원형 석대를 내려다보고 있는 거대한 마신 나가의 석상을 향해 눈을 돌렸다. 그리고 가볍게 몸을 떨었다.

보라! 마신 나가의 눈이 시퍼런 광채에 휩싸여 그를 차갑게 노려보고 있었다. 그리고 네 개의 팔 중에서 남쪽 방향으로 뻗은 팔이 가볍게 진동하고 있었다. 자세히 살피니 손에 감긴 푸른색 쇠사슬이 조금씩 당겨지고 있었고, 호수 안의 물이 쇠사슬이 당겨지는 방향으로 빨려 들어가고 있었다.

쿠쿠쿠쿠!

'수문이 열렸다!'

돌이 마찰되는 소리와 함께 조금씩 움찔하던 주변의 물의 흐름이 점점 빨라지기 시작했다. 호수에 설치된 남쪽 수문이 열렸음을 직감하고 마음이 급해졌다. 더 늦으면 활짝 열린 수문으로 빨려드는 압력을 견디지 못할 것이다.

'반지는 나중에 찾아야 하나?'

얀은 마법진 내부의 반지에 시선을 주었다. 아마도 수문 개방의 상태를 유지하려면 지금 반지를 회수할 수는 없을 것이다. 수문이 열리는 소리가 머리 위쪽에서 들렸던 것을 생각하면 호수의 물은 마신 나가의 석상이 들고 있는 마법석 아래까지 방출되지 않을 것 같았다. 얀은 반지는 일이 끝나고 회수하기로 결정했다.

호수 전체가 서서히 요동치기 시작했다. 더 이상 머뭇거릴 시간이 없었다. 얀은 플라이 마법을 펼쳐 몸을 가볍게 함과 동시에 힘차게 발끝으로 바닥을 튕겼다. 그의 몸이 빠르게 수면 위를 향해 상승하기 시작했다.

츠츠츠츠!

파닥! 파다닥!

귀에 거슬리는 음파를 내쏘며 박쥐들이 좌우로 흩어지려 했다. 박쥐들은 어른 머리만 한 몸통에 긴 날개까지 합치면 웬만한 성인 못지않은 크기를 지녔다. 그러나 다크랜드의 어둠의 청소부들답게 일반 박쥐에 비해 커다란 덩치에도 불구하고 기민한 움직임을 보이고 있었다.

"이것들이 어디로 도망가!"

빠각!

와이번 기병이 막 우측으로 도망치려는 박쥐의 머리를 둔중한 위해머로 내려쳤다. 흡혈박쥐가 미처 비명도 지르지 못하고 머리가 박살났다. 동시에 그의 왼손이 좌측으로 갈라져 막 시야를 벗어나려는 흡혈박쥐의 등 뒤를 노렸다.

슈슈슝!

키릭!

왼손에 장착한 핸드 크로스보우에서 세 발의 화살이 발사되었다. 흡혈박쥐가 아무리 빠르게 날개를 파닥거려도 도저히 피할 수 없는 속도였다. 곧 고통스런 비명과 함께 박쥐가 날개를 접고 추락을 시작했다. 박쥐의 가슴을 관통한 세대의 화살촉이 녹색으로 번들거리는 피를 머금은 이를 드러내고 있었다.

자토만 요새로 향하는 남부 관문로 상공에서의 공중전은 시간이 지날수록 더욱 치열해지고 있었다. 수만 마리가 넘는 흡혈박쥐는 몬스터 특유의 흉포한 성격을 보이고 있었다. 공중전 초반의 일제 사격에 수백 마리가 희생되고 이어 와이번 기병대의 일제 돌격에 크게 피해를 입었지만, 압도적인 숫자를 믿고 와이번 기병들에게 끊임없이 독니를 드러내고 덤벼들고 있었던 것이다.

"크아아!"

한 명의 와이번 기병이 흡혈박쥐에 둘러싸여 비명을 질렀다. 흡혈박쥐 다섯 마리가 그의 몸 곳곳에 독니를 꽂아 피를 빨아대고 있었다. 고통과 중독 현상을 이기지 못한 기병이 몸을 비틀며 무기를 사방으로 휘두르다가 그만 와이번의 등에서 떨어지고 말았다.

카오오!

졸지에 주인을 잃은 와이번이 날개를 퍼덕이며 분노의 외침을 내질 렀다. 주변의 흡혈박쥐는 와이번의 날개가 일으키는 거센 바람에 휘말 려 허우적댔다. 와이번이 몸의 통제를 잃은 박쥐 세 마리를 주둥이로 날렵하게 잡아채었다.

오도독!

끽!

끼르륵!

뼈가 부러지는 소리와 함께 와이번의 주둥이에 잡힌 흡혈박쥐들이 일제히 비명을 질렀다. 짙은 녹색의 피와 살점이 와이번 주변에 흩뿌 려졌다. 와이번의 분노를 피한 나머지 박쥐들이 서둘러 자리를 이탈하 려고 날개를 파닥였다. 그러나 그들을 덮치는 와이번의 등에 타고 있 던 기병의 손이 더 빨랐다.

퍼퍼퍽!

빠르게 지나치는 검은 그림자 속에서 세 줄기 번개가 튀어나와 흡혈 박쥐를 후려쳤다. 동료의 죽음을 본 다른 와이번 기병이 무기를 휘둘 러 쓰러진 동료의 복수를 했던 것이다. 그러나 이번에는 그가 피해자 가 될 순서였다. 그가 타고 있는 와이번의 뒤로 커다란 그림자들이 아 래에서 위로 솟구쳐 올랐던 것이다.

카아앙!

와이번이 고통스러운 비명을 질렀다. 다른 흡혈박쥐에 비해 이마에 검은색 뿔이 돋아 있고 붉은색 가슴 털을 지닌 박쥐 다섯 마리가 와이번에게 달라붙었다. 놀랍게도 놈들의 독니와 뿔은 다른 박쥐와 다르게 와이번의 두터운 비늘도 뚫을 수 있는 강력한 관통력을 지니고 있었다.

"이, 이놈들은 뭐야?"

와이번 기병이 와이번이 고통에 몸부림치자 등에서 떨어지지 않으려고 안간힘을 썼다. 그리고 그 와중에도 난데없이 나타난 붉은 가슴털의 흡혈박쥐들을 공격하려고 노력했다. 하지만 놈들은 와이번의 배 아래쪽을 집중 공격하고 있어 쉽게 손이 닿지 않았다. 와이번 위에서 그가 고군분투하고 있을 때, 또 다른 검은 그림자가 와이번 기병을 스쳐 지나갔다.

촤아아아!

"크으윽!"

와이번 기병은 등이 화끈거린다 싶더니 감당할 수 없는 고통이 몰려오자 크게 비명을 지르며 몸을 축 늘어뜨렸다. 와이번에 고정되어 있어 아래로 떨어지는 사태는 피할 수 있었지만, 이미 생명력을 잃은 그의 몸은 곧 투명해지며 로그아웃이 될 것이다. 와이번 기병을 해친 것은 가슴에 황금색 가슴 털을 지닌 박쥐로, 일반 흡혈박쥐의 두 배가 넘는 크기에 이마에는 길게 붉은색 뿔이 돋아 있었다. 와이번 기병과 와이번을 간단하게 없앤 이 박쥐들은 흡혈박쥐를 이끄는 레벨 150의 우두머리 흡혈박쥐와 레벨 120의 호위병 흡혈박쥐 다섯 마리였다.

츠르츠르츠르!

우두머리 흡혈박쥐가 마치 지시를 내리듯 괴성을 지르며 날개를 접고 급강하를 시작했다. 그러자 호위병 흡혈박쥐들 역시 새로운 목표를 노리는 우두머리 흡혈박쥐의 뒤를 일제히 뒤따랐다. 곧 그들의 모습은 수만 마리의 흡혈박쥐 속에 파묻혀 종적을 찾기 어렵게 되었다.

"편대 진형을 풀지 마라! 그대로 돌파한다!"

엘시아가 수정구를 통해 고래고래 소리를 질렀다. 와이번 기병대를 지휘하며 처음 맡게 되는 실전이다. 엘시아 역시 가슴이 터질 듯한 흥분을 주체하기 힘들었다. 그러나 그는 5,000기의 와이번 기병대를 지휘하는 지휘관이다. 피의 광기에 빠지려는 자신을 다독이며 자신을 따르는 기병들에게 쉬지 않고 명령을 내리고 있었다.

휘이이이!

끝없이 덮쳐드는 박쥐 떼를 후려치며 멈추지 않고 날아가자 어느 순간 눈앞이 갑자기 환해졌다. 박쥐 떼의 군락을 통과한 것이다. 어차피 암회색의 어두운 구름이 덮여 있는 하늘 아래였지만, 시야를 어지럽히던 박쥐 날개들이 사라지니 가슴이 시원해지는 심리적 효과가 있었다. 하지만 곧 그가 타고 있는 와이번은 허공에 길게 반원을 그리며 선회를 시작했다.

"벼락짱이다. 박쥐 떼를 돌파한 블루 편대와 썬더 편대는 좌우로 선회하여 재돌입을 준비하라!"

수만 마리로 이루어진 박쥐의 군집을 뚫고 나온 블루 썬더 와이번 기병들이 좌우로 갈라져 선회를 마치고 명령을 내린 엘시아의 등 뒤로 모여 들었다. 그들은 벌써 몇 번에 걸친 돌파와 선회를 반복하고 있었다. 와이번의 숫자는 거의 변동이 없었지만, 와이번을 타고 있던 기병들의 숫자가 처음에 비해 약간 줄어 있었다.

"편대 별로 피해 상황을 보고하라!"

"블루 편대! 피해 인원 27명입니다."

"썬더 편대! 피해 인원 35명입니다."

수정구를 통해 블루 편대와 썬더 편대의 피해 보고가 들어왔다. 와이번의 피해는 거의 전무했는데, 기병들의 피해가 커지고 있었다. 두터운 비늘로 보호 받고 있는 와이번과 다르게 기병들이 입은 가벼운 가죽 경갑의 방어력은 흡혈박쥐의 독니를 막아내지 못한 것이다.

베컴 백작이 지휘하는 공포의 화살 와이번 기병대라면 아마도 단 한 명의 희생자도 없었을 것이다. 그들은 가죽 경갑에 비해 훨씬 더 무거운 하프 플레이트 아머를 입고서도 자신이 지휘하는 블루 썬더 와이번 기병대보다 몇 배 빠른 기동력과 전투력을 보일 것이 분명했다. 엘시아는 훈련량이 부족한 것을 가벼운 방어구로 만회하려던 생각을 깊게 후회했다.

"젠장! 겨우 저따위 박쥐들에게 이 정도 피해라니. 모두들 공국으로 되돌아가면 하늘에서 피똥을 줄줄 싸도록 만들어 주마!"

이번 전투를 기회로 대공에게 인정을 받고자 했는데, 이 상태라면 오히려 핀잔만 들을 것이 분명했다. 얀은 엘시아가 빨리 베컴 백작이나 시르뎅 백작에 버금가도록 커주기를 바라고 있었다. 그래서 이번에 블루 썬더 와이번 기병대의 참전도 허용한 것인데, 피해가 더 많아지면 그만큼 얀의 실망도 더 커질 것이다. 엘시아가 이를 빠드득 갈며 블루 썬더 와이번 기병들에게 공포 분위기를 조성했다.

"대장님, 박쥐 떼 속에 이상한 놈들이 있었습니다."

"뭐라고? 자세히 보고하라!"

"네. 트루만과 크리스토퍼가 놈들에게 당하는 것을 보았습니다. 머리에 뿔이 달려 있는 박쥐들입니다. 아마도 보스 몬스터로 보입니다."

"알았다. 놈들은 나와 블루 1편대가 맡겠다. 나머지는 썬더 1편대장의 지휘를 받아라. 블루 1편대는 나를 따르라. 박쥐 떼의 대장을 잡으러 간다."

엘시아의 말에 블루 1편대가 뒤로 빠졌다. 나머지 와이번 기병대 본진은 썬더 1편대장이 지휘권을 인수했다. 선회를 모두 마친 와이번들이 썬더 1편대장을 따라 박쥐들이 만든 검은 구름 속으로 빠르게 비행했다.

"편대 별로 사격 후 돌입한다. 먼저 썬더 1편대부터 사격하고 이어 썬더 편대의 사격이 끝나면 블루 편대가 사격하라. 사격이 끝난 편대는 신속하게 썬더 1편대를 따라 적진을 관통한다. 썬더 1편대, 발사!"

휘리리릭!

썬더 1편대장의 목소리가 수정구를 통해 크게 들려왔다. 썬더 1편대의 핸드 크로스보우에서 발사되는 화살비가 박쥐 구름 속에 일직선으로 날아갔다. 이어 약간 기수를 숙여 돌진하는 썬더 1편대의 뒤를 썬더 2편대가 역시 한차례 일제 사격을 가하고는 기수를 숙여 뒤를 따랐다. 차례차례 쏘아지는 일제 사격에 박쥐들이 무리 지어 발 아래로 떨어지고 있었다.

한편으로, 엘시아와 블루 1편대는 조별로 흩어져 박쥐 떼 속에 숨어 있는 보스 몬스터를 찾아 움직이고 있었다. 본진을 기준으로 주변으로 흩어져 본진의 진행과 맞추어 수색 비행을 개시한 지 얼마나 되었을까? 본진에서 떨어져 나와 조별로 움직이기에 다른 편대에 비해 피해가 많아지고 있었다. 그러나 덕분에 곧 그들이 찾는 목표를 쉽게 찾아낼 수 있었다.

"대장님, 본대 진행 방향 3시에 수상한 놈들이 있습니다. 7조가 놈들과 교전을 시작하겠습니다."

"알았다. 내가 곧 가겠다. 나머지 조는 놈들이 도망치지 못하도록 주변을 포위하라!"

엘시아가 급히 와이번을 재촉해서 7조가 전투를 벌이고 있는 곳으로 이동했다. 50기로 편성된 7조는 그새 42기로 숫자가 줄어 있었다. 우두머리와 호위병 흡혈박쥐의 공격에 먼저 네 기가 희생됐다. 그리고 우두머리를 구하려고 주변에서 새까맣게 몰려들고 있는 흡혈박쥐들을 막으려다가 계속해서 피해가 늘어나고 있었다.

"조심해! 놈들은 뿔에서 전격 공격을 펼친다!"

7조장이 놈들의 마법 공격에 피해를 입은 듯 오른손으로 왼팔을 잡고 크게 소리를 지르고 있었다. 그의 왼팔은 마치 불에 탄 것처럼 새까맣게 그을려 있고 팔뚝을 누르고 있는 오른손 손가락 사이로 붉은 핏물이 흐르고 있었다. 아마도 마음 놓고 접근전을 벌이다가 크게 다친 것 같았다.

츠르르르!

호위병 흡혈박쥐 한 마리가 물러나는 7조장을 추격하고 있었다. 그를 태운 와이번이 호위병 흡혈박쥐와 주변에서 몰려드는 흡혈박쥐들 사이에서 공중 묘기를 부리고 있었다. 그러나 아예 목숨 걸고 막무가내로 달려드는 박쥐들의 공격에 7조장과 그를 태운 와이번의 상황은 매우 위태롭게 보였다.

카아아!

퍼퍼퍽!

순간 엘시아를 태운 와이번이 때마침 7조장의 진로를 가로 막았다. 엘시아를 태운 와이번이 긴 주둥이를 휘둘러 박쥐들을 쪼아댔다. 순간적으로 흡혈박쥐 세 마리가 머리가 부서져 추락했다. 구원을 받은 와이번이 공중제비를 돌며 발톱으로 나머지 추격하던 박쥐들을 잡아챘다. 날카로운 발톱에 두 마리가 비명과 함께 피를 뿌리며 잘게 부서졌다.

카아앙!

순간 엘시아는 호위병 흡혈박쥐를 상대하고 있었다. 그의 무기를 휘두르자 호위병 흡혈박쥐가 가볍게 이마의 뿔로 막아냈다. 이어 그 탄력으로 뒤로 물러나며 재돌입을 준비하려고 했다. 그러나 튕겨지던 호위병 흡혈박쥐의 몸은 역시 7조장을 구하려고 다가오던 다른 와이번의 전면으로 밀려나고 있었다.

카오!

와이번이 호위병 흡혈박쥐의 날개를 물고 크게 몇 번 흔들다가 등 뒤로 던져 버렸다. 이에 대기하고 있던 와이번 기병이 롱소드를 휘둘러 호위병 흡혈박쥐를 깨끗하게 두 동강 내버렸다. 그리고 흡혈박쥐에서 튀어나온 아이템 하나를 재빨리 수거했다.

"아싸! 박쥐 모양 목걸이다! 레어 급이네!"

순간 엘시아의 얼굴이 일그러졌다. 자신이 잡을 수 있던 놈이었는데 다른 기병에게 먹이를 놓치고 만 것이다. 입맛은 썼지만 어쩔 수 없는 상황이었다. 아직 남은 놈들이 있으니 거기에서 수입을 잡아야 했다. 하지만 이미 아이템을 얻은 모습을 보고 다른 와이번 기병들도 기를 쓰고 우두머리와 호위병 흡혈박쥐를 노리고 있었다.

츠르츠르!

우두머리 흡혈박쥐가 포위망을 빠져나가려는 행동을 보이며 커다란 괴성을 발산했다. 그러자 더욱 많은 흡혈박쥐들이 달려들며 거친 행동을 보였다. 아마도 도움을 요청하는 소리인 것 같았다.

"어림없다!"

엘시아는 호위병들은 버려두고 우두머리 흡혈박쥐만을 집요하게 노렸다. 다른 곳은 모르겠지만 이미 여기는 7조에 의해 거의 완벽한 포위망이 구축된 상태였다. 아마도 우두머리를 제거하면 흡혈박쥐의 결속력은 사라질 것이 분명했다. 박쥐와의 전투에 종지부를 찍고 아이템 획득의 기회가 되는 이 순간을 놓칠 수는 없는 일이다.

카아아!

카오오!

주인들의 마음을 아는지 와이번들이 포효하며 우두머리 흡혈박쥐의 움직임을 적절하게 가로막았다. 이미 호위병들은 포위하고 있는 와이번들에게 걸려 아이템들을 토해놓고 모두 추락하고 말았다. 한동안 빠져나갈 기회를 노리던 우두머리 흡혈박쥐가 분노로 몸을 붉게 물들였다.

"이런! 버서커 상태다! 모두 조심하라!"

누군가 우두머리 흡혈박쥐의 변화를 보고 재빨리 주의를 주었다. 하지만 조금 늦은 감이 있었다. 우두머리 흡혈박쥐가 이미 입을 크게 벌리고 있었다.

츠라라라라!

귀청이 떨어질 것 같은 괴성이 터져 나옴과 동시에 주변을 에워싸고 있던 와이번들이 모든 동작을 멈추고 날개를 접고 일제히 추락하기 시작했다. 우두머리 흡혈박쥐의 괴성에 상태 이상을 일으키는 힘이 있었던 것이다. 그렇게 추락하는 와이번들의 뒤를 흡혈박쥐들이 무리 지어 달려들었다.

"제, 젠장!"

엘시아 역시 그렇게 추락하는 와이번 중에 속해 있었다. 그는 자신을 뜯어 먹기 위해 달려드는 흡혈박쥐들을 보며 손가락 하나 움직일 힘이 없었다. 그가 절망 어린 마음으로 속으로 비명을 지르고 있을 때였다.

"끼아아아아!"

귀신이 호곡성이 이런 소리일까? 가슴을 후벼 파는 것 같은 괴성이 허공에 길게 메아리 쳤다. 그러자 놀랍게도 엘시아를 속박했던 상태 이상의 효과가 깨어져 버렸다. 그리고 오히려 엘시아와 7조의 와이번을 덮치던 흡혈박쥐들이 일제히 제자리를 맴돌며 멍청한 모습을 보이고 있었다.

'이, 이 스킬은 분명 드래곤 피어? 아, 안 돼!'

엘시아가 순간적으로 이 괴성이 누구의 스킬인지 깨닫고 속으로 비명을 내질렀다. 그러나 그의 눈에 한줄기 푸른 벼락같은 빛줄기가 우두머리 흡혈박쥐를 꿰뚫고 있는 모습이 들어왔다. 그리고 몬스터가 토해놓은 아이템 하나를 유유히 챙기는 저 익숙한 모습의 원수 덩어리는?

"대, 대공 전하!"

푸른빛의 신궁 슈페리어를 거두고 막 우두머리 흡혈박쥐가 토해낸 아이템을 인벤토리에 집어넣는 얀을 보고 외쳤다. 아깝게 아이템은 놓쳤지만 그래도 덕분에 몬스터에게 뜯어 먹히는 일은 면했다. 엘시아는 아쉬움을 접어두고 얀을 반겨 맞았다.

"칠칠맞게 이런 놈들에게 헤매고 있다니. 이래서야 어느 세월에 황금 용병패를 받겠나?"

얀이 엘시아의 가슴에 큼지막한 대못을 박아 넣었다.

"부하들 앞에서 체면 좀 세워주면 어디 덧납니까?"

"까불지 말고 부하들이나 빨리 챙겨. 시간이 없다!"

엘시아의 반항은 가볍게 저지당했다. 엘시아는 입을 쭉 빼고 툴툴거리며 블루 썬더 와이번 기병대를 집결시켰다. 박쥐 떼는 이미 우두머리 흡혈박쥐가 쓰러진 이후 사방으로 흩어지고 있었다.

엘시아가 이끄는 와이번 기병대에 의해 하늘이 정리되고 있을 때, 남부 관문로에서의 전투는 한 치 앞을 내다볼 수 없을 정도로 치열해지고 있었다. 처음 북부 군단과 발키리 기사단의 연합 부대는 스켈레톤 대군단을 맞이하여, 좁은 지형을 활용해서 상대적으로 적은 희생을 바탕으로 적에게 막대한 피해를 입혔다. 열 개의 소부대로 나누어진 연합 부대의 1대부터 3대가 전멸을 하는 동안에, 스켈레톤 대군단의 열한 개 군단이 무너졌다. 약 6,000명이 11만 명 정도의 스켈레톤 병력을 죽음의 동반자로 삼은 것이다.

하지만 자토만 요새에서 내세운 북부 군단과 발키리 기사단 연합 부대의 선전은 곧 한계에 달했다. 스켈레톤 대군단의 중간 정도인 21번째에 위치한 군단, '불타는 뼈' 스켈레톤 마법병단이 그 원인이다. 선두에 있던 열한 개 군단이 무너지자 결국 북부 군단과의 전투가 벌어지고 있는 접전 지역이 그들의 사정권 아래에 놓이게 된 것이다.

파괴의 동맹군에는 총 세 개의 마법병단이 있었다. 스켈레톤 마법사들로 이루어진 '불타는 뼈', 반야크 왕국의 레이븐 후작이 이끄는 레드썬 길드 주축의 '붉은 탑', 그리고 동맹군의 부사령관 샤크아이 백작의 직속으로 '끝나지 않은 악몽' 마법병단은 상호 독립적으로 움직였다. 그중에서 '불타는 뼈'의 병력은 무려 1만 명 규모지만 마법병단

중에서 파괴력이 가장 약했다. 다음으로 총 인원 5,000명의 '붉은 탑' 마법병단이 중간 정도 위치를 차지하고 있었다. 그리고 '끝나지 않은 악몽'은 역시 5,000명 정도의 인원으로 이루어져 있었지만, 파괴력만큼은 다른 병단의 몇 배가 넘는 막강한 마법병단이었다.

최초에는 원거리용 암흑 마법이 형형색색 허공을 수놓으며 북부 군단을 향해 날아갔다. 그러자 북부 군단에 골고루 배치되어 있는 발키리 기사단의 성기사들은 성가를 소리 높여 부르며 전투에 임했다. 덕분에 성가의 영향권에 있는 병사들의 암흑 마법 저항력이 높아져서 마법에 직격을 맞는 것이 아니라면 쉽게 쓰러지지 않았다.

하지만 1만 명의 '불타는 뼈' 군단의 마법 공격은 끊이지 않고 날아들었다. 비록 한 번에 눕지 않아도 계속해서 누적 되는 피해로 쓰러지는 북부 군단병의 숫자가 빠르게 늘어나고 있었다. 그리고 이제껏 만만했던 스켈레톤 병사들의 공격에도 변화가 찾아왔다. 마법병단에서 북부 군단과 직접 칼을 맞대고 있던 '저주 받은 뼈' 군단 전체에 암흑 마법을 시전했던 것이다.

쿠오오오!

사우스빌에서 모습을 보였던 본스네이크가 곳곳에서 고개를 처들었다. '저주 받은 뼈' 군단의 스켈레톤 병사들을 희생시켜 본스네이크로 재탄생시킨 것이다. 본스네이크의 중앙에는 머리가 세 개 달린 본히드라도 만들어져 있었다. '저주 받은 뼈' 군단의 스켈레톤 로드와 나이트들이 합쳐져 만들어진 괴물이었다.

쿠아아앙!

본히드라의 입에서 커다란 괴성이 터져 나오기가 무섭게 수백 마리의 본스네이크가 북부 군단병을 향해 고개를 숙여 덮쳐들었다. 크게 벌어진 입으로 날카롭게 솟은 독니가 보는 이의 가슴을 절로 섬뜩하게 만들었다. 두려움 없이 적을 상대하던 북부 군단병들이 자신도 모르게 뒷걸음을 치기 시작했다.

쿠오!

쿠우웅! 쿵!

본스네이크의 괴성만이 크게 울리는 가운데 곳곳에서 먼지구름이 피어올랐다. 그리고 가끔 먼지구름 사이로 고개를 쳐드는 본스네이크의 입에 북부 군단 소속의 병사들이 몇 명씩 물려져 있었다. 그들은 모두 고통으로 몸을 뒤틀고 있었다.

빠드득! 빠드득!

"사, 살려줘!"

"크아아아!"

뼈가 부러지는 소리와 함께 병사들은 피로 물든 몸은 본스네이크의 뱃속으로 삼켜지고 말았다. 순식간에 북부 군단 4대의 2,000명이 괴물의 입으로 사라지고 말았다. 지금까지 선전했던 북부 군단의 용맹이 일거에 무너지는 순간이었다. 하지만 그런 4대의 희생이 아주 무의미한 것은 아니었다. 덕분에 5대에서 전황을 지휘하고 있던 그로메스 백작과 티그리샤에게 본스네이크에 대한 대응 전략을 세울 수 있게 해주었다.

"오오! 닉스여, 제게 용기를 주시옵소서."

북부 군단 5대에 속해 있던 발키리 기사단장 티그리샤가 참혹한 전장의 모습에 이마에 성호를 그으며 기도문을 외었다. 그녀가 이끄는 직속 50명의 성기사들도 일제히 여신 닉스를 찬양하는 기도문을 함께 소리 내어 외쳤다. 그들의 몸에서 신성한 빛이 뿜어져 나와 주변을 환하게 밝혔다. 동시에 목전으로 다가온 괴물들을 상대하기 위해 대기하고 있던 5대의 북부 군단병들에게 10분간 유지되면서 두려움을 없애고 힘과 체력을 높여주는 용맹의 문장 스킬이 생성되었다.

"사악한 모든 것이 신성함에 그 더러움이 씻기리라. 홀리웨폰!"

이어 북부 군단 5대의 전면에 나선 중장보병들이 들고 있는 무기를 신성력으로 강화시켰다. 일반적인 적이라면 홀리웨폰에 의한 강화는 특별한 효과가 없겠지만, 언데드들에게 있어서는 큰 효과가 있기 때문이다. 중장보병들이 들고 있는 할버드에 옅은 우윳빛의 빛이 은은하게 배어 나왔다. 10분 지속의 홀리웨폰 효과가 걸려 있다는 표시였다.

한편으로 역시 50명을 이끌고 5대를 지원 중인 바네샤 역시 후방에서 성기사들을 이끌고 바쁘게 움직이고 있었다. 그녀와 50명의 성기사들은 궁수들에게 용기를 일으켜 주고 들고 있는 활에 신성력을 심어주고 있었다. 궁수들의 임무는 지속적으로 화살을 날려 괴물들의 체력을 깎고 방어력을 약화시키는 것이다.

물론 발키리 기사단의 성기사들도 신관보다는 못해도 기본적인 신성 주문을 쓸 수 있었다. 하지만 어디까지나 그것은 전투를 위한 보조 수단에 지나지 않았다. 그들은 전사였기에 지금의 모습은 지금까지의 기사단의 활동과는 거리가 있는 행동이었다.

하지만 발키리 기사단을 이끌고 있는 티그리샤는 주저 없이 성기사들에게 북부 군단병을 보조하도록 지시했다. 그것은 이미 4대에 소속되었다가 본스네이크 무리에게 쓰러진 자매들의 죽음을 보았기 때문이다. 4대 소속의 유키와 마틸다는 각각 50명의 성기사를 이끌고 분전했지만, 결국 별다른 힘을 쓰지 못하고 먼지구름 속에 차례차례 쓰러지고 말았다.

스켈레톤 병사들을 맞이해서 그렇게 강력한 모습을 보여주었던, 1대에서 3대의 성기사들과는 너무도 대조적인 모습이었다. 원인은 발키리 기사단의 무기에 있었다. 그녀들은 무기의 가벼움과 빠른 공격을 위해 레이피어를 주력 무기로 착용하고 있는데, 스켈레톤 병사들은 레이피어로 찌르거나 베어 넘기기가 아주 쉬웠다.

그러나 수백 명의 스켈레톤 병사들이 합쳐진 본스네이크는 커다란 체구에 두터운 외피를 지녔다. 레이피어의 찌르거나 베기로 상대하기가 아주 곤란한 괴물이었던 것이다. 그래서 할버드를 든 병사를 앞세우고 후방의 병사들을 궁수로 활용하게 된 것이다. 북부 군단의 병사들은 정예병답게 기본 장비에 충실했고, 활과 석궁도 여유가 있었기에 가능한 일이었다.

휘리리릭!

수백 발의 화살이 새로운 먹이를 찾아 덤벼드는 본스네이크를 향해 꼬리를 물고 날아갔다. 그 뒤로 할버드를 비스듬히 치켜든 자세로 북부 군단병들이 어깨를 마주 대고 열을 지어 진군했다. 더러는 튕겨지고 말았지만 날아든 대부분의 화살이 박혀 타격을 입은 본스네이크는 거친 괴성을 지르며 입을 벌려 병사들을 위협했다.

"거리를 두고 견제하라! 공격할 때는 힘껏 내려쳐라!"

그로메스 백작이 목청이 터지도록 병사들을 독려했다. 그의 지시에 따라 병사들은 할버드를 들어 본스네이크의 공격을 견제했다. 그리고 틈을 보이는 본스네이크의 몸통을 할버드의 도끼날로 공격했다.

쿵쿵!

쿠아아!

병사들의 할버드 도끼날이 본스네이크의 외피를 인정사정없이 내리찍었다. 북부 군단 4대를 전멸시키며 흠집도 거의 없었던 뼈로 된 외피가 도끼질에 쉽게 쪼개지기 시작했다. 신성력을 담은 화살 공격에 일차적으로 외부 방어력이 하락된 가운데, 이차적으로 할버드의 공격을 받으니 더 이상 버티지 못한 것이다.

우아아아!

본스네이크가 몇 번에 걸친 도끼질에 쉽게 무너지자 병사들이 일제히 함성을 내질렀다. 무섭게만 보이던 괴물이 더 이상 상대하지 못할 두려움의 존재가 아니라는 것에 자신감을 얻은 것이다. 하지만 겨우 상대할 방법을 찾은 것일 뿐, 본스네이크는 그리 만만한 존재가 아니었다.

쿠웅!

"으악! 살려줘!"

"내, 내 다리가 물렸어!"

본스네이크 한 마리가 대열을 뚫고 들어왔다. 이어 머리를 치켜세우는 입 안에 병사 세 명이 잡혀 있었다. 어차피 살아 있는 생명체가 아니기에 물리적 고통의 두려움이 없는 존재, 병사들이 내민 할버드의 견제에도 불구하고 틈이 보이자 바로 고개를 들이밀어 피해를 입힌 것이다. 무너진 대열의 병사들이 뒤로 물러나며 전열을 정비하는 가운데, 용감한 병사 몇 명이 본스네이크의 몸통을 할버드로 후려쳤다.

쿠아아!

몸통이 부서지고 상처를 통해 암흑의 생명력을 불태우는 신성력의 침입에 본스네이크가 커다란 몸을 뒤틀며 발작적으로 꼬리를 휘둘렀다. 병사 다섯 명이 허공으로 튕겨져 나갔다. 그 힘이 얼마나 센지 튕겨지는 병사들의 갑옷이 공중에서 조각조각 떨어지고 있었다. 땅에 떨어진 병사들은 다시는 일어나지 못했다.

"성기사님을 중심으로 방진을 짜라! 조직적으로 움직여라!"

그로메스 백작이 본스네이크의 머리를 투핸드소드로 쪼개며 크게 외쳤다. 그의 명령에 발키리 기사단의 성기사 두 명을 중심으로 40명의 북부 군단병으로 이루어진 소규모 방진이 만들어졌다. 이미 전방이 무너져 더 이상 역할 수행이 불가능한 후방의 궁병대도 하나둘씩 활과 석궁 대신에 할버드로 무기를 고쳐 잡았다.

전황은 여전히 불리했다. 성기사들을 주축으로 방진을 짜서 일방적으로 밀리는 것은 면했지만, 거침없이 덤벼드는 괴물들 앞에 전방의 방진은 깨어지고 복구되기를 반복하고 있었다. 그리고 그때마다 병사들의 숫자는 크게 줄었다. 그리고 적의 후방에서는 다시 암흑 마법의 불꽃이 긴 꼬리를 물고 아군의 후방으로 날아들기 시작했다. 접전을 벌이고 있는 5대뿐만 아니라 뒤를 지키고 있는 6대나 7대에서도 희생자가 대량으로 발생하고 있는 것이다.

'얼마나 버틸 수 있을까?'

그로메스 백작은 이미 신성력이 사라진 투핸드소드에 옅은 푸른색의 소드 오라를 피워 올리며 본스네이크의 머리를 가르고 몸통을 잘라내며 전투의 끝을 생각하고 있었다. 지금의 괴물들을 모조리 없애도 적은 다시 새로운 괴물을 만들어 보낼 것이 분명했다. 아마도 자신과 선발로 투입된 2만 명의 북부 군단은 놈들과 싸우다가 하나둘씩 발밑의 시체 속에 숫자를 늘릴 것이다.

'결국은 한 명도 살아남지 못하겠지.'

자신들과 함께하고 있는 아름답고 강한 신의 여전사들도 역시 신의 품속에 안기고 말 것이다. 그렇게 모두 쓰러진 자신들의 몸을 짓밟고 자신들이 벤 숫자의 몇 배의 적군이 자토만 요새를 공략할 것이다. 사우스빌 수비군과 용감한 근위대가 사뮤엘라 왕자를 지키고 있지만 적은 너무나 많고 강력하다.

'과연 자토만 요새는, 드래고니아 왕국은 존재할 수 있을까?

그로메스 백작은 자신만만했던 야니에르 대공의 말이 믿기지 않았다. 하지만 자신은 여기서 물러날 수 없었다. 오랜 시간 충성을 바친 왕국과 그와 동고동락했던 병사들의 싸늘한 주검이 그에게 칼을 들고 싸우라고 충동질하고 있었다. 더 이상 허락되지 않는 상념을 이어가지 못하고 그로메스 백작은 자신 앞에 드리워진 검은 그림자를 의식했다.

위압적인 체구를 지닌 괴물이 백작의 앞을 가로막았다. 눈빛이 제각기 다른 세 쌍의 눈이 그로메스 백작에게 시선을 고정시키고 있었다. 세 개의 머리에 집채 같은 몸통, 왕궁의 기둥처럼 두터운 발, 날카로운 가시가 가득한 꼬리를 지닌 괴물이었다.

"본히드라!"

어린 날의 모험담 속에 가슴을 들뜨게 하던 괴물과 같은 놈이다. 하지만 지금 눈앞의 존재는 결코 활자 속의 두근거림과는 거리가 멀었다. 하지만 그것이 가슴이 내려앉는 두려움이든지, 혹은 피가 들끓는 적개심일지라도 지금 백작의 심장을 빠르게 뛰게 만드는 것은 똑같았다. 단지 아쉬운 점이 있다면 지금 자신의 옆에는 괴물로부터 지켜줄 공주님이 없다는 것이었다.

콰아아아!

화르르륵!

본히드라의 입이 벌어지기가 무섭게 바닥이 깊게 파이고 무릎 높이의 불길이 피어올랐다. 좌측의 푸른 눈빛의 괴물 입에서 얼음의 브래스가 쏟아져 나오고, 우측의 붉은 눈빛의 괴물 입에서 뜨거운 화염 줄기가 쏟아져 나온 여파였다. 하지만 이미 그로메스 백작의 몸은 바닥을 박차고 허공으로 떠올라 있었다. 푸른빛을 머금은 그의 칼이 괴물의 길쭉한 목을 노리고 한줄기 궤적을 그려냈다. 그러나,

따아앙!

그로메스 백작의 몸은 반강제적으로 거센 충격과 함께 바닥으로 곤두박질치고 말았다. 무엇인지 모를 강한 힘이 그의 칼을 위에서 아래로 내려친 것이다. 그는 본능적으로 바닥에 떨어지기가 무섭게 몸을 왼쪽으로 몇 바퀴 굴렀다. 그리고 결정적으로 그 행동이 그의 목숨을 살렸다.

쿠우우웅!

큰 진동과 함께 먼지가 피어오르는 가운데 그가 떨어졌던 바닥에 길고 두터운 흔적이 깊게 새겨졌다. 본히드라의 가시 달린 긴 꼬리가 채찍처럼 휘둘러졌다가 뱀처럼 꿈틀대는 모습으로 회수되고 있었다. 제대로 맞았다면 바로 즉사했을 것이 분명했다.

"젠장! 이야기속의 드래곤보다 강한 것 같은데?"

그로메스 백작은 만만치 않아 보이는 본히드라의 공세에 쉽게 파고들 틈을 찾지 못했다. 가까이 다가서면 채찍같이 휘두르는 가시 달린 꼬리가 그의 접근을 막고, 거리를 두려고 하면 세 개의 입에서 화염 줄기와 얼음 조각, 독 안개가 그를 향해 뿜어졌다. 마스터 등급에 이르러 쓸 수 있는 일루전 스텝이 아니었다면 벌써 쓰러져도 몇 번은 쓰러졌을 것이다.

'먼저 저놈부터 처리해야 하는데?'

그로메스 백작은 본히드라의 가시 꼬리를 노렸다. 채찍처럼 휘둘러지거나 때로는 날카로운 송곳처럼 내리찍는 가시 꼬리를 없애야 몸통에 칼을 박을 기회를 얻을 수 있을 것이다. 하지만 세 개나 되는 머리와 독사처럼 덮쳐드는 가시 꼬리는 무려 네 마리의 몬스터를 동시에 상대하는 것처럼 힘들었다. 일 대 사의 협공을 당하는 것처럼 본히드라의 공격과 방어는 빈틈을 쉽게 내보이지 않았던 것이다. 그때였다.

"백작님을 돕는다! 화살을 날려라!"

하나의 방진이 근처에서 접전을 벌이다가 그로메스 백작을 발견하고 도움의 손길을 내밀었다. 비록 멀리서 화살 몇 발로 공격해 주는 것이지만, 새로운 적에 대한 경계로 본히드라의 주의력이 흩어졌다. 덕분에 그로메스 백작에 대한 압박도 크게 줄어들었다.

쿠오오!

쿠앙!

별것 아닌 것으로 보였던 화살에 의외의 타격을 입은 것일까? 중앙과 오른쪽 머리가 동시에 화살이 날아온 곳으로 돌려지며 분노에 찬 괴성이 터져 나왔다. 방진과 함께 있는 성기사의 신성력이 높은 까닭인지, 어설픈 공격은 그대로 튕겨 버렸을 본히드라의 몸통에 화살이 푹푹 박혀들었던 것이다.

화르르르!

푸우우우!

방진을 향해 붉은 화염 줄기와 녹색의 독 안개가 뿜어졌다. 고함과 비명 소리가 피어오르는 불길과 자욱하게 깔리는 녹색 연기 속에서 발작적으로 터져 나왔다. 아마도 살아남을 병사는 얼마 없을 것이다.

"이익!"

병사들의 고통스러운 비명성이 귓가에 맴돌았다. 그로메스 백작은 그들이 죽음으로 만들어준 기회를 놓치지 않으려고 이미 투핸드소드의 칼끝으로 길게 대지에 선을 그으며 힘껏 앞으로 내달렸다. 본히드라의 거대한 몸통이 눈앞으로 크게 확대되고 있었다.

쉐엑!

머리 위에서 공기를 가르는 거친 소리가 들렸다. 반사적으로 그로메스 백작은 일루전 스텝을 밟았다. 그의 몸이 흐릿하게 서너 명으로 갈라져 흔들렸다. 동시에 그의 흔들리는 그림자들 사이로 커다란 검은 기둥이 내리꽂혔다.

콰아앙!

본히드라의 듬성듬성 가시 돋친 꼬리가 대지에 깊게 파고들었다. 일루전 스텝으로 간신히 공격을 피한 그로메스 백작은 허공에 띄운 몸을 틀었다. 이어 완만하게 휘어져 있는 본히드라의 꼬리에 내려섰다.

쿠오!

그로메스 백작을 감시하던 왼쪽 머리가 뒤늦게 그의 위치를 발견하고 꼬리를 회수하려 했다. 대지에 깊게 박힌 본히드라의 가시 꼬리가 흙의 저항을 받으며 느릿하게 뽑히고 있었다. 하지만 그것을 그냥 곱게 두고 본다면 희생을 당한 병사들에게 너무도 미안한 일이 될 것이다.

"어림없다. 파워 스윙!"

콰직!

그로메스 백작이 마치 야구선수가 배트를 휘두르는 것처럼 온몸과 회전력을 더해 투핸드소드를 휘둘렀다. 투핸드소드의 두터운 날에 걸린 꼬리의 외피가 부서져 뼈 조각들이 사방으로 튕겨졌다. 이어 몸의 회전력과 활성화시킨 소드 오라의 힘이 더해지자, 아름드리 통나무 몇 개를 겹쳐 놓은 것처럼 두터운 본히드라의 꼬리가 매끈하게 잘려지고 말았다.

쿠오오오!

고막이 터질 정도로 분노의 괴성이 터져 나오는 가운데, 본히드라의 왼쪽 머리가 그로메스 백작을 노리고 숙여졌다. 자신에게 상처를 준 그를 입에 넣어 씹어 죽이려는 듯 독니가 번뜩이는 입을 커다랗게 벌리고 있었다. 하지만 그로메스 백작은 준비가 되어 있었다. 그는 가시 꼬리를 잘라낸 기세를 이어, 아직도 옅은 푸른빛을 머금고 있는 투핸드 소드를 일직선으로 뻗어냈다.

"승리를 노래하리라! 크라이 오브 울프!"

아우우우우!

내뻗은 투핸드소드에서 송곳니를 드러낸 늑대 형상의 그림자가 빠르게 튀어나왔다. 그로메스 백작이 일곱 개의 스킬을 모아서 만든 자신만의 7등급 조합 스킬이었다. 소드 오라로 이루어진 늑대의 형상은 그대로 입을 벌리고 덮치던 본히드라의 머리를 관통했다.

콰아아!

본히드라의 머리가 폭죽처럼 터져 나갔다. 동시에 그로메스 백작은 자신을 향해 몰아치는 녹색 안개를 보았다. 괴물이 지닌 중앙의 머리가 그를 향해 독 안개를 강하게 내뿜은 것이다. 망치로 가슴을 얻어맞은 충격과 함께 그로메스 백작은 뒤로 튕겨져 버렸다.

쿠웅!

"크흑!"

바람에 날리는 휴지 조각처럼 몇 바퀴를 구른 그로메스 백작의 입에서 고통의 신음성이 터져 나왔다. 체력이 30%밖에 남지 않았다. 더구나 독 안개의 독성이 꽤 강한 것인지 눈앞이 어지럽고 체력이 빠르게 줄어들고 있었다. 서둘러 인벤토리를 열어 만약을 대비해서 지니고 다니던 해독제를 복용했다. 하지만 해독약을 복용했음에도 불구하고 몸의 떨리는 현상은 여전했다. 그나마 체력이 더 이상 감소되지 않는 것만으로 로그아웃에 대한 걱정을 덜었을 뿐이다.

급하게 몸의 중독 현상을 치료한 그로메스 백작은 본히드라가 있던 곳으로 시선을 돌렸다. 비록 몸을 가누기 힘들었지만, 괴물의 다음 공격에 대비하려는 것이다. 그리고 곧 두 눈을 부릅뜨고 말았다.

그를 공격하던 본히드라도, 주변에서 접전을 벌이던 본스네이크와 북부 군단의 병사들도 마치 지진이라도 난 것처럼 들썩이는 대지의 진동에 모두들 그로메스 백작처럼 제 몸을 스스로 가누지 못하고 있었다. 그때서야 그로메스는 자신의 몸의 떨림이 중독에 의한 것이 아님을 알 수 있었다. 자신 역시 저들과 같이 대지에 두 발을 딛고 있기에 지금의 이 지독한 흔들림에 몸을 비틀거려야 했던 것이다.

드드드드!

대지의 진동이 점점 더 심해졌다. 어찌나 흔들림이 심한지 제대로 균형을 잡을 수가 없어 모두들 바닥에 쓰러져 있었다. 그러던 어느 순간, 흔들리던 관문로 일부가 함몰되기 시작했다. 주저앉아 있는 그로메스 백작 앞에서 관문로 양 끝의 절벽과 절벽 사이로 마치 한 줄로 금을 그은 것처럼 5미터 정도의 넓이로 길게 땅이 꺼져 버렸다.

무너진 경사로에는 새롭게 4미터 높이의 벽이 나타나게 되었는데, 우수수 떨어지는 흙 사이로 인공적인 손길이 닿은 것이 분명해 보이는, 돌로 쌓은 석벽이 길고 웅장하게 그 모습을 드러내고 있었다. 특이한 것은 높이 4미터, 폭 70미터에 달하는 석벽의 중앙부에 높이 3미터 폭 25미터에 이르는 커다란 동굴로 보이는 구멍이 자리했다. 동굴의 좌우로 붉은색 갑옷을 입은 라자드맨과 푸른색 사제복을 입은 라자드맨의 석상이 짙은 흙먼지 속에 언뜻 모습을 보인 것 같았다.

고오오오!

어느새 진동은 점차 잦아들고 있었다. 그러나 대신 흙속에서 모습을 드러낸 의문의 석벽 깊은 동굴 속에서 마치 태고의 어둠의 괴물이 내지르는 것 같은 기이한 소리가 들려왔다. 그리고 동굴 안쪽에서 밖으로 불어오는 거센 바람 때문에 동굴 입구 근처의 병사들과 본스네이크의 몸이 관문로의 비탈진 경사로를 따라 낙엽처럼 구르고 있었다. 그때였다.

콰콰콰콰콰!

동굴 속에서 돌연 수십만 발의 화살을 쏘아 올린 것처럼 물줄기가 터져 나왔다. 어찌나 강한 압력에 떠밀려 왔는지 최초 수십 미터 높이로 치솟던 물줄기는 곧 중력을 이기지 못하고 고개를 숙이고 말았다. 이어 사우스빌로 길게 이어진 관문로를 향해 폭포수가 되어 떨어지기 시작했다.

촤아아아아!

동굴 속에서 끊임없이 물줄기가 쏟아져 나왔다. 쿠엘나가루 호수에 담겨 있던 물이 얀이 수문을 개방함에 따라 쏟아져 나오게 된 것이다. 수문이 모습을 드러낸 곳이 북부 군단과 스켈레톤 대군단이 접전을 벌이고 있는 격전지의 후방이라 피해는 남부 관문로를 따라 진군하던 파괴의 동맹군이 고스란히 뒤집어쓰게 되었다.

피할 곳도 없는 내리막 외길이었다. 얼음물처럼 차갑고 마치 해머로 후려치는 것처럼 강한 압력으로 쏟아지는 홍수에, 먼저 동맹군의 선두

에 나서고 있는 스켈레톤 대군단이 휩쓸려 들었다. 순간,

콰드드드득!

쿠어어!

최초의 노도에 휩쓸린 본히드라와 분스네이크의 몸이 그대로 수십 미터 떠밀려 내려가며, 거치적거리는 다른 본스네이크와 스켈레톤 병사들의 몸을 들이받았다. 곳곳에서 비명과 더불어 뼈가 부서지는 끔찍한 소음이 들려왔다. 그 어떤 마법보다도 더욱 강한 위력과 파괴력을 지닌 자연의 재앙이었다. 그리고 수문에서는 관문로의 모든 동맹군을 수몰 시키려는 듯 쏟아지는 폭포수의 기세가 점점 더 거세지고 있었다.

6

"이, 이럴 수가? 자, 자토만 요새에 저런 방어 체계가 있었다니!"

반야크 왕국의 국왕으로 파괴의 동맹군에 참가해서 현재 지휘권을 쥐고 있던 테오르는 타이탄 타란툴라 위에서 전방에서 벌어지고 있는 상황을 지켜보며 입을 다물지 못하고 있었다. 그가 바라보고 있는 것은 뼈로 만든 여덟 개의 발을 지닌 수정구였는데, 패밀리어를 통해 원거리의 전황을 살펴볼 수 있도록 암흑병단에서 테오르에게 제공된 물건이다. 초전의 불리함을 마법병단이 가세해서 전세 역전의 기회를 잡았는데, 난데없는 수문의 등장과 동맹군을 휩쓸어 내려오는 대홍수라니, 그는 도저히 현재의 상황이 믿기지 않았다. 그러나,

"국왕 전하! 속히 전군을 퇴각시켜야 합니다."

"사령관님, 대, 대책을 마련해 주시… 으아악!"

동시다발적으로 들려오는 보고는 지금 이 상황이 결코 허상이 아님을 증명해 주고 있었다. 이미 날이 완전히 밝아 멀리 산봉우리 정상까지 시야가 확보되어 있었다. 구불구불 이어진 관문로 끄트머리의 자토만 요새 근처에서 일어나는 희부연 물안개와 멀리 하얀 선으로 보이는 관문로를 푸르게 채색하며 몰려드는 노도의 격랑은 이미 육안으로도 충분히 관찰이 가능했다.

"불타는 뼈 군단에게 일차로 아군의 방어를 맡긴다. 모든 마법을 동원해서라도 저 홍수를 막아내라!"

테오르가 스켈레톤 대군단에 있는 '불타는 뼈' 마법병단에 지시를 내렸다. 이어 자신이 직접 지휘하고 있는 중군의 '붉은 탑' 마법병단을 호출했다. 곧 수정구에 레이븐 후작의 모습이 나타났다.

"레이븐 후작, 마법병단으로 저 홍수를 막아낼 수 있겠소?"

"아, 아마도 '불타는 뼈' 마법병단이 실패한다면 우리 '붉은 탑' 마법병단에서도 힘들 것 같습니다. 수문을 통해 아직도 대규모로 물이 쏟아지고 있는데, 지금의 상황에서 일반적인 마법으로는 도저히 그 압력을 막아내기 어렵습니다."

"제기랄! 중군에 텔레포트 스크롤의 보급은 얼마나 되어 있소?"

"지휘관을 포함해서 약 10% 정도 지급되어 있습니다. 아마 개인적으로 지니고 있는 이들을 고려해도 10%는 넘지 않을 것 같습니다."

"젠장! 일단 유사시에 텔레포트 스크롤이 지닌 이들은 모두 사우스빌로 이동하라고 하시오. 그리고 현재 중군의 최후방부터 사우스빌로 퇴각을 시키고, 마법병단에서 최대한 아군의 후퇴를 위한 시간을 벌어 주시오."

"알겠습니다."

명령을 내리는 테오르와 명령을 받는 레이븐의 안색은 모두 딱딱하게 굳어 있었다. 아무리 마법병단에서 시간을 끌어준다고 해도 전위로 나선 스켈레톤 대군단은 말할 것도 없고, 중군의 병력조차도 2/3 이상은 피해를 입게 될 것이 분명했다. 다행이라면 아직 사우스빌 외곽에 머물고 있는 샤크아이 백작의 후위군이 멀쩡했다. 그리고 마법병단도 플라이 마법으로 몸을 피할 수 있을 것이다. 스켈레톤 군단은 당장 회복이 불가능하겠지만, 시간이 지나면 다시 어느 정도의 군세를 확보할 수 있을 것이다.

자토만 요새를 다시 공격해 점령하려는 욕심은 이제 포기해야 했다. 저런 무서운 자연 병기를 지닌 요새를 다시 공격하는 것은 오히려 모든 것을 잃어버리는 결과가 될지 모른다. 문제는 이미 꺾여 버린 사기와 희생을 줄이고 얼마나 많은 병력을 건져 낼 수 있는가에 달려 있었다. 이미 수도 이전으로 민심을 잃어버린 반야크 왕국이다. 각 도시에 생겨나는 레지스탕스들을 최대한 빨리 수습하고 자토만 요새 반란군의 반격에 대비를 해야 할 것이다.

쿠르르 쿠르릉!

쿠엘나가루 호수의 맑은 물은 수많은 스켈레톤 병사들과 관문로에 깔린 흙을 삼키며 이미 시꺼먼 흙탕물의 폭군이 되어 있었다. 비탈진 남문로의 경사로를 타고 흐르며 물살의 난폭한 기세와 파괴력은 더욱 기세를 올리고 있었다. 부딪치는 모든 것을 부수고, 삼키고, 끌어당기며 쿠엘나가루의 폭군은 도망치는 적을 향해 승리의 괴성을 터뜨렸다.

"어둠의 원혼이 그대의 앞에 장벽이 되어 나타나리라. 본월!"

"모든 것을 얼리는 차가움이여, 그 어떤 것도 온전히 통과하지 못하리라. 아이스 월!"

테오르의 명령이 전달되었는지 '불타는 뼈' 마법병단 소속의 스켈레톤 마법사들이 플라이 마법으로 몸을 허공에 띄우고 폭군을 잠재우려고 나섰다. 그들은 관문로 중에서도 좁은 지형을 택해 뼈로 된 장벽을 세웠다. 주변에 가득한 스켈레톤 병사들의 뼈는 장벽의 재료로 동원되었다. 일차로 뼈로 장벽을 세우고 이차로 얼음 장벽을 세워 관문로 중간에 임시로 만든 제방을 보강했다.

"불타는 뼈' 마법병단이 관문로 중간에 만든 제방은 모두 두 개였다. 하지만 폭군의 빠른 속도에 첫 번째 제방은 미처 완성되기도 전에 거친 격랑의 도전에 그대로 붕괴되고 말았다. 이어 두 번째 제방은 폭군의 도발을 조금 견뎌주었다. 그러나 본월과 아이스 월로 보강한 이중 장벽은 생각보다 그리 튼튼하지 않았다. 물의 압력이 거세어지자 제방 가운데가 물혹처럼 부풀어 올랐다. 튀어나온 둥근 부분이 커질수록 제방은 약해졌다. 결국 몇 분을 버티지 못하고 먼저 중앙 부분이 터져 버리며 제방 전체가 무너지고 말았다.

하지만 두 번째 제방이 벌어준 몇 분의 시간은 세 번째 제방을 세우던 마법병단에게 커다란 도움을 주었다. 이미 두 번째 제방까지 무너지며 남아 있는 스켈레톤 군단도 얼마 남지 않은 상태였다. '불타는 뼈' 마법병단이 만든 세 번째 제방에 중앙군에 있던 '붉은 탑' 마법병단의 마법사들까지 달라붙었다. 첫 번째와 두 번째 제방의 상황을 보고 '붉은 탑' 마법병단 단독으로 만든 제방으로도 홍수를 막을 자신이 없었던 것이다.

더구나 중군에서는 스켈레톤 군단처럼 아무 거리낌 없이 희생시킬 재료나 자원도 없었다. 본월처럼 재료를 갖춘 것은 일단 마법이 완성되면 그 상태를 유지하는 것에 많은 마나를 소모하지 않지만, 아이스 월이나 파이어 월 같은 것은 오랫동안 유지하려면 막대한 마나를 소모하게 된다. 언제까지라도 쏟아져 나올 것 같은 홍수를 버티려면 튼튼하고도 제법 많은 시간을 버틸 수 있어야 했다. 그래서 '불타는 뼈' 군단과 '붉은 탑' 마법병단의 합작으로 세 번째 제방이 준비되었다.

"빨리 움직여라! 아이스 월 마법이 끝나면 다시 거미줄을 친다!"

이미 두 번째 장벽이 무너뜨린 물이 거침없이 스켈레톤 군단을 하나둘 집어삼키며 다가오고 있었다. 마법사들의 재촉에 스켈레톤 기사단의 움직임이 빨라졌다. 스켈레톤 나이트들이 타고 있던 헬스파이더들이 꽁무니에서 거미줄을 쏟아내며 지시대로 움직였다. 세 번째 장벽은 먼저 일차로 뼈의 벽을 만들고, 거기에 거미줄로 신축성을 돕고, 이차로 얼음의 벽으로 강화한다. 이후에 다시 거미줄을 다시 한 번 촘촘하게 깔아주고 마지막으로 다시 뼈의 벽을 세웠다. 하지만 그것으로 끝이 아니다.

쿠어! 쿠어어!

장벽 뒤에서 본스네이크가 잇달아 고개를 쳐들었다. 마법사들이 마지막으로 남아 있던 열 개의 스켈레톤 군단 중에서 '타락자의 뼈' 군단을 희생시켜 만든 것이다. 본스네이크가 마법병단에서 만든 장벽에 고개를 들이밀었다. 테오르가 타고 있는 타이탄 타란툴라가 장벽 중앙을 받치고, 그 좌우로 본스네이크로 이루어진 굵고 튼튼한 수백 개의 지지대가 생겨났다. 허공에서는 15,000명에 이르는 마법사들이 플라이 마법으로 몸을 띄우고 장벽 유지를 위해 마나를 보내고 있었다.

'무슨 일이 있어도 아군이 후퇴할 시간을 벌어주어야 한다. 몇 시간만 지킬 수 있으면 다행인데, 문제는 다크 나이트가 또 다른 준비가 되어 있을까?

완성된 장벽을 둘러보며 테오르가 마음속으로 중얼거렸다. 진군할 때는 오르막길이고 느릿한 걸음의 스켈레톤의 뒤를 따르느라 시간이 오래 걸렸다. 하지만 지금 후퇴는 내리막길이고 병력 중에서 10% 정도는 병목현상을 핑계로 먼저 사우스빌로 텔레포트 스크롤로 이동시켜 버렸다.

비록 수문에서 더 이상 물이 쏟아져 나오지 않더라도 이미 쏟아진 물 때문에 제방을 유지하고 있는 병력은 마법사들을 제외하고 모두 잃을 수밖에 없다. 그래도 나머지 병력만 있다면 힘들지만 반야크 왕국을 지켜낼 수 있을 것이다. 테오르는 제방이 얼마나 홍수를 막아낼 수 있을지 걱정했다. 더불어 아직 모습을 보이지 않는 다크 나이트에 대해 경계심이 들었다.

불과 얼마 전까지는 그렇게 주목할 만한 가치가 없다고 여겼지만, 이제는 그에 대한 자신의 판단이 틀렸음을 뼈저리게 느끼고 있었다. 방심의 대가로 이미 테오르는 트라자켄 제국에 대한 야망은 물론이고, 자토만 요새 반란군의 역습까지 걱정해야 하는 처지가 되어버린 것이다. 테오르가 내심 스스로를 자책하고 있을 때, 세 번째 제방으로 홍수가 들이치고 있었다.

쿠쿠쿠쿠쿠!

마치 천둥이 치는 것 같은 격렬한 소음과 함께 연이어 들이닥치는 묵직한 충격에 제방이 삐걱거리며 연신 비명 소리를 질렀다. 그러나 짧은 시간이지만, 15,000명이나 되는 마법병단의 마법사들이 공을 들인 제방은 쿠엘나가루 호수에서 튀어나온 폭군을 그럭저럭 막아내고 있었다. 만약 제방만으로 들이치는 홍수를 막으려고 들었다가는 아마도 두 번째 제방처럼 무너지고 말았을 것이다. 하지만 타이탄 타란툴라와 수백 마리의 본스네이크가 뒤를 받치고 있어 점차로 제방은 안정을 되찾고 있었다.

들이치는 물살은 빠르게 제방 앞에 쌓여 작은 호수가 되었다. 그러고도 남는 물은 협곡을 이루고 있는 관문로 좌우의 절벽 너머로 넘쳐 흘렀다. 파괴의 동맹군이 만든 세 번째 제방은 자토만 요새의 수공을 마침내 저지한 것이다. 이대로 시간이 더 흐르면 비록 전진은 못해도 안전하게 후퇴할 수는 있을 것이다. 하지만 자토만 요새의 연합군은 그들에게 자비를 베풀 생각이 없어 보였다.

휘리리리!

"크으으!"

"커헉!"

허공에서 바람을 찢는 것 같은 소리와 함께 화살비가 쏟아졌다. 제방 유지를 위해 플라이 마법으로 몸을 허공에 띄우고 있던 마법사들의 입에서 동시다발적으로 비명이 터져 나왔다. 흡혈박쥐를 쫓아버린 '블루 썬더' 와이번 기병대가 드디어 역공을 시작한 것이다.

"적이다! 붉은 탑의 마법사들이 적을 상대하라!"

테오르가 제방 유지를 '불타는 뼈' 마법병단에 맡기고, '붉은 탑'의 마법사들에게 반격을 명령했다. 이에 붉은 탑 소속의 마법사들이 제방에서 손을 떼고 와이번 기병대를 향해 마법을 날리기 시작했다. 곧 하늘에서는 화살과 여러 가지 마법이 얽힌 대규모 공중전이 펼쳐졌다.

"날카로운 바람의 칼날이여, 적의 심장을 가르리라! 윈드 커터!"

"뜨거운 불길이 영혼까지 불태우리라! 헬파이어!"

"차가운 얼음이여, 적을 구속하여 파멸로 이끌어라! 프로즌 오브!"

마법사들이 펼친 다양한 속성 마법들이 와이번 기병대를 향해 날아들었다. 잔뜩 흐렸던 하늘이 마법의 불꽃으로 환해졌다. 수백, 수천 개의 빛줄기로 화려하게 장식된 하늘은 마치 천지창조의 순간처럼 장엄하고 화려해 보였다. 그러나 와이번 기병대의 기병들은 아름답게 보이는 빛줄기가 자신들을 노리는 죽음의 불꽃임을 잘 알고 있었다. 저 화려한 색채에 넋을 놓고 있다가는 곧 까마득한 대지로 추락하는 처지가 될 것이다. 와이번들이 서로 간격을 벌리며 들이닥치는 마법을 피하기 위해 공중에서 묘기를 펼쳤다.

쾅앙!

퍼퍼퍽!

지지지지!

"으아! 사, 살려줘!"

"제, 제기랄! 두, 두고 보자!"

와이번 기병들이 필사적으로 회피 기동을 했음에도 불구하고, 무수히 날아드는 마법을 모조리 피하는 것은 불가능에 가까웠다. 대규모 마법 공격에 수백 기의 와이번이 격추당해 까마득한 지상으로 떨어졌다. 하지만 와이번 기병대가 마법을 뒤집어쓰고 있을 때, 그들이 발사한 화살비도 마법사들을 덮치고 있었다. 다음 마법을 캐스팅하고 있던 마법사들의 안색이 하얗게 물들어졌다.

투투투투!

"크아악!"

"커헉!"

와이번 기병대가 발사한 화살비가 마법사들의 머리와 몸통을 사정없이 꿰뚫었다. 하늘가에 붉은 피안개가 펼쳐진 가운데 화살에 당한 마법사들이 축 늘어진 몸으로 땅으로 떨어져 내렸다. 그렇게 마법과 화살은 하늘에서 교차해서 상대 진영에 막대한 피해를 주었다. 이어 착실하게 거리를 좁혀온 와이번 기병의 돌격전이 시작되었다.

"놈들은 움직임의 폭이 좁다! 동료들의 복수를 하자!"

우우우우!

와이번 기병대를 이끄는 엘시아의 외침에 기병들이 일제히 고함을 지르며 호응했다. 와이번 기병대가 다시 한 번 화살의 일제 사격 후 랜스를 앞세워 마법사들 속으로 뛰어들었다. 허공에 떠 있는 마법사들은 거의 제자리에 멈춰진 상태였다. 플라이 마법의 특성상 움직임이 매우 느려, 와이번 기병대의 공격을 피하기 어려운 상황이었다. 일부는 공간이동 마법인 블링크 마법을 쓸 수 있는 마법사도 있었지만, 장거리 이동의 워프 마법과 다르게 블링크 마법은 이동 거리가 매우 짧아 한 번의 공격을 피해도 곧 다른 와이번의 목표가 되어버렸다.

콰앙!

카우욱!

폭음과 함께 뜨거운 불꽃이 튀고 와이번의 비명 소리가 터졌다. 마법사 한 명이 공격해 온 와이번을 향해 화염 마법을 직격한 것이다. 가슴이 새까맣게 타버린 와이번이 고개를 뒤로 꺾으며 추락하기 시작했다. 동시에 마법사의 가슴에 화살 하나가 날아와 박혔다. 지나치던 와이번의 등에서 기병이 그를 조준하여 발사한 것이다.

하지만 그도 무사하지 못했다. 이번에는 마법사의 동료가 기병을 향해 마법을 발사했던 것이다. 반투명한 얼음의 창이 기병의 등에서 가슴을 뚫고 삐죽 고개를 내밀었다. 기병이 고개를 숙여 가슴을 내려다보더니 와이번에서 떨어져 발밑으로 떨어졌다.

카아아!

기병을 잃은 와이번이 괴성을 토하며 얼음 창을 날린 마법사를 노렸다. 이미 다음 마법을 캐스팅할 시간적 여유가 없었던 마법사는 순식간에 와이번의 부리에 몸이 낚여 버렸다. 와이번이 강철 같은 이빨로 마법사의 몸을 씹어버렸다.

"1시 방향에서 집결한다! 집결을 마친 편대는 3시 방향으로 이동하며 원거리 공격을 하라!"

마법사들의 군집을 뚫고 나간 얀이 블루 편대에게 지시를 내렸다. 흠뻑 붉은 피로 적셔진 날개를 펼치며 와이번들이 얀의 뒤를 따라 선회를 시작했다. 엘시아가 이끄는 썬더 편대가 블루 편대의 뒤를 따라 적진을 관통하는 동안에, 선회를 마친 블루 편대는 이미 마법사들을 향해 다시 화살 공격을 시작하고 있었다.

허공에 떠서 마음대로 움직이지 못하는 마법사들은 와이번 기병대에게 있어 고정 표적이나 다름이 없었다. 더구나 그들의 마법은 준비하는 데 캐스팅 시간의 제약이 있었고, 원거리 이동 표적을 맞추기가 쉽지 않았다. 기동력이 좋은 와이번 기병대는 날아드는 마법을 최대한 회피하며 상대적으로 연속 공격이 빠른 활로 마법사들을 공격했다.

휘리리리!

휘릭!

빠르게 공기를 가르는 화살이 휘파람 소리를 내며 꼬리를 물고 마법사들을 덮쳤다. 캐스팅이 빠른 일부는 공격 마법을 준비하다가 황급히 실드로 몸을 보호했지만, 캐스팅이 굼뜬 마법사들은 자신을 노리며 달려드는 화살촉의 반사광에 그저 두 눈을 감고 자신의 운이 좋기만을 기도했다. 하지만 애석하게도 와이번 기병대에서 날아드는 화살은 목표를 따라가 타격하는 가이드 에로우 스킬의 유도를 받고 있었다.

퍼퍼퍼퍽!

"크아아!"

"커헉!"

플라이 마법으로 몸을 가볍게 허공에 띄운 상태라 화살이 가슴에 박히기가 무섭게 마법사들은 뒤로 빠르게 튕겨져 날아갔다. 치명상을 입은 이들은 추락하며 몸이 투명하게 변하며 로그아웃되었다. 하지만 치명상을 입지 않았더라도 튕겨지며 동료와 부딪쳐 캐스팅 중이던 마법이 깨지기도 하고, 다른 마법사가 쏘아낸 마법의 궤도에 끼어들어 온몸이 불타거나 얼음 조각이 되어 부서지기도 했다.

"이번 공격에 저항하는 놈들을 모조리 해치우고 뼈다귀들을 처치하러 간다! 모두 돌격하라!"

얀이 애조 마제스티를 타고 급강하하면서 소리쳤다. 그의 뒤로 블루 편대와 썬더 편대로 나누어진 와이번 기병대 약 4,500기가 따라붙었다. 붉은 탑 마법병단의 최초 일제 공격에 400기가 희생되었고, 방금 전의 돌격에서 다시 100기 정도가 희생되었던 것이다. 이에 맞서는 붉은 탑 마법병단의 마법사들은 거의 절반 정도가 남아 있었다. 하지만 아직 적에게는 1만 명의 '불타는 뼈' 마법병단이 건재했다. 그들이 홍수를 막는 제방에 매달리고 있을 때, 빨리 반야크 왕국의 마법병단을 쓸어버려야 했다. 그리고 스켈레톤 마법사들을 공격해서 장벽을 무너뜨리고 동맹군에게 최대의 손실을 입혀야 하는 것이다.

얀은 블루 썬더 와이번 기병대가 이번 전투에서 1/5의 병력도 건지지 못할 것을 예상하고 있었다. 아무리 지금 파괴의 동맹군 마법사들이 제방 유지에 분산되었고, 공중전에서 와이번 기병대의 상대가 되지 못하더라도 그들은 정예의 마법사들이고 숫자가 너무 많았다. 만약에 적이 힘을 한군데로 모을 수 있었다면 마법사들에게 접근도 못하고 모두 격추되고 말았을 것이다. 다행히 적의 지상군은 홍수를 겁내 후퇴하고 있었고, 마법사들은 거센 수공을 막으려고 병력이 분산되었다.

얀으로서는 이 기회에 기병대를 모조리 잃더라도 적의 마법사들을 공격해서 제방을 무너뜨리고, 어둠의 결계를 내장한 골렘을 처치해서 빨리 전쟁을 끝낼 생각을 하고 있었다. 파괴의 왕이 없는 남부대륙에서 너무 오래 붙잡혀 있을 수 없었다. 동부대륙의 아함브라에 있는 자신의 소중한 마탑을 지키러 곧 떠나야 했기 때문이다. 와이번은 다시 잡아 길들이면 되고 로그아웃이 된 유저는 시간이 지나면 다시 씩씩한 전사로 되돌아올 것이다. 그러나 얀의 마탑은 한 번 허물어지면 다시는 원 상태로 되돌릴 수가 없다. 지금 여기서 전투를 벌이고 있어도 얀의 마음은 이미 동부대륙에 가 있었다.

"무기를 휘둘러라! 적을 해치워라!"

얀은 부하들을 독려하며 적진으로 뛰어들었다. 그의 손에 검은 안개가 피어나는 긴 채찍이 들려 있었다. 채찍의 끝은 세 가닥으로 갈라져 있었고, 갈라진 끄트머리에 은색으로 빛나는 해골 모양이 장식처럼 매달려 있었다. 예전에 '어둠의 문' 퀘스트에서 수문장 '오버시어'를 죽이고 얻은 아이템이다.

채찍은 '복종의 채찍'이라는 이름을 지니고 있었다.

채찍은 기본 공격력에 암흑 데미지 30% 추가와 정신 계열 마법 저항력 20% 상승의 옵션이 있었다. 그리고 한 가지 특이한 것이 있다면, 착용자보다 정신력이 절반 이하의 정신력을 지닌 몬스터에 대해 자신의 수하로 거느릴 수 있는 복종 스킬이 내장되어 있었다. 물론 자신보다 레벨이 낮아야 하며, 하루에 열 마리 이상을 거둘 수 없고, 일정 기간이 지나면 다시 스킬을 사용해서 복종 상태를 유지시켜야 하는 제약 조건이 있다.

얀은 이 채찍을 이용해서 와이번을 붙잡아 블루 썬더 와이번 기병대를 창설했다. 그동안 엘시아에게 맡겨놓고 와이번 기병대 창설에 필요한 와이번의 확보를 위해 맡겼지만, 기병들의 와이번라이딩 스킬의 숙련도가 높아져 더 이상 와이번의 재복종 과정이 필요치 않게 되었다. 결국 은근히 욕심을 품고 있던 엘시아의 기대를 깨뜨리며 얀이 이번 전투에 앞서 도로 회수하게 되었다. 자신이 지닌 책의 종속자가 된 발록이 사용하는 화염 채찍을 보고 자신 역시 무기로 채찍 하나 정도는 사용하고 싶었던 것이다.

짜악!

얀이 휘두르는 채찍에 마법사가 머리를 두 손으로 부여잡고 튕겨졌다. 얀을 향해 얼음의 창을 날려 보냈지만 겨우 5클래스 유저의 숙련도 마법은 얀의 마법 저항력을 생각하면 맞아도 별다른 충격을 줄 수 없었다. 그러나 마제스티가 먼저 위험을 감지하고 날개를 비틀어 마법을 뒤로 흘려보냈다. 이에 얀은 채찍을 휘둘러 마제스티의 수고에 대한 보답을 확실하게 해주었다. 채찍 끝에 달린 해골 모양의 금속 구에는 자세히 보면 날카로운 돌기가 무수히 달려 있었는데, 제대로 맞으면 뼈가 부러지고 스쳐도 살점을 떼어낼 정도의 위력이 있었다. 튕겨진 마법사가 정상적으로 전장에 복귀할 확률은 거의 희박했다.

카아!

마제스티가 얀의 처리에 만족의 울음을 토해냈다. 아마도 놓쳤다면 와이번의 충성심이 조금은 하락했을지도 모른다. 얀이 타고 있는 블랙 와이번 마제스티는 자존심이 강해 자신을 공격한 상대를 결코 용서하지 않았다. 만약 얀이 마법사를 놓쳤다면 다시 뒤를 쫓아가서라도 상대를 발톱으로 찢어버리고 말았으리라. 아직 마제스티의 충성도가 완전 복종에 이르려면 멀었는데, 이번 기회에 얀에 대한 충성도가 조금은 올랐을 것이다.

휘익!

덩달아 기분이 좋아진 얀의 낚시 솜씨도 상승했는지, 크게 휘두른 채찍이 저 멀리서 허둥대던 마법사 한 명의 허리를 휘감았다. 얀이 낚싯대를 채듯이 채찍을 끌어당겼다. 채찍에 몸이 감긴 마법사가 힘없이 딸려왔다. 얀이 그를 마치 먹이를 주는 것처럼 마제스티 앞으로 보냈다.

빠각!

"으악!"

무엇인지 부서지는 소리와 함께 팽팽하던 채찍이 힘을 잃고 얀에게 회수되었다. 곧이어 와이번이 마치 껌을 씹는 것처럼 무엇인가를 입 안에서 씹다가 툭 내뱉는 소리가 들렸다. 굳이 무엇을 입에 물었었는지 확인해 볼 필요는 없었다. 시간이 지날수록 얀과 마제스티는 한 몸이 되어 적진 속을 누비기 시작했다. 아직 먹이는 많았다. 이번 기회에 얀과 와이번은 전우애가 더욱 돈독해질 것 같았다.

"찌, 찢어 죽일 다, 다크 나이트!"

테오르는 하늘을 올려보며 발을 동동 굴렀다. 간신히 마법병단을 동원해서 동맹군을 위협하는 홍수를 막았나 싶었는데, 다크 나이트가 데리고 온 와이번 기병대가 하늘을 휘젓고 다니며 마법사들을 사냥하고 있었다. '붉은 탑' 마법병단 소속의 마법사들이 놈들을 막아주기를 바랐지만, 역시나 움직임이 둔해진 하늘에서 방패막이도 없이 마법사들로만 와이번 기병대의 공격력과 파괴력을 막아내는 것이 힘들어 보였다.

차라리 모든 마법병단의 마법사들이 한꺼번에 대규모 마법공격을 와이번 기병대에 가했다면 승산이 높았을 것이다. 그러나 '불타는 뼈' 마법병단은 중앙군의 퇴각을 돕기 위해 제방 유지에 모든 힘을 쏟아야만 했다. 그 탓에 현재 '붉은 탑' 마법병단은 거의 와해되기 일보 직전이었다. 그리고 '불타는 뼈' 마법병단도 곧 위험한 상황에 몰릴 것이 분명했다. 이는 제방의 붕괴와 동맹군의 중앙군의 대부분인 반야크 왕국 정예군에 심각한 위협으로 연결되는 것이다.

"젠장! 마법병단이 언제까지 버텨줄 수 있을지. 중앙군을 포기하고 마법병단을 건져야 하나, 아니면 마법병단을 버리고 중앙군을 택해야 할까?"

테오르는 전황을 살피며 마음속의 갈등을 입 밖으로 중얼거리고 말았다. 마법병단도 전력으로 커다란 가치가 있었고 자신의 기반 세력인 중앙군도 쉽게 포기할 수 없었다. 그렇게 테오르는 어느 한쪽으로도 결론을 내지 못하고 시간만 축내고 있었다. 결국 그가 결단을 내리지 못하는 사이에 전황은 테오르의 예상보다 더욱 최악의 상황으로 흘러가게 되었다.

"크아악!"

하늘을 울리는 비명 소리가 잦아드는 가운데, '붉은 탑' 마법병단 소속의 마법사들은 거의 전멸의 피해를 입었다. 이제 와이번 기병대는 '불타는 뼈' 마법병단의 스켈레톤 마법사들을 향해 움직이기 시작했다. 와이번 수는 이제 3,500기 정도가 남아 있었다. 마지막까지 반항하던 마법사들은 마법병단에서도 고 레벨의 유저들로, 특히 마법병단을 이끄는 레이븐 후작은 대단한 실력을 지니고 있었다. 그도 마나가 고갈되자 결국에는 분노한 와이번의 발톱에 시체도 남기지 못했다. 하지만 추락해 버린 1,000기의 와이번 중에서 대략 80기의 와이번이 레이븐의 손에 쓰러졌다. 반야크 왕국 궁중 마법사의 실력은 결코 녹록치 않았던 것이다.

"아직 뼈다귀들이 남아 있다! 놈들을 해치우고 제방을 붕괴 시켜야 한다! 서둘러라!"

얀이 마제스티 위에서 채찍을 휘두르며 부하들을 재촉했다. '붉은 탑' 마법병단의 레이븐 후작을 처치하는 데 생각 외로 손실이 커지고 시간을 많이 잡아먹었다. 이미 수문에서는 더 이상 물줄기가 쏟아져 나오지 않았다. 그럼에도 적이 마법으로 만든 제방은 무너지지 않고 버티고 있었다. 내버려 둔다면 적의 대군은 안전하게 사우스빌로 퇴각할 것이다. 그것은 전쟁이 길어질 가능성이 커지는 것으로 결코 얀이 원하는 결과가 아니었다.

"블루 편대는 나를 따라 우측으로, 썬더 편대는 엘시아 자작을 따라 좌측으로 접근한다. 편대 선회!"

얀의 지시에 전장을 정리한 블루 편대와 썬더 편대가 다시 둘로 나뉘어 제방의 양쪽 끝으로 이동했다. 그리고 곧 얀과 엘시아의 명령에 따라 일제히 화살을 날렸다. 돌격에 앞서 기선을 제압하려는 의도였다.

휘리리릭! 휘릭!

테오르에게서 아직 별다른 명령이 내려지지 않았다. 이에 제방 유지에 온 힘을 쏟고 있던 스켈레톤 마법사들에게 화살 공격은 거의 확실한 사망 선고나 다름없었다. 편대별로 수백 발씩 꼬리를 물고 날아드는 화살에 스켈레톤 마법사들은 단말마의 비명과 함께 산산이 부서져 버렸다. 그들의 부서진 뼈 조각이 장대비처럼 하늘에서 지상으로 떨어졌다.

뒤늦게 테오르의 지시로 '불타는 뼈' 마법병단 1/3의 병력이 와이번 기병대와 전투를 개시했다. 이것이 또 다른 테오르의 실책이 되어 버렸다. 차라리 잠시 제방에서 손을 떼고 모든 마법사를 동원해 일제 공격을 지시하는 것이 좋았다. 당장 제방이 무너지지 않는 이상, 적을 소탕하고 안정적으로 제방을 수리하며, 아군의 후퇴를 위한 시간 벌기가 가능했을 것이다. 하지만 그는 소심하게 병력을 나누어 와이번 기병대를 상대하게 했다. 이는 오히려 얀과 와이번 기병대가 다루기 쉽게 대병력을 작게 쪼개주는 역할을 했다. 얀으로서는 테오르가 일부러 자신을 도와주는 것이 아닌가 하는 착각까지 들 정도였다.

퍼퍼퍼펑!

콰지지직!

"컥!"

"허억!"

드디어 반격에 나서는 스켈레톤 마법사들을 향해 일제히 화살을 날리기 무섭게 와이번 기병대에게도 적의 마법들이 쏟아지기 시작했다. 날아든 불덩이에 와이번이 괴성을 지르고 몸을 비틀며 괴로운 비명을 터뜨리는 것과 동시에 기병이 등에서 튕겨져 날아가고, 검은 번갯불이 근접해서 비행 중인 세 기의 와이번을 한꺼번에 감전시켰다. 바람의 칼날에 날개를 잃어버린 와이번의 구슬픈 비명과 몸이 얼어붙어 비명도 지르지 못하고 추락해 버리는 와이번들도 속출했다. 그러나 얀과 와이번 기병대는 입술을 지그시 깨물며 더욱 빠르게 '불타는 뼈' 마법 병단을 향해 질주해 나갔다.

휘이이이!

빠각!

쿵!

귓전을 스치는 세찬 바람 소리가 와이번의 속도를 가늠케 하는 와중에 적이 눈에 크게 들어온다 싶은 순간, 이미 와이번은 적진에 파고들고 있었다. 날개에 부딪친 스켈레톤 마법사들이 작은 충격과 더불어 그대로 몸이 터져 나갔다. 비록 머리가 파괴되지 않아 완전히 파괴된 것은 아니지만, 부서진 뼈가 산산이 흩어져서 넓은 지역으로 떨어져 다시 흩어진 뼈를 모아 몸을 재생하는 것만으로도 놈은 모든 마나를 소모할 것이다.

지상전이라면 흩어지는 면적이 적기에 다시 일어나는 놈과 상대하기보다 한 번에 파괴하는 것이 좋다. 그러나 지금의 시점에서는 스켈레톤 마법사들의 머리를 노려 완전 파괴를 하는 것보다, 놈들의 부서지기 쉬운 몸을 깨뜨려 허공에 흩뿌리는 것이 더욱 효율성이 좋았다. 설령 놈들이 뼈다귀를 다시 모아서 재공격을 한다 해도 그때는 이미 제방이 무너진 다음이 될 것이다.

휘이이! 탁!

"캐액!"

얀은 팔과 손목을 이용해서 채찍을 휘돌리고 끊어 쳤다. 그렇게 강한 힘을 준 것은 아니지만, 스켈레톤 마법사들을 처리하는 것에는 문제가 없었다. 마제스티의 빠른 비행 속도가 채찍에 얹어져서 그 충격에 살짝 스치기만 해도 스켈레톤 마법사들의 몸은 맥없이 부서져 버렸던 것이다. 얀의 뒤를 따르는 기병들도 '붉은 탑' 마법병단과의 전투보다는 더욱 손쉽게 적을 상대하고 있었다.

드드드드!

쩌엉!

제방에서 무엇인가 뒤틀리는 소리가 들렸다. '불타는 뼈' 마법병단을 노리는 와이번 기병대를 상대하기 위해 병력을 빼내자, 그때까지 안정적으로 물의 범람을 막던 제방이 조금씩 비명을 지르기 시작했다. 그리고 다시 이차로 병력을 빼내기가 무섭게 제방은 붕괴의 조짐을 보이고 있었다. 파랑이 들이칠 때마다 뼈 조각이 제방에서 떨어져 나갔다. 그리고 제방 안쪽의 얼음 장벽에서 얼음이 갈라지고 깨어지는 소리가 들려왔다. 제방을 지탱하고 있는 본스네이크들도 가중되는 압력에 이미 몸을 부들부들 떨고 있었다.

쿠어어!

본스네이크 한 마리가 결국 압력을 이기지 못하고 비명을 질렀다. 거대한 본스네이크의 몸통이 잘게 조각으로 부서져 제방 아래에 뼈 무덤을 이루었다. 그것이 신호였을까. 지금까지 잘 버티고 있던 다른 본스네이크들도 하나둘 쓰러지기 시작했다. 여기저기서 본스네이크 쓰러지는 속도가 점점 빠르게 늘어났다. 겨우 힘을 모아 버텨왔는데 쓰러진 놈들의 압력까지 떠맡게 되자 결국 체력의 한계에 도달한 것이다. 스켈레톤 마법사들이 와이번 기병대의 공격에 숫자가 부족해지며 제방의 갈라진 틈과 얼음벽을 미처 메우지 못하고 빠르게 떨어지는 본스네이크의 체력을 제때에 회복시켜 주지 못한 것이 원인이었다.

드드드드!

쿠우우우!

소음이 점차 커지는가 싶더니 처음 제방을 지탱하던 본스네이크가 사라진 제방의 상부가 압력을 이기지 못하고 무너져 버렸다. 그리고 곧 제방 곳곳에서 구멍이 생겨나며 물줄기가 포물선을 그리며 솟구쳤다. 드디어 제방이 붕괴를 시작한 것이다. 손가락 굵기의 물줄기는 곧 주먹 정도 크기로, 다시 성인 머리보다도 크게 굵어졌다. 물줄기의 압력이 얼마나 거세었던지 물줄기에 맞은 본스네이크의 몸통에 퍽퍽 구멍이 뚫리고 있었다.

"제방이 무너진다!"

누군가의 외치는 소리가 들리는 가운데 제방은 서서히 뒤로 몸을 눕혔다. 그리고 겨루던 상대를 쓰러뜨린 것이 기분이 좋은 듯 거침없이 당당한 모습으로 물살이 제방을 타넘고 쏟아졌다. 무너지는 제방의 파편에 얻어맞고 거센 물살에 휘말린 본스네이크들이 뒤로 튕겨져 곧 흙탕물에 잠겨 버렸다.

쿠쿠쿠쿠!

승리의 함성을 지르며 튀어나온 격류는 곧바로 후퇴하는 동맹군의 후미를 맹렬하게 추격했다. 아직 멀리 도망치지 못한 동맹군의 중앙군은 얼마 지나지 않아 추격자에게 덜미를 잡히고 말 것이다. 타이탄 타란툴라의 몸통을 들이치며 튀어 오르는 물방울에 온몸을 흠뻑 적시며 테오르는 자신의 등 뒤로 도도히 흘러가는 격류를 패배자의 시선으로 바라보고 있었다. 그러나 이내 그의 눈은 시뻘건 분노로 활활 타오르기 시작했다.

"모두 죽여라! 저놈들만큼은 단 하나도 살려두지 마라!"

테오르가 '불타는 뼈' 마법병단에게 와이번 기병대에 대한 총공격을 명령했다. 아직 스켈레톤 마법사들은 6,500명 정도가 남아 있었다. 몇 번의 공중전을 거치고도 살아남은 와이번은 약 3,200기, 아직도 '불타는 뼈' 마법병단이 병력 수로 우위에 있었다. 하지만 실제적인 전력을 따지면 오히려 와이번 기병대가 우세를 점한다고 볼 수 있었다. 하늘은 와이번의 터전이었지만, 마법사들은 제약이 많은 공간이었기 때문이다. 그렇다고 해도 대량으로 펼쳐지는 마법 공격은 쉽게 승리를 장담하기 힘든 위력을 지니고 있다.

슈우우우!

휘리리릭!

서로를 향해 수백, 수천 줄기의 마법과 화살이 교차해서 날아갔다. 마법에 적중된 와이번이 하늘을 떠나가도록 비명을 질렀다. 불길과 얼음, 숯덩이로 변한 와이번과 기병들이 무수히 추락했다. 동시에 화살 공격을 받은 스켈레톤 마법사들도 각기 수백 개의 뼈 조각으로 부서져 마치 비처럼 대지로 흩뿌려졌다. 번개 줄기와 불덩어리, 얼음의 파편과 부서진 뼈 조각, 붉은 피와 고통의 신음 소리가 하늘을 뒤덮고 있었다.

서로간에 대규모 일제 사격으로 막대한 피해를 입힌 가운데, 와이번 기병대의 돌격에 의한 접근전이 벌어졌다. 마법 공격에 살아남은 와이번은 이제 1,500기 정도였고 아직 마법병단의 병력은 4,000명이 넘었다. 하지만 근접전이 벌어지게 되자 '불타는 뼈' 군단은 병력의 우위를 살리지 못했다. 마법병단과 마법사는 근접전보다는 원거리 대규모 집단공격에서 그 위력을 발휘하는 병력이기 때문이다.

딸그락딸그락!

채찍을 휘두르며 전투에 임하고 있던 얀은 귀에 거슬리는 소리에 발밑으로 시선을 두었다. 그의 발치에 몸통을 잃은 스켈레톤 마법사의 해골이 떨어져 있었는데, 적의로 붉게 물든 눈으로 입을 벌려 그의 레더부츠를 깨물고 있었다. 아마도 얀이 해치운 놈들 중의 하나로 추정되는데, 몸통은 부서졌지만 우연히 머리가 얀의 발밑으로 굴러 떨어진 것 같았다.

"죽.어.라. 인.간."

얀이 발을 흔들어 놈을 떼어냈다. 몇 번을 흔들자 겨우 해골의 머리가 떨어졌다. 그럼에도 불구하고 놈은 다시 턱을 움직여 얀의 발에 다가와 다시 깨물려고 했다. 그러는 해골에게서 얀에 대한 저주의 말이 내뱉어지고 있었다.

"인.간.이.여. 어.둠.에. 삼.켜.지.리.라."

"이런 건방진 놈이! 입만 살아가지고!"

콰직!

얀이 다가오는 놈의 머리를 가차없이 밟아버렸다. 그의 발길질에 해골이 부서지며 두 눈의 붉은 빛이 꺼져 버렸다. 동시에 남은 잔해는 곧 한 줌의 재로 변해 바람에 쓸려 사라져 버렸다. 그러는 동안에 그를 태운 마제스티는 어느새 적진을 관통하고 있었다. 그 덕분에 얀은 잠시 발아래 관문로의 상황을 살펴볼 잠시의 여유를 갖게 되었다.

"헉! 벌써 물이 놈들을 따라잡았잖아? 내가 여기서 노닥거릴 때가 아닌데."

얀은 이미 제방을 무너뜨린 홍수가 사우스빌로 후퇴하던 적군을 따라잡아 그들을 집어삼키고 있는 것을 보았다. 무너진 제방이 있는 곳에는 오직 타이탄 타란툴라만이 남아 있었다. 워낙 덩치가 크고 무게가 나가기에 홍수도 집어삼키지 못한 것이다.

지금 이 순간이야말로 얀이 기다리던 상황이다. 지상에서 그를 방해할 적군은 아예 전무했고, 하늘도 이제는 대충 정리가 되었다. 끈질기게 살아남은 1,200기의 와이번이 1,800명 정도로 줄어든 스켈레톤 마법사들을 처리하고 있었다. 와이번 기병대의 희생이 컸지만, 덕분에 적의 마법병단 두 개를 잡은 것이다. 어둠의 결계를 품은 골렘만 처리한다면, 남부대륙은 사뮤엘라의 북부 군단과 용병들로 안정을 찾을 수 있었다.

"가자, 마제스티. 이제 저놈만 잡으면 우리의 전쟁은 끝이다."

카오!

얀이 마제스티에게 타이탄 타란툴라에 접근할 것을 지시했다. 마제스티가 짧게 화답하며 날개를 펼쳐 비행 궤도를 수정했다. 이어 급류 속에 간신히 버티고 있는 타이탄 타란툴라를 향해 날아갔다. 얀은 곧 골렘 위에 아직 적군의 기사 한 명이 남아 있는 것을 볼 수 있었다. 실버 플레이트 아머에 진홍의 망토를 두르고 있었는데, 얼핏 보기에도 그리 만만한 상대는 아닌 것 같았다.

"가슴에 새겨진 문장은 분명 황금의 전갈. 젠장! 스콜피온 나이트?"

얀은 기사의 가슴에 새겨진 문장에서 상대가 누군지 알게 되었다. 대륙의 10대 용병의 한 명으로, 드래고니아 왕국을 쿠데타로 뒤엎고 새로 반야크 왕국을 세운 스콜피온 나이트 테오르 국왕이었다. 하지만 상대하기 껄끄럽다고 여기에서 그를 외면할 수는 없었다.

탁!

얀은 골렘을 스쳐 날아가는 마제스티의 등을 박차고 타이탄 타란툴라 위로 가볍게 착지했다. 골렘은 적이 자신의 등에 탄 것에 대해 기분이 나빴는지 가볍게 꿈틀거렸다. 그러나 거친 물살에 떠내려가지 않으려고 버티기에도 힘든지, 아니면 자신을 지키고 있는 테오르를 믿는 것인지 얀에 대한 적대적인 행동에 나서지는 않았다.

"어서 오게, 다크 나이트!"

얀이 내려서자 테오르가 두 팔을 벌려 그를 환영하는 포즈를 보였다. 물론 그의 표정은 웃고 있었지만, 두 눈은 얀에 대한 적의로 불타오르고 있었다. 하지만 대륙의 10대 용병에 속해 있는 이름과 걸맞게 착지하는 상대에 대한 기습 공격을 하는 예의없는 행동은 없었다.

"이렇게 전장에서 인사를 나누게 되었군요, 스콜피온 나이트!"

얀은 상대가 그를 바레이타의 대공이 아니라 용병 다크 나이트라 칭하자, 역시 테오르를 용병 스콜피온 나이트로 대했다. 이는 테오르가 10대 용병의 한 명으로서 아직 황금 용병패도 없이 동격의 명성을 얻고 있는 그에 대한 경계와 응징의 의도를 담고 있는 태도에, 같은 용병의 한 명으로 도전을 취하는 형식이 되어버렸다. 테오르의 눈썹이 한차례 꿈틀거렸다.

"제법 배짱이 좋군. 과거에 자토만 요새에 유명했던 브라스 얀이라는 명성은 나도 들어본 적 있지. 그런데 자네의 모습을 보니 왠지 처음 보는 얼굴이 아닌 것 같은데, 자네 생각은 어떤가?"

테오르의 말에 얀의 가슴이 뜨끔했다. 사실 테오르와 그는 초면이라고 하기에는 깊은 악연이 있지 않은가? 자신이 착용하고 있는 '블랙 드래곤의 위엄' 세트 아이템을 얻을 당시, 그는 흑룡의 신전을 정복하려던 철혈기사단 길드의 뒤를 몰래 따라갔다. 그리고 그들에 의해 만신창이가 된 블랙 드래곤 미가엘라를 손쉽게 처치했었다. 지금까지 얀이 가진 모든 것은 당시에 얻은 행운에서 시작되었다고 볼 수 있다.

당시에 테오르는 미트란의 유력 길드를 이끌고 있었고, 자신은 헤세와 헤어져 미트란에서 잠시 머물던 상태였다. 그래도 클로즈베타부터 시작했기에, 미트란에서도 상위권에 들었기에 테오르나 철혈기사단의 길드원들과 가끔 사냥터에서 마주친 적이 있었다. 그리고 가끔 사냥터를 독식하려는 철혈기사단과 일반 유저나 중소 길드 간의 소소한 분쟁에 얀 역시 그들을 성토하는 입장에 끼어 있기도 했다. 하지만 당시 테오르는 얀에게 까마득한 위치에 있었고, 직접 대면해서 한마디 말조차 나눈 적이 없었다.

"잠시 미트란에 머물었지. 서로 친분을 나눈 적은 없었소."

얀이 테오르의 물음에 딱딱한 태도로 답했다. 한때 같은 지역에서 활동했지만, 서로가 별다른 관계가 없다고 상대가 그렇게 알아주기를 바랐다. 하지만 테오르는 얀의 기대를 깨뜨렸다.

"역시! 이제 대충 궁금증이 풀렸네."

"무슨?"

테오르의 과장된 태도에 얀이 되물었다. 그런 얀을 바라보며 테오르가 입을 열었다. 마치 오랫동안 찾아다니던 빚쟁이를 찾은 자의 눈빛이었다.

"얼마 전부터 자네가 입고 있던 갑옷에 대해 이상한 소문이 떠돌더군. 예전에 흑룡의 신전에 있었던 블랙 드래곤 미가엘라가 죽으며 남긴 아이템이라고 말이지. 오래전 나도 미가엘라를 노리다가 실패했었네. 그래서 더욱 귀가 솔깃해졌지. 자네 명예를 걸고 한번 대답해 주지 않겠나? 그 갑옷이 흑룡의 신전에 있던 미가엘라가 남긴 것인가?"

얀은 잠시 침묵했다. 테오르는 그가 숨기고 싶은 것을 짐작하고 있는 것이다. 약간의 시간이 지난 후, 얀은 무겁게 고개를 끄덕였다.

"그렇소."

"그렇군. 나는 궁금했네. 내가 미트란을 떠나고 다시 돌아 올 동안에 우리 길드원을 제외하고 누구도 블랙 드래곤을 실제로 보았다는 사람이 없었지. 그런데 미가엘라에게서 나온 아이템은 자네에게 있고 말이야. 그 원정이 있던 날에 자네도 던전에 있었나?"

테오르는 정확하게 추측하고 있었다. 대륙의 10대 용병에 오르고 반야크 왕국을 세운 것을 봐도 인물은 인물이었다. 얀은 다시 고개를 끄덕였다.

"운이 좋게 내가 미가엘라를 죽일 수 있었소. 당신들이 던전을 폐쇄하고 안에 있던 사람들을 내쫓거나 죽이기에 숨어 있었지만, 그대들의 전투에는 관여하지 않았소. 단지 나 역시 던전의 보스 몬스터를 보고 싶은 호기심에 뒤를 따랐지. 결과적으로 당신들이 모두 쓰러지고 난 뒤에 상처를 입은 미가엘라를 내가 쉽게 잡을 수 있었고, 아이템을 얻었소. 하지만 그대들이 전투에서 이겼다면 이 아이템은 당신에게 돌아갔겠지."

이미 테오르와 일행의 전투가 모두 끝나고 도착한 얀이 어부지리를 얻게 되었지만, 이런 결과에 대해 얀이 도의적으로 미안한 감은 있을지 몰라도 얀이 그들에게 어떤 보상을 해줄 의무는 없었다. 그들도 자신들의 이익을 위해서 던전을 폐쇄하고 유저들을 학살하지 않았던가. 그 것에 대해 테오르도 별다른 이견은 없는 것 같았다.

"물론이네. 이성적으로 자네의 말이 맞지. 하지만 사람은 이성과 다른 것을 함께 갖추고 있지. 바로 감정이네. 그날 이후로 전력을 크게 소모하고 길드원 대부분이 패널티를 받게 되었지. 미트란을 사실상 지배하던 길드는 적대 길드들의 도전에 와해되어 버렸네. 물론 당시 철혈기사단 길드의 평판은 나도 잘 알고 있네. 약육강식의 논리를 충실히 따르던 길드였지. 결국 자업자득이라고 해도 할 말은 없겠지. 아무튼 나와 레이븐과 미첼은 비참하게 변방으로 쫓기게 되었고, 얼마 전에야 간신히 재기에 성공할 수 있었네.”

대화를 하는 동안 테오르의 표정은 점점 험악하게 일그러지고 있었다. 철혈기사단 길드가 해체되고 거의 맨몸으로 미트란을 떠나야 했던 과거의 일들이 떠올랐기 때문일까? 터져 나오는 분노를 억지로 억누르면 지금의 테오르의 표정이 될 것 같았다.

“그런데 말일세. 내가 그렇게 고생하는 동안에 다크 나이트의 명성이 대륙을 크게 진동하더군. 그리고 그가 지닌 아이템이 내가 비참하게 된 그날과 연관이 있고, 결국 자네는 여기로 돌아와서 내 야망을 다시 물거품으로 만들고 있군그래. 내가 자네에게 품고 있는 감정을 이해하겠나?”

얀은 아무 말도 하지 않았다. 자신이 일부러 그런 것은 아니지만, 그와 자신은 어딘지 꼬여 버린 질긴 악연이 확실히 존재했다. 그리고 그것은 결코 말 몇 마디로 풀리지 않을 사안이었다.

“무기를 들게. 자네를 파멸로 이끌어야 내 가슴속의 악마가 가라앉겠지. 오늘은 먼저 자네의 피로 내 갈증을 조금 풀어보겠네.”

차앙!

말을 마치기가 무섭게 테오르가 그의 바스타드 소드를 꺼내 들었다. 오크 종족과의 랭킹이 통합되기 이전에 휴먼 종족에서 세 번째로 소드마스터에 올랐던 그다. 미가엘라에게 강제 로그아웃을 당하고 패널티를 입어, 통합 검사 랭킹에서 20위권 밖으로 밀려났지만, 어느새 다시 랭킹 9위에 자신의 이름을 올려놓고 있었다.

촤악!

얀이 채찍으로 바닥을 찍어 준비가 되었음을 알렸다. 그러자 테오르가 공격 자세를 갖추며 입을 열었다.

"자네가 주로 쓰는 무기는 검으로 알고 있는데. 검사 랭킹에도 11위에 올라 있고 말이야. 채찍을 쓰는 다른 이유가 있나?"

과거와 다르게 이미 모든 랭커들이 공개되고 있었다. 파티에서의 정보는 비공개가 가능하지만, 각 직업의 상위 1,000명은 무조건 레벨과 유저 명이 조회를 하는 모든 유저가 확인할 수 있게 된 것이다.

"별다른 이유는 없소. 일단 손에 들려 있기도 하고, 검을 쓰게 되면 쓰겠소."

"제법 자신감이 넘치는군. 좋아, 자네가 검을 꺼내게 만들어주지."

그것으로 입으로 하는 대화는 끝이 났다. 이제는 마주치는 무기로 대화를 나눌 시간이다. 테오르가 바스타드 소드를 치켜세웠다. 칼끝에서 푸른빛이 쭈욱 솟구쳤다. 레벨 200을 넘어 소드 마스터 중급에 이른 증거였다. 소드 오라(검기)의 발전형인 소드 블레이드(검강)였다.

이에 얀의 채찍도 검은색으로 번들거렸다. 물론 얀도 레벨 200이 넘으며 소드 마스터 중급에 올라섰다. 하지만 아직 숙련도가 낮고 길이도 긴 채찍에 소드 블레이드 스킬을 응용하기에는 마나의 소모량이 너무나 많았다.

"일루전 소드어택!"

테오르의 몸이 흐릿하게 변하더니 서너 개의 잔영으로 눈을 현혹시키며 얀을 향해 검을 내질렀다. 동시에 얀도 일루전 스텝을 밟아 적의 공격 방향을 어지럽게 만들며 몸을 피했다. 그리고 얀의 채찍도 상대를 노리고 움직이기 시작했다.

"독룡출해!"

검은 채찍이 뱀처럼 구불구불한 모양을 만들며 방원 5미터의 머리 위를 덮었다. 얀의 반응을 보기 위해 가볍게 찔러왔던 테오르가 몸을 뒤로 물리고 있었다. 뒷걸음질치는 그를 향해 독사처럼 검은 채찍이 떨어져 내렸다.

촤아악!

크르르릉!

바닥에 얕게 뱀이 기어간 것 같은 흔적이 남았다. 그들이 발을 딛고 있는 타이탄 타란툴라가 화가 났는지 가볍게 진동을 보였다. 테오르는 그림자만을 남기고 이미 몸을 허공으로 띄워놓고 있었다.

"파워 스트라이크!"

콰아앙!

이번에는 테오르의 바스타드 소드가 타이탄 타란툴라의 등에 가볍게 상처를 냈다. 만약 일반 대지였다면 1미터 이상 깊게 파였을 것인데, 워낙 튼튼한 골렘의 외부 방어력 덕분인지 겨우 약간의 흠집만이 생겼을 뿐이다. 얀은 뒤로 두 걸음 물러나며 테오르의 공격을 회피했다. 테오르가 착지를 하며 무릎을 숙인 자세에서 그대로 튀어나오며 물러서는 얀을 따라붙었다.

"더블슬래쉬!"

날카롭게 좌우 두 번의 사선 베기 공격이 펼쳐졌다. 순식간에 얀은 몸통이 4등분될 위기에 처했다. 이에 얀은 발끝을 강하게 튕겨 뒤로 물러서는 속도를 빨리하며 몸을 빙글빙글 회전시켰다. 회전하는 그의 몸을 따라 검은 채찍이 그의 몸을 칭칭 동여맸다.

카아앙!

"큭!"

다행히 소드 오라를 펼치고 있어 채찍이 갈라지지는 않았다. 그러나 몸에 두른 채찍 위로 가해진 두 번의 칼질에 얀은 가볍게 충격을 받았다. 하지만 채찍으로 몸을 보호한 덕분에 외부 상처도 없었고, 약간 떨어진 체력은 금방 회복되는 경미한 피해에 불과했다.

"노룡패미!"

뒤로 튕겨지던 얀의 몸이 멈추며 갑자기 역으로 회전하기 시작했다. 채찍 끝으로 바닥을 강하게 찍어 회전 방향을 변경하며 몸에 감긴 채찍을 풀어 적을 공격하는 스킬을 펼친 것이다. 얀의 몸이 회전할 때마다 풀려지는 채찍이 얀에게 덮쳐드는 테오르를 향해 빠르고 불규칙적으로 떨어져 내렸다.

파파파파팡!

성난 뱀이 덤비는 것처럼 거친 채찍 공세에 테오르는 바스타드 소드를 휘둘러 몸을 보호했다. 하지만 휘어져 들어오는 모든 공격을 막아 낼 수는 없었다. 그의 실버 아머에 검은 뱀이 기어간 것 같은 흔적이 남겨졌다.

"채찍은 많이 사용되는 무기가 아닌데 좋은 스킬을 구했군. 대단하네."

사정거리에서 벗어난 테오르가 자신의 갑옷을 살피며 얀의 공격에 감탄을 보냈다.

"경매장에 제법 투자를 했소. 마음에 들었다니 다행이오."

시간이 날 때마다 경매장에 발품을 판 덕분이다. 채찍 무기의 스킬북은 상점에서 판매하는 것이 없어 몬스터에게 드롭이 된 것을 구해야 했다. 직접 만들 수도 있겠지만 당장 숙련도를 올리려면 우선 몇 가지 스킬을 갖추지 않을 수 없었다. 다행히 6단계 조합 스킬 등급의 스킬북을 미프로이 경매장에서 구할 수 있었다. 아마도 공포의 계곡 스네이크 벨리에서 드롭이 된 것 같았는데, 제법 쓸모 있는 스킬들이 담겨져 있어 적지 않은 돈을 내고 얻을 수 있었다.

"그런가? 괜찮아 보이지만 자네의 몸을 지키기에는 부족할 걸세."

테오르는 다시 바스타드 소드에 힘을 주었다. 푸른색의 소드 블레이드가 아까보다 더욱 늘어났다. 테오르의 무기가 얀을 향해 휘둘러졌다.

"스페셜 토네이도!"

순간 바스타드 소드가 얀을 향해 던져졌다.

빙글빙글!

푸른빛을 머금고 회전을 거듭하던 칼은 점차 속도가 빨라지더니, 마치 회오리바람 같은 궤적을 그리며 얀에게 날아들었다. 순간 얀의 얼굴이 굳어졌다. 테오르의 이 스킬을 전에 본 적이 있었다. 바로 예전 흑룡의 신전에서 미가엘라에게 큰 상처를 주었던 것으로, 드래곤이 내뿜은 브래스를 거슬러 올라가 타격을 입힐 만큼 위력이 강한 스킬이었다.

"혈해광룡!"

얀이 채찍을 머리 위에서 좌우로 크게 휘둘렀다. 해골 모양의 금속구를 끄트머리에 달고 있어 마치 세 개의 머리를 지닌 삼두사처럼 나누어진 채찍은, 세 마리의 뱀이 되어 얀의 주위를 미친 듯이 돌아다녔다. 그리고 휘감고, 찌르고, 후려치며, 주변의 모든 것을 파괴하려는 것처럼 몸부림쳤다.

콰콰콰콰!

바스타드 소드와 얀의 채찍이 맞부딪친 자리를 중심으로 커다란 폭음과 충격파가 퍼져 나갔다. 타이탄 타란툴라의 튼튼한 외피가 쩍쩍 깊게 갈라졌다. 그리고 관문로를 도도히 흐르던 격류도 잠시 흐름이 끊기고 물방울이 수십 미터 높이로 튀어 올랐다.

"크윽!"

얀은 충격을 이기지 못하고 몸이 뒤로 주르륵 밀려나고 말았다. 밀려나는 얀의 발이 거의 바닥에서 주먹 하나 높이로 떨어져 있었다. 만약 타이탄 타란툴라의 다리에 부딪치지 않았다면 얼마나 더 밀려났을지 모른다. 다행히 타이탄 타란툴라가 격류에 휩쓸리지 않으려고 관문로 절벽에 박아 넣은 다리에 부딪쳐 겨우 흙탕물 속에 떨어지는 것을 모면할 수 있었다.

뒷목이 뻐근하고 등이 부서질 것처럼 아팠다. 뒤이어 손목과 팔도 고통을 호소했다. 얀은 고통을 참고 자세를 바로 잡았다.

후두두둑!

허공으로 튕겨졌던 물방울이 그제야 여름날의 폭우처럼 얀의 전신을 두들기며 떨어져 내리고 있었다. 이미 들고 있던 채찍은 찢겨지고 잘라져 만신창이가 되어 있었다. 다행히 파괴되지는 않았지만 수리를 하지 않으면 사용할 수 없는 상태가 되어 있었다.

차앙!

얀은 채찍을 집어넣고 롱소드 구스타프와 다크 소드를 꺼냈다. 더 이상 여유를 부릴 처지가 아니었다. 만신창이가 된 것은 채찍만이 아닌 것이다. 얀의 전신도 소드 블레이드의 파편에 갑옷 여기저기가 찢겨져 있었고, 맨살이 드러난 부분에는 붉은 피가 빗물과 함께 흐르고 있었다.

"이제 제대로 할 마음이 생겼나? 하지만 조금 늦은 것이 아닐까? 그

몸으로 얼마나 견딜 수 있겠나?"

테오르가 얀의 상태에 우려의 말을 건넸다. 하지만 결코 얀의 상태를 동정하는 것은 아니다. 그가 입가에 머금은 잔인한 미소와 먹이를 노리는 맹수의 눈빛이 그것을 증명하고 있었다.

"후후후! 조금 전까지 몸이 뻐드드했는데 지금은 몸이 조금 풀린 것 같소. 기대해도 좋을 것이오."

얀이 아직도 뻐근한 손목을 부드럽게 돌리며 여유를 보였다. 누구라도 지금의 상황을 보면 얀이 객기를 부린다고 여길 것이다. 테오르의 갑옷도 지저분해 보였지만, 어디까지나 흙탕물을 뒤집어썼기 때문일 뿐이다. 거기에 비해 얀은 걸치고 있는 갑옷이 여기저기 찢겨 있었고, 드러난 상처에서는 계속 붉은 피가 쏟아져 나오고 있었던 것이다. 하지만 눈빛만은 누구도 우열을 점치기 어려울 정도로 둘의 눈은 활활 타오르고 있었다.

"그 입만큼 자네의 검술이 내게 만족을 주기 바라네."

"결코 실망하지 않을 것이오."

말을 마치기가 무섭게 이번에는 얀이 테오르를 향해 움직였다. 테오르는 그런 얀의 공세를 반겼다. 검사 대 검사로, 스콜피온 나이트 대 다크 나이트의 대결에서 완전히 상대를 굴복시킬 생각이었다. 그것도 단칼에 상대의 숨통을 꿰뚫어 버려 자신에 대한 공포를 그 몸에 새겨 주고 싶었다.

"차압! 블러드 일루전!"

얀이 펼친 것처럼 경쾌하고 빠르게 스텝을 밟다가 돌연 빙글 몸을 한 번 회전시켰다. 동시에 그의 좌우로 두 개의 그림자가 튀어나왔다. 일루전 스텝을 밟았을 때처럼 얀의 몸이 셋으로 나누어진 것이다. 그런데 일루전 스텝과 다르게 흐릿한 모습이 아니라, 얀의 모습과 두 개의 환영은 구분하기 힘들 정도로 또렷하다는 차이가 있었다.

"흥! 큰소리를 치더니 겨우 일루전 스텝이라니. 실망이다, 다크 나이트!"

테오르는 잔뜩 기대했던 자신을 실망시킨 다크 나이트에 대해 분노성을 토했다. 소드 마스터에 이르면 누구나 배울 수 있는 일루전 스텝을 조금 발전시킨 것이 아닌가? 겨우 그것을 가지고 자신을 이기려고 덤비는 얀의 행동이 너무도 한심하고 가소롭게 여겨졌다.

"마지막이다. 스페셜 토네이도!"

테오르의 바스타드소드가 다시 급회전을 하며 얀과 환영을 일거에 쓸어버리려는 것처럼 기세 좋게 튀어나갔다. 동시에 테오르를 향해 달려들던 얀과 두 개의 환영이 들고 있던 롱소드와 다크 소드에서도 황금색과 검은색의 소드 블레이드가 피어올랐다. 스페셜 토네이도 스킬을 시전하던 테오르가 그 모습에 문득 고개를 갸웃했다.

'이상한데? 환영들이 본체처럼 소드 블레이드를 피워 올리다니……'

아무리 흐릿하던 환영을 본체와 구분하기 힘들게 구현했다지만, 이미 스킬이 펼쳐져 나타난 환영이 본체가 일으킨 소드 블레이드 모습까지 표현한다는 것이 이해가 되지 않았다. 환영은 처음 나타난 모습에서 더 이상의 변형이 일어날 수 없기 때문이다. 문득 테오르의 가슴에 불안감이 엄습했다. 동시에 테오르가 펼친 스페셜 토네이도와 얀과 환영이 한 점에 겹쳐졌다.

콰콰콰콰콰콰!

아까보다 더욱 커다란 충격파가 발생했다. 타이탄 타란툴라가 비명을 지르며 몸을 꿈틀거렸다. 충격파에 골렘의 두터운 외피 전체가 마치 메마른 논이 갈라지는 것처럼 갈라지고 있었다. 충격파의 진원지를 중심으로 물방울이 하늘 높이 솟구쳤다. 흐르던 격류가 충격파에 다시 위로 밀려나고, 물방울이 하늘로 튕겨진 자리에 관문로의 맨바닥이 잠시 모습을 드러냈다.

"쿨럭!"

테오르는 가슴과 허리에서 느껴지는 찌릿한 느낌에 자신도 모르게 몸이 부르르 떨려왔다. 비명을 지르고 싶어 벌린 입에서는 붉은 핏물이 기다렸다는 듯이 튀어나왔다. 그는 잠시 피를 토하며 자신이 입은 상처의 수를 세었다. 놀랍게도 상처는 모두 여섯 군데였는데, 모두가 강제 로그아웃에 이를 수 있는 치명적인 상처였다. 고개를 들어 바라보니 무기를 거두고 있는 얀의 모습이 잡혔다. 역시 입에 핏물을 머금고 있었고 갑옷의 상처도 더 늘었지만, 테오르 자신처럼 치명상을 입은 곳은 없는 것 같았다.

"화, 환영이 아, 아니었나?"

테오르가 간신히 입을 열어 얀에게 자신이 품은 의문의 해답을 구했다. 묵묵히 테오르를 바라보던 얀의 고개가 끄덕이고 있었다. 테오르는 떨리는 몸을 간신히 통제하며 제자리에 앉았다. 지금의 상황을 이해하고 싶어 조금이라도 강제 로그아웃의 시간을 늘리려는 의도였다.

"화, 환영이 아니라 모두가 시, 실체 여, 였다니. 노, 놀랍군. 마스터급인가?"

"그렇소. 내가 만든 블러드소드 스킬북의 마지막 스킬이오."

〈블러드 일루전〉

스킬명:블러드 일루전(이도류)

요구 레벨:150레벨(소드 마스터 초급)

스킬 딜레이:24시간

공격 데미지:없음

소모 마나량:1000MP

지속 시간:레벨과 숙련도에 영향을 받음(최초 30초)

효과:시전자와 똑같은 능력의 분신을 만든다. 회피율이 10% 상승한다. 각각의 분신은 시전자가 사전에 지정해 둔 스킬을 사용해 적을 공격한다. 분신이 사용하는 스킬의 마나는 본체에서 빠져나가며, 본체에 마나가 부족하면 분신은 스킬을 사용할 수 없다. 공격력은 본체가 착용한 것과 같은 무기를 지니고 적을 공격한다(일반적인 공격과 스킬 공격 모두 본체와 공격력이 동등하다).

상대의 스킬을 제대로 파악하지 못하고 방심까지 했다. 테오르 자신의 패배는 너무도 당연한 결과였다. 테오르는 자신의 손에 끼워진 뼈로 만든 반지가 재로 변해 사라지는 것을 보고 있었다. 파괴의 왕이 동맹의 증표로 그에게 준 스켈레톤 링이다. 그리고 현재 자토만 요새를 공격하던 동맹군의 사령관을 증명하던 상징이다. 테오르의 생명력이 다하자 그를 떠나게 된 것이다.

셋으로 갈라진 파괴의 동맹군 중에서 아스란 왕국과 반야크 왕국의 동맹은 이제 깨어졌다. 더구나 자신의 죽음으로 후계자가 없는 왕국의 운명은 곧 풍전등화의 처지가 되었다. 또다시 자신은 모든 것을 잃어버리게 된 것이다. 하지만 이미 한 번의 쓰라린 고통의 세월을 겪었다. 과거의 경험을 살리면 다시 재기를 꿈꿀 수 있으리라.

"이, 이번에도 네가 이, 이겼다. 하지만 다, 다음에는 반드시 너를 쓰러……."

테오르는 채 말을 잇지 못하고 쓰러지고 말았다. 그의 몸이 회색으로 물들다가 곧 투명하게 사라지고 말았다. 하지만 얀에게는 아직 할 일이 남아 있었다. 바로 타이탄 타란툴라에 내장된 어둠의 결계다. 얀은 이실디엔의 마법사들이 준 유도장치를 꺼내 타이탄 타란툴라의 갈라진 외피 속에 설치했다.

삐이익!

얀의 휘파람 소리에 대기하고 있던 마제스티가 곧 날개를 펼치며 다가왔다. 얀은 곧 와이번으로 옮겨 탔다. 어느새 '불타는 뼈' 마법병단을 청소하고 1,100기로 줄어든 와이번이 하늘에 넓게 퍼져 있었다. 얀은 일단 와이번 기병대를 자토만 요새로 돌려보냈다. 타이탄 타란툴라의 등에서 하늘 높이 한줄기 하얀 빛이 솟구치고 있었다. 유도장치에서 발생한 빛기둥이다. 얀은 곧 수정구로 이실디엔 마법사를 이끄는 스머프 자작을 호출했다.

"유도장치를 설치했소. 마법을 발동하시오."

"기다렸습니다, 대공 전하!"

스머프 자작이 얀의 지시에 밝은 표정으로 대답했다. 이미 전투는 거의 종결되었다. 마법진의 발동은 승전에 확실한 마침표를 찍는 절차였다. 지시를 내리고 얼마 지나지 않아 하늘이 더욱 어두워졌다. 썬더 스톰 마법진에 의해 구름층이 더욱 두터워졌기 때문이다.

콰르르! 콰릉!

먹구름 층에서 천둥소리와 함께 가끔 환한 발광 현상이 일어났다. 얀은 마제스티를 관문로 아래 절벽 지대로 고도를 낮추어 비행하게 했다. 괜히 고공에서 얼쩡거리다가 눈먼 번개를 맞을 생각이 없었다. 구름이 낀 하늘에서는 점차 천둥과 발광 현상이 잦아지고 있었다. 구름층 전체가 가느다란 번갯불로 뒤덮여 있었다. 문득 실뱀 같은 번갯불이 관문로 상공으로 꾸물꾸물 모이는 것 같다는 생각이 들었다. 집결 장소는 유도장치에서 숫구치는 조그만 빛줄기 위였다. 아예 와이번의 등에 팔베개를 하고 누운 자세로 얀이 정신없이 하늘을 올려다보고 있을 때다.

번쩍!

콰아아아아!

수천 가닥의 번갯불이 구름층 한곳에 집결하더니 거대한 빛의 기둥이 되어 내리꽂혔다. 신의 형벌과도 같은 거대한 번개 기둥은 감히 상상을 하지 못할 경외감을 안겨주었다. 번개 기둥에 직격을 당한 타이탄 타란툴라의 몸이 한순간에 흙모래로 변해 사방으로 튀어 올랐다. 동시에 관문로를 따라 수십만 명이 일제히 내지르는 거대한 비명이 터져 나왔다. 타이탄 타란툴라를 직격했던 거대한 번개 기둥이 곧바로 관문로의 흙탕물을 따라 퍼지며 후퇴하던 파괴의 동맹군을 일제히 새까만 숯덩이로 구워 버리고 만 것이다. 수십만 명이 일제히 내지르는 비명은 하늘을 크게 떨쳐 울리고 나가라스 산맥 곳곳에서 메아리로 반향이 되어 돌아왔다. 그것은 얀과 자토만 요새의 용병들이 듣기에 한없이 장엄하고 웅장한 오페라, 한편으로 슬프고 가슴이 섬뜩해지는 장송곡 같은 이중적인 느낌을 주었다. 곧이어 자토만 요새에서 터져 나오는 커다란 환호 소리가 또다시 나가라스 산맥에 메아리쳐

울렸다.

벌떡!

누워 있던 얀은 자리에서 급히 몸을 세웠다. 썬더 스톰 마법진에 의해 거대한 번개 기둥이 떨어진 자리에서 튀어 오른 흙모래 속에서 반짝이는 물체 하나가 길게 포물선을 그리며 떨어지고 있었다. 얀은 직감적으로 아이템 냄새를 맡았다. 얀이 마제스티를 재촉해서 떨어지는 빛줄기를 따라붙었다. 가까이 근접하니 크기가 작은 보석 같았는데, 무척이나 환한 빛을 스스로 내뿜고 있었다. 이대로 땅에 떨어지게 놔둔다면 산산조각이 날 것이 분명했다. 얀은 마제스티에게 속력을 더욱 빨리 할 것을 주문하며 손을 길게 내뻗었다.

덥석!

무려 500미터를 급 할강을 하고서야 얀은 문제의 아이템을 손에 잡을 수 있었다. 조금만 더 늦었으면 아이템도 놓치고 그 자신도 대지에 처박혀 강제 로그아웃이 될 뻔했다. 다급하게 수평 비행으로 전환하는 마제스티의 등 위에서 얀은 손바닥을 펼쳐 어렵게 얻은 아이템을 확인했다. 약간 검은 빛이 감도는 수정이었다. 조금 전까지 눈부신 빛을 뿜어대던 수정은 그의 손에 잡히자 더 이상 빛을 내뿜지 않았다. 하지만 왠지 보통 아이템은 아닐 것 같았다. 얀은 서둘러 아이템의 옵션을 살폈다.

〈두려움과 공포를 다스리는 수정〉

오래전 깊은 어둠에 갇히게 된 마족들은 중간계로 되돌아오기를 원했다. 하지만 오랜 전쟁 끝에 그들을 쫓아낸 용족은 결코 그것을 용납하지 않았다. 이에 마족을 이끄는 어둠의 군주들은 직접 중간계의 강림을 통해 마계로 통하는 문을 열고자 했다. 하지만 숙주를 통해 강림한 마왕은 마계에서의 능력을 온전히 발휘하지 못했다. 그들은 번번이 뜻을 이루지 못하고 용족의 지원을 받은 영웅들에게 쓰러지고 말았다. 파괴의 왕 루드라는 두 번째 강림에서도 쓰라린 패배를 경험하며 스스로 자신의 이를 뽑아 중간계에 남기고 돌아갔다. 마왕이 직접 가공한 수정은 이후 어둠을 숭배하는 무리에게 두려움과 권위의 상징이 되었다. 누구라도 이것을 얻는 자는 어둠의 군주가 남긴 권능의 일부를 얻을 수 있으리라.

"헉!"

얀은 아이템의 옵션을 살피고는 숨을 급히 들이켰다. 대박이었다. 과거 드래곤 하트의 목걸이를 얻고서 목걸이의 소켓에 맞는 보석들을 찾아다녔지만 아직까지 단서조차 찾지 못하고 있던 마지막 보석을 드디어 얻게 된 것이다. 이 수정을 얻음으로 그는 드래곤 하트 목걸이의 능력을 온전히 사용할 수가 있게 되었다. 얀의 기쁨에 찬 환호성이 허공에 길게 메아리쳤다.

"심봤다아아아아!"

〈드래곤 하트의 목걸이〉

재질:드래곤의 심장

방어:방어력 없음. 소켓 아이템(5)

기본 옵션:지식(INT)+10, 마나 200MP 증가

붉은 대지의 숨결:착용자의 체력 증가(500HP)

골드 드래곤의 눈물:착용자의 마나 증가(800MP)

늙은 용사의 미소:착용자의 회복 속도를 증가시킨다(HP, MP, SP 3배 증

가, 레벨별 회복 속도의 영향을 받음).

두려움과 공포를 다스리는 수정:착용자는 하위 클래스의 언령 마법을 사용할 수 있다(제한 조건:착용자의 마법 등급이 7클래스에 이르러야 한다).

"결국 자네의 우려가 맞았네. 그들이 쿠엘라베의 힘을 깨울 수 있었다니……."

사우스빌의 외곽에 주둔 중이던 파괴의 동맹군 진영에서 샤크아이 백작은 전황을 보고받고서 자신의 옆으로 시선을 옮기며 입을 열었다. 그의 시선이 향하는 곳에는 검은색의 사제복을 입고 있는 라자드 맨이 있었다. '끝나지 않는 악몽' 마법병단의 지휘관 체체바흐 백작이었다. 그의 가슴에 새겨진 푸른색 뱀눈 모양의 문장이 눈길을 끌었다.

"신중을 기했을 뿐입니다. 설마 놈들에게 우리가 오래전 잃어버린 '나가의 푸른 눈동자'가 있을 줄은 몰랐습니다."

체체바흐 백작이 회한에 젖은 눈빛을 보이고 있었다. 그는 몰락한 쿠엘라베 왕국의 후손이었다. 과거 신성한 보석을 잃어버리고 그의 선조들은 오랜 세월을 대제사장의 권위를 인정받지 못했다. 위엄과 존경은 사라지고 그저 왕권의 들러리로 전락해 버렸던 것이다. 그러다가 쿠엘라베 왕국과 도시는 인간의 침략을 받아 잿더미로 변하고 말았다. 만약 그 당시에 신성한 보석이 있었다면 왕국은 그렇게 허망하게 무너지지 않았을 것이다.

"이제 그 소재를 알았으니 나중에라도 되찾을 날이 올 것이네. 힘을 내게."

"그 말씀을 귀중하게 간직하겠습니다. 훗날 쿠엘라베의 형제들에게 큰 힘이 될 것입니다."

"알았네. 언제든 내 힘이 필요하다면 도움을 줄 것이네. 하지만 오늘은 아니야. 파괴의 왕께서는 우리에게 아스란 왕국을 재건하는 것이 우선이라고 하셨네. 테오르를 도운 것은 단지 적의 세력을 분산시키는 유인책에 불과해. 군주께서 우리에게 맡긴 사명을 먼저 이루도록 하세."

"마하루이 왕국과 아스란 왕국을 재건해 어둠의 영역을 넓히려는 군주님의 뜻을 제가 어찌 모르겠습니까? 이미 오랫동안 인내의 시간을 보냈습니다. 이제 단서를 찾았으니 즐거운 마음으로 다음 기회를 기다리겠습니다."

"고맙네."

샤크아이는 체체바흐에게 진심으로 감사를 표했다. 아스란 왕국의 부활과 재건에 그들의 힘이 꼭 필요했다. 체체바흐가 이끄는 '끝나지 않는 악몽' 마법병단은 대부분이 쿠엘라베 라자드맨으로 이루어져 있었다. 그리고 쿠엘라베 라자드맨 중장보병 10만 명도 현재 참전하고 있었다. 파괴의 왕이 빌려준 타이탄 타란툴라마저 잃은 마당에 그들이 여기서 쿠엘라베 왕국의 부활을 위해 독자적인 행동에 나서면 이제 걸음마를 다시 떼는 아스란 왕국의 미래도 불안해진다. 그 역시 몰락했던 아스란 왕국의 후예 체체바흐의 결단이 얼마나 힘든 결정인지 잘 알고 있었던 것이다.

'그나저나 반야크 왕국의 혼란을 이용해서 자토만 요새의 사뮤엘라 왕자와 우리 아스란 왕국이 이제부터 서로 얼마나 영토를 넓힐 수 있을지 경쟁이 시작되는 것인가? 재미있겠군.'

샤크아이는 혼란이 극에 달한 사우스빌을 바라보다가 천천히 타고 있던 말머리를 돌렸다.

"우리의 왕국 아스란으로 돌아간다! 대오를 유지하라!"

샤크아이 백작이 먼저 앞장을 섰다. 1만 명의 백합 기사단과 4만 명의 중장기병대가 그의 뒤를 따랐다. 뒤이어 체체바흐가 이끄는 마법병단이 대열에 합류했고, 서슬갈기 부족과 폭풍갈기 부족으로 이루어진 켄타우로스 10만 명이 움직였다. 그리고 각각 열 개 군단으로 이루어진 붉은 투구 스켈레톤과 데스토리아 좀비전사, 쿠엘라베 중장보병의 순서로 사우스빌을 차례로 떠났다. 멀리 사라지는 그들의 등 뒤로 남부 관문 도시 사우스빌의 하늘에서 먹구름이 걷히며 푸른 하늘이 모습을 드러내고 있었다.

파괴의 동맹군이 철수하고 자토만 요새는 평온을 되찾았다. 하지만 한때 동맹군에 점령당했던 사우스빌은 곳곳에 전투의 흔적이 아직 남아 있었고, 도시 곳곳에 진흙 뻘이 쌓여 있는 곳이 많았다. 남부 관문로를 타고 사우스빌 북문으로 유입된 수공(水攻)의 잔재였다. 자토만 요새로 후퇴했던 주민들이 돌아와 수비군 병사들과 함께 진흙과의 전투를 새롭게 벌이고 있었다.

자토만 요새에 머물고 있던 용병들도 대부분 사뮤엘라 왕자가 용병협회에 의뢰를 한 도시 복구 퀘스트를 받아 주민들과 함께 땀을 흘리고 있었다. 골목 입구마다 진흙 뻘을 긁어낸 검은 흙이 가득 쌓이고,

말이 끄는 수레가 흙을 성 밖으로 나르고 있었다. 무너진 성벽과 부서진 건물마다 돌을 나르고 망치를 든 주민과 용병들로 가득했다.

뜨거운 뙤약볕에 덥고 힘이 드는 작업이지만 주민들은 터전을 다시 일구기 위해, 용병들은 자신들이 지켜주지 못한 죄책감을 달래려고 복구 작업에 열심이었다. 하지만 주민들과 용병 모두의 얼굴에는 밝은 미소가 걸려 있었다. 말로만 들었던 어둠의 군대는 상상치 못했던 두려운 힘을 보여주었는데, 그토록 무섭고 공포스러운 어둠의 손길에서 벗어난 기쁨이 지치고 힘겨운 몸을 조금이나마 가볍게 해주고 있었던 것이다.

용병들의 휴식처인 '영웅들의 함성' 주점은 이런 사우스빌의 분위기 때문에 평소보다 매우 한산했다. 원래 상급 용병이 일행으로 있어야 하는 입장 제한 조건도 있고, 현재 용병들은 거의 대부분 복구 작업 참가에 열성을 보이고 있었던 이유도 있었다. 곧 자토만 요새를 박차고 나가 반격을 펼치려는 반격 작전이 있는데, 도시 복구 퀘스트 중에서 적어도 세 개는 완료해야 원정에 참가가 가능하다는 소문이 있었기 때문이다.

하지만 해가 중천에 떠오른 정오 가까이 되자, 영웅들의 함성 주점으로 몇 명씩 무리 지어 모여드는 이들이 있었다. 검은 로브를 입고 두건을 깊게 눌러쓴 이들도 있었고, 중무장한 갑옷을 걸치고 손에 도끼를 든 자들과, 깃털이 달린 모자를 쓰고 가죽옷에 활을 손에 든 무리도 있었다. 하나둘씩 모여들던 무리는 열 번째로, 뿔처럼 생긴 모자와 갈색 로브에 긴 스태프를 든 마법사들을 마지막으로 더 이상 주점의 문을 두드리는 이는 없었다.

"어서 오세요!"

주점을 찾은 이들은 하얀 제복에 금빛 허리띠를 길게 늘어뜨린 종업원의 안내를 받았다. 그들은 주점 중앙에 별도로 마련한 것으로 보이는 열한 개 테이블 중 한 자리로 안내 되었다. 테이블에는 안내 받은 이들의 문장이 그려진 냅킨이 각각 놓여 있었는데, 비어 있는 마지막 자리를 마법사들이 차지하게 되었다.

이 열한 개의 테이블을 차지한 이들이 주점을 찾은 손님의 대부분을 이루고 있었지만, 주점의 구석진 자리 세 곳에 흩어져서 은밀하고 날카로운 시선으로 주점 중앙에서의 회합에 관심을 두고 있는 이들도 보였다. 구석진 자리에 흩어져 있는 테이블의 주인들은 바로 대륙의 대표적인 정보 길드 소속의 정보원들이었다. 각기 '블랙아이', '어둠의 은자', '쉐도우'란 이름을 지닌 정보 길드들이 무슨 냄새를 맡았는지 아침부터 자리를 차지하고 있었던 것이다.

마법사들이 자리에 앉자 곧 정오를 알리는 종소리가 들려왔다. 평소대로 사람들로 북적거렸다면 들리지 않았겠지만, 실내는 마치 신전에 온 것처럼 고요함을 유지하고 있어 사우스빌의 중앙 시계탑의 종소리가 실내까지 파고든 것이다. 그러자 은연중에 모든 사람들의 주시를 받던 자리, 모임을 만든 주최석에서 한 명이 자리에서 일어났다.

"오늘 이 자리를 빛내주시려고 찾아주신 여러분께 감사를 드립니다. 저는 바레이타 공국에서 대공 전하를 모시고 있는 엘시아라고 합니다."

입을 연 이는 엘시아였다. 그는 오늘 모임의 진행을 맡았다. 좌중이 가볍게 술렁거렸다. 이들은 모두 이번의 초대를 받고 미리 자토만 요새에 도착해서 제각기 전투를 참관했다. 얀과 함께 공중전을 치른 엘시아를 몇몇이 알아보고 옆 사람과 귓속말을 나누었다. 그들의 입에서 와이번과 블루 썬더라는 명칭이 흘러나왔다.

"이미 인사를 나눈 분도 있지만 이 자리를 빌어 대공께서 여러분께 정식으로 인사를 나누시고자 합니다. 모두 박수로 환영해 주시면 고맙겠습니다."

짜짜짜짜짝!

엘시아의 말에 모두가 일제히 박수로 환영의 뜻을 보였다. 박수와 함께 엘시아가 다시 자리에 앉았다. 그리고 특유의 검은 갑옷을 입은 얀이 자리에서 일어났다.

"이렇게 참석해 주신 여러분께 감사를 드립니다. 오늘 저는 한 명의 용병으로서 이 자리에 나왔습니다. 그리고 용병들의 휴식처인 '영웅들의 함성' 주점에 저의 문장을 남기고자 합니다. 그런데 여기 오른쪽의 이 문장의 벽에는 개인이 아닌 용병대의 문장이 들어가게 됩니다. 아시다시피 용병대는 적어도 100명의 용병이 모여야 창설이 가능합니다. 하지만 용병대를 거느린 열 명의 용병대장이 보증을 하면 개인이라도 용병대를 만들 수 있습니다. 그래서 여러분께 도움을 구하게 된 것입니다."

얀이 먼저 모임을 취지를 설명했다. 용병들의 상징 같은 '영웅들의 함성'의 문장의 벽에 자신이 등록할 수 있게 도움을 요청하고, 또 그렇게 등록이 되는 문장에 대한 축하의 하객으로 여러분을 초청하게 되었다는 내용이다. 하지만 그것은 표면적인 것이다. 열 개의 테이블에 모인 이들은 모임의 내면에 있는 얀의 의도에 관심이 있었다. 그리고 그것은 주변에서 귀를 기울이고 있는 정보 길드 세 곳도 마찬가지였다.

"먼저 제가 만든 '다크 소드 용병대'에 대해 여러분께 설명을 드리겠습니다. 이 용병대는 모험과 용맹을 이념으로 삼아 성장하게 될 것입니다. 용병대의 가입은 엄격한 심사를 통해 이루어질 것이며, 외형적인 크기보다는 내실이 있는 가족적인 모임이 될 것입니다. 오늘 모여주신 여러 용병대에게는 다크 소드 용병대의 후원자이자 가족이 되어달라고 부탁드리고 싶습니다."

웅성웅성!

얀의 말에 모여 있던 이들이 술렁였다. 얀의 말의 진의가 아직 잘 파악되지 않았기 때문이다. 누군가 손을 들었다. 얀이 시선을 주자 그가 입을 열었다.

"피의 맹세 용병대의 코델리가 다크 나이트께 질문을 드립니다. 후원자와 가족의 의미를 알고 싶습니다."

바레이타 제국으로 다시 편입된 스바시에 공국에서 활동하는 용병대였다. 주로 양손 도끼를 쓰는 전사들로 모여 있었고, 전장에서 적진에 대한 돌파력이 뛰어나기로 유명했다. 얀이 그를 향해 미소를 지어 보이며 입을 열었다.

"후원자의 의미는 오늘 다크 소드 용병대의 설립에 도움을 주신 것에 대해 의미를 부여해 본 것입니다. 앞으로도 많은 도움을 부탁드리는 것이지요. 그리고 가족이라는 말을 꺼낸 것은, 앞으로 신규로 모집하는 과정에서 오늘 모이신 용병대에서 용병들이 지원하면 우선적으로 검토하려는 뜻을 지니고 있습니다."

얀이 말을 마치자 이번에는 다른 곳에서 손이 올라왔다. 가죽옷에 깃털이 달린 모자를 쓴 용병이었다. 얀과 시선이 마주치자 그가 일어나 꾸벅 목례를 취하며 입을 열었다.

"깃털장식 용병대의 에리히가 다크 나이트께 인사를 드립니다. 제가 궁금한 것은 앞으로 다크 소드 용병대의 모집 인원 입니다. 어느 정도의 규모로 용병대를 키우실 예정이신지 알고 싶습니다."

"아직 구체적으로 정한 것은 없습니다. 일단 각 용병대와의 관계를 유지하기 위해 각 용병대에서 추천한 용병 한 명씩을 받고 싶습니다. 혹시 우려를 하실지 모르지만, 여러분의 용병대를 해체하고 다크 소드 용병대에 모두 편입하려는 생각은 없습니다. 다크 소드 용병대는 단지 명예로 남고 저는 여러분을 돕고 또 여러분은 저를 돕는 관계가 좋다고 생각합니다."

얀의 말에 이번에는 몸에 달라붙는 어쎄씬 전용 슈트 타입의 검은 가죽옷을 입은 용병이 손을 들었다.

"어둠의 숨결 용병대의 브르센입니다. 다크 나이트께서는 우리의 후견인이 되시고자 하는 것입니까?"

순간 주점의 모든 이들이 침묵했다. 브르센이 그들이 마음에 품고 있는 질문을 던졌기 때문이다. 모두가 얀의 입에 시선을 모았다.

"핵심을 찌르는 질문이군요. 역시 트라자켄 최고의 어둠의 전사들답군요. 그렇습니다. 저는 여러분의 후견인이 되고 여러분은 저의 힘이 되어줄 것을 부탁드리고 싶습니다."

웅성웅성!

좌중이 다시 소란스러워졌다. 다크 나이트에 대한 호감을 지닌 용병들이 모여 용병대를 만들고 지금처럼 규모를 키웠다. 지금까지는 단지 이름만 다크 소드 용병대의 하나로 칭했을 뿐, 서로가 전혀 별개의 조직들로 아무런 구속력이 없었다. 하지만 얀은 이제 후견인이 되어 그들을 하나로 묶으려는 것이다. 내심 짐작은 했지만 막상 현실이 되자 모두 각 용병대의 현실을 되돌아보며 머릿속이 복잡해졌다.

이때였다. 자리에 앉아 있던 엘시아가 조심스럽게 손짓을 보냈다. 곧 종업원들이 은쟁반을 하나씩 받치고 와서 각 테이블로 움직였다. 검은색 단검과 스킬북이 하나씩 테이블마다 놓여졌다. 그동안 얀이 다시 입을 열어 모두의 분산된 이목을 다시 모았다.

"방금 전의 회의에서 저는 사뮤엘라 왕자에게 제안했습니다. 이제 드래고니아 왕국은 역사 속으로 떠나보내야 한다고 말입니다. 드래곤의 수호를 받는 드래고니아 왕국은 이제 의무를 다한 드래곤이 떠나며 그 의미를 잃어버렸습니다. 이제 새로운 왕국을 세워야 할 필요성이 있습니다. 드래곤이 떠난 자리를 대신해서 용병들의 수호를 받는 왕국을 저는 제안했습니다."

얀의 말에 모두는 말 한마디 놓치지 않으려고 눈과 귀를 크게 열고 있었다. 얀이 말한 용병들의 수호라는 대목에서 그들은 모두 고개를 갸웃했다. 얀이 그들의 의문을 짐작한다는 듯이 빙긋 웃으며 말을 이어갔다.

"역사적으로 남부대륙은 다른 대륙에 비해 전란이 끊이지 않는 곳입니다. 호전적인 중부의 트라자켄 제국과의 악연이 깊고, 카산드라의 오아시스를 놓고 지배권을 잃은 사막의 도적들과의 분쟁이 끊이지 않습니다. 더구나 남쪽 공포의 계곡 너머에는 어둠의 세력이 지배하는 다크랜드가 있습니다. 결국 전장을 찾아 떠도는 용병들이 그 어느 대륙보다 많은 곳입니다. 나는 왕자에게 용병들을 우대하는 정책을 펼치고 그들에게 마음의 고향이 되는 나라를 제안했습니다."

얀은 잠시 목이 마른지 물을 한 잔 마셨다. 그리고 말을 이었다.

"왕자는 내 제안을 승낙했습니다. 그리고 내게 위임했습니다. 왕국을 구할 용병들을 모아달라고 말입니다. 여기서 나는 여러분께 제안을 하고 싶습니다. 여러분은 모두 용병대를 지니고 있습니다. 하지만 어디서고 정착하지 못하고 있습니다. 일개 용병대로서 도시를 지배하는 거대 길드와는 규모와 자금력을 감당하기 힘드니까요. 여기 남부대륙에 당신들의 꿈을 이룰 기회가 있습니다. 모험을 할 곳도 많고 전투의 갈증을 달랠 곳도 많습니다. 내가 여러분을 사뮤엘라 왕자에게 추천하겠습니다. 여러분은 나를 대신하고 바레이타 공국의 지원군이 되어 새로운 왕국의 창업의 주춧돌이 되는 겁니다. 서쪽의 카산드라에서는 오크들이 새로 나라를 건설하고, 남쪽에서는 저주받은 아스란 왕국이 부활했습니다. 왕자는 용병의 힘을 필요로 합니다. 그러나 누군가는 또다시 제2의 반야크 왕국을 세우려 할지 모릅니다. 그때 여러분이 필요합니다. 다크 소드 용병대의 일원인 그대들이 왕도로 향하는 가드 도시들을 굳게 지키고, 왕국을 전복하려는 불순한 세력을 물리치기를 바랍니다."

얀의 말이 끝나자 재빨리 손을 드는 이가 있었다. 얀이 시선을 그에게 주며 고개를 끄덕였다. 중무장한 갑옷 차림의 전사가 자리에서 일어났다.

"블랙 스피어 용병대의 자무카가 다크 나이트께 묻고 싶습니다. 저희를 추천해 주신다고 했는데, 새로운 왕국을 지키는 가드 도시를 우리가 맡게 되는 것입니까?"

일반적으로 각 왕국의 가드 도시들은 영주전이 없다. 왕국을 지키는 중추적인 곳이라 국왕의 직접적인 통제력이 발휘되도록 게임 상의 시스템이 정해져 있었다. 만약 얀의 말대로라면 그들로서는 거의 영구적인 영지를 얻게 되는 것이다.

"그렇습니다. 그대들이 나와 바레이타 공국을 대신하여 왕가를 수호하겠다는 맹세를 어기지 않으면 그대들에게 아나톨리아 왕가는 가드 도시의 지배권을 빼앗지 않을 겁니다."

얀이 확실한 전제 조건을 내걸었다. 그들은 어디까지나 얀을 대신해서 새롭게 태어나는 아나톨리아 왕국을 지키는 것이다. 그때서야 그들은 얀이 자신들의 후견인이 되어 묶으려는 의도를 짐작했다. 어디까지나 그들은 얀의 대리자. 만약 그들이 얀을 배신하면 곧 아나톨리아 왕국의 모든 기득권을 잃게 될 것이다. 한편으로 얀과 바레이타 공국의 수호를 받는 만큼 아나톨리아 왕국 역시 얀의 지배력을 무시하지 못하게 된다. 결국 얀은 다크 소드 용병대로 묶인 그들과 아나톨리아 왕국을 한손에 틀어쥐게 되는 것이다.

자무카의 뒤를 이어 갈색 로브를 걸친 마법사가 손을 들었다. 얀이 그에게 발언권을 주었다. 백발이 성성한 노인이 자리에서 일어났다.

"유쾌한 마법사들 용병대의 갠달프가 인사들 드립니다. 왕국의 가드 도시는 모두 다섯 개로 알고 있습니다. 여기 모인 용병대는 모두 열 개의 용병대, 가드 도시의 분배에 어떤 복안을 지니고 계신지 알고 싶습니다."

"좋은 질문입니다. 일단은 하나의 가드 도시를 두 개의 용병대가 1년이나 2년에 한 번씩 번갈아 다스리는 것으로 할 예정입니다. 그리고 앞으로 왕국이 커져 중요한 요충지나 직할지가 늘어나게 되면 먼저 여러분에게 그 기회가 돌아가게 될 것입니다."

얀의 말에 모두들 만족하는 표정을 지었다. 안정적인 수입을 얻을 수 있는 거의 영구적인 영지를 얻고, 용병대로서의 그들 생활에도 아무런 지장이 없었다. 오히려 얀이 그런 제안을 다른 이들도 아닌 자신들에게 베푼 것에 그저 감사할 따름이었다. 더 이상 질문이 없자 얀이 자리에 앉았다. 엘시아가 다시 일어나 모임을 진행했다.

그는 먼저 종업원을 시켜 다크 소드 용병대에 대한 각 용병대의 보증 서명을 받았다. 피의 맹세, 어둠의 숨결, 깃털 장식, 강철 방패, 유쾌한 마법사들, 블랙 스피어, 검은 불꽃, 숭고한 희생, 명예로운 죽음, 붉은 안개 용병대의 순으로 서명이 끝났다. 모든 용병대의 서명을 받은 그는 문장의 벽에 등록을 종업원에게 맡기고 입을 열었다.

"이제 대공 전하를 후견인으로 하는 절차를 진행하겠습니다. 먼저 후견인에 찬성하시는 용병대의 대장께서는 테이블의 단검과 스킬북을 받으시고, 반대하시는 분은 단검과 스킬북을 놓고 퇴장해 주시면 됩니다."

자리에서 일어나는 용병대는 아무도 없었다. 모두가 테이블의 단검과 스킬북을 챙긴 것이다. 곧이어 여기저기서 경탄의 소리가 터져 나왔다.

"우와! 마스터 급의 스킬을 보게 되다니 영광입니다, 다크 나이트!"

"헉! 단검에 소켓이 세 개가 뚫려 있다. 세상에, 이 단검이라면 유니크 급 단검이 될 수 있어!"

용병대장들은 모두 스킬북과 단검을 보고 경탄성을 터뜨리고 말았다. 그의 블러드 댄싱 스킬과 소켓이 세 개 뚫려진 단검이 그들의 넋을 빼놓고 있었다. 아직 공식적으로 마스터 급의 스킬에 대한 보고가 없었는데, 오늘 눈앞에서 그 실체를 확인하게 된 것이다. 더구나 이도류 스킬에 대한 배려와 소속감을 주기 위해 함께 내놓은 단검은 더 큰 반응을 낳았다.

사실 마법사들에게 그의 스킬은 별로 매력이 없었다. 부 직업으로 전사 스킬을 익히는 마법사도 있지만, 대부분 더 많은 종류의 마법을 익히기 위해 마법사 직업에 올인하는 이가 더 많았던 것이다. 그런데 얀이 마법사들에게 내놓은 단검은 '지식의 단검'이라는 것으로, 인트(INT) 스탯을 10 올려주고 마나를 100씩 올려주는 옵션이 있었다. 매직 급 중에서도 거의 최상급 옵션을 지녔는데, 거기에 소켓이 세 개나 뚫려 있는 것이다. 제대로 된 옵션을 지닌 장식이나 문장, 보석을 넣으면 유니크급의 단검이 될 것이 분명했다. 한 손용 완드나 스몰 스태프를 들고 빈손에 단검을 들으면 마법사들에게도 매우 도움이 되는 아이템이었다.

한편으로 전사들에게는 체력을 높여주고 회복 속도에 도움이 되는 '용맹의 단검'을 주었고, 레인저나 어쌔신 계열의 용병대장에게는 공격력과 민첩성을 높여주는 '검은 송곳니' 단검이 돌아갔다. 그렇게 모두가 아이템을 살피며 벌린 입을 다물지 못하고 있을 때, 주점 내부에서 푸른색 써클릿을 쓴 주점의 여주인 미네르바가 모습을 나타냈다.

"축하해요. 문장을 등록하신다죠?"

"감사합니다, 미네르바님."

"파이어 버드가 그대가 만든 용병대의 문장을 등록시켜 줄 겁니다."

용병 길드 협회의 깃발을 보면 하늘로 날아오르는 새가 한 자루 칼을 움켜쥐고 있다. 이 새가 바로 용병 길드의 상징인 불새[Fire Bird]였다. 신비로움을 쫓는 모험심과 용맹하게 전투에 임하는 자세, 그리고 한없는 자유로움을 상징하고 있다. 그런데 여기 '영웅들의 함성' 주점에는 놀랍게도 이 불새의 모습을 볼 기회가 있다. 바로 선택의 날에 새로 길드 문장을 등록할 때와 '명예의 전당'에 등록될 용병이 탄생하는 선택의 시간에 나타나는 것이다.

"선.택.의. 날.이. 되.었.다."

"용.병.들.이.여. 그.대.의. 용.맹.을. 증.명.해. 보.일.지.어.다."

주점의 동서남북에서 한 목소리로 울리는 목소리에, 여태껏 스킬북과 단검을 살피던 모두가 고개를 들었다. 그들은 좌우를 두리번거렸으나 주점을 울리는 목소리의 주인공을 찾지 못했다. 그러다가 누군가 손가락으로 위를 가리켰다.

"저, 저기를 봐. 서, 석상이 움직인다."

그제야 모두의 시선이 주점의 석상으로 모여들었다. 한 손으로 천장을 떠받들고 다른 손에 무기를 쥐고 있는 석상들이 화염이 일렁이는 눈으로 주점을 내다보며 한목소리로 입을 열고 있었다.

"파.이.어.버.드.가. 용.맹.한. 용.병.들.의. 상.징.을. 기.념.하.리.라."

동시에 석상들의 눈에서 화염이 일직선으로 내뿜어졌다. 네 개의 석상에서 뻗어 나온 화염은 주점의 중앙에서 만났다. 화염 속에서 하나의 형상이 만들어지고 있었다. 그것은 놀랍게도 주먹 크기의 새 형상을 하고 있었다.

쪼로로! 쪼로롱!

석상에서 뿜어지던 화염이 멈추자 귀를 즐겁게 하는 맑은 소리를 내며 불새가 날개를 퍼덕이며 움직였다. 미네르바가 손을 높이 올렸다. 그녀의 손바닥에 방금 전 만들어진 다크 소드 용병대의 문장이 그려진 종이가 놓여 있었다.

휘잉!

불새가 미네르바를 스쳐 지나갔다. 동시에 그녀의 손바닥에 있던 종이가 사라졌다. 허공에서 재주를 넘는 불새가 종이를 채간 것이다. 종이는 곧 불새의 부리 속으로 삼켜졌다.

휘이휘이!

종이를 삼킨 불새는 문장의 벽을 앞두고 작은 날개를 연신 움직여 허공에서 몸을 멈추었다. 그리고 적당한 빈자리를 찾는 듯이 잠시 고개를 갸웃거렸다. 그러다가 벽의 한 지점에 고개를 고정시켰다.

지이잉!

불새의 눈에서 작은 화염이 뻗어 나와 문장의 벽 한곳을 달구고 사라졌다. 놀랍게도 화염이 사라진 자리에 하나의 문장이 비어 있던 자리를 차지하고 모습을 드러냈다. 손잡이에 황금색의 작은 마법진을 지닌 단검이 중앙에 위치해 있었다. 그리고 고깔 모양의 뿔 모자, 검은색 창, 방패, 스태프, 작은 불꽃 등, 이 자리에 모여 있는 용병대의 상징이 단검을 중심으로 원을 그리며 작게 새겨져 있었다.

짜짜짜짜짜짜짝!

휘휘! 휘이이익!

휘파람 소리와 박수 소리가 다크 소드 용병대의 문장이 문장의 벽에 새겨진 것을 축하해 주었다. 얀은 자리에서 일어나 주변을 둘러보며 인사를 나누었다. 그런데,

"얀님, 아직 불새가 떠나려 들지 않네요. 그대에게 볼일이 남은 것 같은데요?"

미네르바가 얀에게 미소를 지으며 바라보고 있었다. 보통 문장을 새긴 불새는 미네르바가 준비한 불길이 솟구치는 열매를 먹고는 다시 네 조각의 화염으로 되돌아가서 처음 나타난 석상의 눈으로 사라졌다. 그런데 불새는 미네르바가 내민 불의 열매를 거부하고 아직 허공의 한자리에서 맴돌고 있었다.

"자.격.을. 잃.은. 용.병.이. 나.타.났.다. 그.의. 초.상.을. 지.워.야.
한.다."

"자.격.을. 갖.춘. 용.병.이. 나.타.났.다. 그.의. 초.상.을. 채.워.야.
한.다."

네 개의 석상이 다시 한목소리로 입을 열어 외쳤다. 그러자 허공을
맴돌던 불새가 점점 아래로 고도를 낮추었다. 그리고 마침내 얀의 머
리 바로 위쪽을 힘차게 맴돌았다. 빠르게 도는 모습을 보고 있자니 마
치 얀이 머리에 불의 관을 쓴 것 같았다. 얀의 머리로 불새에서 떨어진
불 깃털이 떨어졌지만 이상하게도 하나도 뜨겁지 않았다. 오히려 몸이
가뿐하고 온몸에 활력이 넘쳐흘렀다.

"불의 깃털의 축복을 받는 이여, 그대는 투지 넘치는 용병 중에서도
불굴의 투지를 지닌 자, 그대는 용감한 전사 중에서도 불굴의 용맹을
지닌 자, 그대는 차가운 머리와 누구보다 뜨거운 심장을 가진 자, 이제
내게로 와서 그대의 전적을 보이라! 그대의 위업을 오랫동안 명예롭게
기리리라!"

미네르바가 얀을 향해 조용하고 위엄이 서린 어조로 외쳤다. 그녀의
얼굴은 엄숙했으며 눈빛은 신비롭게 빛나고 있었다. 얀은 자신도 모르
게 그녀 앞에 무릎을 꿇고 자신의 실버 용병패를 바쳤다.

"그대는 이제 모든 용병의 우상이 될 것이오. 그리고 주신(酒神) 소
마님을 모시는 명예 성기사가 될 것이오. 그대는 모든 용병의 귀감이
될 것을 맹세하겠소?"

"나 야니에르 폰 바레이타는 모든 용병의 귀감이 되는 용병이 되겠
으며, 주신 소마님의 명예를 지키는 성기사로 책임을 다하겠습니다."

얀이 미네르바의 손등에 입을 맞추며 맹세의 말을 했다. 미네르바가

황금색 액체가 넘실대는 투명한 크리스털 병을 들어 양어깨에 한 번씩 부었다. 향기로운 주향이 모두의 코끝을 자극했다. 어찌나 향이 좋은지 모두들 침을 꿀꺽 삼킬 정도였다.

"이제 그대는 소마님의 성기사가 되었소. 앞으로 대륙의 모든 소마님의 신전이 그대에게 도움이 될 것이오. 또한 모든 용병 길드 협회에서 그대에게 아낌없는 편의를 제공할 것이오."

미네르바는 말을 마친 후 손을 머리 위로 올렸다. 그녀의 손바닥에 얀의 용병패가 놓여 있었다. 불새가 그녀의 손바닥에 놓인 용병패를 채어 허공으로 비상했다.

화르르륵!

불새의 몸에서 화염이 솟구치며 몸이 열 배는 부풀어 올랐다. 이어 불새가 깊이 숨을 들이마시는가 싶더니 명예의 전당이 있는 벽을 향해 부리를 크게 벌렸다. 이글거리는 화염의 브래스가 벽을 향해 일직선으로 날아갔다.

콰아아아!

벽에 걸린 초상 중의 하나가 화염에 순식간에 재가 되어버렸다. 스콜피온 나이트로 잘 알려진 테오르의 초상화였다. 어둠의 군대와 협력해 용병들의 성전이 있는 사우스빌을 더럽힌 죄로 10대 용병의 자리에서 쫓겨난 것이다. 초상화가 사라진 빈 벽면을 향해 불새가 날개를 퍼덕였다. 순간 불의 깃털이 마치 불비가 내리는 듯이 벽을 향해 날아갔다. 그리고 그것은 이내 한 명의 초상화로 변해갔다. 바로 검은 갑옷을 입고 있는 얀의 모습이 담긴 초상화였다.

쪼로롱!

어느새 다시 주먹 크기로 되돌아온 불새가 미네르바의 손에 화염에

싸인 물건을 토하고, 그녀가 다시 꺼낸 불길이 치솟는 열매를 먹고는 다시 허공으로 날개를 퍼덕였다. 불새가 허공에서 하나의 불꽃으로 변하더니 곧 네 조각으로 나뉘어 주점의 석상들 눈으로 사라졌다.

"축하합니다, 얀님. 맹세를 잊지 마세요."

미네르바가 손에 든 물건을 얀에게 건네주었다. 이미 화염의 불꽃이 사라진 그것은 황금색으로 빛나는 용병패였다. 특이하게도 용병패의 앞면에 불새의 문장이, 뒷면에는 아까의 크리스털 술병이 새겨져 있었다.

"감사합니다, 미네르바님."

얀이 용병패를 품에 갈무리하며 환한 미소를 지었다. 이제 그는 정식으로 대륙의 10대 용병의 한 명이 되었다. 불미스러운 브래스 안에서 대륙의 10대 용병의 하나인 다크 나이트로 '영웅들의 함성'의 전설로 남을 것이다. 과거 이 자리에서 맹세했던 것처럼 누구도 부정하지 못하는 용병 중의 용병이 된 것이다.

"축하합니다, 대공 전하!"

엘시아가 재빨리 얀에게 축하의 말을 전했다. 뒤이어 다른 용병들도 잇달아 얀에게 축하 인사를 건넸다. 얀이 일일이 그들에게 답례를 했다. 즐거운 일에 술이 빠질 수 없었다. 종업원들이 나르는 푸짐한 요리와 달콤한 술에 주점은 본래의 소란스러움을 되찾았다. 테이블을 돌며 술잔을 나누고 얀이 자신의 자리에 앉기가 무섭게 엘시아가 다가와 그의 귀에 속삭였다.

"그런데 한 가지 궁금한 것이 있어요. 대체 술의 신 소마와 성기사는 뭡니까? 대륙의 10대 용병과 무슨 상관이 있는 거죠?"

열 개의 테이블을 돌고 온 얀이다. 조금 쉬고 싶은데 엘시아의 호기심이 그를 기다리고 있었다. 귀찮긴 하지만 그래도 자신의 후배가 아닌가. 얀은 엘시아의 호기심을 충족시켜 주기로 했다.

"그것도 모르면서 황금 용병패를 노리고 있나? 잘 들어, 두 번 듣기 어려운 정보일 테니. 남부대륙에 용병 길드 협회가 만들어진 것은 그리 오래되지 않았어. 트라자켄 제국의 초대 황제가 된 자토만 대제에 의해 여기 자토만 요새가 건설되면서 남부대륙의 개발과 트라 왕국과 자켄 왕국의 1차 통합 전쟁 기간에 만들어졌지. 그때 최초의 창설 멤버에 술의 신 소마를 모시는 사제가 끼어 있었어. 그녀의 공로를 인정해서 용병 길드 협회에서 작은 신전을 기부했는데, 우리가 있는 이 주점이 그때의 신전이야. 나중에 소마신의 사제는 여기에 주점을 열게 되었지."

"사제가 신전을 없애고 주점을 차려요? 신의 분노를 받지는 않았나요?"

엘시아가 얀의 대화를 끊고 끼어들었다. 자신도 비싸게 돈을 주고 얻었던 정보를 그냥 공짜로 알려주는데, 건방지게 말을 끊는 엘시아의 머리를 한 대 내리쳤다.

쿵!

엘시아의 머리가 테이블에 처박혔다. 얀은 엘시아의 머리에 올린 손을 치우지 않고 고개를 숙여 그의 귀에 속삭였다.

"모르면 그냥 듣기만 하게, 엘시아 자작. 소마는 술의 신이야. 많은 사람들에게 술을 파는 주점은 오히려 소마를 기쁘게 하면 했지, 결코 노여움을 부르는 행동이 아니야. 그리고 신전은 없어지지 않았어. 단지 주점 안쪽에 조그만 기도실이 남아 있으니까. 알겠나?"

"네, 알았으니까 손 좀 치워주시죠."

얀은 생각 같으면 한 대 더 패주고 싶었지만, 기분이 좋은 날이라 봐

주기로 했다. 얀의 손이 치워지고 엘시아가 머리를 만지며 입을 삐죽 내밀었다.

"한 대 더 맞을래, 아님 그 주둥이를 밀어 넣을래?"

얀의 조용한 협박에 엘시아가 입을 억지로 벌려 웃었다.

"그냥 참으시지요. 전 몰라도 대공 전하의 체통과 위엄이 있는데. 저, 저기, 그런데 아직 성기사에 대한 이야기는 해주시지 않았네요."

"집요한 놈, 잘 들어. 신전을 기부한 용병 길드 협회에 소마 신전의 사제도 보답을 하고 싶었지. 그래서 자격을 갖춘 용병들에게 명예직의 성기사가 탄생되었지. 덕분에 성기사가 된 용병들은 대륙의 모든 주점에서 술을 1골드에 마실 수 있는 특전을 얻었지. 술의 신 소마의 성기사를 박대했다가는 소마신이 술을 물로 만들 거라는 소마신전의 협박이 먹혀든 것이지. 1실버의 술을 시켜도 100만 골드가 넘는 술도 소마신의 성기사는 무조건 술값으로 1골드를 내면 돼. 단 술은 주점 밖으로 가지고 나가지 못한다는 조건이 붙었지만, 용병들에게 있어 대단한 특권이 주어진 것이지. 물론 그 용병들은 엄격한 심사로 선정되며, 벽에 초상을 걸어두어 이름을 공개하고 용병패에 소마신전의 표식을 남겨 증명하게 된 것이야."

엘시아가 얀의 말을 듣다가 입을 다물지 못했다. 너무나 엄청난 진실을 알아버렸기 때문이다. 그는 얀에게 질문했다.

"서, 설마… 대륙의 10대 용병의 전설을 탄생시킨 배경이……."

"그래. 바로 그런 것이지. 대륙의 모든 용병은 모두 소마신전의 은총을 입기를 원했어. 그래서 다른 대륙의 용병 길드 협회에서 황금 용병패를 받을 수 있는 실력이 있어도 굳이 여기 사우스빌에서 황금 용병패를 받게 되었지. 결국 그것이 수백 년을 내려오며 황금 용병패의 수여는 남부대륙 용병 길드 협회의 특권이 되어버렸어. 그리고 주점 협회에

서는 소마신의 은총을 받는 용병의 숫자를 열 명으로 제한시켜 달라고
부탁을 했지. 그래서 황금 용병패를 받은 이 중에서도 10명만이 여기
대형 초상화를 걸게 된 거야. 그게 대륙의 10대 용병의 기원이야. 나도
100만 골드나 들여서 얻어낸 정보니까. 정보는 믿어도 좋을 거야."

"그, 그럴 수가?"

엘시아는 얀의 말을 믿을 수가 없었다. 자신이 그토록 동경하는 대
륙의 10대 용병의 진실이 겨우 이런 것이라니. 엘시아는 실망을 금치
못했다. 그런 엘시아에게 얀이 가볍게 알밤을 선사했다.

쿵!

"아야! 또 왜 그래요?"

"네 표정이 지금 한 대 맞고 싶다는 것 같아서. 이봐, 엘시아. 넌 10대
용병에 대해 무슨 환상을 가지고 있는 거야? 설마 황금 용병패가 네가 게
임하는 목적이야? 그렇다면 실망만 하게 될 거야. 황금 용병패를 지니고
있다고 누구도 너를 우러러보는 것이 아니야. 황금 용병패를 받도록 네가
쌓은 업적과 모험에 더욱 관심이 있지. 잘 들어. 황금 용병패는 단지 자격
을 갖추었다는 증표, 혹은 새로운 모험의 세계로 떠나는 열쇠에 지나지
않아. 이야기책에 보면 많은 용병들의 이야기가 나오지. 그것은 모두 과
거고 게임의 배경 설명에 불과해. 이제부터의 게임의 모든 것은 우리가
만들어 나가는 거야. 거기에 따라서 황금 용병패에 지금처럼 소마신의 은
총이 붙은 것처럼 더욱 많은 은총과 권리가 붙을 수도 있고 존경의 상징
이 될 수도 있겠지. 대륙의 모든 용병을 휘하로 거느릴 수 있는 용병왕의
증표도, 최초로 대륙을 일통한 황제의 상징도 가능하지. 중요한 것은 황
금 용병패를 지닌 자들의 행동과 노력이야. 그들로 인해 여기 황금 용병
패의 가치는 더 높아지거나 아예 그저 그런 물건으로 전락할 수도 있어."

말을 하며 술을 계속 마셔서 그런지 점점 피곤하고 졸음이 밀려왔다. 얀은 테이블의 따라놓은 물 잔을 집어 들었다.

　"꿀꺽꿀꺽!"

　목이 말랐는지 목젖이 연신 위아래로 움직였다. 이윽고 말라붙은 물잔을 내려놓은 얀이 엘시아를 한 손으로 안고 말했다.

　"엘시아, 난 요즘 이런 생각이 들어. 게임이나 현실은 다를 게 없다고. 단지 배경 설명이 다르고 처음 주어지는 능력치의 편차가 심할 뿐이지. 현실과 게임에서 성공을 위해 사람들이 보이는 행동은 비슷해. 먼저 모험으로 뛰어들어 성공을 하는 이가 있고, 다른 이의 실패를 교훈 삼는 이도 있어. 남을 속여 부를 이루기도 하고, 다른 이의 것을 빼앗아 자신의 배를 채우는 것을 즐기는 이들도 많지. 나는 한때 현실에 절망하게 되어 게임에만 무작정 빠져들었지. 하지만 지금은 아니야. 내게는 두 개의 세상이 있어. 현실에서의 나와 여기 아르카디아에서의 얀이 있지. 과거에는 내가 버려졌다고 여기며 슬퍼했는데, 지금 돌이켜 보면 내가 일부러 외면하고 도망쳤다는 것을 알게 되었어. 맡은 퀘스트를 완수할 자신과 용기가 부족했던 거야. 후후."

　얀이 가볍게 웃으며 이번에는 다시 술잔을 찾았으나 잔이 비어 있었다. 엘시아가 얼른 그의 빈 잔에 술을 채워주었다. 얀이 엘시아의 잔에도 술을 채워주고 건배를 했다. 술이 독했다. 테이블을 돌며 가뜩이나 많이 마셨는데, 마지막 잔이 결정타가 된 것 같았다. 얀은 그래도 이 자리를 빌어 엘시아에게 해주고 싶은 말이 많았지만, 점점 흐려지는 의식과 잠의 신 솜노스가 보낸 잠의 요정이 그를 연신 하품하게 만들었다. 얀은 눈을 감으며 옆자리의 엘시아 어깨를 껴안고 말을 이어가려 했다.

　"나는 이제 현실의 삶에도 노력하기로 했어. 아무리 힘들어도 내게 주어진 퀘스트를, 사명을 버리고 도망치는 일은 이제 다시는 없을 거야. 그래서 나는 이번 현실과 게임 양쪽의 이 버거운 퀘스트를 반드시 성공하고 말 거야. 어떤 일이 있더라도, 반드시, 꼭, 기필코."

쿵!

결국 얀은 모처럼의 과음을 이기지 못하고 테이블에 머리를 박고 깊은 잠에 빠져들었다. 과음 상태에 빠진 얀은 시스템에 따라 자동 로그아웃되고 말았다. 엘시아가 얀을 대신해서 모임의 마무리를 지어야 했다. 그리고 그날 밤에 사우스빌의 정보 길드를 찾는 그림자가 몇 명 있었다. 얀과 엘시아의 대화를 엿들은 자들이 확인 작업을 거친 것이다. 그중에는 엘시아도 끼어 있었다.

그들이 방문한 정보 길드는 모처럼 100만 골드 정보를 여럿에게 팔아서 짭짤한 수입을 얻을 수 있었다. 그래서 정보 길드에서는 자신들의 수입에 도움을 준 얀에게 각각 30만 골드씩 사례금을 송금했다. 얀은 본의 아니게 정보 중개인 역할을 하게 된 것이다.

이렇게 남부대륙의 혼란은 일단락이 되었다. 아직 카산드라 지역을 공격 중인 어둠의 군대가 있고, 남부지방에 아스란 왕국의 부활과 반야크 왕국 잔당에 대한 토벌전도 남았지만, 대륙을 뒤흔드는 커다란 불씨 하나를 잠재운 것이다. 물론 가장 위험한 불꽃은 여전히 동부대륙에서 기세를 높이고 있어 아르카디아 대륙의 앞날은 아직 불투명한 안개에 싸여 있었다.

2장
스치는 인연

스치는 인연

1

며칠 전에는 황사로 인한 폭설이 기습적으로 내리기는 했지만, 날씨는 봄을 향해 바쁘게 줄달음치고 있었다. 오현수는 오랜만의 외출에 나서고 있었다. 거의 일주일 가까이 집에만 있었더니 모처럼 나온 거리가 생소하고 어색하게 느껴졌다.

두터운 외투에 목도리, 가죽 장갑까지 손에 끼고 있는 것은 자신뿐이다. 불과 며칠 만에 사람들은 손에서 장갑을 벗고 옷차림은 한결 간편해져 있었다. 현수 역시 슬며시 가죽장갑을 벗고 목도리를 풀었다.

그때서야 살 것 같았다. 어느새 이마에 땀이 배어 나오고 있었다. 시원한 바람이 이마를 훔쳐 더위를 식혀주었다.

빠아앙!

전철이 목적지인 홍대입구역에 도착하고 있었다. 사람들이 미리 출

입문에 하나둘 모이고 있었다. 현수도 어깨에 가방을 둘러메고 자리에서 일어났다.

터벅터벅!

모처럼 집을 나서 길을 걷는 느낌이 아주 좋았다. 발걸음이 저절로 빨라지고 적당히 달아오른 몸은 스치는 바람이 시원하게 느껴졌다. 현수는 홍대 정문에서 아세아 방송국 쪽으로 방향을 잡고 조금 걷다가 작은 골목길로 접어들었다. 예전에는 주택들로 늘어선 골목길이 이제는 군데군데 운치 있는 카페들로 바뀌어 있었다.

아직 해가 짧아 6시가 되기도 전에 하늘이 어두워지고 있었다. 덕분에 밝은 불빛으로 채워진 카페들 내부가 무척 따뜻해 보였다. 현수는 여덟 개의 테이블을 갖춘 '그리움을 찾는 여행' 이라는 간판을 달고 있는 카페로 들어섰다.

"여기야, 현수 씨!"

세 개의 테이블이 손님으로 채워져 있었는데, 창가에 있는 두 개의 테이블은 이미 주인이 있었다. 각기 젊은 아가씨와 중년의 아저씨가 혼자 앉아 차를 마시고 있었다. 아쉽게도 현수를 반긴 것은 젊은 아가씨가 아니라 중년의 아저씨가 차지하고 있는 테이블이었다.

"제가 먼저 오려고 했는데, 미리 와 계셨네요?"

"장소를 내가 골랐으니 먼저 와서 기다려야지. 덕분에 나도 모처럼 봄바람도 쐬고 말이야."

환하게 웃는 중년인은 바로 현수가 일하는 '지식의 문' 의 이태원 사장이었다. 상담할 것이 있다는 말에 그는 의외로 여기 홍대입구의 카페 골목으로 장소를 정했다. 그가 생김새와 다르게 은근히 분위기 좋은 장소를 좋아하는 경향이 있다는 것을 알았지만, 주로 젊은 연인들이 찾는 이런 곳까지 알고 있을 줄은 몰랐다.

"의외시네요. 이런 곳과는 어울리지 않으실 것 같은 나이 아닙니까?"

"그러지 말게. 오히려 이 나이가 되면 이런 대학가가 더 정감이 가는 곳이 많네. 비록 예전보다는 많이 상업화가 되었지만, 그래도 아직은 젊음의 순수함이 느껴지거든. 세련되고 멋진 장소보다는 왠지 예전의 추억 하나라도 건질 수 있는 곳을 나도 모르게 찾게 되지."

현수가 이태원 사장의 앞자리에 앉으니 곧 종업원이 다가왔다. 그는 간단히 에스프레소 커피를 주문했다. 카페 안을 맴도는 커피 향이 달콤하게 그를 유혹했던 것이다.

"그래서 뭔가 건지시기는 했나요?"

"오늘은 별로 건진 것이 없어. 그래도 여기서 몇 번 잊고 지냈던 예전 추억을 떠올릴 수가 있었는데, 약발이 떨어졌나 봐. 다음에는 다른 집을 알아봐야겠어."

이태원 사장이 커피 잔 옆에 펼쳐 놓고 보던 작은 책을 덮었다. 누런색의 갱지를 실로 묶어 만든 책으로 속의 절반 정도가 채워져 있었다. 아마도 카페를 찾는 손님들이 남기는 낙서장 같은 것으로 보였다.

예전에 현수가 대학생일 때도 저런 것은 있었다. 주점의 벽이 온통 낙서로 뒤덮인 주점도 있었고, 저렇게 아예 책처럼 만든 낙서 책도 있었다. 사라진 낭만으로 여기던 것이 아직도 대학가에서는 끈질긴 생명력을 보이고 있었다.

"요즘에도 이런 것이 있었네요. 예전 생각이 나네요. 사장님이 여기를 자주 찾는 이유를 알 것 같습니다."

"역시 현수 씨가 나를 잘 알아준다니까. 흐흐흐! 같이 늙어가는 처지라서 그런가?"

"무슨 말씀을. 저는 아직 사장님처럼 늙다리로 분류되는 나이가 아닙니다."

"나이 서른이 넘은 자네나 마흔이 넘은 나, 둘 다 여기 대학가의 젊은이들에게는 동격의 할아버지뻘로 보일걸?"

동격으로 치부되는 것에 발끈하는 현수였지만, 이태원 사장의 말이 그다지 틀리지는 않아 보였다. 하지만 물귀신처럼 잡아끄는 이태원 사장의 경로당에 아직 한 발을 담글 생각이 그에게는 없었다. 마침 가져온 커피를 한 모금 마시며 현수가 대꾸했다.

"이제 막 피어오르는 꽃봉오리와 과거를 찾아 떠도는 추억 귀신이 어떻게 같습니까? 시쳇말로 때깔이 다릅니다, 달라요."

"오호! 피어오르는 꽃봉오리라? 어쩐지 요즘 얼굴이 제법 물이 오른다 싶더니 결국 옆구리를 채워줄 여우 한 마리를 찾았군. 난데없는 상담 요청에 웬일인가 했네. 결국 인생 상담을 하려고 나를 보자고 했던 것인가?"

소싯적에 능구렁이 몇 마리를 잡아먹었는지 이태원 사장이 대뜸 현수의 속사정을 정확하게 잡아냈다. 그의 말 그대로였다. 현수는 자신에게 닥친 시련(?)에 필요한 조언을 구하고자 그를 찾은 것이기 때문이다. 현수는 아직 내려놓지 않은 커피 잔에 다시 입을 갖다 댔다. 이태원 사장이 그런 현수를 흥미진진한 눈으로 지켜보았다. 현수가 커피 잔에서 입을 떼는 순간, 그를 찾은 이유를 털어놓을 것임을 경험상 알고 있었기 때문이다.

"저기, 제가 요즘 사귀고 있는 여자 친구가 있는데요. 정말 저한테 과분할 정도로 좋은 여자거든요. 만나면 너무나 즐거워서 어떨 때는 제가 마치 꿈을 꾸는 것이 아닌지 의심케 하는 여자에요. 그런데……."

현수는 이태원 사장에게 은진에 대해 털어놓기 시작했다. 이태원 사장은 그의 말을 한마디라도 놓칠세라 눈을 빛내고 귀를 세웠다. 얼마의 시간이 흘렀을까? 현수는 그가 품은 고민까지 모조리 이태원 사장에게 털어놓고 이미 식어버린 커피를 다시 후루룩 마셨다.

"흠! 잘 들었네. 덕분에 내가 요즘 봄바람에 역마살이 끼어 돌아다니게 된 이유를 더불어 알게 되었군. 밤마다 외로움에 몸부림치는 노총각을 옆에 두고 혼자 꽃향기에 취해 다니는 자네 때문에 은연중에 내가 그 영향을 받은 것이 분명해. 어쩐지 요즘 들어 예전에 사귀었던 여자들이 밤마다 꿈에서 찾아오더라니."

"사모님과 애들은 어쩌고 노총각 타령이십니까?"

"캐나다에 있는 처가에 애들 데리고 간 지가 이미 한 달이야. 애들 방학이 끝나려면 아직도 2주나 남았다고. 이 정도면 기러기 아빠의 노총각 타령이 나와도 다 용서가 되고 남아."

"네, 어련하시겠습니까."

평소 같으면 주책이라고 쏘아붙였겠지만 지금은 자신이 아쉬운 처지였다. 현수는 이태원 사장의 말에 '그럼요. 사모님도 너무하시지. 예전 같으면 칠거지악에 들고도 남지요' 하고 맞장구쳐 주다가, '그러다가 나 이혼당하면 자네가 나 책임져 줄 건가?' 하는 역공에 찔끔 목을 움츠렸다. 그렇게 대화를 나누다가 커피를 두 잔째 리필한 이태원 사장이 드디어 본론을 꺼냈다.

"음, 현수 씨."

"네, 사장님."

"먼저 현수 씨가 하기 어려운 이야기를 들려주었으니 이번에는 내 이야기를 해주겠네."

후루룩!

소리를 내어 커피를 물처럼 마시며 이태원 사장이 감상적으로 변한 얼굴로 입을 열었다.

"내가 처음 사랑을 한 것은 지금의 현수 씨보다도 한참 어린 나이였어. 갓 대학에 입학했던 스무 살 무렵이었지. 상대는 같이 대학에 들어온 신입생이었어. 처음 1년은 그냥 그저 그런 사이로 지냈어. 똑같은 1학년이었는데도 나와 동기생들을 깔보는 것 같아 보였거든. 그냥 얼굴만 아는 사이로 지내다가 2학년이 되어서 하나의 계기가 있었어. 강의가 끝나고 정리할 것이 있어 남아 있다가 혼자 돌아가던 길에 그만 계단에서 발을 헛디뎌 넘어지고 만 거야. 크게 다치지는 않았지만 피부가 조금 긁히고 얇은 셔츠가 크게 찢어지고 말았지. 그런데 마침 그녀가 나타났어. 지나가던 길에 넘어진 나를 본 거지. 그녀는 손수건으로 내 상처를 닦아주고 찢어진 옷을 꿰매주었어. 그때 나는 그녀에게 누나, 혹은 어머니의 손길을 느꼈어. 어려운 살림에 늘 어머니는 바쁘셨고 장남인 나는 늘 동생들 챙기기에 바빴지. 그런데 그녀의 작은 호의가 나에게 겪어보지 못했던 격렬한 병을 안겨 주었지. 바로 첫사랑의 열병을 앓게 만든 거야. 우여곡절 끝에 나는 그녀와 친구보다는 연인에 가깝게 되어 있었어. 그러다가 알게 되었지. 그녀는 삼수를 했고 나보다 나이도 세 살이나 위라는 것을 말이야. 우리 집보다도 형제가 많았던 그녀는 구 남매의 다섯째로 나 못지않게 동생들을 챙기며 살았대. 그녀의 손길에서 내가 누나의 손길을 느꼈던 것은 착각이 아니었어. 매번 장남의 입장에서 동생들을 챙기던 내가 그녀의 도움을 계기로 사랑에 빠진 것은 아마도 한 번도 경험해 본 적이 없는 누나의 손길을 느꼈기 때문일지도 모르지. 그래도 상관없었어. 세 살 정도는 극복할 자신이 있다고 여겼거든. 하지만 1년도 못 되어 무서운 운명이 나를 덮치고 말았지. 병무청에서 입영 통지서가 날아온 거야. 통지서를 받고 그녀와 술자리를 함께한 날에 그녀가 내게 현실을 일깨워주었지. 내가 군대를 다녀온 사이에 그녀는 졸업을 하게 될 것이고, 내가 제대를 하고 다시 학교를 마치고 자리를 잡는 시간 동안, 나보다 나이가 세 살이 위인 그녀는 이미 시들어 버리고 말 거라고. 더구나 가정 형편이 어려운 나는 부모님에게 많은 빚을 지게 만들었고, 결국 동생들을 부양할 책임이 있었어. 내가 미처 모르는 많은 사연이 그녀에게도 있었고, 그녀는 집에서 빠져나와 빠르게 안정을 찾고 싶어했는데 내가 안정을 찾으려면 적어도 10년은 넘어야 될까 말까? 결국 술자리에서 우리는 서로가 함께 미래를 걸어가기 힘들다는 결론을 내릴 수가 있었지. 차마 말은 꺼내지 않았지만 서로가 느낀 그대로 세월이 지나며 그렇게 우리는 서로를 잊어가게 되었어."

잠시 말을 끊고 이태원 사장이 담배를 찾았다. 현수가 불을 붙여주었다.

"후!"

담배 한 모금을 깊게 들이마신 이태원 사장이 하얀 연기를 허공으로 길게 뿜어냈다. 재떨이에 재를 털며 그가 다시 입을 열었다.

"지금 생각해 보면 말이야, 처음에 운이 좋게 마음에 드는 여자를 만났지. 하지만 너무나 쉽게 운명에 순응해서 그녀를 놓치고 말았어. 한편으로 나중에 더 좋은 여자를 만날 수도 있을 줄 알았지. 하지만 그 첫사랑 때문에 십여 년이 지나 나이 서른 중반이 되어서야 지금의 집사람을 만나 결혼할 수 있었어. 매번 누군가를 새로 만날 때마다 나도 모르게 마음속에서 첫사랑의 그녀와 비교하게 되는데, 그 때문인지는 몰라도 결국 모두들 실망한 표정으로 나를 떠나게 되더라고."

"그러면 혹시 사장님이 다녔던 대학이……."

"그래. 여기가 이십 년 전에 내가 청춘을 불사르던 동네지."

"그 후로는 소식을 듣지 못했나요?"

"웬걸? 몇 년 전에 풍문으로 듣기는 했어. 애 셋 낳고 산다는데 조금 고생스럽게 산다는 것 같아. 가슴이 아파 며칠간 술을 조금 마셨어. 헤어진 사람 소식을 들어도 잘사는 것을 들어야 마음이 편해. 언제고 더 나이 들어 웃으며 만날 수 있는 날이 오겠지."

"그렇군요."

그렇게 현수에게 자신의 과거를 들려주던 이태원 사장이 다시 커피를 리필했다. 종업원이 조금 질린 표정이 되어 커피를 듬뿍 따라주고 뒤돌아섰다. 주인으로 보이는 아주머니가 밖으로 나갔다. 현수는 혹시 소금을 사러 나가는 것이 아닌지 따라가 보고 싶은 충동을 간신히 억눌렀다.

"여자 친구에게 청혼을 하고 싶은데 용기가 나지 않는다고?"

"네."

이태원 사장이 현수가 그에게 털어놓은 고민을 꺼냈다. 현수가 고개를 끄덕였다. 이태원 사장이 마치 철없는 동생을 보는 것처럼 현수에게 시선을 주었다. 그리고 말했다.

"나이도 이미 먹을 만큼 먹은 사람이 이제야 겨우 그런 고민에 빠지다니, 자네도 참 연애에 소질이 없네."

이태원 사장이 한심하다는 표정을 짓더니 이내 지그시 현수를 바라보는 시선에 무게를 주었다. 그리고 차분하고 힘 있는 말투로 말을 내뱉었다.

"현수 씨, 청혼이라고 너무 어렵게 여기지 마. 만약 그녀를 놓치고 싶지 않다면, 그녀를 놓치고 후회를 할 것 같다면 도망치지 말고 적극적으로 나서도록 해. 예쁜 반지, 편안한 장소, 진실된 태도, 행복한 미래에 대한 믿음만 그녀에게 준다면 그녀는 아마도 현수 씨의 마음을 소중하게 받아들일 거야."

이태원 사장은 현수의 가슴에 가볍게 말로 일침을 놓았다. 가슴속에 묻어두었던 과거까지 털어놓으며 조언자로서 최고의 조언을 해주었다. 덕분에 현수는 깨달았다. 지금 약간의 쑥스러움과 귀찮음에 어떻게 자신의 상황을 대충 모면하려던 생각이 잘못이었다. 오랜 기다림 끝에 다시 찾아온 행운이다. 만약에 은진을 떠나보내게 된다면 자신은 과연 삶의 행복을 다시 찾을 수 있을까? 현수는 이태원 사장의 과거사를 들으며 은진에 대한 자신의 태도를 반성하는 계기로 삼았다.

"알겠습니다. 사장님의 말씀, 잘 새겨듣겠습니다. 저녁 약속 없으시죠? 제가 오늘 지갑을 전부 털 각오로 모시겠습니다."

"혹시 지갑에 먼지만 가득 있는 건 아니겠지? 오늘 제대로 물주 노릇 해야 할걸."

"모자라면 게임 아이템이라도 팔아서 대접하겠습니다. 걱정하지 마세요."

"좋아, 그러면 오늘 밤을 하얗게 불태워 볼까?"

"헉! 내일 출근은 어쩌고요?"

"내가 누군가? 자네의 인생의 선배이자 직장 상사가 아닌가? 내일은 그냥 집에서 각자 푹 쉬자고. 우선은 내일을 위해 오늘을 충실히 보내야겠지? 각오 단단히 해두라고. 흐흐흐."

오늘은 방송이 쉬는 날이다. 모처럼 오후까지 늘어지게 휴식을 취한 임지연은 가볍게 집 밖으로 산책을 나왔다. 한강시민공원으로 가려는 것이다. 공원으로 가는 길목에 요즘 새롭게 카페들이 문을 열고 있는 골목이 있었다. 그녀가 어릴 때만 해도 어른 키보다도 훌쩍 높은 담장들로 가득한 곳이었는데, 요즘은 하나둘 퓨전 음식점이나 카페로 개장되고 있었다. 어른들은 조용하던 주택가가 시끄럽게 변하지 않을까 걱정을 하시지만, 지연은 오히려 어둡던 골목길의 분위기가 밝아지는 것이 좋았다.

'……?

그동안 바빠서 동네를 다니지 않았더니 어느새 카페 하나가 더 생겨 있었다. '그리움을 찾는 여행' 이라는 카페 명이 지연의 마음을 가볍게 흔들었다. 내부를 보니 아늑해 보이는 소파와 테이블마다 몇 권의 책이 꽂혀 있는 책장, 아기자기한 소품들로 카페를 예쁘게 꾸며놓고 있었다.

'돌아오는 길에 들러볼까?

집에서 마셔도 되지만 음악을 들으며 카페에서 차를 마시는 것은 기분이 남달랐다. 친구랑 수다를 떠는 것과는 달리 차분하게 생각할 시간을 갖게 되는 것이다. 더불어 혼자라는 쓸쓸함과 커피 향이 조화를 이루며 가슴을 채우는 그 느낌이란! 엄마가 보면 다 큰 애가 궁상을 떤다고 하겠지만, 그래도 지연은 아직 사춘기 소녀 같은 이런 감상적인 느낌이 좋았다.

"저, 저기 혹시⋯⋯."

한강시민공원으로 가는 길에 몇 명인가 고개를 갸웃하며 그녀에게 말을 걸었다. 거의 대부분 게임 아르카디아를 하는 사람들이다. 아이템 매거진에서 송수진과 더불어 방송 진행을 맡고 있는 그녀를 알아보고 다가오는 것이다. 지연은 그들에게 웃으며 가볍게 인사를 건네고 사인을 해주거나 가끔은 포즈를 예쁘게 잡아 기념사진을 같이 찍어주기도 했다.

평일임에도 불구하고 한강시민공원은 많은 사람들로 북적였다. 운동복이 푹 젖어 김이 모락모락 피어오르도록 조깅을 하고 있는 사람들과 여기저기 강변에 앉아 낚싯대를 드리우고 있는 강태공, 따르릉! 경적을 울리며 지나가는 자전거의 긴 줄, 인라인 스케이트를 타는 꼬마들, 통기타의 현을 튕기며 함께 노래를 부르는 연인, 무슨 이야기를 그리 정겹게 나누는지 잔잔한 미소가 닮은 할아버지, 할머니, 강아지와 함께 달리는 꼬마와 그 뒤를 손을 잡고 걷는 젊은 부부⋯⋯.

양화대교에서 마포대교까지 걸어서 왕복하며 지연은 많은 사람들과 스쳐 지나갔다. 저마다 서로 다른 얼굴만큼 살아온 인생이 다른 사람들. 하지만 그들의 모습은 대부분 행복해 보였다. 하지만 그들의 눈에 비친 자신의 모습은 약간 외롭게 보이지 않았을까?

지연은 산책을 마치고 돌아오는 길에 아까 눈여겨보았던 카페를 찾았다. 카페에는 세 명의 손님이 있었다. 연인으로 보이는 대학생 두 명이 안쪽에서 서로의 눈 속으로 빠져들 것처럼 가깝게 얼굴을 마주하고 있었다. 쳐다보는 눈에서조차 닭살이 돋을 것 같아 얼른 지연은 시선을 돌렸다.

또 다른 손님은 어쩐지 카페와 어울리지 않아 보이는 대머리 중년 아저씨였다. 두 개의 테이블이 배치된 창가의 한 자리에 앉아 누구를 기다리는지 가끔 창밖으로 시선을 돌리고 있었다. 지연은 생각했다.

'설마 선을 보려고 나와 있는 것은 아닐까?'

이미 애가 셋은 있어야 정상일 나이로 보였다. 정말로 맞선을 보려고 나온 것이라면 오랜만에 생생한 연애의 시작을 지켜볼 기회를 얻을 수 있을지도 모른다. 지연은 약간 기대하며 들키지 않고 대화를 잘 들을 수 있는 자리, 대머리 아저씨를 등지고 창가의 남아 있는 자리에 앉았다.

하지만 지연의 기대는 금방 깨어지고 말았다. 이십대 후반으로 보이는 핸섬한 청년이 나타난 것이다. 대머리 아저씨가 청년이 나타나자 자리에서 손짓하며 청년을 불렀다.

"여기야, 현수 씨!"

"제가 먼저 오려고 했는데 미리 와 계셨네요?"

지연은 청년이 대머리 아저씨가 기다리던 사람이라는 것을 알고 곧 그들에 대한 관심을 접었다. 어딘지 청년의 얼굴이 낯설지 않았지만 어디서 봤는지 기억이 잘 나지 않았고, 중년의 로맨스를 기대하고 있었는데 예상이 깨지자 흥미가 사라진 것이다. 대신 지연의 관심은 다른 것으로 옮겨갔다. 각 테이블마다 배치된 작은 책꽂이의 몇 권의 책 사이에 끼워져 있는, 연습장을 모아 엮은 것으로 보이는 책을 발견 한 것이다.

'상사병(相思病)?'

재활용 종이의 누런색의 책표지로, 주인이 쓴 것으로 보이는 제목이 적혀져 있었다. 책장을 펼치니 역시 그동안 카페에 왔던 손님들이 책표지의 주제를 가지고 제 나름대로의 사연과 낙서, 자작시를 적어놓았다. 지연이 시큰둥한 표정으로 책장을 넘기다가 어느 한곳에 시선이 머물렀다. 누군가가 남긴 한 편의 시가 그녀의 눈길을 끈 것이다.

만나고 싶은 사람이 있다면
어느 길 위에서 언제인가 반드시
만나게 될 거라고 친구는 말했다.

세상의 모두가 그 말을 외면해도
나만은 유일하게 믿음을 지키고 싶다.

기다리는 설렘과 헤어지는 아쉬움
감미로운 음악과 향기로운 커피 향
귓가에 울리던 정겨운 목소리.

마주 앉은 서로의 눈빛 속에서 비치는
즐거운 얼굴과 행복한 미소.

오해와 엇갈림에 당신은 멀어지고
어느새 추억으로 만나는 당신
내 안에서 그리움의 샘물이 마르기 전에.

운명(運命)이 당신을 만나게 해준다면
그날이 오늘이기를 간절히 원한다.

추신:비가 오네요. 정은미 씨, 오늘 당신을 쪼끔 생각했어요.

누군가 비가 오는 날에 지연이 앉았던 자리에서 오래전 헤어진 연인을 생각하며 남긴 것 같았다. 지연은 시를 남긴 이의 마음을 알 것 같았다. 자신 역시도 예전에 같이 게임을 했던 어름화살 오빠를 찾고 싶기 때문이리라. 그리고 그런 사람은 지연만이 아닌 것 같았다.

"힘내세요. 그 사람을 꼭 만나시길 빌어요!"

"은미 씨! 해피가 기다려요. 돌아와요~♥"

"당신의 사랑을 응원합니다. 화이팅!"

형형색색의 펜으로 짧은 응원의 메시지가 시가 적혀진 나머지 여백을 가득 채우고 있었다. 지연도 누군지 모르는 그를 응원하는 것에 동참하고 싶었다. 다행히 책꽂이 옆에는 펜도 준비되어 있었다.

"저도 친구 분의 말을 믿어요. 언제고 다시 그분과 함께 웃으며 차를 마실 수 있을 거예요."

지연은 진심으로 자작시를 남긴 이의 소망이 이루어지기를 바랐다. 자신처럼 누군가를 애타게 그리는 이가 있다는 사실이 묘하게 위안이 되어 그녀의 가슴을 따뜻하게 만들었다. 지연은 책꽂이에 책을 꽂으며 자리에서 일어나려고 했다. 그러나 그녀는 일어나지 못했다. 중년 아저씨와 일행인 청년의 얼굴이 낯설지 않은 이유를 알아냈기 때문이다.

'저 사람은?'

틀림없었다. 반대편 벽에 걸려 있는 거울에 비친 청년은 얼마 전 녹화장이 있는 가이아 빌딩에서 만난 적이 있었다. 지연과 수진에게 아줌마라는 무지막지한 폭언을 선사하고 도망쳤던, 며칠 동안 수진과 지연의 수다의 단골 안주로 씹혔던 남자가 분명했다. 언제고 만나게 되면 한을 품은 여자의 복수의 손톱 맛이 어떤지를 보여주리라 벼르던 상대이기도 했다.

"제가 요즘 사귀고 있는 여자 친구가 있는데요. 정말……"

청년은 대머리 아저씨에게 인생 상담을 하고 있었다. 요지는 여자들은 보통 프러포즈를 받고 싶어하는데, 과연 프러포즈를 꼭 해야 하는지, 하게 되면 어떤 이벤트가 좋을지 조언을 들으러 나온 것 같았다. 지연은 남자의 태도에 속으로 발끈했다.

'평생을 같이하게 될 사람을 위해 프러포즈도 제대로 못하는 남자를 누가 믿고 따르겠어요!' 하고 청년을 향해 쏘아붙이고 싶었다. 하지만 남의 대화를 몰래 훔쳐 들으며 그런 참견을 한다는 것은 교양 있는 아가씨가 취할 태도가 아니었다. 더구나 청년에게는 지연을 대신해서 그의 무지를 깨우쳐 줄 조언자가 있지 않은가?

아니나 다를까. 대머리 아저씨는 곧 청년을 향해 공세를 시작했다. 하지만 지연의 기대와 다르게 그는 직설적으로 청년에게 훈계하지 않았다. 먼저 숨기고 있던 자신의 과거의 한 조각을 먼저 청년에게 들려준 것이다. 그리고 여자 친구를 놓치지 않으려면 정성과 진심을 보이라는 충고해 주었다.

첫사랑을 놓치고 십여 년을 방황하게 되었다는 대머리 아저씨의 이야기는 방금 전 책에서 보았던 자작시의 내용을 떠올리게 하며 감수성이 예민한 지연의 심금을 가볍게 두들겼다. 다행히 청년은 대머리 아저씨의 충고를 가슴에 새기는 표정이었다. 몰래 그들을 지켜보던 지연은 청년의 태도가 마음에 들었다. 그래서 다음에 만나게 되면 한 방 먹이려던 계획을 포기했다.

"잘해봐요, 소심한 아저씨. 후회를 남기지 마세요. 파이팅!"

먼저 자리에서 일어나 카페를 떠나는 그들을 눈으로 배웅하며 지연이 청년의 등에다가 조용히 응원의 메시지를 보냈다. 그리고 이미 식어가는 차를 후루룩 들이마시며 지연도 자리에서 일어날 준비를 했다. 그러던 지연의 눈에 그녀가 읽고 있던 노트가 밟혔다.

'나도 오늘 왔다간 흔적을 남기고 갈까?'

문득 지연은 이 노트에 자신의 흔적을 남기고 싶었다. 미래의 누군가가 지금의 그녀가 남긴 글을 읽고 어떤 응원의 메시지를 남길지 궁금함도 있었다. 지연은 펜을 들고 노트의 빈 페이지를 찾았다.

꿈

잊어버려요
기억이란 그대의 의식 한 페이지
모든 것은 부질없는 얼룩
둘러보면
우리가 아니더라도
정에 겨운 언어들로 빛나는 거리를
지금도 다른 연인들이
그들의 아름다움으로 채우고 있으니.

지워 버려요
추억의 깊은 상념은
아무리 뜨겁고 향기 짙어도
손을 내어 움켜쥐려 하면

그것은 이미 떠나 버린 것
마음은 어느새 돌처럼 굳어지고
텅 빈 거리를
오늘은 홀로 그림자처럼 걷나니.

보석처럼 빛나는 눈빛
그 눈길 속에 숨은 기쁨도
보드라운 손길 속에 깃든 정겨움도
떨어진 꽃잎 속의
전설마냥 사라지는 향기인 것을
홀로 남은 나는 날마다 영원을 추구하며
그러나 그리운 이의 꿈에 젖는다.

그녀가 병원에서 수술을 받기 전에 잠시 탈출했을 때, 어름화살 오빠가 들려준 마지막 자작시였다. 만약 오빠가 나중에 혹시 우연이라도 여기 들르게 된다면, 그리고 혹시 지연이 남긴 이 기록을 본다면 얼마나 좋을까? 그날이 그리 멀지 않으면 좋겠는데. 그래서 다시 밑에 추신을 달았다.

"화살오빠, 핀럽은 이제 건강해졌어요. 꼭 한 번이라도 만나고 싶은데 오빠를 찾을 수가 없어서 슬퍼요. 나중에라도 혹시 이 글을 보게 되면 연락처를 남겨주세요. 화살오빠의 시낭송이 그리운 핀럽이 남겨요."

노트를 덮고 지연은 자리에서 일어났다. 이미 밖은 초저녁의 어스름이 짙게 드리워져 있었다. 맑은 밤하늘에는 쌜쭉한 표정의 달도 떠 있었다.

'어쩐지 오늘 밤은 잠이 오지 않을 것 같아. 오랜만에 일기라도 써 볼까?'

지연은 한 달 넘게 방치해 두고 있던 일기장을 모처럼 펼칠 생각을 했다. 아마도 오늘의 일기는 감수성이 풍부한 글자로 가득 채워질 것 같았다. 집으로 돌아가는 지연의 발걸음이 마치 춤을 추는 듯 가볍고 경쾌했다.

3장

로즈빌

전고(戰鼓)

둥둥둥! 귀청을 울려대는 북소리
갈증과 두려움에 창대를 움켜쥔다.
북쪽의 큰 나라가 무너졌단 소식에
모두들 얼굴에 핏기 하나 없네.

남쪽 나라 연합하여 큰 어둠과 합세하여
도시마다 검은 연기, 비명 소리 요란하네.
끝도 없는 피난 행렬 등 뒤로 멀어지고
깃발 들고 행진하는 병사들만 불쌍하다.

뾰족 귀의 전사가 활을 들고 찾아오고
짧은 키의 난쟁이가 도끼 들고 달려왔다.
검은 얼굴의 그림자 은밀하게 뒤따르니
살아생전 이런 군대 다시 볼 수 없으리라.

둥둥둥! 전쟁터에 북소리가 드높다.
멋지게 차려입은 기사단이 출격한다.
눌러쓴 투구 아래 행색이 늠름한데
열심히 싸웠지만 분한 얼굴 땅에 묻네.

뾰족 귀의 전사와 짧은 키의 난쟁이
검은 얼굴 그림자가 무리 지어 출전한다.
도끼자루 부러지며 활시위도 끊어지고
두 동강난 칼자루가 붉은 피에 잠겨든다.

북채 잡은 손에서 기운은 빠지는데
몰려드는 검은 어둠, 성난 이빨 들이민다.
등 뒤에 고향 두고 어디로도 못 가는데
퇴각 나팔 언제 부나 나팔수만 초조하네.

　　　─메노아 왕국 우정의 다리 근처 이름 모를 무덤의 묘비에서 발췌.

①

"오늘도 새로운 꿈을 찾아 아르카디아 대륙을 찾는 여러분께 저희들은 항상 최신의 정보를 드리고자 노력하고 있습니다. 지난 방송에 이어 오늘 방송도 역시 남부대륙에서 일어난 파괴의 동맹에 대한 특집으로 마련했습니다. 대륙의 각 종족의 운명이 엇갈리는 장엄한 역사의 순간을 저희 '전장의 북소리'와 함께하세요. 그리고 현재 불타는 용기를 가슴에 품고 거대한 어둠의 세력과 맞서 싸우고 있는 우리 동료들의 선전을 두 손 모아 기도해 주세요. 그들의 손에 여러분의 미래가 달려 있습니다. 잠시 전하는 말씀을 듣고……."

두꺼운 커튼이 창문을 가린 실내는 불조차 켜지 않아 약간 어두웠다. 그나마 먼지 낀 수정구에서 쏟아지는 불빛이 실내가 어둠에 잠식되지 않도록 필사적으로 저지하고 있었다. 얀은 푹신한 의자에 몸을 파묻고 탁자 위로 발을 쭉 뻗은 자세로 편하게 거의 눕다시피 앉아 있었다.

실내에는 그 혼자밖에 없었다. 하지만 다른 누가 있다고 해도 누구도 감히 지금의 얀의 자세에 대해 눈살을 찌푸리지 못할 것이다. 지금의 얀은 바레이타 대공의 신분으로 모습을 드러내고 있기 때문이다.

높은 인기를 반영하는 것처럼 지루한 광고가 길게 이어졌다. 얀은 레더부츠로 수정구를 툭툭 건드리며 무료하게 기다렸다. 기다림에 지쳐 머릿속에 맴돌던 거친 말이 입 밖으로 튀어 나오려는 순간, 시청자들을 약 올리던 방송이 끝을 맺고 진행자가 수정구에 모습을 드러냈다.

"오랫동안 기다리셨습니다. 먼저 어제 있었던 로즈빌에서 벌어진 전투 장면을 보여드리겠습니다. 전투에 대한 상세한 설명은 참모장님이 하시겠습니다."

진행자 옆에 어느새 모습을 보인 전투복 차림의 중년남자가 고개를 숙여 시청자에게 인사했다. 2차 세계대전 당시의 독일군 장교 전투복에 머리에는 특수부대 베레모를 비껴쓰고, 가슴에는 세계 각국의 모조 훈장을 주렁주렁 매단 복장을 하고 있었다. 시청자들에게 워스트 콘셉트이라는 악평이 자자함에도 불구하고 꿋꿋하게 자신의 취향을 고집하는 그의 모습이 이제는 눈에 익숙해져서 그런지 처음보다는 거부감이 많이 희석되어 있었다.

쿠우우우!

쿠우웅!

투석기에서 발사된 큰 바위들이 떨어지는 소리와 마법이 폭발하는 소음이 먼저 귀청을 울리는 것과 동시에, 수정구의 화면은 어느새 거대한 전쟁터를 보여주고 있었다. 작고 아담한 성곽 도시를 뒤에 두고 수십만은 족히 넘어 보이는 대병력이 적갈색 황야에 넓게 퍼져 접전을 벌이고 있었다. 성에서 투석과 화살비가 끊임없이 발사되고 적군을 향해 날아갔다. 아울러 상대 진영에서도 화살과 마법 공격이 성을 등지고 싸우고 있는 이들의 머리 위로 쏟아지고 있었다.

"지금 보시는 전투는 어제 있었던 로즈빌에서의 파괴의 동맹군과 결속의 동맹군의 황야에서의 최초의 대회전입니다. 결론부터 말씀을 드리면 이날 휴먼족 주축의 결속의 동맹군은 크게 패배하여 전투가 끝나고 로즈빌로 후퇴하여 현재 농성전을 벌이고 있습니다."

해설을 맡은 참모장이 전투에 대한 해설을 시작했다. 전체적인 장면과 근접 촬영을 적절하게 번갈아 보여주는 동영상은 생생한 전투 장면을 보여주고 있었다.

"며칠 전에 있었던 엘프와 다크엘프의 내분과 반란으로 결속의 동맹군은 현재 병력이 둘로 나누어진 상태입니다. 반란군이 현재 인근의 쉐이던 성을 점거한 상태에서 엘프와 다크엘프의 살아남은 소수의 병력과 드워프의 군대가 쉐이던 성의 반란군을 토벌하러 빠져나갔기 때문입니다. 남아 있는 휴먼족 위주의 결속의 동맹군을 파괴의 동맹군이 전격적으로 기습 공격을 펼쳤습니다."

화면에는 낡은 갑옷을 입고 녹이 슨 무기를 휘두르는 스켈레톤과 황무지 여우, 사나운 불곰, 포이즌 스파이더, 그리고 몇몇 트롤과 오우거 같은 몬스터들과 싸우는 인간 병사들을 보여주었다. 비록 기습을 당했지만 조직적인 훈련을 받은 병사들에 의해 몬스터들은 쉽게 쓰러지고 있었다. 하지만 그것도 잠시, 주변에서 마구잡이로 긁어모은 몬스터들이 쓰러진 뒤로 일단의 중장기병이 나타나며 전세가 뒤바뀌기 시작했다.

몬스터들을 학살하며 진형이 흐트러진 결속의 동맹군의 진형으로 아스란의 중장기병이 송곳처럼 깊게 파고들어 진형을 더욱 크게 흔들어놓았다. 이어 마하루이 오크 중장보병과 쿠엘라베 라자드맨 중창병이 뒤따라 진군하며 흩어진 결속의 동맹군의 병사들을 학살하기 시작했던 것이다.

그리고 서슬갈기 켄타우로스 궁기병대와 폭풍갈기 켄타우로스 궁기병대가 좌우 포위망 바깥에서 활을 쏘며 파괴의 동맹군의 공격을 보조했고, 아울러 붉은투구 스켈레톤과 데스토리아 좀비 전사가 중군을 형성하며 오크와 라자드맨 부대의 뒤를 튼튼하게 받치고 있었다. 로즈빌의 성벽 위에서 투석과 화살 공격이 날아왔지만, 파괴의 동맹군 마법병단의 마법사들이 대부분의 투석을 허공에서 요격했다. 마법에 파괴된 바위가 잘게 부서져 떨어지며 오히려 결속의 동맹군의 피해를 확대시키는 결과를 초래했다.

"거의 40만에 육박했던 결속의 동맹군은 이번 결전으로 절반이 넘는 병력을 잃었습니다. 아마도 로즈빌의 수비군과 세력을 합쳐도 20만 명도 되지 않을 것으로 보여집니다."

"음. 그런데 말이죠, 한 가지 의문이 드는데요. 왜 결속의 동맹군은 처음부터 성을 의지해 전투를 벌이지 않은 것이죠? 병력도 유리하지 않은 상태에서 굳이 황야에서의 대회전을 치를 필요가 있었을까요?"

진행자가 참모장에게 묻는 형식을 취하며 그의 해설을 유도했다. 화면은 계속 전투 장면을 방영했다. 참모장은 곧 진행자의 질문에 준비한 답변을 꺼냈다.

"아까도 말씀을 드렸다시피 이미 며칠 전에 결속의 동맹군을 유지하고 있던 엘프와 다크엘프의 내부에서 반란이 있었습니다. 퀘스트를 받아 두 종족의 군대를 이끄는 지휘권을 지닌 유저들에게 반대 세력의 용병들이 반란을 일으킨 것이죠. 현재 엘프 종족의 지휘관이 암살당하고 다크엘프 종족의 지휘관은 팔 하나를 잃는 큰 부상을 입어야 했습니다. 그리고 엘프와 다크엘프 병력의 80%를 차지하는 반란군은 현재 쉐이던 성을 점거하고 있습니다. 아마도 파괴의 동맹과 연합을 할 목적이 있는 것 같습니다. 이에 드워프 종족을 주축으로 엘프와 다크엘프 종족의 잔여 병력이 반란군을 진압하기 위해 출병하게 되면서 동맹군의 병력이 나누어지게 되었습니다. 한편으로 남아 있는 휴먼 종족의 병력의 주축은 트라자켄 제국의 병력인데, 역사적으로 제국의 팽창 정책으로 커다란 피해를 본 메노아 왕국 입장에서 또 다른 반란을 염려하여 그들의 로즈빌 입성을 반대했습니다. 좁은 성곽도시인 로즈빌에 40만의 병력을 전부 수용하기 어렵다는 이유였습니다. 하지만 지금은 병력도 크게 줄어들었고 비상시국이니 로즈빌은 나머지 동맹군의 입성을 허용한 상태입니다."

"이번에 엘프와 다크엘프 종족의 반란을 주도한 이들은 어떤 세력입니까? 그들의 의도가 궁금해지네요?"

"아직 자세한 정보가 들어오지 않았지만, 본거지의 영주전에서 패배한 길드들이 이번 결속의 동맹군의 모병에 많이 참가를 했다고 합니다. 아마도 결속의 동맹보다는 파괴의 동맹군에게 승산이 높다고 판단하고 반란을 주도한 것 같습니다."

"서로 정보를 공유하기도 어려운 상황에서 엘프와 다크엘프 두 종족의 병력을 장악하고, 동시에 반란을 시도한 것으로 보면 보통 세력은 아닌 것 같군요. 그런데 참모장님은 어떻게 보십니까? 결속의 동맹군이 이렇게 흩어지고 무너진 상태에서 과연 파괴의 동맹의 어둠의 군대에 맞설 수 있을까요?"

"결속의 동맹군의 상황은 거의 절망적이라고 표현하고 싶을 정도입니다. 어제의 전투로 그동안 베일에 가려졌던 파괴의 왕의 어둠의 군대는 마침내 정체를 드러내기 시작했습니다. 이미 드러난 전력을 보면 아스란 왕국의 중장기병 5만 명, 마하루이 오크왕국의 중장보병 5만 명, 쿠엘라베 라자드맨 왕국의 라자드맨 중창병 5만 명, 다크랜드의 데스토리아 좀비 전사 5만 명, 본캐슬의 붉은투구 스켈레톤 5만 명, 각각 1만 명의 병력을 거느린 서슬갈기, 폭풍갈기 부족의 켄타우로스 궁기병대가 어제 기습 전쟁에 참가했습니다. 27만 명의 정예 병력입니다. 문제는 어제의 전투에서 파괴의 왕과 그 친위 부대인 데스나이트 군대를 포함한 본진은 전투에 참가하지도 않았다는 것입니다."

"대단하군요. 정예병으로만 이루어진 최강의 어둠의 군대인 것 같습니다. 로즈빌의 결속의 동맹군의 동요가 만만치 않겠는데요?"

화면이 바뀌었다. 조금 전까지 전쟁터를 보여주었던 화면이 사라지고 진행자와 참모장의 모습이 수정구에 모습을 드러낸 것이다. 참모장이 고개를 젓고 있는 모습이 보였다.

"한 번의 패전으로 이미 결속의 동맹군은 많은 병력을 잃었습니다. 더욱 치명적인 것은 병력을 지휘하는 지휘관들이 거의 몰살을 당해 버렸다는 것입니다. 마법병단의 대규모 공격이 처음부터 그들을 노려 성공을 거둔 것이죠. 현재 로즈빌은 사기가 크게 꺾여 계약을 파기하고 로즈빌을 떠나는 용병들이 속출하고 있다는 소식입니다."

"큰일이군요. 만약 파괴의 왕을 막지 못한다면 어떤 일이 벌어지게 될까요?"

"제가 얻은 정보에 따르면 파괴의 왕은 마계로 통하는 길을 열려는 목적을 지니고 있다고 합니다. 결국 대륙 전체가 마계에서 풀려난 마족들에게 점령되는 암흑의 시기가 찾아올 가능성도 있습니다. 지금까지 겪어본 게임 아르카디아라면 게임의 역사는 유저들의 손에 맡긴다는 원칙을 이번에도 적용할 것으로 보입니다."

"생각만 해도 끔찍하군요. 물론 일부 특이한 설정을 좋아하는 유저들은 좋아할지도 모르지만요. 그런데 결속의 동맹에 희망은 전혀 없는 것일까요?"

진행자가 과장되게 몸을 떨며 참모장에게 질문을 던졌다. 참모장이 시청률을 위해 애쓰는 그의 태도에 맞추어 가볍게 웃음을 터뜨려 주었다. 그리고 이어 자신의 견해를 밝혔다.

"이번에 남부대륙의 자토만 요새에서 어둠의 군대를 물리친 다크 나이트가 로즈빌에 입성한다는 정보를 들었습니다. 어쩌면 결속의 동맹에 작은 희망이 될지도 모르겠습니다."

"아! 다크 나이트라면? 어둠의 왕을 물리치며 바빌로니아를 부활시킨 종족 퀘스트의 주인공이자, 이번에 자토만 요새에서 불리한 상황을 반전시켜 어둠의 군대를 물리친 장본인이 아닙니까? 더구나 요번에 대륙의 10대 용병에 공식적으로 이름이 올랐다는 말도 있던데요. 그러면 현재 결속의 동맹군에 큰 힘이 될 수도 있지 않을까요?"

하지만 진행자의 말에 참모장은 쉽게 동의하지 않았다.

"너무 늦지 않았는지 우려됩니다. 비록 그가 자토만 요새를 막는 것에 성공했지만, 어디까지나 현재 파괴의 동맹군의 주력군은 파괴의 왕이 이끄는 어둠의 군대입니다. 파괴의 왕이 쓰러지면 현재 카산드라의 자유도시들을 점령한 오크들도, 남부대륙에 남아 있는 아스란 왕국의 군대도 구심점을 잃고 흩어지게 될 겁니다. 물론 다크 나이트에게도 자토만 요새를 지켜야 하는 이유가 있었겠지만, 대국을 본다면 역시 자토만 요새를 포기하더라도 더 일찍 결속의 동맹군에 합류했더라면 하는 아쉬움이……"

팟!

얀은 수정구를 꺼버렸다. 해설자의 말이 맞았다. 이렇게 상황이 급변할 줄 알았다면 자신도 자토만 요새를 버리고 왔을 것이다. 1차 파괴의 동맹과 결속의 동맹 간의 전쟁은 무려 50년을 끌었다. 그만큼 양측의 세력이 팽팽했다는 뜻이다. 이번 파괴의 왕의 부활과 어둠의 군대는 현재 게임 아르카디아의 세계관에 가벼운 펀치를 날리는 정도로 끝날 줄 알았다. 하지만 겪어보는 지금의 상황은 얀의 예상과 너무도 다르게 흘러가고 있었다.

엘프와 다크엘프의 내분 사태로 결속의 동맹군의 세력은 반으로 줄어들었고, 이어 파괴의 동맹군의 기습 공격에 남아 있던 동맹군의 숫자는 또다시 절반으로 줄어들었다. 80만에 육박했던 병력이 겨우 20만도

채 남지 않은 상태였다. 모두 얀이 로즈빌에 도착하기 하루 전까지 벌어진 일이다.

자토만 요새에서의 전투가 끝나자마자 얀은 아함브라의 마탑으로 마법진을 이용해서 날아갔다. 결속의 검 퀘스트의 연계 퀘스트인 '영웅의 길' 퀘스트의 완료를 위해서였다. 사마트흐라가 떠나기 직전에 남긴 말은 분명 퀘스트 완료를 위해 수호자들을 찾아오라고 했지 않은가?

물론 '왕의 갑옷' 퀘스트를 끝내고 떠나야 하기 때문에 동맹군의 맹주를 뽑는 영웅회의는 이미 기한이 넘어 참가하지 못하겠지만, 결속의 동맹의 한 축인 휴먼 종족의 사령관의 자리는 그의 몫이 분명했다. 하지만 아함브라에 도착한 그에게는 이미 충격적인 소식들만 기다리고 있었다. 결속의 동맹군의 맹주로 선출된 엘프 종족의 지휘관이 사망하고, 동맹을 상징하던 결속의 검을 반란군에게 탈취당했다는 것이다.

이에 다크엘프와 엘프 종족의 잔여 병력과 드워프 종족은 반란군을 진압하고 결속의 검을 되찾기 위해 쉐이던 성을 향해 이미 출병했다. 그리고 얀에게는 휴먼 종족을 지휘해서 그들이 결속의 검을 되찾고 돌아올 동안 어둠의 군대의 진격을 저지하라는 퀘스트를 빙자한 명령이 떨어졌다. 하지만 그 시간에 이미 파괴의 동맹군은 로즈빌 앞에 진을 치고 있던 휴먼 종족 중심의 결속의 동맹군을 들이치고 있었던 것이다.

"자네의 역할이 중요하네. 신마전쟁에서 마계로 쫓겨 갔던 마족들이 다시 돌아오게 되면 아르카디아 대륙은 기나긴 어둠의 세월을 보내야 할 것이야. 애석한 점이라면 우리는 당장 도움을 줄 수 없다는 것일세. 수호자는 죽음이 이르기 전까지 모든 것에 우선해서, 결속의 검과 마탑을 지켜야 하는 의무가 있기 때문이지. 어렵겠지만 로즈빌을 어둠의 위협에서 지켜주게."

수호자들의 우두머리인 사마트흐라가 얀에게 건넨 말이다. 결속의 검이 탈취당하자 이미 요루자와 세르게이가 반란군을 진압하려는 진압군을 이끌고 쉐이던 성을 향해 자리를 비우고 없었다. 사마트흐라와 엘리나와 이사벨, 그리고 20명의 엘프와 다크엘프 전사만이 남아 있는데, 이들마저 마탑을 비울 수는 없었다.

〈영웅의 길〉

결속의 검을 봉인하고 있던 봉인 마법을 해제할 수 있는 미기엘라의 반지를 얻었다. 수호자들은 결속의 검을 꺼내 결속의 동맹을 부활시켰다. 하지만 내부의 반란으로 인하여 결속의 검은 반란군의 손에 들어가고 말았다. 동맹군의 분열을 막기 위해 수호자들은 결속의 검을 되찾고 마탑을 지켜야 한다. 이에 수호자들은 그대에게 새로운 부탁을 했다. 아직 지도자가 없는 휴먼 종족의 지도자가 되어 어둠의 세력으로부터 로즈빌을 지켜야 한다. 그리고 힘을 합쳐 마왕을 물리쳐야 한다.

얀이 진행하고 있는 '영웅의 길' 퀘스트가 새롭게 갱신되었다. 그리고 '왕의 갑옷' 퀘스트가 완료되었다는 메시지가 뒤를 이었다. 얀이 퀘스트의 보상을 살펴보았다. 명성이 50 상승하고 1레벨 업의 경험치와 '신의 축복'이라는 스킬이 하나 생성되어 있었다.

'신의 축복' 스킬은 사망해도 아무런 패널티 없이 부활이 가능한 것이다. 물론 게임 시간으로 하루 1회 사용, 인접 도시 신전에서 부활의 제약이 있지만, 죽음에 따른 패널티가 큰 게임 시스템에서 유저에게는 엄청난 도움이 되는 스킬인 것이다. 얀은 '영웅의 길' 퀘스트를 받아

들었다.

경험치와 패널티가 없는 스킬을 얻지 않았더라도 그는 퀘스트를 거부할 수 없었다. 결속의 동맹이 무너지면 당장 그는 자신의 거처인 마탑을 잃게 된다. 그리고 다크 타워 상단의 주축인 엘프와 다크엘프 하녀들을 잃을 것이고, 더 나아가 바레이타 공국의 대공이라는 지위마저 잃게 될 것이다.

물론 게임 시스템에 그가 모르는 안전장치가 있을지 몰랐다. 수호자들이 되찾으려는 '결속의 검'에 파괴의 왕을 물리칠 결정적인 무엇인가가 숨겨져 있을 수도 있고, 마족의 부활을 저지하려는 드래곤들이 나타나 파괴의 왕을 막아낼 가능성도 있다.

하지만 그 모든 것은 단지 가능성이 낮은 희망 사항일 뿐이다. 얀으로서는 빼앗길 수 없는 자신의 모든 가치를 위해 직접 나서지 않을 수 없었다. 그리고 지금 로즈빌로 곧장 달려왔다.

하지만 그는 로즈빌에 도착하자마자 빈방부터 얻어야 했다. 이미 접속 한계 시간이 되어 있었기 때문이다. 오랜 시간 휴식을 취하고 다시 접속을 한 얀은 먼저 '마법 수정구의 꿈'을 잠시 시청하며 정보를 수집했다.

"후우!"

얀은 가볍게 한숨을 내뱉었다. 쉽게 해답을 찾을 수가 없었다. 파괴의 왕과 친위 부대라 할 수 있는 데스나이트 부대가 나서지도 않은 상태에서, 휴먼 종족의 병력은 어둠의 군대에게 거의 일방적인 학살을 당하고 말았다. 만약 후방의 로즈빌이라는 후퇴를 할 도시가 없었다면 전멸하고도 남았다.

이미 종족 퀘스트에서 데스나이트 부대의 가공할 파괴력을 경험했다. 데스나이트 1만의 병력은 오크 중장보병이나 라자드맨 중창병 10만의 병력보다도 더욱 파괴력이 높다. 많은 병력을 잃고도 적의 최강의 병력인 데스나이트 부대의 규모를 파악하지 못한 것이 아쉬웠다.

촤악!

얀은 의자에서 몸을 일으켜 세웠다. 그리고 창을 가리고 있던 커튼을 젖혔다. 얀이 있는 방은 로즈빌 영주관의 첨탑으로 성 내외를 모두 살펴보는 것이 가능했다. 이미 어둠이 깔린 초저녁, 얀의 시선이 먼저 서쪽의 어둠의 군대가 자리를 잡은 황야로 향했다.

저 멀리 어둠 속에서 군데군데 불빛이 켜지고 있었다. 어둠의 군대라고 하지만 언데드만 있는 것이 아니라 이종족이 섞여 있기에 그들도 모닥불은 필요했다. 기습 공격을 펼쳐 결속의 동맹군을 학살한 그들은 곧바로 로즈빌을 공략하지 않고 오히려 병력을 멀찌감치 뒤로 물렸다.

로즈빌 정도는 언제든지 점령할 수 있다는 자신감이 있는 것인지는 몰라도, 덕분에 얀과 로즈빌의 병력이 한숨 쉴 여유를 얻게 되었다. 만약에 그들이 여세를 몰아 공격을 했더라면 얀은 소수의 병력만을 챙겨 아함브라까지 후퇴해서 배수진을 쳐야 했을 것이다. 얀은 그들이 왜 공세를 미루고 있는지 여러 가지 가능성을 머리에 떠올려 보았다.

하지만 오래지 않아 고개를 내젓고 말았다. 파괴의 왕과 어둠의 군대에 대한 정보가 부족해 정확한 판단을 내릴 수가 없었던 것이다. 성밖에서 성안으로 얀의 시선이 옮겨졌다.

로즈빌 곳곳에 불이 밝혀져 있지만, 전체적으로 도시는 어둡게 느껴졌다. 대부분의 상가와 주점은 모두 영업이 중단 되어 있었고, 언제든지 전투를 치르는 것이 가능하게끔 징집된 병력들이 서문 주위에 주둔해 있었다. 그러나 오직 텔레포트 마법진과 역마차 터미널이 있는 동문 광장은 몹시 부산해 보였다.

로즈빌과 결속의 동맹에 대해 부정적인 생각을 지닌 이들이 도시를 떠나기 위해 몰려들고 있었던 것이다. 도시를 떠나려는 이들로 텔레포트 마법진의 푸른 불빛이 끊임없이 점멸을 반복하고 있었다. 얀은 쓴 웃음을 입에 물고 바깥에 대한 관심을 거두고 실내로 고개를 돌리려 했다.

'웅?'

느리게 돌려지던 얀의 고개가 다시 빠르게 창밖으로 돌려졌다. 그의 시선이 향하는 곳은 로즈빌의 성벽이었다. 어둠 속에 사람이라고 보기엔 너무나 덩치가 큰 것들이 성벽을 따라 움직이고 있음을 그때서야 발견한 것이다.

쿵! 쿠웅!

무게가 제법 나가는지 귀를 기울이니 움직일 때마다 둔중한 소리가 여기까지 들리지 않은가? 얀은 먼 거리를 살필 수 있는 이글아이 스킬을 활성화했다. 덕분에 약한 불빛에도 불구하고 어둠 속에 움직이는 거인들의 정체를 더욱 자세하게 살필 수가 있었다.

"쉐이던 성으로 모두 떠난 것이 아니었군. 그런데 드워프의 정예부대는 골렘부대였던가?"

얀이 거인들을 살피며 혼자 중얼거렸다. 어둠 속에 움직이는 거인들의 정체를 알게 된 것이다. 놀랍게도 그것들은 정교하게 만들어진 골렘이었다. 그렇지만 이제껏 보았던 것과는 다른 형식의 골렘이었다. 맹약을 통한 자아를 지닌 것이 아니라, 누군가 내부에 타서 조종해야 움직이는 탑승형인 것이다.

대략 4미터 크기의 골렘은 다리가 짧고 몸통이 우람하며 긴 팔에 손이 무척 컸는데, 주변에 쌓여 있는 바위들을 보면 아마도 투석기를 대신하는 용도의 골렘 같았다. 'U' 자형을 뒤집은 형상으로, 가슴에서 배 부분까지의 외부 장갑이 벌어져 땅에 드리워져 있었다. 조종수로 보이는 드워프가 그것을 밟고 올라가 내부의 조종석에 앉자, 쇠사슬이 내부로 감겨들며 벌어졌던 외부 장갑이 조종석을 완전하게 보호하며 틈을 메웠다.

"드워프들의 기계 공학 수준이 의외로 높은걸. 어쩌면……."

어젯밤 영주관에 마련된 마법진으로 직접 도착해서 바로 로그아웃을 하느라 미처 골렘의 존재를 알지 못했지만, 성벽 주변을 움직이는 골렘들을 보니 무엇인가 머릿속에 그림이 그려지는 것 같았다. 하지만 그전에 먼저 확인해야 할 것이 있었다. 안은 아직도 전략 회의가 있을 것이 뻔한 영주관의 로즈홀로 향하기 위해 문을 나섰다.

로즈빌의 영주가 집무를 보는 로즈홀은 커다란 원형의 대전이다. 성을 중심으로 주변의 아름다웠던 풍경이 원형의 하얀 벽에 아름답게 채색되어 있었다. 현재는 동문을 제외하고 모두 푸석푸석한 황무지에 잠식당한 상태였지만, 과거에 성 주변은 온통 꽃이 피어 있는 광활한 초지가 펼쳐져 있음을 말해주고 있었다.

한편으로 로즈홀은 중앙을 중심으로 원형으로 회의를 위한 좌석이 배치되어 있는데, 나무가 아닌 푸른색 재질의 돌로 바닥과 일체형으로 고정되어 있었다. 정중앙의 다른 자리보다 높게 만들어진 영주석을 중심으로, 몇 개의 주름이 겹쳐진 듯이 원형으로 펼쳐진 자리는 천정에서 내려다보면 마치 한 송이의 푸른 장미처럼 보였다. 로즈홀이란 명칭은 바로 여기에서 유래되어 내려온 것이다.

어둠이 깊어져 천정에 매달린 크리스털로 만들어진 샹들리에에서 수백 개의 작은 마법석이 빛을 뿌리기 시작했다. 그러자 좌석을 이루고 있는 푸른색 석재가 은은하게 빛을 반사했다. 약간의 어둠 속에서 푸른색 장미꽃이 환하게 피어났지만, 현재 자리를 지키고 있는 이들은 그런 로즈홀의 아름다움을 즐길 여유가 없어 보였다.

웅성웅성!

로즈빌의 영주인 디토 자작을 포함한 동맹군의 살아남은 지휘관들 대부분이 로즈홀에 모여 있었다. 그들은 현재의 난관을 헤쳐 나가기 위해 몇 시간째 토론을 벌이고 있었다. 하지만 별다른 대안이 나오지 않는 상황에서 그들은 누군가의 등장을 기다리며 소득이 없는 격론을 이어가고 있었다.

그때였다. 모두가 전쟁보다 지루하고 무의미한 토론에 지쳐가고 있을 때, 영주관의 수비대장이 홀로 들어왔다. 그는 먼저 영주인 디토 자작에게 고개를 숙이더니, 이어 커다란 목소리로 모두가 기다리고 있는 이의 등장을 알렸다.

"동맹군의 부사령관을 맡고 계시는 바레이타 공국의 야니에르 대공께서 입장하십니다!"

휴먼 종족을 대표하여 결속의 동맹군의 부사령관 자리를 차지하고 있는 얀의 등장을 알린 것이다. 소속 왕국은 다르지만 현재는 파괴의 동맹에 대항하여 하나의 깃발 아래로 뭉친 상태. 모두들 동맹군을 이끄는 상급자를 맞이하기 위해 자리에서 일어났다. 잠시 후 얀이 로즈 홀로 모습을 드러냈다.

"어서 오세요, 대공 전하. 이리로……."

영주인 디토 자작이 얀을 맞이하여 자리로 이끌었다. 조금 전까지 자신이 앉아 있던 영주석의 중앙을 얀에게 양보하고 자신은 그 옆자리로 옮겼다. 얀의 지금 신분은 각 왕국의 인정을 받은 휴먼 종족의 최고 지휘관. 디토 자작의 행동은 관례에 어긋남이 없는 당연한 것이다.

"반갑습니다. 여러 왕국에서 오신 영웅들을 만나게 되어 영광입니다. 바빌로니아 제국과 바레이타 공국을 대표해서 여러분과 함께 싸우고자 달려왔습니다."

얀이 자리에 앉으며 모두에게 자리에 착석할 것을 손짓으로 권하며 입을 열었다.

"로즈빌의 영주 디토 자작이 대공께 맹세합니다. 메이아 왕국은 대공과 함께 끝까지 적을 물리칠 겁니다."

메이아 왕국을 대표해서 디토 자작이 얀의 말을 받았다.

"카드모스 동맹의 가비온 백작이 인사드립니다. 적들을 물리칠 때까지 대공께 검을 바치겠습니다."

"트라자켄 제국의 타일라스 백작입니다. 대공의 명령을 받겠습니다."

디토 자작에 뒤이어 회의에 참석한 이들이 자신을 소개하며 얀의 명령을 기꺼이 받겠다고 맹세를 했다. 회의에 참석을 한 이들을 보면, 메이아 왕국의 디토 자작, 카드모스 삼국 대표로 가비온 백작, 트라자켄 제국의 타일라스 백작, 신성도시 닉소스를 대표해서 티그리샤가 참석했다. 그리고 결속의 동맹에 대한 협력의 증거로 드워프 한 명이 한자리를 차지하고 있었다.

아구니르 산맥에 자리를 잡고 있다고 전해지는 헤르메르 왕국 출신의 스토보크 왕자였다. 그는 드워프 왕국의 정예 병력인 골렘부대를 휘하에 거느리고 있었다. 얀이 보았던 탑승형 골렘이 바로 그가 거느린 병력이었다.

"시간이 별로 없는 것 같으니 바로 회의에 들어가도록 하죠. 현재 파괴의 동맹군의 동태는 어떻습니까?"

얀이 여러 왕국의 대표들과 간단히 인사를 나누고 곧바로 전략회의를 시작하기를 원했다. 모두들 고개를 끄덕이며 자리에 앉았다. 얀의 질문을 디토 자작이 받았다.

"계속해서 정찰병을 파견하고 있지만 정확한 정보를 알지 못하고 있습니다. 관측을 위해 접근을 시도하던 정찰병들이 모두 적에게 발각되어 돌아오지 못했기 때문입니다. 멀리서 지켜본 바에 의하면 그들의 진영은 무척 조용합니다. 하지만 언제 공격을 시작할지 모르기에 수비군을 전시 체제로 유지하고 있습니다."

"로즈빌 수비군의 현재 전력은 어떻습니까?"

"네, 한 번의 기습 공격에 너무 많은 희생이 있었습니다. 병력의 재편 작업이 아직 진행되고 있습니다. 일단 아함브라의 마법사들로 구성된 마법병단이 적의 마법 공격에 대비해서 로즈빌의 대마법 방어를 책임지고 있습니다. 헤르메르 왕국의 골렘들은 투석 공격과 성벽 방어를 맡고, 닉소스의 신관들은 각 부대에 분산되어 아군의 치료를 전담합니다. 그리고 병력들은 국적에 상관없이 각기 4만 명의 병력으로 1군부터 4군까지로 나누어 병과를 기준으로 재편성 중입니다. 그리고 카드모스와 닉소스, 여러 신전에서 모인 성기사 2만 명으로 독립 성기사단을 만들었습니다.

아마도 같은 국가 소속끼리 뭉쳐 초기 대응에서 서로 협조가 되지 않았던 것 때문에, 국적을 불문하고 새롭게 병력을 편성하는 것 같았다. 약간 늦은 감이 없지 않지만 그래도 필요한 일이다. 얀은 디토 자작이 건네주는 병력 편성에 관한 서류를 읽으며 눈썹을 찡그렸다.

"용병들이 많이 동요하고 있더군요. 병사들의 사기는 어떤가요?"

"네, 현재 많은 용병들이 계약 파기를 했습니다. 그나마 대공 전하가 오셨다는 소식에 용병들의 이탈이 조금 줄어들었지만, 지금까지 약 2만 명의 용병이 계약을 깨고 로즈빌을 떠났습니다. 그리고 일반 병사들은 지난밤의 패전으로 사기가 바닥까지 떨어져 있는 상황입니다."

디토 자작이 얀의 말에 대답하며 이마의 땀을 손으로 훔쳤다. 만약에 얀이 오지 않았다면 어떻게 되었을까? 생각만 해도 끔찍했다. 현재 로즈빌 수비군에 포함된 동맹군의 구성을 보면, 정규군이 약 30% 정도였고 나머지 70%는 지원 용병들이 차지하고 있었다. 한 번의 기습 공격에 무려 절반이 넘는 병력의 손실, 대부분의 최고 지휘관을 잃은 동맹군의 공포는 엄청났다. 계약을 하고도 용병이 일방적인 계약 파기를 할 경우에 용병 승급의 영향을 미치는 신용도의 대폭 하락, 계약 금액의 10배 반환, 경우에 따라서 용병 등급의 강등 및 한 달간 용병협회 출입금지 등의 패널티를 감수하고도, 용병들은 계약을 파기하고 로즈빌을 떠나려고 아우성을 쳤던 것이다. 때마침 얀이 로즈빌로 입성하지 않았다면 군중심리에 휩쓸려 대부분의 용병들이 떠나 버렸을 것이다.

하지만 북부대륙의 어둠의 왕을 물리쳤고 이번에는 남부대륙 자토만 요새에서의 승전보를 들고 온 그의 명성 덕분에 로즈빌을 휩쓸던 공포와 패닉 현상은 순식간에 가라앉았다. 너무도 불리한 여건과 상황

속에서도 그는 모두가 불가능할 것이라는 예상을 깨고 승리를 했다. 그런 얀의 등장에 용병들의 계약 파기 신청은 눈에 띄게 줄어들었다. 그가 세운 업적들에 대한 용병들의 기대 심리가 얼마나 높은지 반영해 주는 결과였다.

"대공 전하께 질문이 있습니다."

상급자인 말리 후작이 전사하면서 트라자켄 제국군의 최고 지휘관이 되어 회의에 참석한 타일라스 백작이 손을 들었다. 아직도 전날의 패전의 충격이 큰 것일까? 그의 표정은 회의가 시작하기 전부터 딱딱하게 굳어 있었다. 얀이 그를 향해 시선을 주었다.

"단도직입적으로 질문을 드리고 싶습니다. 대공 전하께서는 누구보다도 어둠의 군대와 전투 경험이 많으십니다. 현재 로즈빌의 전력으로 파괴의 왕이 이끄는 사악한 무리를 막을 수 있다고 보십니까?"

그의 말에 모두의 시선이 일제히 얀에게 쏠렸다. 그들의 기대에 찬 시선을 받으며 얀이 입을 열었다.

"자리에 앉으시지요, 타일라스 백작. 음! 여러분이 제게 원하는 것은 솔직한 평가일 것입니다. 제가 보는 객관적인 전력은 우리의 압도적인 열세입니다."

쿠쿵!

얀의 대답에 모두의 안색이 급격하게 흐려졌다. 그나마 얀에게 한줄기 희망을 걸고 있었는데 붙잡고 있던 줄이 끊어져 까마득한 절벽 아래로 떨어지는 느낌이 든 것이다. 얀은 그들의 모습에 덩달아 가슴이 답답했다. 그러나 현실은 정확하게 인식해야 했다. 더구나 이 자리에 있는 이들은 현재 로즈빌에 모인 동맹군의 수뇌부가 아닌가? 냉정한 자기 파악이 있어야 다음 행동을 결정할 수 있었다. 얀이 다시 입을 열었다.

"하지만 아직 우리가 해볼 수 있는 작전이 하나 남아 있습니다."

"어떤 작전을 말씀하시는 것인지 알 수 있을까요?"

얀의 말에 카드모스 삼국을 대표해서 나온 가비온 백작이 반색하며 되물었다. 하지만 얀은 가비온 백작의 질문에 일단 대답을 보류하며 시선을 돌렸다. 그의 눈길은 헤르메르 왕국의 스토보크 왕자에게 머물 렀다.

"작전에 대해 논하기 전에 스토보크 왕자께 한 가지 알아보고 싶은 것이 있습니다. 왕자가 이끄는 골렘을 보니 아주 흥미롭게 보이던데 요. 저들은 투석기 용도로만 제작된 것인가요? 아니면 근접전도 가능 한가요?"

얀의 말에 키는 작지만 근육질의 체구를 자랑하는 스토보크 왕자가 잠시 침묵했다. 골렘은 드워프 왕국의 최고 정예부대, 함부로 그 정보 를 발설하기 어려운 기밀에 속해 있었다. 하지만 지금은 기존의 모든 제약을 떠나 파괴의 동맹을 막아내는 결속의 동맹이 결성된 상태였다. 스토보크 왕자가 닫혀 있던 두툼한 입술을 열었다.

"우리의 '강철 어깨'는 일반적인 의미의 골렘과는 다르오. 우리 전 사가 탑승해 전투력을 높이기 위한 기계공학의 결정체로, 일반적인 전 사가 지닌 힘의 50배가 넘는 전투력을 발휘할 수 있소. 현재 투석기를 대신해 성벽을 지키고 있지만, 근접전에서 전투 도끼와 커다란 주먹을 이용해 전투를 벌일 수 있고, 골렘이 부서지면 일반 전사가 되어 적들 과 끝까지 싸울 수 있소. 참고로 그들은 모두 왕국 근위대에 속해 있는 전사들이오."

한마디로 드워프 종족에 있어서 최고의 정예부대라는 뜻이리라. 얀의 얼굴에 언뜻 한줄기 미소가 깃들었다. 그가 다시금 스토보크에게 질문을 던졌다.

"그렇다면 현재 쉐이던 성으로 향하지 않고 남은 병력은 얼마나 되나요?"

"여기 모인 '강철 어깨'는 각 왕국의 근위대 병력의 절반인 1,000기씩 차출되었소. 그중 헤르메르 왕국의 '억센 팔뚝' 근위대가 로즈빌에 남기로 했소."

1,000기의 골렘이면 대단한 전력이다. 아마도 헤르메르 왕국과 메이아 왕국의 교역을 통한 친분 때문에 헤르메르 왕국의 근위대가 남은 것 같았다. 얀은 스토보크의 설명에 '강철 어깨'의 무력을 짐작했다. 50명의 드워프의 힘을 지닌 강철의 전투 골렘, 그리고 유사시에는 왕국의 정예병사, 현재로서는 로즈빌에서 가장 믿음직한 병력이라고 할 수 있었다.

한편으로 스토보크 왕자의 말을 듣다 보니 얀의 머리에 떠오르는 드워프가 있었다. 얼마 전에 퀘스트를 도와주었던 워스미스의 길을 걷던 피거슨. 그가 종족 퀘스트 '다크게이트—이계의 침입'을 받지 않았던가? 스토보크 왕자의 말을 들으니 아마도 그의 모험이 성공한 것 같았다.

"드워프 왕국을 연결하는 게이트 스톤 시스템의 중앙 통제 장치를 되찾은 것 같군요. 혹시 게이트 관리자가 이번 동맹군에 참전했나요?"

"어떻게 게이트 스톤의 비밀을 알고 계시오? 그것은 드워프 종족의 숨겨진 비밀인데?"

스토보크 왕자가 약간 놀란 표정을 보이며 얀에게 경계의 시선을 던졌다. 왕족만이 알고 있는 비밀을 타 종족이 알고 있으니 놀라는 것이 당연했다. 혹시 다크스미스들과 연관이 있는 것이 아닌지 의심도 들었다.

"전에 게이트 관리자의 길을 쫓는 피거슨이라는 드워프와 한동안 동행을 했지요. 어려운 모험을 떠나는 것을 보고 걱정이 들었는데, 오늘 왕자의 말을 들으니 그가 성공했음을 알겠군요."

얀의 설명에 스토보크 왕자가 표정에서 의심을 지우며 반색했다. 피거슨 덕분에 오랜 세월 끊어졌던 드워프 왕국 간의 이동이 다시 가능하게 되었다. 그는 현재 공작과 동급의 지위인 게이트 관리자의 신분을 이어받고 모든 드워프 왕가의 전폭적인 지지를 받고 있는데, 피거슨의 모험을 도운 용사 중의 한 명이라면 드워프 종족에게 있어 얀은 친구 중의 친구로 대접받을 권리가 있었다.

"아! 대공이 관리자를 도운 영웅들 중 한 명이라니, 드워프 종족을 대신하여 깊은 감사를 드리오. 언제고 드워프 왕국에 들르시기를. 각 왕실에서 대공의 방문을 크게 환영할 것이오. 대공께서 찾는 그분은 이번의 동맹군에 참전하지 않으셨소."

아마도 드워프 종족의 각 왕국 이동 시스템을 다시 열어주면서 드워프의 종족 퀘스트는 끝인 것 같았다. 그리고 동맹군의 참전에 관한 퀘스트는 별도로 생성된 것 같았다. 암튼 얀이 드워프 왕국에 오면 크게 사례를 할 것 같은 뉘앙스를 풍기며 스토보크 왕자가 얀을 향해 정중하게 인사를 올렸다. 그리고 여태껏 지휘권이 다른 타 종족에 대해 협조하는 입장이라 약간은 뻣뻣했던 그동안의 태도와는 전혀 다른 모습으로 자리에 앉아 얀의 말에 경청하는 자세로 돌아갔다.

"그렇군요. 그러면 본인이 생각한 바를 여러분과 상의해 보고자 합니다. 이미 여러분도 경험을 해본 것같이 어둠의 군대는 그저 단순한 몬스터들을 모은 오합지졸이 아니란 것을 잘 알고 계실 겁니다. 오히려 예전의 그 어떤 군대보다도 조직적이고 강력한 군대라고 할 수 있습니다. 더구나 지난밤의 기습 공격에서는 아직 파괴의 동맹군의 최강의 병력은 나서지도 않았습니다. 마왕의 근위대인 데스나이트 군대도 나타나지 않았고 가장 무서운 적인 파괴의 왕이 남아 있습니다. 그런데 그들은 신중을 기해 병력을 더욱 늘리고 있습니다. 여기 로즈빌은 천험의 요새도 아닌, 왕국에서 가장 규모가 작은 보통의 성에 불과합니다. 단순히 얕은 성벽을 의지해 싸우기에는 눈앞의 적은 너무나 강력합니다."

"대공 전하께 잠시 묻고 싶습니다. 적군이 병력을 늘린다고 하셨는데, 어떤 세력이 파괴의 동맹군에 편입되었는지 알고 싶군요."

타일라스 백작이었다. 그의 말에 다른 이들도 동감을 표시했다. 정찰병도 접근하지 못하는 적의 상황을 어찌 파악했는지, 어떤 세력이 파괴의 왕에게 협력하는지 알고 싶은 것이다.

"먼저 쉐이던 성에 있는 반란군을 생각해 볼 수 있습니다. 그들이 왜 반란을 일으켰는지는 모르지만 앞으로 그들이 누구랑 손을 잡으려고 할지는 분명하지요. 하지만 이미 쉐이던 성을 진압하기 위해 결속의 동맹군의 절반이 출발했기에 당장의 위험은 없습니다. 그러나 본인이 우려하는 또 다른 세력은 다릅니다. 그들은 그 자체로도 로즈빌을 위협할 만한 충분한 전력을 지니고 있습니다."

"대체 그들이 누구입니까?"

타일라스 백작이 되물었다. 어둠의 군대 말고도 로즈빌에 모인 20만 명의 세력을 위협할 만한 세력이 있다니. 그의 얼굴에 호기심과 더불어 한 겹 그늘이 드리워져 있었다. 얀이 타일라스 백작을 보며 입을 열었다.

"백작이라면 쉽게 짐작하실 줄 알았는데요. 로즈빌의 서쪽에 무엇이 있습니까?"

로즈빌의 서쪽이라면 바로 황무지가 펼쳐져 있었다. 메노아 왕국과 다마스 공국, 자치 도시 연합에 걸쳐 중부의 트라자켄 제국 사이에 펼쳐진 드넓은 완충지. 문득 타일라스 백작은 오랫동안 잊고 있었던 공포를 떠올렸다.

"서, 설마 와, 왈라키아의 검은 영주!"

"정답이오, 백작."

짝짝짝!

얀이 마치 퀴즈의 정답을 맞힌 도전자에게 보내는 것처럼 가볍게 박수를 쳤다. 하지만 누구도 거기에 호응해 주지 않았다. 타일라스 백작이 뱉은 말속에 숨은 공포를 역시 기억해 냈기 때문이다.

지금은 '황량함의 대지'라 칭하는 황무지는 한때 왈라키아라고 불리는 풍요로운 곳이었다. 그리고 메노아 왕족의 일족이 대대로 영지를 지키며 외부의 침략에서 메노아 왕국을 지켜냈다. 그러다가 원인 모를 저주로 왈라키아 영지는 황무지로 변해 버렸고, 영주와 병사들과 영지민은 모두 흡혈귀가 되어버렸다.

"하지만 검은 영주는 단 한 번도 메노아 왕국을 침범한 적이 없습니다, 대공 전하."

디토 자작이 나서서 얀의 우려에 대해 자신의 견해를 밝혔다. 그의 말대로 왈라키아의 검은 영주는 황무지를 침입하는 모든 이에게 죽음을 안겨주었다. 과거 몇 번에 걸친 트라자켄 제국의 침략군이 황무지에서 몰살당한 후 황량함의 대지는 두려움의 대상이 되어 모든 이의 출입이 금지되었다.

거의 300년에 걸친 긴 세월이 지나는 동안 이어진 공포였다. 덕분에 동부대륙은 트라자켄 제국의 팽창주의 정책에서 안전할 수 있었다. 그러나 오랜 시간의 흐름 속에서 공포는 남았지만, 검은 영주와 흡혈귀에 대해서는 그저 전설로 남아 있을 뿐이다.

하지만 300년 동안 누구도 황무지를 넘볼 생각을 하지 못했다. 상인들은 황무지를 돌아 먼 길을 따라 교역을 떠났고, 황량함의 대지에 인접한 나라들은 황무지를 천혜의 국경으로 삼았다. 모두의 의식 속에 황무지는 존재하면서도 존재하지 않는 거대한 장벽으로만 인식되어 있었던 것이다.

"물론 검은 영주는 앞으로도 황무지 밖으로 나서지 않으려 할 것입니다. 하지만 그는 근본적으로 어둠에 예속된 몸, 파괴의 왕이 나서면 그와 흡혈귀들은 파괴의 동맹의 어둠의 군대를 따라나서고 말 겁니다. 현재 어둠의 군대는 우세를 점하고도 진군을 멈추고 있습니다. 혹시라도 그들이 검은 영주와 흡혈귀들의 합류를 기다리고 있는 것이 아닌지 우려됩니다."

"그렇다면 우리는 어떻게 해야 합니까? 로즈빌을 버리고 후퇴해서 병력을 더 모아야 할까요?"

가비온 백작이 끼어들었다. 그의 말에 디토 자작의 얼굴이 일그러졌다. 버림을 받은 로즈빌은 철저하게 파괴되고 주민들은 모두 노예나 참혹한 흑마법의 제물로 희생될 것이다. 로즈빌의 영주인 자신은 그런 백성을 두고 도망칠 수가 없었다. 그가 가비온 백작의 말에 반박하려고 했다. 그러나 먼저 얀이 입을 열었다.

"로즈빌을 버리고 물러날 수는 없습니다. 그러나 더 이상 충원될 병력도 현재로서는 없습니다. 언제 적이 들이닥칠지 모르는 판국입니다. 후퇴를 준비하는 어수선한 상황에서 적을 맞이하다가는 싸워보지도 못하고 모든 병력을 잃고 말 것입니다. 그래서 나는 여러분께 새로운 제안을 하고자 합니다."

"제안이시라면?"

"어떤 복안이 있으십니까?"

얀의 말에 디토 자작과 타일라스 백작이 동시에 반문했다. 가비온 백작과 스토보크 왕자, 티그리샤도 얀에게 시선을 모았다. 얀이 그들을 둘러보며 입을 열었다.

"적은 강력하고 우리는 약합니다. 성벽으로도 그들의 기세를 막지 못합니다. 이런 상황에서 우리에게는 많은 선택이 없습니다. 돌격대를 편성해서 적의 머리를 쳐야 합니다. 지금 상태로는 파괴의 왕이 나서기도 전에 우리는 무너지고 맙니다. 하지만 만약에 파괴의 왕만 처치할 수 있다면 구심점을 잃은 어둠의 군대는 제각기 흩어지고 말 것입니다."

쿠쿠쿵!

좌중의 모두가 귀를 의심했다. 저 강력한 어둠의 군대를 뚫고 파괴의 왕을 기습하겠다니. 모두 어리벙벙한 표정으로 서로를 돌아보다가 시선을 얀에게 모았다. 타일라스 백작이 얀에게 질문을 던졌다.

"병력은 얼마나 예상하십니까?"

"스토보크 왕자 휘하의 골렘 절반인 500기와 2만 명의 성기사단을 예상하고 있습니다. 물론 내가 직접 그들을 이끌 것입니다."

"성공 가능성은 얼마나 될 거라고 보십니까?"

"대략 20% 정도로 보고 있습니다. 물론 내가 모르는 변수가 있다면 확률은 더 낮아질 수도 있습니다. 하지만 그냥 여기 로즈빌에서 적을 기다린다면 우리가 이길 확률은 거의 제로에 가깝다고 봅니다. 우리의 병력으로는 단 한 차례의 전투밖에 수행할 여력이 없다는 것을 짐작하고 계실 겁니다. 그렇다면 조금 더 확률이 높은 곳에 배팅을 하고 싶다는 것이 본인의 생각입니다."

더 이상의 질문은 없었다. 얀의 말은 옳았다. 쉐이던 성으로 간 병력은 지금의 로즈빌에게 아무런 도움이 되지 못하고 있는 상황에서, 바로 성문 밖에 주둔해 있는 어둠의 군대는 곧 들이닥칠 준비를 하고 있었다. 비록 로즈빌을 수비하는 병력이 20만 명에 이르렀지만, 지난번 겪은 기습 공격을 상기한다면 지금의 병력으로는 한 차례의 전투도 간신히 가능할 정도였다. 로즈홀에 모인 그들은 결국 얀의 계획밖에 별다른 대안이 없음을 수긍하고 말았다.

"그렇다면 돌격대의 이동은 어떻게 해야 할까요. 지금이 밤이고 저들이 멀리 진을 치고 있다지만, 들키지 않고 돌격대를 이동시키기가 쉽지 않을 것 같습니다."

"와이번 기병대가 있지 않소? 후방으로 멀리 돌아 병력을 내려놓으면 될 것입니다. 비록 와이번 기병대는 지쳐 당장 전투에 활용을 못하겠지만, 적이 공세를 시작할 때까지 돌격대를 적의 빈틈을 노릴 수 있는 위치로 수송할 수는 있을 겁니다."

로즈홀에 모인 이들이 머리를 모아 작전 계획을 짜기 시작했다. 작전에 필요한 병력 배치를 완료하려면 시간이 촉박했다. 비록 성공 확률은 거의 희박했다. 그러나 로즈홀에 모인 그들의 눈빛은 결사 항전의 의지로 뜨겁게 타오르고 있었다.

타타탁!

늦은 오후. 벽돌을 깔아 만든 대로를 달리는 이들이 있었다. 중무장한 갑옷을 입은 전사 세 명과 가죽 갑옷을 입은 레인저 한 명, 로브를 입은 마법사 한 명을 포함해 총 다섯 명의 인원이다. 특이하게도 그들은 목에 손톱 크기로 펜촉 모양의 밝게 빛을 내뿜는 펜던트를 매단 목걸이를 걸고 있었다.

그것은 '진실의 목걸이' 라는 이름이 붙어 있는 것이다. 착용 시 레벨 업 및 모든 숙련도 상승의 경험치를 얻을 수 없음, 몬스터 사냥 시 아이템 드롭 없음, 생명력 두 배 상승, 헤이스트 스킬 사용 가능, 죽음에 따른 모든 패널티 없음의 옵션 효과를 얻을 수 있는 것이다. 이 목걸이는 게임 내의 던전 및 각종 길드전을 취재하는 각종 방송 프로그램의 기자들을 위해 게임사가 제공한 것으로, 거래나 양도가 불가능하다는 제약도 있었다.

지금 색이 다른 벽돌을 조합해서 형형색색의 장미를 표현하고 있는 벽돌 길을 달리는 이들은, '전장의 북소리' 의 리포터와 보디가드로 이루어져 있었다. 보통 다른 방송국은 게임사가 제공하는 GM 시스템을 이용해서 전투 동영상을 확보하고 있었다. 그러나 '전장의 북소리' 에서는 GM 시스템을 이용하면서도 별도로 이렇게 다섯 명으로 구성된 취재팀들을 만들어 초기부터 활용했다.

GM 시스템으로 깔끔하고 멋진 동영상을 얻을 수 있지만, 일반 유저 입장으로 생생한 현장감을 전달할 수 있을 것이란 생각이었다. 그들의 생각은 적중해서 시청자들은 바로 자신이 실제 전투에 임하고 있는 것 같은 생생한 중계방송과 동영상에 빠져들었다. 덕분에 후발 주자였던 '전장의 북소리'가 어느새 시청률 1위의 프로그램이 될 수 있었다.

'전장의 북소리'의 취재팀은 원거리를 살피는 '이글아이' 스킬을 익힌 레인저가 메인 리포터, 리포터를 보호하는 전사와 마법사로 이루어져 있는데, 유사시 메인 리포터가 사망하면 전사나 마법사가 촬영을 이어받기도 한다. 레인저 보다는 효율이 절반으로 떨어지지만 스킬북을 통해 '이글아이'는 누구나 배울 수 있기 때문이다. 시청자들은 현장감이 살아 있는 방송을 원했기에 대규모 전투를 취재하면서 눈 먼 공격에 취재팀이 몰살하는 경우가 많았다.

이에 '전장의 북소리'에서는 취재를 맡을 리포터를 확보하는 데 어려움이 있었다. 취재를 하다가 초반에 죽으면 제대로 된 동영상도 얻을 수 없고, 죽음으로 인해 레벨과 스킬 숙련도가 떨어지는 페널티 때문이다. 그래서 몸으로 때우는 리포터들을 위한 방송국의 작은 배려로, 취재를 하다가 사망해서 입는 불이익을 없애주려고 게임사에 거액을 주고 '진실의 목걸이'를 구입하게 되었다. 지금은 다른 방송국에서도 이 목걸이를 대량으로 구매하며, 고액을 책정했던 게임사의 수익 증대에 크게 도움을 주었다.

현재 파괴의 왕의 부활로 인한 어둠의 군대의 침공은 게임 아르카디아에서 최고의 시청률을 보증하는 소재였다. 게임을 즐기는 모든 유저의 눈과 귀가 지금 로즈빌로 향하고 있었다. 파괴의 왕과 어둠의 군대를 막느냐, 막지 못하느냐에 따라 대륙에 커다란 변화가 일어날 것이기 때문이다.

각 방송국에서는 앞 다투어 로즈빌로 중계팀을 보내 실시간으로 전황을 방송하고자 했다. '전장의 북소리'에서도 무려 15개 취재팀이 투입되었고, 지금 벽돌 길을 달리는 이들은 2번 '날쌘 말' 팀이다. 팀장은 레인저 직업의 마르코였다.

"전투가 시작되었다. 어둠의 군대가 로즈빌을 포위하고 진격 중이다. 각 취재팀은 지정된 자리에서 중계를 대비하라!"

이어링을 통해 지시가 내려왔다. 이어링의 왼쪽은 방송팀 통합 모드, 오른쪽은 취재팀 개별 모드로 사용한다. 팀장인 마르코는 귀고리를 만지며 통합 모드를 수신형으로 조절하고 개별 모드를 활성화시켰다.

"늦었어. 우리 팀의 1차 포인트는 서문 좌측 성벽이야. 서둘러!"

팀원들을 재촉하며 마르코는 비디오 모드를 활성화시켰다. 이제부터 그가 보는 모든 것이 동영상으로 저장될 것이다. 서문으로 향하는 그들의 발걸음이 더욱 빨라졌다.

슈우욱!

도시 내부에 장식처럼 세워져 있던 투석기에서 커다란 바위 덩어리가 허공으로 솟구쳤다. 로즈빌에 겨우 다섯 대가 남아 있는 투석기였다. 적이 어느새 사정거리에 들어온 것 같았다.

"적의 마법 공격이야!"

누군가 외치는 소리에 서쪽 하늘을 바라보니 현란한 빛줄기가 하늘을 현란하게 물들이며 날아들고 있었다. 치명적인 위험성을 지니지 않고 있다면 아름다운 시의 주제가 될 수도 있겠지만, 빛줄기 하나하나가 건물을 불태우고 사람들을 숯덩이로 만들 위력을 지녔다. 하지만 다행히도 날아들던 마법들은 로즈빌 상공에서 투명한 벽에 막힌 것처럼 부딪쳐 폭발하고 있었다. 마법병단에서 실드 마법을 펼친 것이다.

쿠웅! 쿠우우!

마치 천둥이 치는 것처럼 굉음이 울려 퍼졌다. 그런데 대부분의 마법이 요격되었지만, 개중에 실드 마법들의 틈을 빠져나오는 마법이 한두 개 있었다. 마르코가 하늘을 바라보며 촬영하는 와중에 꼬리에 불길을 매단 화염구가 떨어지고 있었다.

"메테오! 빨리 피해!"

잘못 휩쓸리면 그대로 통구이가 되고 말 것이다. 주변에서 하늘을 올려보고 있던 이들이 기겁해서 뿔뿔이 흩어졌다. 화염구는 50미터 저편의 3층 건물 위로 떨어졌다.

콰아앙!

폭음과 함께 불기둥이 하늘 높이 솟구쳤다. 검은 연기와 건물 파편이 사방으로 튕기는 가운데 3층 건물이 그대로 주저앉았다. 불붙은 건물 파편이 도로에 확 흩뿌려지는 가운데 불의 정령처럼 보이는 것이 검은 연기와 먼지를 뚫고 나왔다.

"사, 살려줘!"

"누가 불을 꺼줘! 으아악!"

건물 내부와 주변에 있다가 봉변을 당한 이들이다. 하지만 다른 이들이 미처 도움을 주기도 전에 그들은 쓰러졌고, 곧 움직임이 멎었다. 아마도 저들이 오늘의 첫 희생자일 가능성이 높았다.

"서두르자, 팀장!"

일행 중 전사 한 명이 마르코의 어깨를 두드렸다. 2팀의 목적지는 여기가 아닌 서문의 좌측 성벽이다. 마르코가 고개를 끄덕이며 전사들의 뒤를 따라 다시 달리기 시작했다. 그러는 와중에도 적의 마법은 계속 로즈빌로 쏟아지고 있었다. 그리고 때때로 요격이 되지 못한 마법이 도시 곳곳에 떨어지며 희생자들이 늘어나기 시작했다.

성문 근처에 오자 수비군 소속의 병사들과 용병의 모습이 부쩍 많아졌다. 대로 주변의 골목골목마다 중무장한 백인대 급 규모로 뭉쳐 있는 모습이 보였다. 로즈빌의 성벽은 겨우 2,000명 정도가 방어의 한계였다.

너무 몰려 있는 병력은 오히려 전투에 방해가 되니 후방으로 예비 병력을 나누어놓은 것 같았다.

2팀은 병사들을 헤집고 성문을 향해 달려갔다. 진실의 목걸이를 목에 걸고 있는 그들을 제지하는 이는 없었다. 마르코와 일행은 곧 서문 광장에 도착했다.

광장에는 크게 두 무리로 나누어진 병력이 투입될 시기를 기다리며 모여 있었다. 광장 한쪽에는 투석을 위해 커다란 돌이 가득 쌓여 있었는데, 골렘 몇 기가 바위를 모으거나 성벽으로 나르고 있었다. 그리고 성벽 위에서는 궁병들이 활을 쏘고 골렘들이 바위를 던지고 있었다.

"엎드려!"

마르코가 팀원을 이끌고 성벽 위로 오르는 계단에 발을 디뎠을 때. 앞장서던 전사가 마르코에게 주의를 주었다. 본능적으로 고개를 숙이는 가운데 전사가 마르코의 앞을 막아서며 방패를 머리 위로 들었다.

후두두두!

동시에 빗방울이 들이치듯 화살비가 쏟아졌다. 어느새 적도 화살을 날릴 수 있을 만큼 가까이 다가온 것 같았다. 방패에 부딪쳐 튕기는 금속성이 귀를 어지럽혔다.

'젠장! 가슴 떨리네.'

마르코가 몸을 가늘게 떨었다. 전장을 취재하며 강제 로그아웃을 당한 것이 한두 번이 아니었지만, 여전히 눈먼 칼과 화살에 맞아 쓰러지는 것은 기분 더러운 경험이었다. 무엇보다도 제대로 된 동영상도 하나 얻지 못하고 초반에 누워 버리면 뒤끝이 몇 배로 더 나빴다.

"오늘 누울 것은 각오하고 왔지? 대신 멋진 장면 건져서 보너스나 두둑하게 챙기자고!"

화살비가 그치자 마르코가 엉거주춤 자세를 숙이면서도 팀원들에게 소리쳤다. 그것은 심박 수가 증가하는 자신 스스로에게 던지는 격려이기도 했다. 팀원들이 한 목소리로 소리쳐 그에게 호응했다.

"침착하게 쏴라! 화살이 떨어지면 창을 들고 도끼를 들어라!"

"부상자는 즉시 뒤로 물러나 신관의 치료를 받고 예비대에 합류하라!"

계단을 오르니 백인대장들이 목에 힘줄이 돋아나도록 큰 목소리로 병사들을 독려하고 있었다. 마르코와 2팀은 허리를 깊이 숙이고 성벽을 따라 달렸다. 그들의 숙여진 등 위로 수많은 화살이 휘파람 소리를 내며 교차하고 있었다. 마침내 적당한 자리를 잡은 마르코와 일행은 성벽 너머로 시선을 옮겼다.

"헉!"

"대, 대단해. 나, 이렇게 많은 병력은 처, 처음 봐!"

마르코와 팀원들은 입을 벌리고 눈을 크게 떴다. 기울어져 가는 석양의 햇살 아래 황무지는 특유의 황토색을 잃어버리고 새까맣게 몰려든 적군으로 지평선까지 새까맣게 채색되어 있었다. 이따금 투석기에서 날아든 커다란 바위가 땅을 구르며 마치 검은 천에 붓질을 하는 것처럼 황토색 실금을 그었지만, 곧 몰려드는 병력이 잠시 드러난 대지의 색을 도로 검게 물들이고 있었다.

"불을 붙여라!"

'강철 어깨'라고 드워프들이 부르는 골렘이 투석을 고르자 병사 두 명이 나무통을 기울여 기름을 붓더니, 이어 횃불로 바위에 불을 붙였다. 골렘이 불길이 치솟는 바위를 들어 올려 성벽 아래 몰려드는 적을 향해 내던졌다.

휘이잉!

쿠우웅!

힘껏 날아간 바위가 적진에 떨어졌다. 투석이 떨어진 지점에서 한 번 불길이 크게 일더니 굴러가는 방향을 따라 불길에 휩싸인 그림자가 어지럽게 흩어졌다. 그리고 곧 적진에서 골렘을 향해 반격이 쏟아졌다.

카카캉!

캉캉!

쏟아지는 화살이 골렘의 외부 장갑에 연신 부딪쳐 튕겨졌다. 하지만 튼튼한 장갑 덕분에 골렘에게 별다른 피해는 주지 못했다. 그러자 이번에는 성 안쪽으로 날아들던 마법이 성벽으로 집중되었다.

콰아앙!

로즈빌의 마법사들이 필사적으로 적의 마법을 막아내려 애썼지만, 적의 모든 마법을 막아내기는 쉬운 일이 아니었다. 헬파이어로 추정이 되는 붉은 화염 줄기가 바위를 내던지고 팔을 내리던 골렘의 가슴을 직격했다. 불길에 휩싸인 골렘이 충격에 뒤로 밀려 성 안쪽으로 떨어졌다.

"아이스 포그!"

누군가가 마법으로 골렘에 붙은 불길을 진화했다. 헬파이어의 불은 일반적인 물이나 모래로 쉬이 꺼지지 않기에 마법으로 불을 끈 것이다.

다행히 불은 곧 꺼졌고, 떨어진 충격은 있지만 골렘 자체에는 큰 피해가 없는 것 같았다.

현재 골렘은 성벽 방어에 없어서는 안 될 귀중한 병력이다. 지휘관이 추락한 골렘을 투석을 모으는 작업에 배치시켰다. 그리고 대신 투석을 나르던 골렘이 빈자리를 메우며 적진을 향해 바위를 던지기 시작했다.

"화살에 기름을 적시고 불을 붙여라! 놈들을 불로 태워라!"

성벽을 따라 낮게 비행하는 와이번의 등에서 기병이 지휘관의 명령을 전달했다. 대부분의 와이번은 지난밤에 모종의 작전을 위해 동원되어, 현재 몇 기의 와이번이 로즈빌에 남아 전령 역할을 하고 있었다. 지금 서문을 공격 중인 적군의 선두는 데스토리아 좀비 전사들. 불화살을 이용하는 것은 화공에 취약한 좀비에게 안성맞춤인 공격이다.

"일제히 사격한다! 준비, 발사!"

휘리리릭!

지휘부의 깃발 신호에 맞추어 백인대장이 궁병의 공격을 지시했다. 성벽을 따라 수천 개의 불꽃이 솟구쳐 적진을 향해 날아갔다. 어두워지는 하늘 아래 수천 개의 불꽃의 비행은 잠시 이곳이 전장임을 잊게 만드는 아름다움과 장엄함이 있었다.

케케케켁!

불화살 공격을 받은 적진이 소란스러웠다. 기름에 옮겨 붙은 불길에 좀비 전사들이 비명을 지르며 발광하다가 하나둘 쓰러지고 있었다. 결국 로즈빌의 불화살 공격이 몇 번 있은 후, 파괴의 동맹이 어둠의 군대를 뒤로 물리며 양측의 첫 번째 전투가 끝났다.

다른 곳의 상황도 비슷한 것 같았다. 수비병과 용병들이 승리의 함성을 질렀다. 하지만 마르코는 묵묵히 성벽 너머를 촬영했다. 적의 접근을 차단하던 해자가 어느새 돌로 메워져 있었다. 좀비 전사들은 많은 병력의 손실을 입었지만, 어둠의 군대의 본격적인 공격을 위한 임무를 완수한 것이다.

'젠장! 이제부터 공성전이 시작인데, 언제까지 버틸 수 있을까?'

지금은 리포터의 입장이지만 마르코도 다마스 공국의 시민 신분이다. 파괴의 동맹을 물리치지 못하면 다마스 공국의 운명도 태풍 앞의 등불이나 다름없다. 이미 파괴의 동맹군이 거친 자유도시연합의 처참한 상황은 남의 일이 아닌 것이다.

"휴우!"

어둠에 물들여지는 하늘 아래, 마음이 무거운 마르코는 길게 한숨을 내쉬었다. 차츰 병사들의 환호 소리가 잦아들었다. 동시에 새로운 소리가 성벽 너머 적진에서 들려왔다.

둥둥둥!

북소리였다. 좀비 전사들이 물러나기를 기다려 곧바로 적의 2차 공격이 시작되려는 것 같았다. 이제 완전히 어둠이 자리를 잡은 밤하늘이 잠시 잠잠했던 적의 마법병단에서 시전한 마법들로 채워지고 있었다.

〈축복받은 드래곤 하트의 목걸이〉
재질:드래곤의 심장
방어:방어력 없음. 소켓 아이템(5)

기본 옵션:지식(INT)+50, 마나 1000MP 증가

붉은 대지의 숨결:착용자의 체력 증가(2500HP)

골드 드래곤의 눈물:착용자의 마나 증가(4000MP)

늙은 용사의 미소:착용자의 회복속도를 증가시킨다.

(HP, MP, SP 15배 증가, 레벨별 회복 속도의 영향을 받음)

두려움과 공포를 다스리는 수정:착용자는 하위 클래스의 언령 마법을 사용할 수 있다(제한 조건:착용자의 마법 등급이 7클래스에 이르러야 한다).

닉스의 축복받은 보석(사용 횟수:1/1):공격력, 방어력, 암흑마법 저항력 500% 증가,

빠른 상처 복원, 텔레포트 및 블링크 스킬(닉스의 대지, 30초 제한 시간).

안은 퀘스트 아이템으로 받은 닉스의 축복받은 보석을 그가 착용한 드래곤 하트의 목걸이, 비어 있는 중앙의 소켓에 끼웠다. 역시 예상대로 비어 있던 중앙부의 소켓은 소모성 아이템을 끼울 수 있었다. 목걸이의 이름이 바뀌며 기존의 능력이 5배로 상승 되었다. 기존에 게임에 풀린 목걸이 중에서도 최고의 아이템이 탄생 되었다.

그러나 소모성 아이템이라 날이 밝을 때까지 제한시간이 걸려 있다. 그 다음엔 닉스의 보석은 먼지로 사라질 것이다. 언제까지나 아껴두고 싶었지만 오늘밤이 최적기였다.

어둠의 군대에는 레벨 200, 혹은 레벨 300이 넘는 괴물도 많았다. 자신의 능력을 업그레이드시키지 않고서는 오늘 밤의 전투에서 생존을 장담하기 어렵다. 그리고 파괴의 왕과 대면할 기회조차 얻기 어려울 것이 분명했다.

콰아앙!

"크악!"

"캐애액!"

성벽을 강타한 마법이 튼튼한 돌을 부수고 수비하고 있던 병사들을 넘실대는 화염의 혀로 휘감았다. 고통에 찬 비명 소리가 시끄러운 전장의 소음에 빠르게 파묻혔다. 아함브라를 비롯한 메노아 왕국의 마법사들과 결속의 동맹군 소속의 마법사들이 최선을 다해서 적의 마법 공격을 저지하고 있었지만, 끊임없이 쏟아지는 적의 공격을 모두 막아내기에는 한계가 있었다.

적은 영악하게도 가장 파괴적이고 공격 거리가 먼 화염계 마법을 주로 사용해서 대마법 방어진이 없는 로즈빌을 쉬임없이 공격하고 있었다. 마나 포션을 복용하며 마법사들이 분전하고 있지만, 때때로 방어망을 뚫고 들어오는 마법 공격에 병사들의 희생이 커져만 갔다. 그리고 어쩔 수 없이 방어 자체를 포기하는 마법도 있었다.

"그레이트 홀리에로우!"

얀이 신궁 슈페리어의 활시위를 가볍게 튕겼다. 하얀 백광이 허공을 가르며 커다란 번개가 되어 로즈빌 수비병의 머리 위로 덮쳐드는 크고 검은 손을 깨뜨렸다. 어둠의 군대 마법병단의 집단 마법인 데스 핸드를 막으려면 로즈빌의 마법병단 전력이 너무 분산되기에 얀이 활을 들고 있는 것이다. 마나를 500MP나 잡아먹기에 예전 같으면 한 발을 쏘고도 마나 게이지가 텅 비었지만, 지금은 닉스의 축복받은 보석으로 목걸이를 업그레이드한 덕분에 몇 발을 쓰고도 여유가 있고 빈 게이지는 매우 빠른 속도로 채워졌다.

"북문으로 붉은 투구를 쓴 스켈레톤들이 공격 개시! 그 뒤에서 켄타우로스 궁기병대가 보입니다!"

"남문에 좀비 전사들 출현! 켄타우로스 궁기병대가 화살을 날립니다!"

"동문에 라자드맨 창병들이 나타났습니다. 적이 마법으로 성문을 타격하고 있습니다."

전령으로 남겨둔 와이번기병들이 로즈빌을 낮게 비행하며 얀에게 각 성문에서의 전황을 보고했다. 적은 로즈빌을 포위하고 단숨에 함락하려는 것 같았다. 하지만 주공은 역시 서문이고 다른 곳은 로즈빌 수비군을 분산시키려는 조공의 역할로 보였다.

"동문을 공격 중인 마법사들의 규모는 어떤가? 막을 수 있겠나?"

"네. 4군 소속의 마법사들이 분전하고 있습니다. 쉽게 성문이 뚫리지는 않을 것입니다."

"알았다. 성문을 지키는 각 지휘관에게 성문을 끝까지 사수하라고 전하라. 그리고 북문과 남문, 동문에 배치된 강철 어깨 중에서 30기를 빼서 서문으로 보내도록 하라. 서둘러라!"

1,000기의 강철 어깨 중에서 500기는 이미 돌격대로 빠져나간 상태이다. 얀은 남아 있는 500기 중에서 각 성문에 100기씩을 배분하고 100기를 예비대로 남겨두었다. 하지만 원인 모를 불안감에 다른 곳에서 90기의 강철 어깨를 빼서 서문을 지원토록 지시했다. 그때였다.

"중무장한 오크들이 다가옵니다. 그런데 적들 속에 이상한 몬스터들이 포함되어 있습니다!"

와이번기병이 서문으로 드디어 적이 진군을 시작했음을 알렸다. 얀이 즉시 서문 근처에 있는 높은 종탑에 내려서며 마제스티를 무리로 돌려보냈다. 이글아이 스킬로 바라보니 튼튼해 보이는 금속 갑옷을 입은 오크들이 손에 도끼를 들고 진군하고 있었는데, 오크의 군대 한구석에서 커다란 지네처럼 보이는 몬스터들이 흙속에서 튀어나오고 있었다.

"저놈들은 포이라?"

〈포이라〉
남부대륙 공포의 계곡에 서식, 길이 2.5미터의 크기를 지닌 포악한 놈들이다. 붉은 수정처럼 보이는 투명한 외피를 지녔다. 외피는 마법 저항력이 높고 강철보다도 단단하다. 부식성이 강한 독성을 품고 있으며 상대하기 곤란한 적을 만나면 무리가 합쳐져 한 몸처럼 움직인다. 포이라의 피는 강한 독을 만드는 주재료로 쓰인다. 외피는 가볍고 튼튼하고 마법 방어력이 높아 방어구 재료로 비싸게 거래된다.

얀이 몬스터의 정체를 알아보았다. 남부대륙의 공포의 계곡에 서식하는 놈들이 분명했다. 공포의 계곡에서도 특히 악명이 높은 부패의 계곡에 서식하는 독지네. 얀이 지켜보는 가운데 독지네들은 네 개의 무리로 나뉘어 마치 아이들이 레고를 조립하는 것처럼 동료와 몸을 합쳐 길게 몸을 연결하고, 연결된 끄트머리가 동그랗게 말리기 시작했다. 순간 얀은 자리에서 벌떡 일어났다. 놈들이 무슨 의도를 지니고 있는지 알아챈 것이다.

"타일라스 백작!"

"하명하시지요, 대공 전하!"

종탑 아래에 있던 타일라스 백작이 즉시 얀의 부름에 답했다.

"즉시 병사들을 바리케이드 안쪽으로 물리시오! 그리고 골렘을 바리케이드 앞에 세워 성문 돌파에 대비하도록 하시오!"

"알겠습니다."

아직 적의 병력이 성문에 도달하지도 않았는데 얀은 이미 성문이 돌파당하는 것을 가정하고 지시를 내렸다. 타일라스 백작이 눈빛에 의문을 담았지만, 얀의 다급한 표정에 먼저 병력 재배치에 나섰다. 서문 안쪽에는 성문이 돌파되는 것을 가정해서 중무장한 병력이 잔뜩 모여 있었고, 광장의 중앙에는 만약을 대비한 바리케이드가 설치되어 있었다.

철컹철컹!

예비대로 남아 있던 강철 어깨 100기, 투석을 모으던 10기, 다른 곳에서 합류한 90기, 이렇게 200기의 골렘이 무거운 발걸음을 옮겨 서문 앞에서 정렬했다. 얀이 그들의 움직임을 살피다가 성벽 너머의 적진을 살폈다. 어느새 독지네들은 네 개의 얇은 폭을 지닌 커다란 수레바퀴 같은 모습을 보이고 있었는데, 곧 네 개의 바퀴가 뭉쳐 넓고 튼튼한 수레바퀴로 재결합하고 있었다. 그리고……

그그긍!

수백 마리의 독지네가 뭉쳐져 만든 커다란 수레바퀴가 천천히 움직이기 시작했다. 커다란 몸을 지닌 트롤 몇 마리가 수레바퀴에 매달려 힘을 쓰고 있었다. 처음 흔들리며 위태롭게 움직이던 바퀴는 몇 바퀴를 회전하며 안정적인 모습을 보이더니, 이내 밀어내는 트롤들을 뒤로 남기고 빠르게 구르기 시작했다. 진행 방향은 바로 로즈빌의 서문이었다.

"태세온 자작!"

"말씀하십시오, 대공 전하!"

얀이 마법병단을 지휘하고 있는 아함브라의 영주 태세온을 불렀다. 그가 곧바로 허공에 몸을 띄워 얀의 옆으로 다가왔다. 플라이 마법을 펼친 것이다. 얀이 그에게 지시를 내렸다.

"즉시 마법병단의 마법사 절반을 대기시키시오. 그들로 하여금 방어진을 치고 있는 골렘 앞에 실드 마법을 펼치도록 하시오. 만약을 대비하여 적어도 3중으로 단단히 보호해야 할 것이오!"

"알겠습니다."

태세온도 보는 눈이 있다. 이미 저 멀리 거대한 수레바퀴가 여기를 향해 구르고 있는 것이 보였다. 그것의 목적이 성문 파괴임은 분명했다. 태세온이 즉시 얀의 지시에 복명하며 마법병단으로 몸을 움직였다.

"궁병대! 발사!"

쿠르르르!

뿌연 흙먼지를 뒤로 흩뿌리며 달려드는 거대한 수레바퀴를 향해 궁병들이 수천 발의 화살을 발사했다. 밤하늘의 달과 별을 가리는 검은 구름이 수레바퀴로 쏟아졌다. 하지만 대부분의 화살은 거세게 굴러오는 수레바퀴에 부딪쳐 맥없이 튕겨지고 말았다.

그래도 궁병 중에서 몇몇 아처마스터가 숨어 있는지 오라를 머금은 화살에 수레바퀴를 이루고 있는 독지네 몇 마리가 치명상을 입고 떨어져 나갔다. 덕분에 놈들과 연결된 독지네 몇 마리도 실타래에서 실이 풀린 것처럼 수레바퀴에서 풀려나 대지에 몸을 뒹굴었다. 그러나 죽은 놈을 제외하고 독지네들은 곧 각자 단일 개체로 되돌아가서 수레바퀴의 뒤를 따르고, 이미 가속도가 붙은 수레바퀴는 무서운 속도로 로즈빌의 서문과 충돌했다.

콰콰콰콰!

강철로 만든 성문이 얇은 종이처럼 찢어져 버렸다. 동시에 성루와 주변의 성벽이 충격에 성문 안으로 터져 버렸다. 짙은 흙먼지 속에서 성벽을 이루던 큼지막한 돌과 충격에 휘말린 병사들이 마법병단에서 급히 펼친 실드 마법의 외곽을 사정없이 두들겼다.

챙그랑!

쿠웅! 쿠쿠쿠!

다행히 몇 겹으로 펼쳐진 실드 마법이 충격파와 튕겨진 성벽의 파편을 대부분 막아냈다. 하지만 어디나 틈은 있는 법, 3중으로 완전히 감싸지 못한 곳이 압력을 이기지 못하고 유리창처럼 깨어지고 말았다.

"으아악!"

실드 마법 한구석을 깨고 나온 검은 흙먼지와 성벽의 잔해가 거칠고 파괴력 높은 검은 기둥이 되어 성문 앞에 도열한 강철 어깨와 병사들을 덮쳤다. 그 충격에 육중한 중량을 지닌 강철 어깨 세 기가 두 발이 땅에서 떨어져 뒤로 날아갔다. 성벽의 파편을 내포한 거센 바람에 직격되고 뒤로 날려진 골렘에 깔린 이들이 일제히 비명을 질러댔다.

"대열을 정돈하라! 독지네들을 막아라!"

안이 혼란에 빠진 성문 앞의 강철 어깨와 병사들에게 목이 터지도록 고함을 질렀다. 실드 마법이 깨진 일부를 제외하고 나머지 대열은 아직 견고했다. 아울러 중장보병 일부가 깨어진 대열로 신속하게 이동했다.

후두둑!

투구와 어깨로 솟구쳤던 검은 흙과 부서진 돌 파편이 비처럼 쏟아져 내리며 차츰 시야가 밝아지고 있었다. 서문은 이미 흔적도 없이 사라지고 없었다. 대신 그 자리에 거대한 수레바퀴가 반쯤 무너진 성벽 위에 비스듬히 눕혀져 있었다.

꾸물꾸물!

그런데 성벽에 눕혀진 거대한 수레바퀴가 돌연 꿈틀대기 시작했다. 모두가 긴장하며 자신도 모르게 입 안의 침을 꿀꺽 삼키며 무기를 쥔 손에 힘을 주었다. 그때였다.

취이이이!

수레바퀴가 흔적도 없이 분해되며 수백 개의 검은 물체가 허공으로 솟구쳐 수비병들을 향해 쏟아졌다. 수레바퀴를 구성하고 있던 독지네, 포이라가 결합을 풀고 개체로 되돌아가 공격을 개시한 것이다. 얀이 금빛 롱소드 구스타프를 들고 튀어나가며 외쳤다.

"놈들은 마스터의 소드 오라가 아니면 외피도 뚫기 어렵다! 병사들은 뒤로 물러나 방패로 벽을 쌓고 골렘들은 독지네를 잡아라! 무슨 일이 있어도 놈들을 성 내부로 들이면 안 된다!"

얀은 골렘 한 기의 어깨 위에 자리를 잡고 덮쳐드는 몬스터를 향해 칼을 휘둘렀다. 금빛의 소드 오라를 머금은 그의 칼질에 독지네의 붉은 수정 같은 몸통이 둘로 쪼개졌다. 회색의 걸쭉한 액체가 잘려진 몸통에서 쏟아져 그의 몸을 적셨다.

다행히 독은 아니다. 독지네의 입에서 한줄기씩 뿜어대는 검은 물의 독화살이 진짜 독이다. 그것을 제대로 맞으면 5클래스의 해독 마법이나 해독약으로 겨우 치료가 가능하다. 그렇지 않으면 곧 2분 안에 몸이 녹아 강제 로그아웃이 되어버린다.

퍼억!

치이익!

골렘들이 사방에서 전투 도끼를 휘두르고 있었다. 단단한 외피를 지닌 포이라들도 골렘의 강력한 힘이 실린 도끼질에 맥없이 부서지고 있었다. 얀이 골렘들을 급히 끌어 모은 것이 먹혀들고 있었다. 아마도 수비병들로 막으려고 했다면 상당한 피해를 감수해야 했을 것이다. 그러나,

"으아아! 몸이 녹는다! 살려줘!"

포이라를 때려잡던 강철 어깨의 조종석이 열리며 드워프 전사가 비명을 지르며 튀어나왔다. 포이라의 독이 조종석에 스며들어 그를 중독시켜 버린 것이다. 누가 미처 손을 쓸 틈도 없었다. 녹색으로 중독된 그의 몸 위로 포이라 몇 마리가 덮쳐들어 순식간에 그를 먹어치웠다.

"이놈들이? 댄싱소드!"

얀이 경쾌하고 빠르게 댄싱 스텝을 밟으며 구스타프를 휘둘렀다. 허공에 황금색의 궤적이 그려지며 포이라의 조각조각 잘려진 몸이 그의 등 뒤로 쌓였다. 한편으로 타일라스 백작과 용병들 속에 있던 마스터급 유저들도 이미 전장에 뛰어들어 있었다. 그리고 아처마스터 급의 용병들도 오라를 머금은 화살로 포이라를 저격했다.

결국 강철 어깨와 마스터 급 용병들의 도움으로 포이라를 모두 처치할 수 있었다. 하지만 의외로 피해가 컸다. 수백 마리가 넘는 포이라를 전멸시키는 대가로 강철 어깨 125기가 쓰러졌다. 빠른 몸놀림에 강한 독을 지닌 포이라와 힘은 세지만 몬스터에 비해 몸이 둔한 골렘의 대결은 만약 얀을 포함한 유저들이 없었다면 오히려 골렘의 패배로 끝날 수도 있었던 전투였다.

그러나 로즈빌 공성전은 이제부터 시작이었다. 예상외의 포이라 때문에 성벽이 너무나 쉽게 무너져 버렸다. 그리고 놈들을 몰살시키는 동안 적의 대군은 거의 아무런 피해 없이 어느새 무너진 성벽 가까이 접근해 있었다.

"타일라스 백작!"

얀이 서문의 지휘관인 타일라스 백작을 호출했다. 그가 포이라의 체액과 흙먼지가 덕지덕지 묻은 더러운 갑옷 차림으로 급히 달려왔다. 그가 다가오자 얀이 조용히 입을 열었다.

"예상보다 빠른 전개가 되어버렸지만 아직 큰 틀은 변하지 않았네. 그대에게 로즈빌의 지휘권을 넘기겠네."

"알겠습니다. 성공을 기다리겠습니다."

어려운 시국에 얀이 몸을 뺀다고 말함에도 타일라스 백작은 고개를 끄덕이며 지휘권을 인수했다. 얀이 여기보다 더 험한 곳으로 향하는 것을 알기 때문이다. 결속의 동맹군의 승리는 이제 얀의 작전이 성공하는 데 달려 있었다. 얀과 타일라스 백작은 서로 손을 힘주어 잡은 뒤 헤어졌다.

얀은 첨탑에 올라 밑을 내려다보았다. 로즈빌 사방에서 불꽃과 검은 연기가 솟구치고 있었다. 그의 시선이 서문 너머로 향했다. 무너진 성벽을 넘기 위해 새까맣게 병력이 모여들고 있었다. 그리고 저 멀리 아직 움직이지 않고 있는 적의 본진이 보였다.

"지금쯤 승리를 확신하고 있을까? 하지만 곧 그 생각이 틀렸음을 알게 해주지. 기다리시오, 헤세 영감."

얀은 적의 본진에 머물고 있을 파괴의 왕이 된 미스틱나이트 헤세를 향해 홀로 중얼거렸다. 그리고 마지막으로 떠나기 전에 발밑의 전황을 살폈다. 살아남은 강철 어깨들이 무너진 성벽을 몸으로 막아서며 적의 공세를 저지하고 있었다.

수많은 마법의 불꽃이 골렘들을 향해 날아들고, 수비군의 마법사들이 보호 마법을 펼치느라 안간힘을 쓰고 있었다. 사다리와 공성탑을 통해 쏟아지는 적병들로 성벽 위는 아수라장이 따로 없었다. 간간이 몰려드는 성벽 아래 적들과 공성 무기를 향해 성벽 위의 골렘들이 투석을 던지는 모습도 보였다.

'얼마나 살아남을까?'

로즈빌의 병사들은 성벽이 무너지면 시가전을 벌여서라도 최대한 시간을 끌어야 했다. 후퇴는 없고 최후의 한 사람까지 전원 옥쇄를 각오한 전투가 강요될 것이다. 그래야 이미 성을 벗어난 돌격대와 안에게 조금의 기회가 있을 것이고, 결속의 동맹군에게 미약하나마 승리의 희망이 있기 때문이다.

'이미 여기는 내가 싸울 전장이 아니다. 그대들에게 신의 가호를.'

얀이 전투를 벌이고 있는 로즈빌의 수비병들에게 마음속으로 건투를 기원했다. 하지만 지금 그가 향하는 곳도 결코 여기보다 편한 곳이 아니다. 어쩌면 죽음이 기다리는 불꽃으로 뛰어드는 부나방의 길이 기다리고 있는 것이다.

팟!

얀이 서 있던 첨탑 위가 한순간 밝은 빛으로 물들었다. 그리고 얀의 몸이 사라졌다. 그가 떠난 자리에 텔레포트 마법이 펼쳐진 흔적으로 푸른빛의 알갱이가 어둠을 밝히다가 하나둘 사그라지고 있었다.

4장

파괴의 왕

파괴의 왕

①

이미 어둠이 깊어지고 있었다. 오늘 밤의 결전이 궁금했던 것일까? 하늘에는 밤의 여신 닉스의 세 자매가 뭇 별들을 이끌고 모습을 보이고 있었다. 초저녁에 하늘을 잔뜩 덮었던 먹구름은 어느새 말끔하게 사라지고 없었다. 밤이 되니 굳이 태양을 가릴 어둠의 마법을 펼칠 필요가 없기에 거둔 것 같았다. 그것을 증명이라도 하는 것처럼 로즈빌로 날아가는 마법의 빗줄기가 늘어났다.

어두운 하늘 아래 로즈빌은 불타고 있었다. 도시 곳곳마다 붉은 뱀이 똬리를 튼 것처럼 화염이 건물을 휘감고 있었고, 하늘로 치솟는 검은 연기는 멀리 떨어진 곳에서도 매캐한 탄내를 느낄 수 있을 정도였다. 성문을 중심으로 서로 다른 의지를 품은 이들이 격렬하게 부딪치고 있었다.

"대공 전하, 모든 준비가 끝났습니다."

멀리 로즈빌의 전황을 살피던 얀은 등 뒤에서 들려오는 소리에 몸을 돌렸다. 그의 눈앞에 중무장을 한 크고 작은 두 명이 보였다. 그들은 인간과 드워프 종족으로 그룸바와 헤이룽거라는 이름을 지니고 있었다.

은색의 플레이트 아머를 입은 그룸바 단장은 카드모스 출신으로, 각지에서 모인 성기사들을 모아 임시로 만든 '실버스타' 성기사단의 수장으로 임명되었다. 그리고 플레이트 메일을 걸친 헤이룽거는 헤르메르 왕국의 골렘으로 이루어진 '억센 팔뚝' 근위대의 대장으로, 그가 지금 이끌고 있는 500기의 강철 어깨에게 얀은 큰 기대를 걸고 있었다.

"수고했네. 곧 출격할 걸세. 각자 위치로 돌아가 명령을 기다리게."

얀의 말에 그들은 고개를 한 번 숙이고 자기 자리로 돌아갔다. 얀은 다시 시선을 전장으로 옮겼다. 성문의 저항을 뚫고 파괴의 동맹군이 로즈빌 내부로 병력을 진입시키고 있었다.

'때가 되었나?'

얀은 속으로 중얼거렸다. 어둠 속에 잠긴 파괴의 동맹군의 본진은 아무런 움직임이 보이지 않았다. 더 이상 로즈빌로 달려가는 추가 병력도 없이 제자리를 지키고 있었다.

'그동안 투입한 병력만으로 충분하다고 느낀 것일까, 아니면 의외의 변수를 대비하는 것일까? 우리의 이동이 적에게 관측당하지 않았다는 보장은?'

얀의 마음에 불안감이 스며들었다. 기습 공격을 위해 밤을 이용해 와이번으로 병력을 이동시켰다. 하지만 밤은 오히려 파괴의 동맹군의 몬스터들에게 더욱 친숙한 것이다.

어쩌면 그들은 지금의 기습전을 이미 대비해서 함정을 파고 있을지도 모른다. 어둠 속에서 웅크리고 있는 적의 본진은 아직도 그 규모를 알지 못할 정도였다. 한번 부정적인 생각을 하자 자꾸만 불안한 상념이 꼬리를 물고 덮쳐든다.

얀은 고개를 흔들어 부정적인 상념의 고리를 털어냈다. 이제는 물러날 수 없는 상황이다. 지금 그를 따르는 병력의 몰살은 이미 각오하고 있었다.

문제는 기습 부대 전체가 전멸하더라도 파괴의 왕을 대면해야 한다. 그리고 모든 사태의 원흉인 그의 앞에 서서 마왕을 제거할 기회를 얻어야 하는 것이다. 파괴의 왕이 쓰러지면 중심을 잃은 어둠의 무리는 곧 흩어지게 될 것이다.

지금은 그것만 생각하고 움직여야 한다. 얀은 흔들리는 마음을 붙잡고 자신이 이끄는 부대로 되돌아갔다. 그는 정렬해 있던 '억센 팔뚝 근위대의 강철 어깨들 중에서 점찍어둔 위치의 골렘 위로 훌쩍 뛰어올랐다.

"들어라, 용감한 전사들이여, 신의 기사들이여!"

얀의 외침에 500명의 드워프와 2만 명의 성기사가 얀을 주시했다. 그들의 눈이 방금 얀의 흔들리던 마음처럼 두려움이 담겨져 있었다. 얀이 그들 하나하나에 눈을 맞추었다.

"우리의 눈앞에 사악한 어둠의 무리를 이끄는 괴수가 있다! 그를 없애야 우리의 가족이 다시 평안한 잠을 청할 것이요, 괴물들의 손톱과 이빨에 찢기며 그들의 먹이가 되는 불안한 꿈을 꾸지 않을 것이다! 눈앞의 적이 두려운가? 그러면 한 가지만 알려주겠다! 우리는 오늘 모두 여기서 죽을 것이다! 하지만 앞으로 적들은 우리에 대한 두려움으로 영원한 악몽에 시달리게 될 것이다! 나를 따르라! 신의 이름으로 적에게 두려움을 주리라!"

"우우우우우!"

"신의 이름으로 적에게 두려움을!"

이미 얀은 닉소스에서 받은 퀘스트 아이템인 '닉스의 축복받은 보석'을 그의 목걸이 '드래곤 하트'의 소켓에 끼워 착용한 상태였다. 그런 영향일까? 그의 전신으로 은은한 광채가 흐르고 있었다. 신비로운 그의 모습에 자극을 받은 성기사들은 각기 자신의 마음에 신의 이름을 품고 적에 대한 두려움을 떨쳐 냈다.

차앙!

얀이 황금색으로 빛나는 롱소드 '구스타프'를 빼 들었다. 신성력을 품고 있어 신비롭게 빛나는 황금색 롱소드가 머리 위로 세워졌다가 전면을 향해 눕혀졌다. 파괴의 왕의 본진이 검첨에 잡혔다.

"진격하라!"

"우아아아아!"

얀의 명령에 500대의 골렘과 2만 명의 성기사가 은신처를 박차고 적진을 향해 진군을 시작했다.

쿵쿵쿵!

육중한 무게를 지닌 골렘이 앞장을 서고 성기사단이 뒤를 따랐다. 처음에 성기사단은 말을 타고 공격할 생각이었지만, 골렘의 속도가 말의 절반에도 못 미쳐 지금은 전원 도보로 달리고 있었다. 골렘을 이용한 돌파를 계획하고 있었기에, 빠른 기동력은 필요 없었기 때문이다. 오히려 고삐를 쥐는 손에 방패를 드는 것이 전력에 더 도움이 되었다.

뿌우우우!

뿔 고동 소리가 크게 울려 퍼졌다. 드디어 그들을 노리고 진격하는 얀과 기습 부대를 눈치챈 것 같았다. 하지만 이미 기습 부대는 적진 가까이 접근했다. 선두의 골렘이 본진 외곽의 경계를 맡은 적과 이미 부딪치고 있었다.

"그대로 돌격하라! 단숨에 적진을 돌파한다!"

얀이 골렘의 머리를 왼손으로 잡아 몸의 균형을 유지하며 명령을 내렸다. 기습 부대는 화살촉 모양의 대형을 이룬 '억센 팔뚝' 근위대를 선두로 빠르게 내달렸다. 파괴의 동맹군의 본진 외곽 경비는 여러 몬스터가 섞인 혼성군이 맡고 있는데, 그저 넓은 공간에 각 개체별로 무리를 지어 불규칙하게 움직이고 있었다.

만약에 누군가 침투를 하려면 그 불규칙한 움직임에 쉽게 내부로 잠입하기 어려워 보였다. 하지만 지금처럼 대규모의 병력에게 공격을 받는 상황에서는 명령 계통이 분산되어 많은 병력이 있음에도 불구하고 오합지졸이 되어버리는 모습을 보여주었다.

크아아!

투구와 갑옷까지 갖추고 덤벼들던 오우거 무리가 골렘의 돌파에 맥없이 튕겨 버렸다. 리자드맨 창병들이 창을 들고 덤비다가 골렘의 육중한 체중을 실은 발에 밟혀 처절한 비명을 질러야 했다. 골렘을 피해 후방의 성기사들을 덮치려던 코볼트 무리는 신성력을 두르고 있는 성기사들에게 일방적인 학살을 당하고 있었다.

하지만 넓은 지역에 흩어져 있던 외곽의 몬스터들은 점차 기습 부대를 향해 몰려들고 있었고, 그 숫자도 기습 부대를 넘어 보였다. 아직 본진에 뛰어들지도 못했는데 여기서 놈들과 실랑이를 벌이고 있어서는 승산이 없었다. 적진이 정비되기 전에 놈들 내부로 파고들어야 했다.

"여기서 허송세월을 보낼 수 없다! 속도를 더 올려라!"

얀의 독려에 골렘들은 달리는 속도를 줄이지 않고 적의 외곽부대를 뚫고 진격했다. 그때였다. 선두에서 달리던 골렘 몇 대가 갑자기 속도가 줄어들더니 허우적거리며 쓰러졌다. 그들의 몸통에 두터운 밧줄 같은 것이 마치 뱀처럼 칭칭 감겨 있었다.

"흡혈목이다! 발밑을 조심하라!"

얀이 그것들의 정체를 알아보고 소리를 질렀다. 얼마 전에 게이트 관리자의 길을 걷던 피거슨을 도우며 지하 동굴에서 경험했던 놈들이다.

슈슈슉!

얀의 외침이 떨어지기가 무섭게 땅거죽을 뚫고 어른 허벅지보다 두꺼운 굵기의 나무뿌리들이 솟구쳤다.

쿠웅!

다시 20여 대가 쓰러졌다. 주변의 골렘들이 전투 도끼로 뿌리를 내려쳤다. 그러자 잘려진 뿌리는 땅에 닿자마자 무서운 속도로 커지며 주변의 골렘까지도 칭칭 휘감아 버렸다.

"놈들은 자르면 증식한다! 불로 태워 버려라!"

얀이 명령을 내리자 쓰러진 골렘을 휘감은 나무뿌리마다 서너 대의 강철 어깨가 달라붙었다. 그들이 힘을 쓰자 땅이 들썩이며 흡혈목이 통째로 뽑혀지기 시작했다. 놀라운 힘이었다. 다행히 불은 쉽게 구할 수 있었다. 외곽 경비를 위해서 일정 간격으로 모닥불을 피워 놓고 있었기 때문이다.

화르륵!

땅위로 뽑혀진 흡혈목이 맹렬한 화염에 몸부림쳤다. 다행히 골렘들의 피해는 많지 않았다. 그러나 돌격 속도가 줄어들었다. 덕분에 후속하고 있던 성기사단은 몰려드는 몬스터 무리와 접전을 벌이며 희생자들이 조금씩 늘어나기 시작했다.

2

정배는 귀가를 서두르고 있었다. 원래는 퇴근하면 친구들과 모여 호프집에서 월드컵 지역 결선을 응원할 예정이었다. 하지만 그가 약속 장소로 이동하려고 지하철을 타는 순간 친구들의 메시지가 줄을 이었다.

변명은 모두 달랐지만 오늘 모임에 참석하지 못하겠다는 내용은 모두 일치했다. 결국 그는 집으로 발길을 돌려야 했다. 그렇게 집으로 향하는 길에서 정배는 친구들이 오늘 약속을 취소한 이유를 알게 되었다.

지하철에 있는 대부분의 사람들이 DMB를 꺼내놓고 집중하고 있었다. 이미 핸드폰 대부분이 DMB를 지원하고 있는 가운데, 출퇴근길에 음악을 듣거나 TV 연속극이나 다큐멘터리, 영화 등을 시청하는 사람들의 모습은 결코 생소한 것이 아니다. 하지만 사람들이 거의 동시에 일치한 반응을 보이고 있었다.

이것은 한 가지를 의미했다. 그들 대부분이 동일한 방송을 보고 있는 것이다. 아직 월드컵 지역 결선이 시작하려면 20분이 남아 있었다. 정배는 자신의 핸드폰을 꺼내 들고 수십 개가 넘는 채널을 돌려 결국 사람들이 무엇에 빠져들어 있는지를 알게 되었다.

"로즈빌이 불타고 있습니다. 어둠의 군대가 도시에 이미 진입한 가운데 로즈빌에서는 시가전을 벌이며 최후의 저항을 시도하는 중입니다. 하지만 시청자 여러분, 아직 섣불리 승패를 점치지 마시기 바랍니다. 다크 나이트가 일부의 병력을 이끌고 마왕이 있는 파괴의 동맹군의 본진을 기습하고 있습니다. 저희 '전장의 북소리'에서는 시청자들을 위해 특별 회선을 통해 다크 나이트가 이끌고 있는 기습 부대의 생생한 전투를 실시간으로……."

혼들리는 화면 속으로 치열한 전투를 담은 동영상이 전송되는 가운데, 진행자가 방송 프로그램의 홍보에 나서고 있었다. 그럴 만도 했다. 대부분의 게임 방송에서는 운영자 모드로 전송되는 것을 게임사에서 제공을 받아 방송되는 것에 비해, '전장의 북소리'에서는 별도의 취재 팀을 편성해서 1인칭의 시점으로 시청자가 전투에 참여한 것 같은 생생한 정보를 제공한다.

그런데 게임사에서는 만약을 대비해서 별도의 회선을 방송사들에게 선택적 옵션으로 제공하고 있었다. 전투에 참여하는 NPC 중의 하나를 선정케 해서 특수한 경우 그들의 시점으로 전투를 볼 수 있게 하는 것이다. NPC의 선정은 각 방송사에서 전투에 참여하는 이들 중에서 아무나 한 명을 지정할 수 있다.

운이 나쁘면 전투의 시작과 함께 죽을 수도 있고 마지막까지 생존할 수도 있다. 그래서 방송사에서 최종적으로 전투 도중에 특별 회선을 사용할 것인지 결정을 내리게 되어 있다. 한 번 사용에 무려 1억 원의 비용이 청구되기에, 보통은 '바람의 요정'이라는 이름의 운영자 모드를 주로 이용한다.

운영자 모드는 전장을 폭넓게 바라볼 수는 있지만 세밀하고 자세히 살피는 것은 어렵다. 그래서 '전장의 북소리'에서는 취재팀을 별도로 만들어 시청률 1위로 도약하는 계기가 되었었다. 그런데 '전장의 북소리'에서 특별 회선으로 선정한 드워프 전사가 골렘을 타고 다크 나이트의 기습 부대에 참가해 있었다. 제작팀에 긴급 내부 회의를 거쳐 특별 회선의 사용 결정이 떨어졌던 터라, 진행자는 시청자들에게 생색내기 홍보에 열을 올리고 있었던 것이다.

"다크 나이트의 기습 공격의 의도는 좋았지만 아쉽게도 적의 본진의 병력 숫자가 장난이 아니네요. 거의 30만 명 규모의 병력입니다. 500대의 골렘과 2만 명의 성기사가 비록 정예군이라고 해도 승산이 희박한 싸움이라고 보입니다. 그러나 제 개인적으로 다크 나이트를 응원하고 싶군요."

"그렇습니다. 이제 겨우 외곽 부대를 돌파했는데, 어둠의 군대의 본진은 벌써 방어 준비를 마친 것 같군요. 힘든 전투가 될 것 같습니다."

음성으로만 들려오는 해설자의 음성이 진행자의 홍보성 멘트의 남발을 살짝 가로막았다. 홍보도 좋지만 너무 지나치면 변덕스런 시청자들은 채널을 돌릴 수 있다. 진행자가 해설자의 의도를 눈치채고 은근 슬쩍 해설자에 동조하며 게임 중계에 집중했다.

티티티팅!

콰아앙!

적진을 파고드는 골렘을 타고 있는 드워프 전사의 시점이라 화면이 마구 흔들렸다. 골렘 동체를 맞추고 튕기는 화살의 금속성과 마법에 의한 폭음이 실감나게 귀를 자극했다. 20미터 전방에 검은색 갑옷을 입은 있는 전사의 등이 보였다.

기습 부대를 이끌고 있는 다크 나이트였다. 그는 골렘의 목과 어깨의 홈에 두 다리를 끼우며 자세를 고정시키고 푸른색 광채가 일렁이는 활을 들고 있었다. 밝은 빛의 화살이 전방과 측방으로 빠르게 날아가고 있었다.

투투투툭!

빛의 화살은 어둠을 가르며 가로막는 적들을 관통하며 길을 뚫었다. 빛의 궤적이 지나간 자리에 몬스터들이 우수수 쓰러지며 작은 섬광처럼 빛을 밝히며 소멸되었다. 아마도 마스터 등급의 소드 오라나 혹은 그랜드 마스터 등급의 소드 블레이드와 유사한 스킬을 발동시켰을 것이다.

"멈추지 마라! 뒤를 볼 필요도 없다! 우리의 적은 저 너머에 있다! 길을 개척하라!"

다크 나이트의 목소리로 여겨지는 카랑카랑한 외침이 주변의 소음을 뚫고 들렸다.

우우우!

드워프 전사들이 호응하는 외침이 뒤를 이었다. 이어폰을 통해 그들의 기백이 그대로 전해지고 있었다.

'억센 팔뚝' 근위대의 드워프 종족의 골렘, 강철 어깨들은 다크 나이트의 독려에 진격 속도를 더욱 높였다. 얼음 같은 냉기를 발산하고 불길을 내뿜거나 독 안개를 몸에 두른 스켈레톤이 그들이 휘두르는 무기에 몸이 부서져 허공으로 튕겨지고 있었다. 하지만 제법 만만한 몬스터들이 아니라는 것을 증명하는 것처럼, 놈들의 공격에 튼튼해 보이는 골렘의 외부 장갑도 흠집이 점점 많아지고 있었다.

"마법이다! 충격에 대비하라!"

골렘 내부의 통신망에서 흘러나오는 치직거리는 스피커 음에서 누군가 경고성을 보냈다. 좌전방의 허공에서 길게 화염의 꼬리를 매달고 운석 몇 개가 떨어지고 있었다. 다크 나이트가 화살을 날리는 것이 보였다.

그는 놀랍게도 운석 하나를 허공에서 맞춰 파괴하는 실력을 보여주었다. 폭죽이 터지는 것처럼 허공에서 불똥의 파편이 흩어졌다. 하지만 나머지 운석은 진로를 그대로 유지했다. 두 개는 오히려 적진에 떨어졌지만, 나머지는 '억센 팔뚝' 근위대를 덮쳤다. 운석 중에서 하나가 화면을 전송하는 골렘의 전방을 타격했다.

콰콰콰콰!

화면 가득히 붉은 화염과 검은 흙먼지가 피어오르는 것이 보였다. 폭발에 직격당한 골렘 두 대가 그 자리에서 형체도 없이 파괴되고, 충격에 휘말린 골렘 여섯 대가 허공으로 퉁겨졌다. 팔다리가 꺾이고 몸통이 찢겨진 모습이 언뜻 화면을 스쳤다. 아마도 전장으로 복귀할 수 없을 것이다.

카카카캉!

폭발에 허공으로 치솟았던 검은 흙과 돌세례가 쏟아졌다. 검은 연기와 흙먼지 때문에 시계가 불량했다. 어둠을 뚫고 다크 나이트의 목소리가 들렸다.

"앞선 동료의 등을 보고 진로를 잡아라! 대열을 정돈하라!"

빠아앙!

전철이 크게 기적을 토했다. 객실 모니터에 내리는 역 명과 열리는 출입문이 표시되고 있었다. 정배가 내려야 하는 합정역이다.

그는 서둘러 사람들의 뒤를 따라 전철에서 내렸다. DMB를 끄지 못했다. 급박하게 전개되는 동영상에 도저히 집까지 걷는 시간의 궁금증을 참을 수 없었던 것이다.

정배의 걸음이 빨라졌다. 작은 액정 화면으로 보는 것이 감질났다. 집에는 방음벽과 입체 음향 시스템을 갖춘 대형 벽걸이 TV가 있었다.

영화를 좋아하는 부부의 취향이 일치한 덕분에 작은 방 하나를 얼마 전에 미니 영화관처럼 개조했다. 집에서 이 장엄하고 박진감 넘치는 전장의 웅장함을 제대로 느끼고 싶었다. 하지만 집에 도착하기 전까지는 작은 액정 화면에 만족해야 한다. 정배는 빠르게 걸으며 손에 든 DMB의 액정 화면에 자주 시선을 빼앗겼다.

3

파괴의 동맹의 본진 외곽 지대를 통과하자 드디어 적의 본진이 보였다. 얀은 선두의 강철 어깨들로 하여금 적진을 뚫으라고 재촉했다. 하지만 적의 마법병단의 공세가 시작되며 기습 부대의 전진을 방해했다.

콰지직!

쿠우웅!

검은 연기를 꽁무니에 매달은 운석과 체인라이트닝의 새파란 번개 줄기, 이글거리는 헬파이어의 화염구가 날아들었고 두터운 얼음벽이 눈앞을 가로막았다. 대부분의 마법 공격은 선두의 억센 팔뚝 근위대에 집중되었다. 다행히 출발을 앞두고 신관들이 신성 마법을 강철 어깨들에게 걸어주었지만, 비껴 나가는 마법은 몰라도 직격을 당한 골렘들의 피해가 빠르게 늘어났다.

"크아악!"

"큭!"

헬파이어에 가슴이 녹아 함몰된 골렘에서 온몸이 불덩이가 된 드워프 전사가 비명을 지르며 쓰러져 뒹굴었다. 그리고 체인라이트닝 전격 마법에 노출된 전사들은 조종석에서 새까맣게 숯덩이처럼 타버렸고, 주인을 잃은 골렘들은 몇 걸음을 더 걷다가 엎어져 다시는 일어나지 못했다. 메테오 마법에 의한 운석에 맞은 골렘들은 허공에 튕겨졌는데, 용케 충격을 이겨냈어도 팔다리가 온전히 붙어 있는 골렘이 없었다.

외곽 지대에서 적의 본진까지의 거리는 겨우 이백 걸음 정도였다. 그러나 겨우 절반 거리로 좁히기도 전에 강철 어깨 50대가 전력을 상실했다. 안은 강철 어깨 500대 중에서 100대를 성기사단에 20대씩 분산해서 배치하여 대열의 안정성을 유지시키고, 나머지 400대를 전면에 내세워 강한 돌파력으로 적진을 뚫으려 했다. 하지만 본진에 접근도 하기 전에 커다란 피해를 입은 것이다.

"젠장! 만만치 않은 놈들이라 이거지? 그래도 내 발목을 잡아채진 못할 것이다."

안은 입맛이 썼지만 어쩔 수 없었다. 피해가 더 커지기 전에 본진에 진입해야 했다. 어쩌면 혼전 상황에서는 적의 마법이 그치기를 바라는 일말의 기대도 있었다.

"주저하지 말고 달려라! 우리에게 후퇴는 없다! 전군 돌격!"

안은 주춤거리는 선두를 재촉했다. 그의 독려에 기습 부대의 선두에 선 골렘들이 속도를 높였다. 뒤를 따르는 성기사들이 거의 뛰다시피 따라왔다. 추가로 30대의 골렘을 더 잃으며 기습 부대의 선두가 적의 본진에 접근할 수 있었다.

검은 그림자들이 기습 부대의 전면을 막아섰다. 검은 옷에 붉은 망토를 걸친 뱀파이어들이었다. 드디어 왈라키아의 영주가 파괴의 동맹에 합류한 것 같았다. 마주쳐 오는 블랙 뱀파이어들을 향해 기습 부대의 골렘들이 거침없이 몸을 부딪쳤다.

카카카캉!

크아아악!

블랙 뱀파이어들이 휘두르는 길고 날카로운 손톱에 골렘의 표면에 불꽃이 피어올랐다. 하지만 두터운 외장갑에 그들의 공세는 약간의 흠집만 났을 뿐이다. 당황한 표정의 블랙 뱀파이어들이 미처 재차 공격을 하기도 전에 골렘들이 그대로 그들을 덮쳤다. 커다란 전투 도끼를 휘둘러 길을 만들고 쓰러진 뱀파이어들을 육중한 발로 짓밟고 지나갔다. 뱀파이어들의 비명 소리가 본격적인 육탄전의 서막을 알리며 전장에 울려 퍼졌다.

두두두두두!

골렘들이 뚫은 길을 따라 성기사단이 파고들어 뱀파이어들과 접전을 벌였다. 홀리웨폰의 신성한 빛이 감도는 무기에 베인 흡혈귀들의 몸이 재가 되어 바닥으로 흘러내렸다. 얀은 기습 부대의 전면을 향해 연달아 신궁 슈페리어의 화살을 날렸다.

소드 블레이드(검강) 패시브 스킬을 활성화시켰기에 그의 화살은 가공할 파괴력을 지니고 있었다. 화살이 어둠을 가르는 빛줄기처럼 몰려드는 적군의 몸을 관통하며 최대 사거리까지 뻗어 나갔다. 그의 화살이 발산하는 빛줄기를 목표로 삼아 기습 부대 선두가 길을 개척했다.

키키키키!

어느새 선두가 블랙 뱀파이어의 숲을 빠져나왔다. 그러자 이번에는 스켈레톤이 나타났다. 화염과 독 안개와 차가운 한기를 몸에 두른 스켈레톤, 과거에 얀이 몬스터가 되어 함께 싸운 적도 있는 마계의 스켈레톤 삼군단이 나타난 것이다. 하지만 그들로서도 기습 부대의 골렘의 질주를 막기에는 역부족이었다.

쾅아아아!

가속도가 붙은 골렘들의 질주에 부딪친 그들의 몸이 부서져 뒤로 튕겨졌다. 순간적으로 허공에 뿌연 안개가 피어올랐다. 산산조각이 되어버린 스켈레톤의 뼈와 가루가 만들어낸 현상이다. 얀은 쓰러지는 프로스트 스켈레톤을 보며 잠시 착잡한 눈빛을 보였지만, 이내 입술을 지그시 깨물고 전면을 향해 슈페리어의 활시위를 튕겼다.

고오오!

스켈레톤 삼군단마저도 골렘들의 기세를 꺾지 못하자 마법병단이 펼친 것으로 보이는 운석이 허공에서 떨어졌다. 하지만 같은 동맹군의 피해를 줄이며 골렘들의 기세를 꺾으려는 것인지 운석의 숫자는 그리 많지 않았다. 다섯 개의 운석이 기습 부대의 선두를 덮쳤다.

쾅아아아!

거센 폭발과 함께 몸을 뒤로 젖히게 하는 강한 폭압이 밀려들었다. 또다시 17대의 골렘이 자취를 감추었다. 본진을 뚫기 위해 밀집되어 있어 피해가 더 커졌다. 다행히 운석은 더 이상 날아오지 않았다. 하지만 다른 공격이 이어졌다.

"라라라라라라라라라!"

격동하는 전장과 어울리지 않게 아름다운 노랫소리가 들렸다. 그와 동시에 강철 어깨 몇 대가 대열을 이탈했다. 그리고 지금껏 동료였던 골렘들을 향해 전투 도끼를 휘둘렀다.

쾅!

"이봐! 정신 차려! 이, 이런! 안 돼!"

갑작스런 동료의 공격에 억센 팔뚝 근위대의 강철 어깨들이 혼란에 빠져들었다. 순식간에 30대가 넘는 골렘이 쓰러졌다. 그러나 근위대 소속의 골렘들을 노리는 위협은 발밑에도 있었다.

슈숙!

갑작스럽게 땅속에서 긴 촉수가 솟아올라 골렘의 발목을 휘감았다. 동시에 커다란 입이 나타나 촉수에 붙들린 골렘의 몸통을 물고 다시 대지 깊숙한 곳으로 잠겨들었다. 그렇게 땅속으로 끌려간 골렘들은 다시는 전장으로 복귀하지 못했다.

"세이렌의 노래!"

얀은 발밑에서 자신들을 노리는 괴물들의 정체는 모르겠지만, 아군끼리 서로 싸우게 만드는 노랫소리에 대해서는 추측이 가능했다. 대규모 적을 무력화시키는 '세이렌의 노래'가 분명했다. 넓은 범위 공격이 가능하고 적을 현혹해서 서로가 서로를 상잔시키는 8클래스 암흑 마법이다.

기습 부대가 혼란에 빠진 동안에 적의 마법사들은 또 다른 준비를 갖추고 있었다. 스켈레톤 삼군단의 여기저기서 크고 긴 그림자들이 솟구치고 있었다. 스켈레톤 삼군단의 병사들로 만들어진 본스네이크였다.

스켈레톤 삼군단의 병사들로는 강철 어깨들을 감당하기 어렵다는 판단을 내린 것이다. 자토만 요새에서 보았던 하급 스켈레톤들로 만든 놈들과는 차원이 달라 보였다. 속성에 따라 파이어, 포이즌, 프로스트의 특성을 품은 본스네이크가 나타나 기습 부대를 향해 움직이기 시작하고 있었다.

이대로 조금만 지나면 기습 부대의 가장 큰 전력인 억센 팔뚝 근위대의 강철 어깨들을 모조리 잃고 말 것이다. 얀은 신궁 슈페리어를 품에 안고 골렘의 머리를 박차 허공으로 몸을 솟구쳤다. 그의 눈이 금빛으로 형형하게 빛을 뿜는 가운데, 그의 입술이 벌어지며 가슴을 헤집는 소름 끼치는 소리가 전장에 울려 퍼졌다.

끼아아아아아!

그의 드래곤 피어(드래곤 아이) 스킬이 펼쳐진 것이다. 세이렌의 노래보다는 범위가 작았지만, 그래도 억센 팔뚝 근위대의 골렘들은 대부분 그의 스킬 범위에 포함되어 있었다. 덕분에 적의 현혹 마법에 걸려 아군에게 무기를 휘두르던 골렘 내부의 드워프들이 얀의 스킬에 이성을 되찾았다.

그리고 기대하지 않은 수확이 있었다. 아군의 발아래에서 솟구쳐 골렘들을 끌고 땅속으로 끌고 들어가던 몬스터들이 일제히 대지 위로 고개를 내민 것이다. 놈들은 새까만 몸통에 톱니처럼 생긴 지느러미를 지닌 다크 피쉬라는 이름을 가진 물고기 형태의 몬스터였다.

다크 피쉬는 특이하게도 물이 아닌 흙 속을 자신의 터전으로 삼아, 주둥이 근처에 여덟 개의 긴 촉수로 적을 공격하는 습성을 지니고 있었다. 오래전 문헌에나 등장하는 고대어라서 얀의 몬스터 도감에 실려 있지도 않은 놈이다. 덕분에 얀의 몬스터 도감이 오랜만에 새로운 기록이 추가되었다.

얀의 드래곤 피어(드래곤 아이) 스킬에 다크 피쉬들은 모두 멍하니 눈이 풀려 있었다. 얀의 슈페리어가 놈들을 향해 화살을 발사했다. 동료들을 잃은 분노에 찬 골렘들의 전투 도끼 역시 다크 피쉬를 향해 인정사정없이 쏟아졌다. 몸을 드러내고 움직이지 못하고 있던 다크 피쉬는 순식간에 몰살당하고 말았다.

카오오!

그동안 본스네이크들이 다가왔다. 이제 270대로 수가 줄어든 억센 팔뚝 근위대의 강철 어깨들이 전열을 정비하며 마주쳐 갔다. 본스네이크의 독니가 골렘의 머리를 노리고 덮쳐들고 강철 어깨들의 전투 도끼가 몬스터의 몸통을 후려쳤다.

카오!

두두둑!

얀이 타고 있던 강철 어깨의 다리를 프로스트 본스네이크가 물고 늘어졌다. 튼튼한 외장갑을 독니가 매섭게 파고들어 거의 골렘의 다리는 끊어지기 일보 직전이었다. 골렘의 전투 도끼가 본스네이크의 머리로 떨어졌다.

콰직!

본스네이크의 머리가 박살이 났다. 하지만 부서진 것은 몬스터뿐이 아니었다. 독니에 물려 얼음처럼 굳어져 있던 골렘의 다리도 결국 부서지며 중심을 잃고 쓰러지고 말았다. 쓰러진 골렘으로 스켈레톤들이 무기를 휘두르며 덮쳤다.

파파파팡!

다른 골렘의 어깨 위로 몸을 옮긴 얀이 발사한 화살이 스켈레톤의 몸통을 관통하며 뼈다귀의 산을 쌓았다. 하지만 곧 그가 타고 있던 강철 어깨를 노려 새로운 적이 나타났고, 얀은 활을 돌려 자신을 방어해야 했다. 그동안 쓰러진 골렘으로 스켈레톤이 새까맣게 몰려들었다. 잠시의 저항 끝에 쓰러진 강철 어깨의 움직임이 곧 멎어버렸다.

"이놈들이!"

얀은 끝도 없이 덤벼드는 몬스터의 공격에 아군의 피해가 늘어나자 결국 가슴속의 분노가 터져 나왔다. 그는 미친 듯이 화살을 날렸다. 소드 블레이드(검강)를 머금은 화살이 본스네이크의 몸통에 바람구멍을 만들었다. 현재 '닉스의 축복받은 보석'을 드래곤 하트 목걸이에 착용한 결과, 그의 체력과 마력은 소모하는 족족 채워지고, 격전 중에 입은 부상은 순식간에 아물고 있었다.

성난 얀이 얼마나 스킬을 난사했는지 마력 게이지가 점점 하향 곡선을 그리고 있었다. 덕분에 한바탕 마력 게이지를 모두 비워 버린 얀의 눈앞을 가로막는 본스네이크는 더 이상 없었다. 기습 부대의 선두가 스켈레톤 삼군단의 수비를 돌파한 것이다. 하지만 얀을 기다리는 것은 또 다른 몬스터의 단단한 벽이었다.

'제기랄! 도대체 얼마나 더 뚫어야 중심에 도달하는 거야? 이러다가 파괴의 왕을 대면하지도 못하는 것 아냐?

얀의 눈빛이 잠시 어두워졌다. 새삼스럽게 어둠의 군대의 강력함이 느껴졌다. 그가 이끌고 있는 병력도 나름대로 정예의 병사들이지만, 적의 압도적인 물량 공세에 이미 대열이 크게 흔들리고 있었다. 더구나 어둠의 군대의 최정예 부대인 데스나이트는 아직 나타나지도 않은 상태였다.

이미 로즈빌의 방어는 파괴의 동맹군에게 거의 무너져 버렸다. 쉐이턴 성의 반란군을 토벌하고 엘프와 드워프 연합군이 되돌아와도 반란과 토벌전을 겪으며 그들의 전력은 이미 크게 손상이 되어 있어 로즈빌 점령전에 나선 파괴의 동맹군의 전위부대도 감당하기 힘들 것이다. 파괴의 동맹군에 맞서 싸우는 결속의 동맹군은 거의 와해된 것이나 다름없었다.

그렇다고 결속의 동맹군의 패배가 확정된 것은 아니다. 마탑을 수호하고 있는 수호자 중에는 사마트흐라가 있었다. 드래곤은 중간계를 마족이 집어삼키는 것을 결코 원하지 않는다. 그래서 어둠의 탑을 마족을 따르는 이들에게서 빼앗고 이종족의 힘을 모아 탑을 지키고 있지 않은가? 아마도 최후의 순간이 오면 드래곤족 전체가 몰려와서 마왕을 저지할 가능성이 높았다.

그러나 그렇게 마탑을 방어한다고 해도 그것은 얀의 승리가 아니다. 최후의 전쟁은 지금 로즈빌의 방어전 실패를 전제로, 그의 퀘스트 실패와 죽음 이후에 예상되는 전개일 뿐이다. 어쩌면 마탑의 운영권을 잃게 되고, 이제 막 궤도에 오른 다크 타워 상단도, 다크엘프와 엘프 하녀들도 그의 실패와 더불어 자신에게서 떠나 버릴지 모른다. 얀으로서는 결코 받아들일 수 없는 결과였다. 그리고 얀으로선 여기서 물러설 수 없는 이유가 또 있었다.

"헤세 영감, 언젠가 당신과 한번 제대로 붙어보고 싶었어. 아르카디아 대륙의 운명을 놓고 겨루는 이렇게 빅게임이라면 승부가 더욱 짜릿하겠지."

암울했던 시기에 얀에게 일어설 힘을 주었던 용병 헤세. 그가 대륙의 10대 용병의 한 명인 미스틱나이트가 되는 것을 지켜보며 자신도 그처럼 강한 용병이 되리라고 다짐했었다. 그는 얀에게 동경의 대상이었고 언제부터는 넘어서야 할 벽처럼 느껴지는 상대였다. 하지만 많은 전장을 누볐지만 그와 마주칠 기회가 주어지지 않았다.

그러다가 이번 기회를 얻었다. 비록 전황은 얀에게 불리했지만, 아직 그에게는 자신을 따르는 병력과 지치지 않는 체력이 있었다. 파괴의 왕이 되어 저 깊숙한 곳에서 자신을 기다리는 헤세의 얼굴도 보지 못하고 여기서 패배자가 될 수는 없었다. 얀은 가슴속으로 밀려드는 불안감을 고개를 흔들어 떨쳐 냈다.

절망에서 빠져나오며 다시는 도망치는 삶을 살지 않겠노라고 맹세했건만, 조금만 틈을 주면 두려움이 마음을 파고들어 그를 나약하게 만든다. 내성적인 천성은 바꾸기 어렵겠지만, 쉽게 남에게 굴복하는 삶을 사는 것은 싫다. 그래서 얀은 게임 아르카디아에서 헤어나지 못하고 있을지도 모른다.

아르카디아는 현실의 법과 질서와 윤리, 타인의 관계를 고려해서 이성에 억눌러 있던 본능이 자유롭게 살아나는 공간이다. 그가 쉽게 경험하기 힘든 폭력과 무자비함이 지배하는 세계다. 얀처럼 강해지고 싶은 자신을 단련하기에 최적의 조건을 지닌 곳이기 때문이다.

물론 자신을 이겨내야 한다는 전제 조건이 붙지만 말이다. 거의 현실에서는 불가능에 가까운 도전과 모험을 통해서 얀으로서는 과거의 쉽게 상처받고 두려움에 곧 발을 빼는 나약한 자신을 이겨내는 최적의 훈련장이 아닐 수 없었다. 쉽지는 않았지만 얀은 차근차근 단계를 밟으며 성장을 거듭했고, 언제부터인지 얀은 자신을 극복하는 도전의 끝을 헤세로 결정짓고 있었다. 지금과 같은 기회가 그리 흔하게 찾아오는 것이 아니기에 얀은 흔들리던 마음을 붙잡고 입술을 지그시 깨물었다. 그리고 뒤를 따르는 부하들을 향해 외쳤다.

"이제 거의 다 왔다! 모두 힘을 내라! 우리의 힘으로 마왕을 물리쳐 대륙을 지켜내자! 모두 나를 따르라!"

밤이 되자 홍콩의 불야성은 곧 다가오는 춘절을 앞두고 도시 전체가 들떠 있었다. 며칠 후의 중국 전역으로 귀성 행렬을 떠나는 사람들 덕분에 홍콩의 모든 상점은 세계적인 불황에도 불구하고 대목을 맞이하고 있었다. 거리의 사람들 모습에 넉넉한 미소와 웃음이 감돌았다.

하지만 모두가 그렇게 즐거운 것은 아니다. 세계적인 초고층 건물로 홍콩의 대표적인 명물로 자리를 잡은 시나이 빌딩에 입주해 있는, 'Great Star Company' 의 사장인 맥스밀리안의 경우가 그렇다. 모두가 퇴근을 마친 회사에서 그는 홀로 사무실을 지키고 있었다.

실내의 조명은 모두 꺼져 있는 가운데, 벽에 설치된 '빅아이' 라 부르는 대형 LCD 화면이 어두운 실내에 빛을 내뿜고 있었다. 맥스밀리안은 등받이 의자를 뒤로 젖히고 구두를 신은 두 발을 책상에 얹은 자세로 한 손에 든 맥주병을 기울여 술을 마시며 벽을 향해 시선을 두고 있었다. 그의 시선에 잡힌 화면에서는 현재 치열한 전투를 벌이고 있는 대규모 전쟁을 보여주고 있었다.

족히 수십만은 거뜬히 넘어 보이는 집단과 집단의 겨룸은 하나의 화면에 도저히 전장의 모든 것을 담을 수가 없었다. 그래서 화면은 끊임없이 변화하는 전장의 격전지를 부지런히 돌아다니며 시청자들에게 생생한 전투를 담은 현장을 보여주려고 노력했다. 한 사람의 병사의 시점으로 피가 튀는 접전을 바라보다가, 허공에서 새처럼 움직이는 제삼자의 눈으로 전체를 살피기도 하며, 생존을 위한 필사적인 몸부림이 모인 거대한 역사의 현장을 화면에 담았다. 초반에는 도시를 두고 벌이는 공성전에 중점을 두더니, 이제는 거대한 병진을 뚫으려는 일단의 병력에 카메라의 초점이 거의 고정되었다.

"로즈빌은 이제 거의 가망이 없습니다. 이미 성문이 모두 함락당했군요, 텔레포트 마법진의 기능이 정지되어 도시에 있는 이들은 고립되었습니다. 개인적으로 텔레포트 마법진이 있는 이가 아니면 탈출이 불가능해 보입니다."

"그렇습니다. 남은 병력이 영주관이 있는 중앙 광장으로 후퇴하고 있네요. 대로를 막은 장애물과 건물에 불을 질러 길게 불의 장벽을 만들어 몬스터들의 접근을 막고 있지만, 적의 발길을 오래 붙들어두지는 못할 것 같습니다."

진행과 해설을 맡은 이들이 도시의 암울한 미래를 점치고 있었다. 탈출이 불가능한 상태에서 중앙 광장으로 모인 로즈빌의 잔여 병력의 운명은 정해져 있다. 어둠의 군대는 여태껏 자신들을 적대시한 도시에 생존자를 남겨두지 않았던 것이다.

파괴의 동맹군은 서두르지 않고 포위망을 단단히 구축하며 불길이 잦아들기를 기다리고 있었다. 그들의 움직임은 로즈빌의 생존자들에게 피의 숙청을 예고하는 움직임이다. 화면으로 수비병들의 두려움에 가득 찬 표정이 잠시 클로즈업되었다.

"하지만 아직 희망을 버리기는 이르지 않겠습니까? 다크 나이트가 이끄는 병력이 파괴의 왕을 노리고 본진을 공략 중인데요."

"네, 현재 로즈빌에 있는 이들도 그에게 기대를 걸고 악착같이 버티고 있는 것 같습니다. 기습 공격의 의도는 좋았습니다. 그러나 병력의 차이가 너무나 큽니다. 그저 숫자만 모은 오합지졸 같은 군대라면 모르겠지만, 마왕을 지키는 본진의 병력은 정예병들로 이루어져 있을 겁니다. 솔직히 지금 저 정도로 싸우고 있는 것만으로도 다크 나이트는 선전한 것이라고 봅니다."

화면이 바뀌었다. 로즈빌이 아닌 파괴의 동맹군 본진에서의 전투가 대형 LCD 모니터를 가득 채웠다. 길게 뱀처럼 늘어진 기습 부대의 대열이 단단한 적의 수비를 강제로 파고들려고 꿈틀거리고 있었다. 선두에서 후미까지 피가 흩뿌려지고 뼈와 살점이 튀는 격렬한 전투가 벌어지고 있었다. 화면 하단에 19금 방송 시청 금지 표시와 함께 노약자나 심장이 약한 분의 시청을 금지한다는 안내 문구가 떠올랐다.

"지금의 말씀은 다크 나이트의 기습 공격이 실패할 것이라는 말씀인가요?"

"애석하지만 그렇습니다. 아! 저기를 보세요. 어둠의 군대가 드디어 다크 나이트를 함정에 빠뜨렸군요."

해설자의 부정적인 전망을 담은 멘트에 진행자가 의문을 표시하는 것과 동시에, 해설자가 전장의 새로운 변화를 발견하고 호들갑을 떨었다. 화면이 네 개로 분할되었다. 그중에서 세 개의 화면에 새로 등장한 괴물들을, 나머지 하나의 화면은 당황해하는 다크 나이트의 모습을 담았다.

현재 다크 나이트는 골렘들을 앞세워 갑옷을 걸친 유령, 타고 있는 골렘 절반 크기의 고스트아머의 벽을 거의 돌파하고 있었다. 하지만 그가 이끄는 기습 부대의 긴 대열의 끄트머리는 이제 블랙 뱀파이어의 수비진을 지나고 있다. 그런데 길게 늘어진 대열의 중간에 새롭게 강력한 몬스터들이 나타난 것이다.

나타난 몬스터는 각각 자이언트아머, 황무지 개미 귀신, 본히드라였다. 자이언트아머는 고스트아머들이 결합해서 만들어진 괴물로, 현재 기습 부대가 보유하고 있는 강철 어깨보다 몇 배의 크기를 지녔다. 기습 부대의 길을 개척하던 억센 팔뚝 근위대의 강철 어깨들이 자이언트아머의 공격에 피해가 점점 커지고 있었다.

한편으로 지금 모습을 드러낸 황무지 개미 귀신은 대형 드래곤플라이 중에서도 가장 덩치가 큰 블랙 드래곤플라이의 유충이다. 개미 지옥이라 부르는 깊은 구덩이 안에 자리를 잡고 무심코 들어온 희생자에게 모래를 끼얹어 도망치지 못하게 막아 자신의 먹이로 삼는 사냥 습성을 지녔다. 현재 개미 귀신이 만들어낸 지름 40미터의 개미 지옥 때문에 기습 부대 후미의 대열이 끊어져 길이 막힌 성기사들은 뒤를 덮치는 적의 공세를 제자리에서 막아내다가 쓰러지고 있었다.

그리고 스켈레톤 삼군단이 힘을 합쳐 만들어낸 본히드라 역시 성기사단의 대열 중앙을 차단하고 있었다. 세 개의 머리 중에서 녹색의 머리는 독액을 뱉고, 청색의 머리는 몸을 얼리는 얼음의 안개를, 적색의 머리는 뜨거운 화염을 내뿜었다. 스켈레톤 삼군단의 스켈레톤들이 재료가 되어 여태껏 보았던 본히드라 중에서도 가장 막강한 놈이 탄생한 것이다.

"안타깝군요, 다크 나이트! 그가 이 위기를 이겨낼 수 있을까요? 그의 선전을……."

쨍그랑!

유리조각이 깨지는 소리가 크게 들렸다. 맥스밀리안이 마시던 맥주병에 술이 없자 뒤로 던져 버린 까닭이다. 책상에 쓰러져 있던 맥주 한 병이 다시 그의 손에 잡혔다.

꿀꺽! 꿀꺽!

"크하하하!"

목울대가 크게 출렁이도록 맥주를 마시던 맥스밀리안이 크게 웃음을 터뜨렸다. 화면에 비친 그의 얼굴이 붉게 상기되어 있었다. 초저녁부터 마신 술이 그를 거의 만취 상태로 만들고 있었다.

"다크 나이트! 재수 없는 놈! 너도 이번에는 별수가 없겠군. 크크크크!"

위기에 몰려 허둥대는 화면 속의 검은 갑옷을 입은 전사의 모습을 보며 맥스밀리안은 목을 뒤로 젖혀 오늘 처음으로 얼굴에 웃음을 보였다. 하루 종일 그는 악몽 속을 헤매고 다닌 것 같은 시간을 보냈다. 그를 지켜보는 비난과 조소의 눈길에 억지로 무표정을 가장하며 보냈지만, 누구에게도 그의 위장된 표정이 먹혀들지 않았을 것이다.

증권시장의 개장과 동시에 그가 투자했던 나탈리 미디어의 주가는 끊임없는 하락을 거듭했다. 게임 아르카디아에서 남부대륙의 반야크 왕국이 붕괴 위기에 몰렸다는 보도가 나온 직후였다. 반야크 왕국에 대한 광고권을 지닌 나탈리 미디어의 주식을 모두들 투매했다.

자토만 요새에 대한 반야크 왕국과 어둠의 군대의 공격이 실패로 끝나자, 샤크아이의 백작은 어둠의 군대를 이끌고 남부지방으로 철수했다. 바로 오래전에 멸망했던 아스란 왕국의 점령지로 후퇴한 것이다.

자토만 요새의 사뮤엘라 왕자는 아나톨리아 왕국의 건국을 선포함과 동시에 용병들을 대거 모집했다. 구 드래고니아 왕국과 탈라반 공국의 귀족들도 사병을 거느리고 그의 휘하로 몰려들었다. 아나톨리아의 사뮤엘라 국왕은 자신이 거느린 북부 군단과 용병들을 거느리고 반야크 왕국에 대한 복수의 칼을 높이 치켜세웠다.

자토만 요새 공격에서 국왕과 정예군을 모두 잃은 반야크 왕국으로서는 아나톨리아 왕국의 병력을 막을 힘이 없었다. 더구나 수도의 천도로 민심마저 땅에 떨어져 있었다. 어떤 도시들은 아나톨리아 왕국의 병력이 도착하기도 전에 반란군에게 도시를 빼앗겼다. 그리고 반란군이 열어주는 성문으로 사뮤엘라 왕자가 군대를 이끌고 당당히 무혈입성을 했다.

반야크 왕국의 테오르는 카산드라 공략을 위해 차출했던 병력을 수습해서 반야크 왕국과 카산드라를 걸쳐 변경의 십여 개 도시를 지닌 소국으로 줄어들었다. 그리고 카산드라 자유도시 연합을 거의 점령한 마하루이 왕국, 다시 남부지방에 등장한 아스란 왕국에 손을 내밀어 겨우 명맥을 부지할 수 있었다. 사뮤엘라 국왕의 아나톨리아 왕국은 구드래고니아의 북부와 탈라반 공국의 터전을 되찾아 남부대륙은 네 개의 왕국으로 분할되고 말았다.

이렇게 되다 보니 나탈리 미디어가 지녔던 게임 아르카디아의 남부대륙에 대한 광고권은 이제 겨우 공국 규모로 줄어든 반야크 왕국의 십여 개 도시에 불과했다. 파괴의 동맹에 가세한 덕분에 겨우 숨을 돌렸던 나탈리 미디어의 주가가 폭락을 보인 것은 당연한 수순이다. 그리고 나탈리 미디어 인수에 투자했던 맥스밀리안의 투자금 대부분이 허공으로 사라지고 말았다.

그리고 연달아 비보가 전해졌다. 결속의 동맹에 참전했던 맥스밀리안의 엘프와 다크엘프의 병력이 반란을 벌이고 쉐이던 성에서 파괴의 동맹군에게 구원을 요청했지만, 파괴의 왕은 아무런 반응을 보이지 않았다. 결국 쉐이던 성의 반란군은 엘프와 드워프 종족의 병력에 토벌당했다. 한편으로 서부대륙에서도 나쁜 소식이 들어왔다.

맥스밀리안의 지원을 받고 있는 벨로크라 제국의 쿠하브 백작이 발톱 산맥의 모든 영지를 잃고 영주성인 빅스톤 공성전에서도 패배해 전사하고 말았다. 카드모스 동맹과 휴전을 체결한 타우렐리아의 타우라가 붉은 산맥의 영주들과 연합해서 발톱 산맥의 쿠하브 백작에 대한 대대적인 공격을 펼친 결과였다. 덕분에 맥스밀리안이 그동안 게임 아르카디아에 구축했던 세력도 대부분 흔적도 없이 사라지고 말았다.

맥스밀리안과 직원들은 모두 하루 종일 일손을 놓고 서로가 눈을 마주치지 않았다. 상대의 눈 속에서 자신의 암담한 미래를 읽고 싶지 않았던 것이다. 점심시간이 지나자 직원들이 사라졌다. 투자자들의 빗발치는 항의 전화를 피해서 하나둘 자리를 비우더니 어느새 사무실은 그 혼자만 남겨두고 텅 비어 있었다.

아마도 새로운 일거리를 찾아 헤드헌터를 찾아갔을 것이다. 그들이 보기에 이미 맥스밀리안은 침몰하는 난파선 같아 보였으리라. 그에게 지원된 막대한 자금을 불과 1년 만에 모두 털어먹었으니 앞으로 그 어떤 투자자도 맥스밀리안에게 투자하지 않을 것이다. 펀드매니저로서 그의 삶은 이제 끝이 났다. 맥스밀리안은 앞이 보이지 않는 미래에 절망하며 맥없이 주저앉아 술병을 손에 쥐고 화면 속의 게임 중계를 보며 자신의 인생을 망치게 만든 게임에 대한 원망의 시선을 던지고 있었다.

"이미 대열은 완전히 끊어졌습니다. 나누어진 병력이 원형진을 짜고 대항하고 있습니다. 하지만 기세가 오른 몬스터들의 공세를 얼마나 더 막아낼 수 있을까요? 기습 부대의 전멸이 멀지 않았습니다."

"안타까운 일이군요. 그러나 다크 나이트와 기습 부대의 드높은 투혼만은 오랫동안 기억될 겁니다."

해설자와 진행자가 기습 부대의 전멸을 점치며 안타깝다는 멘트를 던졌다. 화면 속의 상황은 누가 봐도 절망적이었다. 이미 대열이 끊어진 기습 부대는 소수의 병력으로 나뉘어 서로 등을 맞대고 반항하고 있지만, 주변을 장악한 대규모 적군의 공세에 빠르게 무너지고 있었다. 그나마 남아 있는 골렘들을 의지해서 겨우 버티고 있을 뿐, 시간이 지나면 지날수록 쓰러지는 골렘들을 따라 모두들 어둠의 군대의 제물이 되어버릴 것이다.

"아! 다크 나이트가 홀로 전진하고 있습니다. 그의 뒤를 따르려는 골렘들이 있지만 적에게 붙들려 몸을 빼기가 힘들어 보입니다. 이런, 특별 회선으로 지정된 골렘까지 파괴되고 말았습니다. 지금부터는 바람의 요정 모드로 방송하겠습니다. 모니터 요원이 모두 쓰러져 더 이상 근접

촬영이 불가능……."

화면이 바뀌었다. 운영자 모드인 바람의 요정으로 원거리에서 잡은 영상을 보여주는 것이다. 맥스밀리안은 황금색으로 빛나는 칼을 휘두르며 어둠 속을 질주하는 한 명의 전사에게 시선을 거두지 못했다. 수십만의 적에 둘러싸여 생존을 위해 몸부림치는 전사의 모습에서 현재 자신의 처지를 떠올리게 되었던 것이다.

"흐흐! 너는 누구를 위해 그렇게 발악하는 것인가? 너도 분명 무엇인가 지켜야 하는 것이 있는 것인가?"

맥스밀리안은 홀로 적진을 파고드는 다크 나이트를 보며 중얼거렸다. 그가 자토만 요새에서 어둠의 군대를 물리친 덕분에 나탈리 미디어의 주가는 곤두박질치게 되었다. 다크 나이트가 일부러 자신을 노려서 그런 일이 벌어진 것은 아니지만, 결과적으로 맥스밀리안과 그의 펀드를 망치는 결정적인 역할을 했다.

맥스밀리안의 입장에서 그를 보는 시선이 곱지 않음은 당연했다. 하지만 로즈빌에서의 첫 전투에서부터 벌써 몇 시간째 다크 나이트의 전투를 지켜보며, 현재 절망 속에서 홀로 전진을 고집하는 그의 모습에서 가슴 깊숙한 곳에서 그를 응원하고 있는 이율배반적인 자신의 마음을 발견하게 되었다. 맥스밀리안이 맥주병을 들어 화면 너머의 다크 나이트에게 건배를 제의하듯 제스처를 취했다. 그리고 마지막 한 방울까지 모조리 입 안에 술을 털어 넣었다.

"그대에게 건투를 기원하지. 그럴 가능성은 없어 보이지만 말이야. 네가 이 전쟁을 이긴다면 나도 어쩌면 새로운 전쟁에 나설 용기를 얻을지도……."

홍콩에서 맥스밀리안이 자신의 미래에 대한 고민이 짙어지고 있을 때, 세계 각국의 게임 아르카디아의 유저들 역시 화면을 바라보며 안색이 어두워지고 있었다. 이대로 마왕이 승리해서 마계가 열리고 마족들이 부활하면 게임 아르카디아의 지금까지의 모든 질서가 뒤죽박죽되고 말 것이다.

특히 게임에서 나름대로 기반을 구축하고 있는 이들은 기습 부대의 성공을 기원했다. 하지만 그들의 기대에도 불구하고 패색이 짙어지자 덩달아 그들의 표정에도 먹구름이 드리워졌다. 아르카디아 대륙의 질서가 무너지면 지금까지 그들이 힘겹게 쌓아올린 기득권을 상실할 가능성이 높기 때문이다. 성급한 이들은 벌써부터 게임사의 홈페이지를 들락거리며, 새로운 공지사항이나 업데이트의 변화를 점검하고 있었다. 그러나 갑자기 증가한 방문자들로 자유 게시판의 토론장만 뜨거울 뿐, 게임사에서는 아직 아무런 반응을 보이지 않고 있었다.

하지만 지금 다른 누구보다도 현재 벌어지고 있는 전투에 신경을 곤두세우고 있는 이들이 바로 (주)아르카디아의 기획조정실의 직원들이다. 그들은 전쟁의 승패에 따라 새로운 업데이트를 담당해야 하는 실무진이다. 비록 어느 정도 준비는 하고 있지만, 전체를 손보는 것보다 부분적으로 손을 대는 것이 앞으로 있을 야근 일수를 크게 줄일 수 있기 때문이다.

"아아!"

"결국 다크 나이트도 어쩔 수 없는 것인가?"

(주)아르카디아의 기획조정실 곳곳에서 허탈함을 담은 목소리가 터져 나왔다. 불과 1시간 전까지만 해도 세계 각국의 방송국에게 특별 회선을 제공하고, 중계방송의 안정적인 유지를 위해 정신없이 뛰어다녔

던 기획조정실의 직원들이다. 하지만 특별 회선의 매개체가 대부분 쓰러지게 되자 모두들 바람의 요정이 전해주는 게임 속의 상황을 주시하고 있었던 것이다.

처음 기습 부대가 파괴의 동맹군의 본진을 들이칠 때만 해도 기대감으로 눈을 반짝이던 그들이다. 그러나 대열이 조각조각 끊어지고, 산발적인 저항을 하다가 이제는 거의 학살을 당하고 있는 기습 부대의 마지막을 지켜보며 고개를 흔들어 아쉬움을 보였다. 누가 봐도 지금의 전세는 뒤집을 가망성이 전혀 없어 보였기 때문이다.

"그래도 저 친구, 끝까지 포기하지 않네요?"

"정말 대단한 투혼이야. 저런 상황이면 혼자 몸을 빼도 될 텐데."

"저 친구 자료를 보니 텔레포트 스킬을 쓸 수 있는 아이템도 지니고 있네요."

"아까 한 번 사용해서 도망치고 싶어도 쓰지 못하는 것은 아닐까?"

"아니요. 이미 자정이 넘어서 새로 초기화가 되었을 겁니다."

"그래? 그렇다면 죽어가는 부하들에 대한 의리 때문인가, 아니면 자존심이나 명예 때문인가? 이미 대세가 기울었는……."

기회조정실의 정진호 실장은 등받이 의자에 깊숙하게 몸을 묻고 화면 속의 게임 진행 상황을 지켜보고 있었다. 등 뒤에서 3과를 맡고 있는 문길호 과장과 영상 팀의 박영호 팀장이 주고받는 말이 귀에 들려왔다. 그가 고개를 살짝 돌려 입을 열었다.

"AR—1224(혼돈의 새벽)의 마지막이 멀지 않았습니다. AR—1336(영웅들의 아침), AR—1516(새로운 질서)의 준비는 다 되었습니까? 이번 전쟁이 끝나면 곧바로 적용이 가능해야 합니다."

"시간이 너무 부족합니다. 일단 기본적인 것만 준비했습니다. 나머지는 전쟁의 결과를 보고 추후 업그레이드하겠습니다."

문길호 과장이 약간 볼멘소리를 냈다. 한꺼번에 두 가지 버전을 준비하는 것은 만만치 않은 일이다. 덕분에 3과의 직원들은 모두 한 달 가까이 회사에서 숙식을 겸하고 있었다. 성난 암호랑이 같은 마누라가 집에 들어오는 날 각오하라는 엄포가 귓가에 쟁쟁했다. 정진호 실장을 바라보는 그의 눈에 시퍼렇게 독기가 서렸다.

"험! 수, 수고하셨습니다. 이제 며칠만 고생하시면 됩니다. 유종의 미를 부탁드립니다."

괜히 말 걸었다는 표정으로 정진호 실장이 어색한 웃음을 지었다. 그리고 살짝 문길호 과장과 3과의 직원들에게 고개를 숙여 보였다. 하지만 누가 알까? 지금의 정진호 실장의 속은 그들이 짐작하지 못할 정도로 복잡했다.

AR—1336(영웅들의 아침)은 전쟁이 결속의 동맹의 승리로 끝나면 적용될 패치였다. 새로운 대륙이 추가되고 각 종족별로 식민지가 건설되어 있다. 기존의 대륙에서는 영주를 차지한 유저들이 제국의 길을 향해 움직이고, 신대륙에서는 각 종족의 식민지를 토대로 새로운 영토전이 벌어질 것이다. 종족 간의 대립과 각 왕국의 대립 속에서 새로운 영웅들의 군웅할거가 시작되는 것이다.

이에 반해 AR—1516(새로운 질서)은 파괴의 동맹의 승리를 가정해서 만든 패치였다. 마계가 마침내 열리고 마족이 중간계에 모습을 드러낸다. 다크 포탈을 통해 쏟아지는 마물들로 세계는 어둠의 공포에 휘말리게 된다. 하지만 아직 희망은 남아 있다. 파괴와 복수의 마신 부토르의 피를 이은 다섯 군주와 어둠과 공포의 마신 히데스의 피를 받은 네 군주의 세력이 중간계의 지배권을 놓고 전쟁을 벌이게 된다. 이 틈을 노려 중간계의 종족들은 신의 무구를 얻어 어둠의 군주들이 중간계에 강림하기 전에 다크 포탈을 봉인해야 한다.

AR-1336(영웅들의 아침), AR-1516(새로운 질서) 버전에 맞추어 수만 개의 퀘스트가 추가된다. 기존의 메인 스토리를 유지했던 스페셜 퀘스트와 불필요한 퀘스트는 없어지고, 새 버전의 메인 스토리를 위한 스페셜 퀘스트들이 숨겨져 있다. 하지만 정진호 실장은 개인적인 심정은 AR-1516(새로운 질서)의 실행을 원치 않았다.

AR-1516(새로운 질서) 버전은 아르카디아 게임의 최후를 준비하는 마지막 패나 다름없기 때문이다. 다행히 유저들이 성공하면 다행이지만, 실패를 하게 되면 마지막에 신의 징벌이 대륙에 떨어지게 된다. 그리고 게임 아르카디아는 초기화와 함께 모든 유저들이 전혀 새로운 환경에서 처음 1레벨부터 새 출발을 해야 하기 때문이다.

막대한 자금력으로 무장한 누군가가 게임 아르카디아를 집어삼키려 하지 않았다면, 그리고 그 세력이 이미 손을 쓰기에 늦어버린 독버섯처럼 자라나 있지 않았다면, SA-01(파괴자의 강림) 퀘스트는 봉인에서 풀려나지 않았을 것이다. 지금의 상황은 몸에 들은 악성 종양을 제거하기 위해서 너무도 강한 독약을 투여한 것과 같았다. 이미 독버섯은 대부분 제거했지만, 이제는 너무도 강한 독성이 오히려 종양보다 더 무서운 병이 되어버렸다.

만약을 대비해서 얼마 전에 드래곤로드의 몸을 빌어 만났던 수호자 N의 도움을 받아 드래곤로드 바자타리우스를 대기해 놓았다. 그와 마탑의 수호자로 있는 드래곤 사마트흐라를 동원하면 파괴의 왕과 어둠의 군대를 막을 수 있을지 모른다. 하지만 확실한 것은 아무것도 없다.

만약에 드래곤로드 바자타리우스가 죽기라도 한다면 그와 연관된 모든 퀘스트를 수정해야 한다. 그는 AR—1516(새로운 질서)에서도 중요한 역할을 맡고 있어, 그의 죽음은 곧 AR—1516(새로운 질서) 버전의 실패를 의미한다. 그렇게 된다면 정진호 실장은 빈대 한 마리를 잡으려고 초가삼간을 태운 꼴이 되는 것이다.

"다크 나이트! 나는 그대를 믿고 싶다. 승리의 열쇠는 자신이 지니고 있음을 자네가 깨닫기를……."

정진호 실장이 몰려드는 적에게 둘러싸여 분전하고 있는 다크 나이트에게 진심이 담긴 응원을 보냈다.

스켈레톤 삼군단의 수비 지역을 뚫고 나오자 이번에는 고스트아머들이 나타나 진로를 가로막았다. 말 그대로 튼튼한 갑옷에 유령이 깃든 몬스터였다. 크고 단단한 풀플레이트 아머를 걸친 고스트아머들은 움직임이 약간 느리지만 방어력이 뛰어나고 강력한 힘을 지닌, 결코 쉬운 상대가 아니다.

그러나 오늘 고스트아머는 제대로 임자를 만났다. 기습 부대의 선두에 나선 골렘은 그들보다 더욱 튼튼한 방어력과 강한 힘을 지니고 있었던 것이다. 억센 팔뚝 근위대의 골렘들이 고스트아머들을 향해 전투 도끼를 힘차게 휘둘렀다.

콰직!

"호으으!"

전투 도끼에 맞은 고스트아머의 갑옷이 힘없이 부서졌다. 깨진 갑옷 속에서 검은색 기체가 흘러나오며 투구 속에서 빛나던 푸른색 안광이 흐려졌다. 쓰러진 고스트아머를 짓밟아 깨뜨리며 근위대의 골렘이 전방으로 움직였다. 부서진 갑옷의 파편에서 검은색 기체가 뿜어지며 유령들이 몸을 잃고 흩어졌다.

"흐으! 주, 죽어라, 치, 침입자!"

고스트아머들이 강한 적개심을 보이며 달려들었다. 비록 강철 어깨들과 일 대 일로는 상대가 되지 않았지만, 월등히 우세한 병력의 차이는 장기적으로 보면 골렘들에게 불리했다. 고스트아머들은 갑옷이 부서져도 끝까지 무기를 휘둘러 골렘의 외부 장갑의 내구성도 빠르게 떨어지고 있었다.

팅팅팅!

얀은 골렘의 어깨에 몸을 기대고 연신 슈페리어의 활시위를 팅겼다. 겨우 강철 어깨의 허리 어림에 못 미치는 고스트아머들은 들고 있는 도끼나 할버드를 뻗어도 얀을 직접 공격하기 어려웠다. 덕분에 얀은 안정적인 자세를 유지하며 지원사격에 전념했다. 그의 화살이 고스트아머의 두꺼운 갑옷을 사정없이 꿰뚫었다.

"흐으으!"

화살이 뚫고 지나간 자리에서 백색의 불꽃이 넘실대며 커다란 덩치들이 맥없이 꼬꾸라졌다. 고스트아머들은 몸에 화살 구멍이 조금 생겼다고 쉽게 쓰러지는 약한 몬스터가 아니다. 하지만 얀의 활은 바로 신궁 슈페리어였다. 강한 신성력이 내부에서 마력을 조각조각 흩어버리고 불태우니 버틸 재간이 없었던 것이다.

"놈들은 별거 아니다! 단숨에 돌파하자!"

얀이 기습 부대에게 용기를 일깨워 주려고 크게 외쳤다. 드워프 전사와 성기사들이 이에 호응해 커다란 함성으로 화답했다. 성기사들이 내뿜는 신성력에 놀라 덮쳐들던 몬스터들이 일제히 뒤로 한 걸음 물러섰다.

하지만 거기까지였다. 기습 부대의 활약에 속수무책으로 당하고 있는 것처럼 보였던 어둠의 군대가 마침내 숨겨둔 칼을 꺼낸 것이다. 어둠의 마법사들이 일제히 주문을 영창하는 소리가 귓전에 크게 울리더니, 기습 부대의 길게 늘어진 대열 곳곳에서 이변이 벌어지기 시작했다.

카오오!

먼저 대열의 후미인 스켈레톤 삼군단과 블랙 뱀파이어의 경계 지점에서 서로 다른 색의 세 개의 머리를 지닌 본히드라가 몸을 일으켰다. 스켈레톤 삼군단이 결합해서 만들어진 본히드라로, 포이즌 족이 녹색의 머리를, 파이어 족이 붉은색 머리를, 푸른색 머리는 프로스트 족의 기운이 담겨 있었다. 몸을 부패시키는 강한 독액과 뼈를 얼리는 얼음 안개, 폭발성이 강한 화염구를 지녔다.

"크아악!"

독액을 뒤집어쓴 성기사들이 울긋불긋 온몸에 반점이 돋아나더니 곧 쓰러져 몸을 뒤틀었다. 몸을 한 번 꿈틀거릴 때마다 살점이 떨어져 나가며 뼈가 드러났다. 그러다가 마치 한 구의 해골처럼 검게 변색된 뼈만 남기고 숨을 거두었다.

"으으! 추워!"

얼음 안개에 휘말린 성기사들은 몸에 하얗게 성에가 낄 정도로 단번에 얼어붙었다. 마치 아이스 계열의 블리자드 마법에 휘말린 것 같은 현상이다. 그렇게 얼어버린 성기사들은 본히드라의 가시 꼬리 공격에 산산조각 부서지거나 본스네이크와 스켈레톤 병사들의 공격에 아무런 저항도 없이 얼음 조각이 되어 쓰러졌다.

콰아아!

붉은색 머리가 토해낸 폭발성이 강한 화염구에 직격을 당한 성기사는 새까만 숯덩이가 되어 깊은 구덩이 속에 파묻혔다. 그리고 폭발에 휘말린 성기사들은 주변의 몬스터들 한가운데로 튕겨져 버렸다. 허공을 날아 떨어지는 성기사들을 향해 블랙 뱀파이어들이 새카맣게 달려들었다.

같은 시간 기습 부대의 중앙부가 통과 중이던 스켈레톤 삼군단과 고스트아머의 경계 지점에도 변화가 일어났다. 느닷없이 땅이 꺼지며 지름 40미터, 깊이 10미터에 이르는 거대한 웅덩이가 생겨난 것이다. 갑작스런 사태에 강철 어깨 두 대를 비롯해서 성기사 백여 명이 웅덩이로 굴러 떨어졌다.

"바, 발이 안 빠져. 모, 몸이 가라앉는다."

웅덩이에 빠진 드워프 전사와 성기사들이 모래에 점점 빠져드는 몸을 빼내려고 안간힘을 썼다. 그때였다. 발밑이 흔들리는가 싶더니 성기사 십여 명이 순식간에 발 아래로 빨려들었다. 발아래 깊숙한 곳에서 아련하게 비명 소리와 함께 오도독! 뼈를 씹는 것 같은 소리가 들려왔다.

"개, 개미 지옥이다!"

"미, 밑에 몬스터가 있다! 조심!"

누군가 경고성을 던졌다. 모두가 무기를 고쳐 쥐고 경계에 들어갔지만, 모래 깊숙한 곳에 자리하고 있는 적에게 별다른 묘책은 없었다. 다행히 무릎 언저리까지만 모래에 잠겨 들었을 뿐 더 이상 몸이 가라앉지 않았다.

두려움에 창백해진 얼굴로 그들은 서둘러 웅덩이를 벗어나려고 애

썼다. 하지만 쉬운 일은 아니었다. 겨우겨우 굼뜬 발을 떼서 웅덩이 중심을 벗어났지만, 가파른 모래 경사면을 오르려다가 계속 미끄러지기 일쑤였다. 그때였다.

키키키키!

괴성과 함께 웅덩이 중심에서 검은 물체가 모습을 드러냈다. 동시에 경사면을 힘겹게 오르던 성기사들에게 모래 줄기가 퍼부어졌다. 개미 지옥의 주인인 황무지 개미 귀신이 나타난 것이다.

"아, 안 돼! 크아악!"

퍼붓는 모래 줄기에 웅덩이 중심으로 미끄러지던 성기사들이 일제히 비명을 질렀다. 개미 귀신이 그들 중에서 십여 명을 물고 다시 모래 속으로 자취를 감추었다. 지옥에서 빠져나가려는 절박한 심정으로 살아남은 이들이 웅덩이의 경사면을 온 힘을 다해 기어올랐다. 하지만 그들이 오르고 있는 웅덩이 너머도 이미 지옥과 같이 변해 있음을 그들은 미처 몰랐다.

개미 지옥 때문에 앞이 가로막힌 성기사들은 전진을 멈추고 있었다. 그런 그들을 향해 스켈레톤들과 고스트아머들이 덮쳐든 것이다. 비록 언데드에게 강력함을 지닌 성기사들이지만 제자리에서 적을 막아내는 것은 한계가 있을 수밖에 없었다.

휘리리릭!

콰앙!

스켈레톤 궁수와 마법사들이 날리는 뼈 화살과 마법이 몰려 있던 성기사들 위로 무차별적으로 쏟아진 것이다. 방패를 들어 머리 위만 방어하고 있을 수는 없는 일. 한두 명이 쓰러지기 시작하면서 성기사들의 희생이 빠르게 늘어났다. 그나마 살아남은 강철 어깨 일부가 전투 도끼를 휘두르며 분전했지만, 고스트아머와 본스네이크의 집중 공격에 그리 오래 버티지 못할 것 같았다. 성기사들의 얼굴에 절망의 그늘이 드리워졌다.

한편으로, 얀이 자리하고 있는 선두도 어려운 상황에 빠졌다. 전방에서 몰려들던 고스트아머 뒤편에서 새로운 몬스터가 나타났다. 그것은 거대한 크기를 지닌 고스트아머였다.

겉모습은 마치 아무것도 걸치지 않은 일반 스켈레톤처럼 보였지만, 자세히 보면 고스트아머들의 몸통이 뼈마디 하나를 이루고 있었다. 자이언트 스켈레톤아머라는 이름의 괴물이다. 어찌나 덩치가 큰지 강철 어깨의 머리가 겨우 스켈레톤아머의 무릎에 머무르고 있었다.

쿠어어어!

지금까지 강철 어깨에게 일방적으로 당하고 있던 고스트아머의 복수를 하려는 것일까? 성큼성큼 다가온 스켈레톤아머가 무기를 들지 않은 양손을 좌우로 휘저어 골렘들을 공격했다. 손바닥에 정통으로 얻어맞은 골렘 두 대가 좌우로 멀리 튕겨졌다. 놀라운 힘이다. 더구나 허공으로 튕겨지는 골렘은 충격에 의해 몸의 관절이 모두 부서져 있어 쓰러진 자리에서 아예 몸을 일으키지도 못했다.

카아앙!

카캉!

강철 어깨들이 스켈레톤아머의 종아리 부근을 전투 도끼로 공격했다. 그러나 겨우 흠집을 내는 것에 그쳤다. 공격을 받은 스켈레톤아머가 자신에게 도끼를 휘두른 골렘을 노려 발을 내리찍었다.

콰직!

골렘이 강제로 고개가 젖혀지며 뒤로 자빠지는 자세로 스켈레톤아머의 발에 밟혔다. 딱정벌레의 껍질이 깨지는 것 같은 소리가 이어졌다. 스켈레톤아머가 발을 떼자 처참한 모습이 드러났다. 직접 깔리지 않은 팔뚝과 손, 종아리와 발 부근만 무사할 뿐, 스켈레톤아머의 체중을 실은 공격에 골렘의 머리와 몸통은 부스러진 잔해만이 남아 있었다.

덥석!

스켈레톤아머의 커다란 손이 뒤로 물러서는 강철 어깨 하나를 붙잡았다. 골렘이 전투 도끼로 손가락을 내려치며 반항했다. 하지만 소용이 없었다. 스켈레톤아머가 골렘을 든 손을 머리 위로 들었다가 급속하게 아래로 휘둘렀다.

휘익!

사로잡혔던 강철 어깨가 지면을 향해 비스듬히 떨어졌다. 날아가는 궤도에 억센 팔뚝 근위대의 골렘들이 잔뜩 몰려 있었다. 던져진 골렘이 먼저 발부터 비스듬히 지면에 착지했다.

쿠쿠쿠쿠!

먼저 지면에 부딪친 골렘의 두 다리가 맥없이 부서져 버렸다. 동시에 몸이 한 바퀴 회전하며 골렘의 머리 부분이 먼저 깨져 버렸다. 몸통과 팔만 남은 강철 어깨가 마치 볼링공처럼 구르며 동료 골렘들을 핀처럼 쓰러뜨렸다. 자욱하게 피어오른 먼지구름이 가라앉자 골렘 일곱 대가 서로 엉킨 자세로 부서져 있었다.

"이 괴물이? 받아라!"

퍼퍼퍼펑!

얀이 신궁 슈페리어를 들어 스켈레톤아머를 노리고 연달아 십여 발의 화살을 쏘았다. 소드 블레이드 기운을 담은 화살이 스켈레톤아머의 뼈마디에 구멍을 뚫었다. 손가락 굵기의 구멍에서 검은 기체가 뿜어져 나왔다.

그러나 거대한 체구를 지닌 스켈레톤아머에게 있어 지금의 피해는 겨우 모기에 물려 따끔한 정도의 충격에 불과했다. 얀의 화살에 담긴 신성력이 내부를 파고들어 마력을 깨뜨려도 그것은 겨우 뼈마디를 이룬 독립된 개체의 고스트아머를 죽일 뿐이다. 내부의 유령이 죽어도 멀쩡한 외부의 갑옷은 스켈레톤아머의 뼈마디 역할을 하기에 충분했다.

"젠장! 뭐 저런 놈이 있어? 저거 가디언인가?"

얀이 너무도 멀쩡해 보이는 스켈레톤아머의 모습에 기가 막혔다. 문득 과거의 종족 퀘스트를 하던 때의 좀비 드래곤 생각이 났다. 가가린이 마지막에 불러냈던 좀비 드래곤은 어둠의 왕 가디언이었다. 그렇다면 파괴의 왕에게도 가디언이 있을 것이다. 아마도 지금 보이는 자이언트 스켈레톤아머라면 그 역할을 맡기에 부족함이 없어 보였다.

쿠어어!

얀은 생각을 깊게 할 시간이 없었다. 스켈레톤아머가 자신에게 따끔한 충격을 준 그를 향해 공격의 움직임을 보이고 있었다. 얀이 타고 있던 강철 어깨를 박차고 뒤로 몸을 날렸다. 그리고 방금 전까지 그를 태웠던 골렘이 스켈레톤아머의 주먹 공격에 박살이 나는 모습을 볼 수 있었다.

지금 부서진 강철 어깨가 '전장의 북소리'에서 방송용 특별 회선으로 사용하던 골렘이다. 현장을 직접 중계하던 마지막 중계기가 부서져 버렸기에 지금부터는 모든 방송국이 게임사가 제공하는 원거리 중계 모드에 의존해야 했다. 하지만 그런 것은 지금의 얀과 아무런 상관이 없는 일일 뿐이다.

쿠오!

얀을 공격했던 스켈레톤아머가 크게 고함을 질렀다. 얀을 구하러 강철 어깨 세 대가 스켈레톤아머에게 달려들었던 것이다. 그들의 집중 공격에 발목뼈 부분에 작은 손상이 생기자, 스켈레톤아머는 얀을 찾던 시선을 거두고 자신에게 덤벼든 골렘에게 푸른색 안광을 빛냈다.

덕분에 얀은 착지하는 자신에게 덤벼드는 고스트아머들을 처치하고 주변의 다른 강철 어깨로 올라탈 여유를 얻었다. 그러나 그에게 시간을 벌어주었던 골렘들은 그새 산산조각이 되어 전장의 고철로 변해 있었다. 얀은 이를 빠드득 갈았다.

지휘관인 얀은 짧은 시간 주변을 훑어보며 기습 부대의 현재 상황을 살폈다. 이미 전장은 엉망으로 변해 버렸고, 그가 이끄는 기습 부대에서 가장 든든한 병력인 억센 팔뚝 근위대의 강철 어깨의 상당수가 파괴되어 버렸다. 아마도 남아있는 골렘의 숫자는 이제 100대가 넘지 않는 것 같았다.

그나마도 빨리 스켈레톤아머를 처치해야 지킬 수 있을 것이다. 강철 어깨들이 없다면 끊어진 대열을 복구하는 일은 거의 포기해야 한다. 결국 그의 기습공격의 실패 확률이 그만큼 높아지는 것이다.

얀은 다시 활을 들었다. 목표 궤적에 스켈레톤아머의 머리통이 잡혔다. 저기를 제외하면 나머지 부분은 그저 뼈마디의 연결에 불과했다. 얀은 스켈레톤아머의 머리가 약점일 거라는 확신을 가졌다. 다행히 그의 예상은 적중했다.

"신성한 힘이 사악함을 멸하리라. 그레이트 홀리 에로우!"

신궁 슈페리어에서 작은 빛줄기가 활시위를 떠났다. 허공에 체공하는 짧은 시간 동안 작은 빛줄기는 거대한 번갯불로 스스로 몸을 불렸다. 신성한 힘을 지닌 번개 줄기가 스켈레톤아머의 머리통을 관통했다.

쿠아아아아!

수백 개의 비명이 일제히 허공에 메아리쳤다. 신성력에 침입을 받은 머리통이 거미줄처럼 갈라지며 내부에서 외부로 하얀색 불길이 솟구쳤다. 이어 스켈레톤아머의 두 눈에서 푸른색 안광이 꺼지며 머리가 폭죽처럼 터져 버렸다.

동시에 스켈레톤아머를 이루고 있던 뼈마디가 일제히 해체되어 바닥을 향해 쏟아졌다. 그것은 얀도 미처 예측하지 못한 악재가 되었다. 암흑 마법이 깨져서 뼈마디에서 도로 원래대로 되돌아간 고스트아머들의 낙하지점에 문제가 있었다.

최초 400대에 이르던 선두부대의 골렘 중에서 겨우 100대 남짓의 살아남은 강철 어깨가 스켈레톤아머를 이루고 있던 수백 개의 뼈마디(고스트아머) 낙하지점에 있었던 것이다. 주변에서 몰려드는 몬스터들 때문에 강철 어깨들이 몸을 피할 공간이 없었다. 결국 자이언트 스켈레톤아머의 잔해가 억센 팔뚝 근위대의 머리 위로 쏟아져 내렸다.

쿠쿠쿠쿠쿠!

제대로 몸을 가눌 수가 없었다. 수백 개의 파편이 쏟아지는 충격에 마치 지진이 난 것처럼 지면이 들썩였다. 충격 때문에 흙먼지가 허공으로 10미터가 넘게 솟구쳤다.

얀은 다행히 무사했다. 그것은 그가 타고 있던 강철 어깨의 희생이 있어 가능했다. 파편이 쏟아지자 골렘이 얀을 품에 안고 고개를 숙이고 제자리에 엎드렸던 것이다.

흙먼지가 가라앉았으나 얀을 감싸고 있던 골렘은 움직이지 못했다. 얀이 겨우 강철 어깨의 손가락 틈새로 빠져나와 살펴보니, 골렘의 후두부와 등판은 이미 처참하게 부서져 있었다. 드워프 전사가 자신을 희생한 덕분에 얀은 작은 상처도 입지 않았다.

아직 충격의 여파 때문인지 그를 노리고 덮쳐드는 몬스터가 없었다. 덕분에 얀은 잠시 주변을 둘러볼 여유를 얻게 되었다. 비록 자이언트 스켈레톤아머를 처치했지만, 황무지 개미 귀신과 본히드라는 건재했다. 얀의 기습 부대는 토막토막 나뉘어 몬스터들의 공세에 하나둘 쓰러지고 있었다.

믿었던 강철 어깨도 대부분을 잃었다. 그나마 살아남은 소수의 골렘은 몬스터의 벽 저 너머에서 다가오지 못하고 있었다. 살아남은 몇 대의 강철 어깨를 수습하러 뒤로 물러날 것인지, 아니면 이제부터 혼자라도 적진을 돌파해야 하는지 얀은 잠시 동안 주어진 여유 시간을 활용해서 진로를 고민했다.

그리고 곧 결론을 내렸다. 겨우 몇 대의 골렘과 합세해도 지금의 전황을 일거에 뒤집을 힘이 되지 못했다. 차라리 지금의 혼란을 이용해서 그 혼자라도 파괴의 왕에게 최대한 빠르게 접근하기로 결심한 것이다.

파괴의 왕을 제거하면 어둠의 군대는 구심점을 잃고 흩어질 수밖에 없다. 얀은 신궁 슈페리어를 거두고 롱소드 구스타프를 꺼냈다. 지금부터는 활보다는 칼이 전투에 적합했기 때문이다. 그는 아직 엎드린 자세로 쓰러져 있는 골렘을 향해 시선을 주었다가 곧 적진을 향해 뛰어들었다.

6

똑같은 전장이다. 그러나 골렘을 타고 지원사격을 하던 때와 비교해서 직접 대지에 두 발을 딛고 벌이는 전투의 느낌은 많은 차이를 보였다. 당장 시야가 좁아졌다. 골렘의 어깨 위에서는 길게 늘어진 대열의 후미까지 한눈에 살필 수 있었다. 그러나 지금은 자신보다 훨씬 큰 키의 고스트아머들 때문에 불과 십 미터 후방도 살피지 못했다.

그리고 전투의 방식이 달라졌다. 이제는 그를 대신해서 적의 무기를 막아줄 이가 없었다. 아래를 내려다보며 활을 쏘던 것과 다르게 머리 위로 떨어지는 무기를 예측하고 움직여야 한다. 새삼스럽게 든든한 방어력과 편안한 공격의 거점이었던 골렘이 얼마나 도움이 되었는지 깨닫게 되었다.

콰앙!

얀을 노리고 커다란 할버드의 도끼날이 떨어졌다. 고스트아머의 덩치에 어울리게 유저들이 드는 할버드에 비해 훨씬 크고 길게 만들어진 무기로, 제대로 맞으면 웬만한 바위는 쉽게 부숴 버릴 힘이 느껴졌다. 그러나 이미 얀의 몸은 바람처럼 사라졌다.

"흐?"

순간적으로 허공으로 뛰어올라 공격을 피한 얀과 고스트아머의 파란 눈이 마주쳤다. 얀이 비릿한 미소를 입에 물었다. 고스트아머가 다시 공격하기 위해 할버드를 거두려고 했다. 하지만,

서걱!

한발 앞서 얀이 할버드의 창대를 밟고 올라서며 고스트아머의 목을 갈랐다. 황금색 소드 오라를 머금은 구스타프는 두꺼운 갑옷을 무처럼 쉽게 베어냈다. 잘려진 부위에서 검은색 기체를 내뿜으며 고스트아머

가 뒤로 자빠졌다.

현재 얀은 소드 오라(검기) 스킬을 활성화시킨 상태였다. 고스트아머의 몸은 두꺼운 갑옷을 걸치고 있었다. 검기를 쓰지 않고도 죽일 수는 있겠지만 대신 여러 번의 칼질이 필요했다.

만약에 고스트아머의 숫자가 적다면 몰라도 지금처럼 끝없이 몰려드는 상황에서 적에게 두 번의 칼질은 사치스런 일이다. 물론 소드 블레이드(검강)을 사용하면 더욱 강한 공격이 가능하다. 그러나 소드 오라에 비해서 당연히 더욱 많은 마나를 필요로 했다.

목걸이 '드래곤 하트' 에 '축복받은 닉스의 보석' 을 끼운 덕분에 얀의 마나 회복 속도가 다섯 배나 빨라졌다. 하지만 소드 블레이드처럼 많은 마나를 소모하는 스킬을 오랫동안 켜둘 수는 없었다. 끊임없는 적을 앞두고 마나 고갈로 위험에 처할 가능성이 높았다. 그러나 소드 오라 스킬을 활성화하는 것으로도 웬만한 적은 처리가 가능했고, 다행스럽게도 소모되는 속도에 비해 회복되는 마나량이 더 많았다.

"귀찮은 놈들. 정말 지겹게도 많네."

얀은 자신을 가로막는 고스트아머를 해치우며 꾸준히 전진했다. 하지만 덤벼드는 놈들을 일일이 상대하는 것은 정말 귀찮고 피곤한 일이었다. 얀이 왼손을 들어 올렸다.

"이거나 먹고 떨어져라. 쉴드 스트라이크!"

기잉!

얀이 스몰쉴드에 내장된 스킬을 사용했다. 얀의 손을 떠난 스몰쉴드가 감춰두었던 톱니형 칼날을 드러내며 고속으로 회전하기 시작했다. 그리고 얀의 전면에 나타난 몬스터 속을 파고들었다.

키이이잉!

"흐으으으!"

"흐윽!"

거칠게 회전하는 스몰쉴드에 고스트아머들의 갑옷이 불꽃을 튕기며 맥없이 잘려 나갔다. 잘려진 단면으로 유령들의 본체가 검은색 기체로 변해 대기 중으로 흩어졌다. 간혹 무기로 스몰쉴드를 막아내는 놈들도 있었지만, 그보다는 쓰러져 어둠과 동화되는 몬스터가 훨씬 많았다.

착!

되돌아온 스몰쉴드를 장착하고 듬성듬성 이가 빠진 몬스터들의 틈새로 얀이 파고들었다. 그가 칼을 휘두를 때마다 잘려진 무기가 튕겨 나가고, 갑옷의 팔다리가 잘려 나간 유령들의 비명이 터져 나왔다. 오랜만에 경험하는 혼자만의 싸움. 문득 얀은 처음 헤세를 만났을 때를 떠올렸다.

그 당시에 그는 어디에서라도 가슴속의 풀리지 않는 감정을 마음껏 발산하고 싶었다. 그래서 처음으로 길드 전에 용병으로 나서게 되었다. 하지만 특정 길드에 도움을 주려고 참전한 것은 아니다. 오로지 마음껏 칼을 휘두르고 누구에게라도 화풀이를 하고 싶었던 것이다.

그렇게 얼마가 지났을까? 주변에는 같은 길드 소속의 용병은 남아 있지 않았다. 미친놈처럼 칼을 휘두르는 그를 버려두고 모두 다른 곳으로 옮긴 것이다. 그리고 자신의 칼에 희생된 것으로 보이는 시체들이 피가 흥건한 바닥에 눕혀져 있었다.

원래 죽으면 강제로 로그아웃되어 곧 투명하게 변해서 사라져야 하는데, 길드전을 처음으로 열었던 시기라 게임사의 대비가 부족했다. 갑자기 많은 숫자가 한 장소에서 강제로 로그아웃되는 사태에 길드전을 담당하던 서버에 오류가 생겨서 시체들이 사라지는 속도가 무척 느려졌던 것이다. 덕분에 얀은 목이 잘리고 온몸에서 피를 흘리는 시체와 주변에서 풍겨 나오는 역겨운 피비린내 한가운데 놓여 있었다.

현실이 아니란 것을 알고는 있었지만, 그를 길드전으로 내몰았던 현실의 분노와 쓰러진 이들에 대한 죄책감, 후각을 마비시키는 비릿한 피비린내가 정신을 어지럽혔다. 그는 눈물을 펑펑 흘리며 나오지도 않는 헛구역질을 하며 주저앉아 있었다. 그리고 그가 있었다.

동료의 죽음에 분노한 상대편 용병들이 무방비 상태의 얀을 노리고 다가왔다. 하지만 그들은 얀의 앞을 지키는 한 명의 용병에게 막혀 뜻을 이루지 못했다. 그 용병의 이름이 바로 헤세였다.

헤세는 얀이 용병으로 기본도 되지 않은 상태에서 길드전에 나왔다며 혀를 끌끌 찼다. 그리고 얀에게 한 가지 제의를 했다. 잠시 그와 동료가 되어 서로의 등을 지켜주자고. 그러면서 아직 혼란을 극복하지 못하고 있는 얀에게 말했었다.

"세상에는 두 가지 유형의 사람이 있네. 쉽게 포기하는 사람과 끈질기게 매달리는 사람. 변화무쌍한 사회를 살며 어느 것이 정답이라고 쉽게 정의를 내릴 수는 없겠지. 하지만 한 가지 확실한 것은 있네. 쉽게 포기하는 사람보다 끈질기게 매달리는 사람에게 세상을 변화시킬 수 있는 기회가 더 많이 찾아온다는 것이지. 나는 자네에게 당분간 동료가 되어달라는 제의를 하기로 했네. 물론 내 손을 잡거나 뿌리칠 권리는 자네의 몫이네."

얀은 그 어느 쪽도 선택하지 않았다. 하지만 헤세는 얀의 곁을 지켰다. 다음 길드전에서도, 또 다음 길드전에서도 얀의 옆에 머물며 길드전이 끝나면 예의 처음에 했던 제안을 다시 건넸다. 그렇게 몇 번의 길드전을 치르고 나서 얀은 내민 손을 잡았다. 그 자리에서 물어보았다.

왜 처음 만났을 때 떠나지 않고 계속 그를 기다렸냐고 말이다.

"내 말에 대한 대답을 듣지 못했으니까. 처음 제안했을 때 거절했으면 곧바로 떠났을 거야. 그런데 아무런 말이 없으니 단지 생각할 시간을 주었을 뿐이네."

얀으로서는 그를 알게 된 것이 행운이었다. 덕분에 그는 쓰러지면 다시 일어나면 그뿐이라는, 작지만 큰 용기를 지니면 언제고 다시 일어설 수 있음을 배웠다. 그러자 늘 차갑고 비정해 보이던 세상이 자신에게 호의를 베풀기 시작했다. 그는 가족의 신뢰를 회복했고 자립의 기반이 되는 직업도 얻을 수 있었다. 그리고 드디어 자신이 평생을 지켜주고픈 사람도 나타났다.

카앙!

"큭!"

등에 큰 충격이 느껴졌다. 고스트아머가 휘두르는 할버드가 얀의 등을 찍은 것이다. 잠시 딴생각에 빠져 방어에 약간 소홀한 결과였다. 드래곤본으로 만든 갑옷이라 크게 부서지지 않았지만, 충격에 의한 데미지로 1200HP가 감소했다.

평소라면 다급하게 체력 회복 물약을 마셔야 할 상황이다. 하지만 지금 얀의 능력은 '닉스의 축복받은 보석' 덕분에 모든 능력치가 다섯 배나 늘어난 상태였다. 상처는 곧 아물고 빠져나간 체력은 빠르게 채워지고 있었다.

채채챙!

"블러드 아이!"

얀이 블러드 댄싱 스텝을 밟으며 고스트아머들의 후속 공격을 피했다. 그리고 양손에 쥐고 있는 구스타프와 다크 소드를 머리 위에서 맞부딪쳤다. 금속성이 연달아 울리는 가운데 붉은색 검기의 파편이 주변으로 확산되었다.

콰아아!

얀을 포위하려던 고스트아머들의 갑옷이 타원형의 붉은색 검기로 너덜너덜 넝마가 되어버렸다. 그들의 몸을 통과한 검기는 곧 다른 몬스터나 대지에 부딪쳐서 폭발했다. 얀을 중심으로 원을 그리며 거대한 폭발운이 생겨났다. 얀을 압박하던 고스트아머들이 날벼락을 맞았다. 수십 개의 갑옷이 부서져 폭발운의 바깥으로 튕겨져 버렸다.

휘이이이!

한줄기 밤바람이 솟구친 흙먼지를 쓸어 담고 어둠 속으로 사라졌다. 더 이상 덤벼드는 고스트아머는 없었다. 얀은 양파 껍질 같은 어둠의 군대의 수비벽을 또 한 겹 벗겨낸 것이다.

저벅저벅!

얀은 차가운 밤바람을 맞으며 천천히 걸음을 옮겼다. 바람의 요정이 치맛자락에 묻혀온 냄새로 그에게 이질적인 존재들에 대한 경각심을 알려주었다. 비릿한 피 냄새와 더불어 짐승의 노린내가 그가 향하는 걸음 앞에서 자신을 기다리고 있었다.

메에에에에!

전장에 어울리지 않게 염소 울음소리가 길게 메아리쳤다. 동시에 얀의 전면으로 무수한 그림자가 몸을 일으켰다. 둥글게 말린 뿔을 지닌 염소 머리에 갈색 털로 수북한 벌거벗은 반나체의 몸, 그리고 긴 창대 끝에 낫처럼 휘어진 칼날을 지닌 무기를 들었다. 선두에는 다른 놈들보다 월등한 체구에 위압적인 검은 뿔과 검은색 털, 금빛 눈을 지닌 놈이 자리하고 있었다. 얀의 몬스터 도감에 눈앞의 괴물에 대한 기록이 있었다. 얀이 기억을 되살렸다.

"바포메트?"

〈바포메트 (Baphomet)〉

검은 염소, 또는 숫양의 머리를 지닌 마족이다. 마계의 전사라는 발록에 버금가는 전투 종족으로, 지치지 않는 체력과 빠른 몸을 지니고 있다. 주로 무리를 지어 다니며 우두머리에 대한 충성심이 높다. 호전적인 성격을 지녔으며, 적을 산 채로 찢어 살점을 먹는 잔인함, 그리고 여인들을 탐하는 호색함을 지녔다. 바포메트는 씨를 뿌려 자신을 추종하는 부하를 얻는다. 이들은 바포메트 본인에 미치지는 못해도 오우거 정도는 우습게 찢어 죽이는 힘을 지니고 있다.

얀은 만만치 않은 적의 등장에 무기를 쥔 손아귀에 불끈 힘을 주었다. 그러다가 문득 바포메트를 살피던 얀의 눈이 빛났다. 금빛 눈을 지닌 바포메트의 등에 달려 있는 붉은색 날개를 발견한 것이다.

"어둠의 날개!"

틀림없었다. 마왕이 수하 중에서 신임하는 자에게 달아주는 마력의 무구. 자신에게 종속된 발록에게도 달려 있는 어둠의 날개와 비슷했다. 실제로는 파괴의 날개라는 이름이 붙어 있었지만, 얀이 생각하는 어둠의 날개와 비슷한 기능을 지니고 있었다.

"나와라, 발테우스!"

얀이 그의 인벤토리 한 칸을 차지한 책 속에 잠들어 있는 발록을 깨웠다. 어둠의 날개를 지닌 몬스터가 나섰다는 것은 곧 눈앞의 바포메트와 부하들만 뚫으면 된다는 것을 의미했다. 드디어 파괴의 왕에게 바짝 다가선 것이다.

"부르셨습니까, 주인님!"

검은색 날개를 지닌 발테우스가 얀의 호출에 모습을 드러냈다. 얀이 고개를 끄덕였다. 그리고 금빛 눈의 바포메트를 가리켰다.

"네가 필요하다. 저놈을 맡아 내게 시간을 벌어다오."

"적에게 어둠의 공포를! 주인님의 명령에 따르겠습니다."

발테우스가 얀에게 공손히 고개를 숙여 보이더니 허공으로 몸을 띄웠다. 그가 자신을 향해 움직이자 금빛 눈의 바포메트도 붉은색 날개를 펄럭이며 허공으로 몸을 솟구쳤다. 그리고 처음으로 입을 열었다.

"어둠의 형제여, 그대의 주인은 아직 힘이 약하다. 온전한 마력을 지니지 못한 그대가 어찌 나를 막을 수 있겠는가? 차라리 나를 따라 파괴의 왕께 복종하는 것이 어떤가? 파괴의 왕이 그대에게 부족한 마력을 마음껏 채워주실 것이다."

"어둠의 전사여, 내가 섬기는 주인은 그대가 모르는 힘을 지니신 분. 그대가 함부로 미래를 예측하는 것 자체가 불경함에 속한다. 그대의 죄를 피로 씻으리라!"

"그대의 선택에 후회가 없기를! 피와 죽음으로 우리의 명예가 빛날 것이다."

발록과 바포메트가 마계의 방식으로 전투를 앞두고 격식을 차렸다. 협상이 깨지자 서로 날개를 활짝 펼쳐 하늘을 비행하며 수중의 불꽃 채찍과 사신의 낫을 꺼내 들었다. 그리고 상대의 목숨을 노리고 전력을 다해 부딪쳐 갔다.

쿠우우!

천둥처럼 울리는 소리가 이미 하늘에서 벌어지는 전투의 시작을 알렸다. 얀은 하늘을 올려다볼 생각을 하지 않았다. 이미 전투 결과는 짐작하고 있었다.

비록 그가 오늘 하룻밤에 걸쳐 자신의 능력보다 월등한 힘을 쓸 수 있다고 해도 발록에게 공급해 주는 마력에는 한계가 있었다. 그래서 단지 시간을 벌어달라고 명령한 것이다. 발록은 마력이 10% 미만으로 떨어지면 책으로 강제 귀환되도록 설정되어 있었다.

메에에에!

얀이 다가서자 바포메트의 피를 받은 쿼터바포들이 염소 울음소리를 내며 달려들었다. 비록 바포메트에는 미치지 못해도 엄청난 힘을 지닌 놈들이다. 하지만 오늘 밤의 얀은 일회성이지만 누구에게도 밀리지 않는 힘을 지니고 있었다.

카앙!

"메헤!"

얀이 휘두른 구스타프에 자신의 무기가 맥없이 퉁겨지며 몸이 뒤로 밀려나자 쿼터바포가 짧게 비명을 지르며 몸을 곧추세웠다. 그 틈에 얀이 놈의 가슴을 노려 칼을 뻗었다. 하지만 얀의 칼은 허공만을 베고 말았다.

위기의 순간에 쿼터바포가 껑충거리던 발을 크게 굴러 허공으로 몸을 솟구쳐 피한 것이다. 몸의 움직임이 무척 빨랐다. 쉽게 상대하기 곤란한 놈들이다. 문제는 그 숫자도 장난이 아니게 많다는 것이다.

끼아아아아!

얀의 눈이 황금색으로 물들어졌다. 그리고 그의 입에서 가슴을 후벼파는 것 같은 괴성이 터져 나왔다. 드래곤 피어(드래곤 아이) 스킬이 펼쳐진 것이다. 그의 눈의 금빛 안광에 미치는 지역, 그의 괴성이 터진 일정 범위 안의 쿼터바포들이 흠칫 몸이 굳어버렸다.

"가라! 적의 피로 너의 갈증을 달래라! 쉴드 스트라이크!"

기이잉!

얀이 그의 왼 손목에 장착된 방패를 날려 몸이 굳어버린 쿼터바포들의 목숨을 노렸다. 몸을 움직이지 못하는 쿼터바포들이 무더기로 쓰러졌다. 방패를 회수하며 얀이 몸을 날려 빠르게 쿼터바포들의 진영 깊숙이 파고들었다.

레벨의 차이가 적으면 스킬에 대한 저항력이 높아진다. 다행히 쿼터바포의 레벨은 150 정도였다. 얀은 두 가지 스킬을 반복해서 사용하며 빠르게 전진했다.

쿠우우웅!

하늘에서 제법 큰 소리가 들렸다. 얀이 보니 바포메트에게 발록이 점차 뒤로 밀리고 있었다. 이대로라면 얀이 쿼터바포 무리를 통과하기도 전에 발록이 그의 책으로 강제 귀환하게 될 것이 분명했다. 만약 지금 상태에서 바포메트까지 합세한다면 얀은 곤란한 처지에 빠지게 될 것이다.

"블러드 아이!"

콰아아!

얀이 몸을 회전시키며 블러드 아이 스킬을 펼쳤다. 붉은색 검기의 파편이 쏟아지고 2차적으로 강렬한 폭발이 이어졌다. 쿼터바포들이 몸이 터져 나가며 얀의 주변에 잠시 넓은 공터가 생겨났다. 하지만 물러났던 쿼터바포들이 다시 달려들며 넓었던 공터는 다시 좁아지고 있었다.

얀은 쿼터바포들이 다가오기 전에 다크 소드를 집어넣었다. 이어 양 손으로 구스타프의 손잡이를 돌려 잡아 칼끝을 바닥으로 향하게 했다. 그리고 소드 블레이드 스킬을 활성화시키며 진각으로 땅을 구르며 얀이 힘차게 칼을 대지에 꽂아 넣었다.

"스톤 토네이도!"

퍼퍼퍼펑!

주변의 대지가 일제히 뒤집혀지며 흙과 돌덩이가 하늘로 솟구쳤다. 동시에 얀이 꽂은 구스타프를 중심으로 반경 100미터가 거미줄 같은 균열을 보이며 오른쪽으로 비틀리기 시작했다. 얀이 왼발을 중심축으로 삼아 구스타프의 칼날을 비틀며 오른쪽으로 회전을 거듭했다.

휘이이이!

강한 바람이 얀의 회전을 따라 일어났다. 허공에 솟구친 흙과 돌덩이가 바람에 흡수가 되었다. 얀이 회전을 마치자 흙과 바람과 돌이 뭉쳐져서 반경 30미터, 높이 400미터에 이르는 토네이도가 되어 있었다.

쿠오오오!

토네이도의 강력한 흡입력이 마치 진공청소기처럼 주변의 모든 것을 자신에게로 끌어들이기 시작했다. 허공에서 접전을 벌이던 바포메트와 발록이 전투를 멈추고 급히 토네이도를 피해 물러났다. 하지만 얀을 공격 중이던 쿼터바포들은 미처 피할 여유가 없었다.

메에에에에!

메헤!

쿼터바포들이 목이 터지게 비명을 터뜨렸다. 토네이도의 거대한 흡입력은 쿼터바포가 저항하기에 너무도 강력한 힘이었다. 차례차례 거센 바람의 소용돌이 안으로 빨려든 그들은 내부를 휘도는 돌과 바위에 마치 믹서 안에 들어간 과일과 같은 신세가 되었다.

후두두두!

한동안 대지를 휘돌던 거센 바람의 격랑이 점차 잦아들었다. 시야를

어지럽히던 흙먼지가 흩어졌다. 더 이상 얀을 노리던 쿼터바포의 모습을 찾아볼 수 없었다. 토네이도의 중심지를 벗어나 요행히 살아남은 놈들도 저 멀리서 아직도 제정신을 차리지 못하고 비틀거리고 있었던 것이다.

저벅저벅!

잘게 부스러진 자갈을 밟으며 얀이 몸을 움직였다. 그가 걷는 앞으로 대낮처럼 환한 불빛이 밝혀져 있었다. 그리고 누군가가 불빛을 등지고 서서 얀을 맞이했다. 불빛을 후광으로 두른 이가 얀을 향해 입을 열었다.

"어서 오게, 얀!"

"어서 오게, 얀! 아니, 다크 나이트라고 불러야 할까?"

불빛을 등지고 있던 이는 역시 헤세였다. 얀의 짐작대로 그가 파괴의 왕이었다. 불빛이 강해 헤세의 얼굴은 보이지 않았다. 하지만 헤세는 두 팔을 벌려 얀을 안심시키며 자신에게 다가올 것을 권했다. 얀이 그의 청을 받아들여 불빛 속으로 걸음을 옮겼다.

"헉!"

불빛에 들어서자 그제야 헤세의 얼굴을 제대로 바라볼 수 있었다. 얀은 드러난 헤세의 얼굴을 보고 속으로 헛바람을 들이켰다. 표시를 내지 않으려고 조심했지만 이미 헤세는 그의 마음속을 눈치채고 있었다.

"꼴이 말이 아니지? 그래서 자네를 굳이 만나려고 하지 않았네. 하지만 자네의 고집이 대단하더군."

그의 말대로 그의 얼굴은 사람의 형상이 아니었다. 새까맣게 죽은 피부는 쭈글쭈글 말라붙어 마치 해골에 한 겹 가죽을 입혀놓은 것과 같았다. 그리고 눈동자가 있던 곳은 녹색 안광이 밝게 빛을 뿜고 있었다.

황금을 입힌 것과 같은 화려한 갑옷과 진홍의 장포를 걸치고 있었지만, 블랙스켈레톤 같이 변한 그의 모습을 더욱 기괴하게 보이게 할 뿐이다. 그러나 은연중에 드러나는 그의 기세는 정말로 대단했다. 종족 퀘스트에서 상대했던 데메시스를 연상시키는 강력함이 그에게서 엿보였다.

"별말씀을! 퀘스트 아닙니까? 저도 한때는 스켈레톤의 모습으로 한동안 돌아다녔었지요."

종족 퀘스트를 수행하면서 얀도 프로스트 스켈레톤의 모습을 한 적이 있었다. 스켈레톤 부대를 이끌고 공성전도 몇 번 벌였다. 그 후유증 때문일까? 어떨 때는 스켈레톤이 무섭게 여겨지지 않고 도리어 친숙하게 느껴졌던 터다.

"자네의 모험은 나도 잘 알고 있네. 자네라면 이 얼굴에 혐오감이 덜하겠지. 다행이네. 친한 이의 눈에서 어색함을 발견하는 일은 싫거든."

"퀘스트가 끝나면 다시 원래대로 돌아갈 텐데요. 즐거운 추억이 될 겁니다. 제가 이렇게 도와드리러 왔지 않습니까?"

"차라리 그냥 내 칼에 얌전히 죽어달라고 말하지 그러나? 하지만 지금은 오히려 내게 살려달라고 부탁해야 할 것 같은데……."

둘의 대화가 잠시 끊어졌다. 하늘 위에서 천둥소리와 화염이 번쩍였다. 바포메트와 발록이 다시 접전을 벌이고 있었다. 바포메트가 우세를 점하고 있었다. 별다른 일이 없다면 발록은 곧 그의 책 속으로 역소환될 것이다.

"제가 여기까지 죽을 자리를 펴기 위해 왔겠습니까? 저 역시 승산이 없는 게임에 나서지 말라는 교훈을 잘 지키고 있습니다."

"글쎄? 말로는 절대로 지지 않을 것 같군. 하지만 저들을 본다면 그 생각이 얼마나 갈까?"

헤세가 손을 들었다. 동시에 얀과 헤세의 주변이 밝아졌다. 얀은 헤세의 뒤로 도열해 있는 수많은 병력을 보았다. 어둠의 군대 최고 정예인 데스나이트들이 무릎을 꿇고 도열해 있었다.

대열 앞에는 붉은색 갑옷을 입은 레벨 200의 블러드 데스나이트들이 보였다. 그리고 황금색 갑옷을 입은 레벨 250의 골드 데스나이트 두 명이 서로 거리를 두고 자리해 있었다. 아마도 데스나이트들을 그들 두 명이 나누어 지휘하고 있는 것 같았다.

그리고 데스나이트 좌측으로 어둠의 리치와 스켈레톤 마법사로 구성된 마법병단이 보였다. 그리고 데스나이트의 우측으로 블랙 뱀파이어들이 보였다. 왈라키아의 영주의 친위군으로 전원이 뱀파이어나이트로 구성된 정예군이다.

얀의 시선이 뱀파이어나이트 앞에 엎드려 있는 지휘관 뱀파이어에게 잠시 멎었다. 그는 다른 뱀파이어와 다르게 가슴에 푸른 장미 문양을 문장으로 달고 있었다. 문득 얀의 눈이 빛을 뿌렸다. 그 눈빛을 미처 보지 못한 헤세가 말을 이었다.

"여기서 자네가 오기를 기다렸네. 다크 나이트라면 이런 전쟁을 놓치지 않으리라는 계산이었지. 자토만 요새에서의 전투는 그런대로 제법이더군. 하지만 오늘의 자네 모습은 내게 실망을 안겨주었네. 겨우

본진도 뚫지 못하고 전멸이라니. 기껏 전력을 보존하고 기다린 보람이 없지 않은가?'

헤세가 가볍게 얀을 추궁했다. 하지만 그 눈은 은연중에 분노를 담고 있었다. 기대에 못 미치는 제자를 바라보는 눈빛인 것도 같고 너무 쉽게 무너진 라이벌에 대한 허탈함도 담겨 있지만, 실망스러운 얀의 모습에 대한 분노만은 너무도 또렷하게 내비치고 있었다. 그러나 얀은 태연했다.

"글쎄요. 저들을 믿고 그런 말씀을 하신 거라면 저로서도 실망이군요. 저들이 내게 아무런 장해물이 되지 못한다는 것을 보여드리고 싶네요."

얀의 말에 헤세가 잠시 그를 주시했다. 얀이 허세를 부리는 것으로만 보였다. 드러난 힘만으로도 얀은 자신의 상대가 되지 못했다. 헤세는 다크랜드에서 파괴의 왕의 힘을 얻었다. 예전의 헤세라면 100명이 달려들어도 상대가 되지 못하는 힘이다.

그러나 얀은 다크 나이트로 자신보다 명성이 낮은 이가 아니다. 어쩌면 이제는 자신보다 더 명성이 높을 수도 있었다. 얀의 말을 액면 그대로 믿기는 힘들지만, 그에게 기회를 주어도 상관이 없을 것 같았다. 어차피 얀이 오늘 자신에게 꺾이는 것은 변동 없을 테니까.

"자네의 말을 증명해 보이게."

헤세의 말에 얀은 입가에 미소를 머금었다. 드디어 그의 도발이 먹혀들었다. 그가 아는 헤세는 매사에 철저한 사람이다. 그는 결코 지는 게임을 하지 않으려 했다. 철저한 준비와 분석으로 승리를 쟁취했다.

다크 나이트에 대한 분석을 이미 철저히 했을 것이다. 그리고 오늘 기습 부대를 이끄는 얀을 지켜보며 자신의 승리를 자신했으리라. 덕분에 얀은 어둠의 군대를 무너뜨릴 기회를 얻게 되었다.

얀은 롱소드 구스타프를 거두고 붉은색 샴쉬르를 꺼내 손에 쥐었다. 그리고 잠시 샴쉬르의 옵션을 바라보았다. 얀의 입가에 미소가 더욱 짙어졌다.

〈다크로드의 공포의 샴쉬르〉

재질:마계 군주의 마력의 심장과 스켈레톤 로드의 저주받은 뼈

공격력:기본 공격력 30+ 재료 공격력 200

부가 옵션:

공격 시 강한 결빙 효과

언데드에게 2005 추가 데미지

언데드 계열에 타격 시 데미지 40% 감소

공격 시 암흑 계열 물리, 마법 공격력 30% 증가

방어 시 암흑 계열 물리, 마법 공격력 40% 감소

모든 저항력 30% 증가(홀리 저항력 제외)

모든 데미지 105 감소(홀리 데미지 제외)

변신 마법:

하루에 한 번 사용 가능. 현재 레벨과 능력치에 영향을 받음.

1단계:스켈레톤 마스터(레벨 150)

스켈레톤 삼군단의 스켈레톤 나이트로 변신 가능. 하급 어둠의 마력 사용 가능.

2단계:언데드 마스터(레벨 200)

모든 언데드로 변신 가능. 변신 시 상급의 어둠의 마력을 사용 가능.

3단계:다크 마스터(레벨 250)

마왕을 제외한 모든 마족으로 변신 가능. 어둠의 권능 일부의 사용 가능.

4단계:다크로드(레벨 350)

어둠의 군주가 되어 모든 마족을 다스릴 수 있다. 어둠의 권능 전체 사용 가능.

그동안 변신 마법의 3단계와 4단계는 레벨이 부족해서 사용하지 못했다. 하지만 '닉스의 축복받은 보석' 덕분에 능력치 총합이 다섯 배나 높아져 있는 지금 4단계를 설명하는 글씨가 붉은색에서 황금색으로 바뀌어 있었다. 봉인이 풀린 것이다. 이로써 얀은 비록 하룻밤에 불과하지만 다크로드로 변신이 가능했다.

"변신! 다크로드!"

우둑! 우두둑!

얀은 변신 마법을 사용했다. 그러자 그의 모습에 변화가 찾아왔다. 체격이 조금 커지고 몸은 어느새 황금색 눈을 지닌 스켈레톤이 되어 있었다. 그의 심장에서 끊임없는 마력이 용솟음쳤다. 헤세가 그의 변화에 놀란 표정을 지었다. 하지만 일단 얀의 행동을 묵묵히 지켜보았다. 얀은 먼저 데스나이트들로 시선을 던졌다.

"나를 알아보겠나?"

그가 질문을 던진 것은 데스나이트를 이끄는 두 명의 골드 데스나이트의 하나였다. 그는 이미 얀의 변신과 더불어 고개를 쳐들고 있었다. 그는 몸을 부들부들 떨며 대답했다.

"이, 이 기운은 주, 주인의 마력. 그, 그대는 누구시오?"

"나를 모르겠나? 메카니! 그러면 이 칼은 어떤가? 나는 한때 그대와 함께 여행을 했었다."

"그, 그 칼은 야, 얀멘의 것인데?"

그렇다. 눈앞의 골드 데스나이트는 얀이 종족 퀘스트 때 만났던 어둠의 왕 데메시스의 부하였다. 슈바빌에서 죽은 줄 알았는데 뜻밖에도 여기서 만나게 된 것이다.

"기억하고 있군. 나는 데메시스에게 어둠의 힘을 물려받았다. 말하라, 어둠의 종이여. 너는 어찌해서 이 자리에 있는 것이냐?"

"어, 어둠의 왕이시여. 저, 저는 데메시스님의 복수를 위해 파괴의 왕에게 협력했습니다. 이제 주인을 찾았으니 다시 복종을 원합니다."

메카니가 얀에게 복종을 맹세했다. 그를 지배하는 것은 마신 히데스의 어둠의 마력. 마신 부토르의 피를 받은 파괴의 왕이 지닌 마력은 그에게 이질적인 것이다. 데메시스에게 받은 마력의 심장에서 흘러나오는 어둠의 마력은 메카니에게 생명수와 다름없었다. 그가 얀에게 머리를 조아려 복종을 맹세하는 것은 당연한 일이다.

"복종을 허한다!"

얀은 간단히 메카니를 거두었다. 그리고 이번에는 눈을 뱀파이어 수장에게 돌렸다.

"왈라키아의 영주여, 그대가 어째서 여기에 있는 것인가? 내가 선물받은 보석에서 푸른 장미의 향기는 아직 시들지 않았거늘, 옛 맹세를 어기고 아드리아나의 도시를 불태우다니, 어둠 속에서도 향기를 잃지 않던 자네의 고결함은 어디로 갔는가?"

흠칫!

얀의 말에 블랙 뱀파이어의 수장이 고개를 들었다. 창백한 얼굴이 고통으로 일그러져 있었다. 피눈물을 흘리며 그가 입을 열었다.

"어둠의 왕이여, 어둠에 물든 자가 어찌 어둠을 다스리는 군주의 명령을 거역하겠소. 그저 언제고 이 몸을 불태워 아드리아나의 무덤가에 뿌려주시기를 바랄 뿐이오.”

"약한 소리는 하지 말게, 블라드. 난 자네가 바라는 것을 잘 알고 있네. 파괴의 왕을 따르면 결국 그대가 지켜왔던 숭고한 것을 모조리 잃고 말 걸세. 차라리 내게로 오게. 파괴의 왕은 관심도 없겠지만 나는 자네의 마음을 이해하네. 무리한 요구는 하지 않겠네. 나와 함께 로즈빌을 지키세. 아드리아나의 푸른 장미가 더럽혀지지 않도록 나와 함께 싸우세.”

"오오! 어둠의 왕이시여, 로즈빌과 아드리아나의 무덤가의 푸른 장미를 지킬 수만 있다면 제 남은 영혼마저도 당신께 바치겠습니다.”

왈라키아의 영주, 혹은 드라큘라 백작으로 불리던 뱀파이어가 얀에게 엎드려 복종을 맹세했다. 얀은 오래전에 '늙은 용사의 미소' 보석을 구하려고 로즈빌에 온 적이 있었다. 결국 그때의 경험이 현재 블랙 뱀파이어 세력을 얻는 밑거름이 되어주었다. 그때였다.

"어, 어둠의 와, 왕이시여, 그 칼을 제게 보, 보여주시지 않으시겠습니까?”

마법병단에서 세 개의 그림자가 몇 걸음 앞으로 나오더니 얀을 향해 엎드렸다. 얀이 그들을 살펴보았다. 전형적인 스켈레톤 삼군단의 특성을 지니고 있었다.

단지 갑옷 대신에 화려한 로브를 걸치고 있고, 머리에는 황금관을 쓰고 있었다. 스켈레톤 삼군단의 세 명의 로드가 분명했다. 얀은 그들이 나선 까닭을 나름 짐작하며 샴쉬르를 그들에게 보여주었다.

"이, 이럴 수가? 이 칼은 우리 프로스트 스켈레톤 후계자의 칼이야!”

"카, 칼에 우리 파이어 스켈레톤의 요, 용맹의 문장이 새겨져 있어!"

"포이즌 스켈레톤의 지혜의 상징도!"

"어둠의 왕이시여, 어찌해서 여기에 우리 후계자의 상징이 새겨져 있는지요."

스켈레톤 로드들이 얀의 샴쉬르에 대한 비밀을 알고 싶어했다. 하지만 얀은 주저했다. 차마 모조리 죽이고 얻은 것을 장착했다고 말할 수는 없는 것 아닌가? 다행히 메카니가 얀에게 도움을 주었다.

"무례하다! 어디서 감히?"

메카니의 말에 스켈레톤 로드들이 입을 닫았다. 그들의 상대는 감히 쳐다볼 수도 없는 존재. 마계의 7군주의 화신이 아닌가? 그들이 일제히 고개를 조아려 용서를 청했다.

"어둠의 왕이시여, 제가 비밀을 밝히도록 허락하여 주시지요."

"허락한다."

메카니가 스켈레톤 로드들에게 얀을 대신해 설명을 하겠다고 나섰다. 얀은 고개를 끄덕여 허락했다. 설마하니 메카니가 자신에게 해가 될 이야기는 하지 않을 것 같아서였다. 메카니가 스켈레톤 로드들에게 입을 열었다.

"어둠의 왕께서는 한때 프로스트 족의 나이트 신분을 지니셨다. 그대들도 존귀하신 이름을 들어보았을 것이다. 그 당시에 얀멘이라는 이름으로 어둠의 축제에 참전하셨지. 거기서 포이즌 족의 지아렌과 파이어 족의 다이라멘에게 은혜를 베풀어 문장을 취하셨다. 그러다가 당시의 어둠의 왕 데메시스님이 인간들에게 암살당하시는 일이 벌어졌다. 마침 얀멘님께서 데메시스님의 마지막을 지키시고 그 힘을 이어 받으신 것이다. 비록 과거에는 프로스트 나이트의 신분이셨지만, 이제는

스켈레톤 삼군단의 굴레를 벗어나 위대한 어둠의 군주가 되신 것이
다.”

데스나이트는 원래 생전에 기사의 신분을 지닌 귀족들이다. 당연히
말로 사람들을 설득하는 것에 익숙했다. 얀은 메카니의 스토리 전개와
포장 실력에 만족했다.

“오오오! 스켈레톤 삼군단의 정기를 모아 마침내 어둠의 군주가 되
시다니. 저희들은 어둠의 왕께 영원히 복종하겠습니다. 받아주소서!”

스켈레톤 로드들이 얀에게 머리를 조아리며 복종을 맹세했다. 덕분
에 게임 속에서도 학연과 지연 같은 것이 통용이 됨을 발견하는 귀중
한 시간이 되었다. 결국 마법병단의 일부도 얀에게 귀속되었다.

얀이 흡족한 미소를 지으며 메카니를 바라보자 그가 고개를 숙여 충
성스런 신하의 모습을 보였다. 얀은 그에게서 시선을 거두고 헤세에게
눈길을 주었다. 헤세가 허탈한 표정으로 얀을 바라보고 있었다. 얀에
게 순식간에 자신의 병력 절반가량을 뺏겨 버렸으니 어쩌면 당연한 반
응이었다.

“어떻습니까? 이제 제 말이 증명되었나요?”

“대, 대단하네. 자네에게 어둠의 왕이 남긴 마력의 심장이 있었다니,
종족 퀘스트에서 얻은 것인가?”

“그렇습니다. 행운이 따라서 얻을 수 있었지요.”

“행운도 실력이지. 더구나 겨우 말 몇 마디로 내가 지닌 병력을 반
토막 내버리다니⋯⋯.”

헤세가 감탄했다. 메카니는 원래 어둠의 왕을 따르던 자였으니 그럴
수도 있었다. 그런데 로즈빌 공격에 거부감을 보여 본진에 남겨둔 블
라드를 간단히 자신을 따르게 했다. 이어 프로스트 스켈레톤으로 변신

파괴의 왕 283

해서 플레이한 과거를 인연으로 마법병단의 절반을 빼앗았다. 현재 본진의 병력 절반이 넘는 병력이 순식간에 얀의 수중에 들어간 것이다.

한편으로 하늘에서 벌어지고 있던 발록과 바포메트의 공중전도 변화가 있었다. 얀이 다크로드로 변신하자 발록에게 충분한 양의 어둠의 마력이 공급되기 시작한 것이다. 수세에 몰리던 발록이 바포메트와 대등한 결전을 펼치고 있었다. 헤세의 입장에서 이제는 부하들의 도움을 기대하기 힘든 상황이다.

"기대를 저버리지 않고 멋지게 성장했군. 이제는 자네의 실력을 좀 볼까?"

"기다리고 있었습니다."

더 이상 대화는 무의미했다. 서로가 지닌 퀘스트가 그들로 하여금 싸우지 않을 수 없게 만들었다. 헤세는 어둠의 탑을 깨워 다크 포탈의 봉인을 풀어야 했다. 그리고 얀에게는 무슨 수를 써서라도 자신의 마탑을 지키려는 의지가 있었다.

"들어라, 나의 종복들이여! 어둠의 부활을 위해 배신자를 처단하라!"

"어둠의 마력을 따르는 이들이여, 나를 위해 칼을 들어라!"

헤세와 얀이 자신들의 마력에 종속이 된 부하들을 선동했다. 이미 패가 갈린 어둠의 군대는 각자가 섬기는 어둠의 군주를 위해 눈에 살기를 품고 칼을 휘두르기 시작했다. 그들에게 있어 지금 다크 포탈은 의미가 없었다.

어둠의 군주들의 분란은 어제오늘의 일이 아니다. 단지 지금의 전장이 마계가 아니라 중간계에서 벌어지고 있다는 점만 다를 뿐이다. 스켈레톤 마법사와 어둠의 리치가 서로에게 마법을 뿌리고 죽음의 기사들끼리 검을 섞었다. 스켈레톤 삼군단의 전사들과 뱀파이어들이 합세해 고스트아머와 전투를 벌였다.

덕분에 거의 함락 직전에 몰렸던 로즈빌에 숨통이 트였다. 본진에서 전투가 벌어지자 전위부대가 공격을 멈추고 본진으로 후퇴를 시작한 것이다. 수적으로 열세를 보이는 본진과 다르게 로즈빌에서 물러서는 전위부대는 다크랜드에서 헤세를 따라 출전한 병력이 주축을 이루고 있었다.

그들은 본진에서의 열세를 만회하기 위해 철수를 시작했지만 의외의 복병이 그들의 발목을 잡았다. 전날 밤새도록 기습 부대를 로즈빌 밖으로 실어 날랐던 와이번 기병대가 휴식을 끝내고 나타난 것이다. 공중에서 날아드는 화살과 마법 공격에 전위부대의 피해가 점점 늘어났다.

"준비하게!"

챙!

헤세가 칼을 뽑아 들었다. 얀도 언뜻 본 적이 있는 칼이다. 예전에 헤세가 미프로이의 한스 영감을 찾아왔을 때, 한스 영감에게 건네주던 퀘스트 아이템 중의 하나였다.

아스란 왕가의 상징으로 검은 위엄[Black Dignity]라는 이름을 지닌 바스타드소드였다. 특이하게도 검면에 세 개의 눈이 새겨져 있었다. 붉게 물든 두 개의 눈과 차갑게 느껴지는 남색 눈 하나가 검면에서 요사스럽게 빛을 뿌렸다.

얀도 샴쉬르와 다크 소드를 양손에 나누어 들고 자세를 가다듬었다. 귀신이 들린 것 같은 칼을 들고 다가서는 헤세의 모습이 위압적인 기세로 얀을 짓눌렀다. 그러나 다크로드로 변신하며 내부로 차오르는 강력한 마력의 기운이 얀에게 용기를 주었다.

"챠압!"

"이얍!"

말없이 서로를 바라보며 다가서던 헤세와 얀이 기합을 터뜨리며 몸을 날렸다. 서로의 칼에 푸르고 붉고 검은 소드 블레이드(검강)가 손가락 하나의 크기로 늘어나 있었다. 헤세와 얀의 몸이 허공의 한 점에서 맞부딪쳤다.

콰아아아아!

칼과 칼이 맞부딪쳤다고는 믿겨지지 않을 것 같은 굉음이 터져 나왔다. 둘이 마주친 자리를 중심으로 땅이 원형을 이루고 움푹 꺼지며 주변으로 거센 충격파가 퍼져 나갔다. 그들이 만들어낸 충격파의 풍압에 휩쓸린 자들이 일제히 비명을 지르며 쓰러졌다. 거칠게 몸을 밀쳐 내는 풍압 속에 부서진 검강의 파편이 섞여 있었던 것이다.

그러나 헤세와 얀은 그런 주변의 상황은 전혀 염두에 두지 않았다. 그들의 눈은 서로를 노려보며 붙었다가 떨어지며 상대의 빈틈을 향해 칼을 휘두를 뿐이다. 곧 그들이 겨루는 장소가 드넓은 광장이 되어버렸다. 운 없는 자들이 헤세와 얀 근처에서 싸우다가 충격파에 휩쓸려 쓰러지자, 모두들 어둠의 군주들이 겨루는 장소 근처로 접근하지 않았기 때문이다.

"다크 캐논!"

마주치는 충격에 서로 뒤로 몸이 밀려나는 가운데 헤세가 검은색 구슬을 소환했다. 허공에 떠오른 구슬들이 헤세의 의지에 반응해서 얀에게 쏘아졌다. 수백 개의 구슬이 탄환처럼 얀에게 쏟아졌다.

"다크 배리어!"

쿠쿠쿠쿠!

얀이 외치자 약간 검은색이 감도는 유리처럼 투명한 막이 생겨나서 얀을 감쌌다. 동시에 그의 주변으로 무수한 섬광과 함께 폭발음이 터져 나왔다. 얀을 덮친 수백 개의 검은색 구슬은 작은 구슬 하나가 깊이 3미터가 넘는 구덩이를 만들 정도의 파괴력을 보였다.

헤세와 얀은 마력의 심장 덕분에 어둠의 권능을 얻었다. 덕분에 싸우면서 언령 마법으로 암흑 마법을 펼칠 수 있었다. 그러나 처음 사용해 보는 얀에 비해 헤세가 어둠의 권능에 더 익숙한 모습을 보였다.

"데스 핸드!"

"다크 스피어!"

먼지가 걷히기가 무섭게 허공에 커다란 손이 나타나 얀에게 덮쳤다. 얀은 급히 암흑의 창을 불러내서 데스 핸드의 손바닥을 찔렀다. 익숙하지 않은 전투 방식이라 겨우겨우 적응하고 있지만, 아무래도 주로 공격은 헤세가 하고 얀은 방어에 치중하고 있었다.

"파워 스트라이크!"

"블러드 댄싱!"

카아아앙!

멀리 있던 헤세가 전사의 챠지 스킬로 순식간에 날아와서 다크 배리어를 깨뜨리고 얀의 몸을 둘로 가르려 했다. 얀이 급하게 블러드 댄싱 스킬을 펼쳐 헤세의 공격을 회피하며 다크 소드로 헤세의 옆구리를 노렸다. 블러드 댄싱의 공방 일체의 공격에 놀라 헤세가 급히 발끝을 튕겨 땅에 꽂힌 칼끝을 버팀목 삼아 허공에서 물구나무를 서며 뒤로 물러났다.

"다크 샐러맨더!"

물러서는 헤세를 뒤따르는 얀의 앞을 헤세가 불러낸 불도마뱀 꼬리가 가로막았다. 얀이 급하게 스몰쉴드로 화염 불꽃을 방어하며 샴쉬르로 불길을 잘랐다. 샴쉬르의 강한 결빙 효과에 불도마뱀이 얼음 조각이 되어 사라졌다.

"메테오!"

얀이 멈칫하는 틈을 타서 헤세가 8클래스 암흑 마법 메테오를 시전했다. 작은 집 크기의 운석이 꼬리에 불과 검은 연기를 매달고 얀을 향해 빠르게 떨어졌다. 굳이 몸을 피할 이유가 없었다. 얀은 헤세의 의도에 따라주기로 했다.

"쉴드 스트라이크!"

얀의 스몰쉴드가 운석을 향해 날아갔다. 누가 보아도 무모한 것처럼 보이는 상황. 하지만 얀의 스몰쉴드는 다크로드가 된 얀의 막강한 마력을 품고 있었다. 곧 운석과 얀의 방패가 부딪쳤다.

쾅아아앙!

커다란 폭발음과 함께 운석이 허공에서 산산조각 부서졌다. 얀의 스몰쉴드가 거의 부서질 것처럼 구겨져서 얀에게 되돌아왔다. 부서진 운석이 하늘을 뒤덮으며 불의 비를 내렸다. 얀은 스몰쉴드를 인벤토리에 넣음과 동시에 허공으로 몸을 띄웠다.

"블러드 아이!"

파파파팟!

"큭!"

그를 중심으로 사방으로 붉은색 검강의 파편이 퍼져 나갔다. 그의 주변이 운석의 파편과 검강의 파편으로 뒤덮였다. 지면에 파고든 붉은색 파편이 폭발하며 땅거죽이 뒤집히는 가운데 검은 그림자 하나가 저 멀리 튕겨져 나갔다.

그림자의 정체는 헤세였다. 얀이 잠시 허공에 시선을 돌리는 사이에 바닥에 몸을 파고들어 기습 공격을 펼치려고 했다. 그러나 오히려 얀에게 역공을 당하고 만 것이다.

"제법 따끔하네. 멋진 공격이야."

헤세가 가슴을 문지르며 얀에게 모처럼 말을 걸었다. 그가 입은 갑옷의 한구석이 작게 파였고 주변에 검댕이가 묻어 있었다. 블러드 아이의 파편 하나가 남긴 흔적이다.

"과찬입니다. 그런데 얼마나 더 놀아드려야 하나요?"

"이런! 칼질 몇 번 하고서 벌써 지친 건가? 아니면 늙은이와 놀기 지겹다는 말?"

"비슷합니다. 이미 초저녁부터 몸은 충분히 풀었거든요.

사실이 그렇다. 로즈빌에서부터 시작해서 다시 기습 부대와 함께 전투를 벌이며 여기까지 오지 않았는가? 얀과 헤세에게 있어 방금과 같은 전투는 현재 몸 풀기에 지나지 않았다. 마력의 심장을 지녀 웬만한 상처는 즉시 회복되고 있었다. 보통의 공격으로는 서로에게 치명적인 타격을 주지 못하는 것이다.

"알았네. 오랜만에 만나서 조금 즐기려고 했더니. 여전히 성격이 급하군. 이제부터는 정신 바짝 차려야 할 거야. 단단히 각오하게."

헤세가 엄숙한 표정을 지으며 바스타드 소드를 들어 하늘로 치켜세웠다. 검면에 새겨져 있는 세 개의 눈이 점점 강한 빛을 내뿜었다. 헤세가 칼의 손잡이를 가슴에 품으려 외쳤다.

"모든 것을 파괴하는 루드라의 의지가 나와 하나가 되리라! 글로리 오브 루드라!"

바스타드 소드에서 눈을 멀게 만들 것 같은 강렬한 빛이 쏟아졌다. 동시에 헤세를 중심으로 빛이 만든 거대한 원형의 마법진이 나타났다. 그리고 세 개의 눈을 지닌 거대한 그림자가 몸을 일으켰다.

이윽고 마법진이 사라진 자리에는 온몸이 푸른색 불꽃으로 이글거리는 거대한 그림자만 남았다. 헤세가 파괴의 왕 루드라를 자신의 마력의 심장을 매개체로 불러낸 것이다. 얀은 헤세의 모습을 보고 곧바로 뒤로 몸을 날려 거리를 벌렸다.

"저주받은 마력의 심장?"

헤세의 변신을 보고 얀의 머리에 떠오른 생각이다. 역시나 헤세가 얻은 것은 저주받은 마력의 심장이 분명해졌다. 얀이 얻은 마력의 심장이 마왕의 의지가 사라진 순수한 힘의 결집이라면, 저주받은 마력의 심장은 얻은 이를 숙주로 삼아 마왕의 의지가 힘을 지배한다.

각자 장단점이 있었다. 순수한 마력의 심장은 얻은 이에게 종속되어 힘을 빌려준다. 하지만 힘을 끌어내는 것은 주인의 몫이다. 반대로 저주받은 마력의 심장은 그 자체에 마왕의 의지가 살아 있어 얻은 이를 숙주로 삼아 마왕의 의지가 힘을 행사한다.

마력의 심장은 주인의 성장에 맞추어 힘을 끌어 쓰기에 부작용이 없는 대신에, 일정한 경지에 오르기 전까지 온전한 힘을 꺼내 쓸 수 없다. 그러나 저주받은 마력의 심장은 다르다. 온전한 마력을 처음부터 사용이 가능하다.

하지만 무리한 마력을 사용하기에 숙주의 몸이 견디지 못하고 언젠가 파멸을 맞이하게 된다. 숙주가 죽으면 그 심장만은 저주받은 마력의 심장으로 되살아난다. 그리고 새로운 숙주가 나타나기를 기다리는 것이다.

헤세가 얻은 저주받은 마력의 심장에는 파괴의 왕의 그림자를 자신을 통해 부르는 스킬이 있었다. 그리고 불러낸 루드라의 그림자를 통해 사용하는 두 개의 공격 스킬이 있었다. 정해진 횟수를 넘어서면 몸의 붕괴가 찾아오겠지만, 각 스킬당 한 번씩 사용하는 것은 숙주에게 무리가 없었다. 물론 안이 얻은 순수한 마력의 심장은 마왕의 의지가 빠져 있어 어둠의 군주를 불러 일체화하는 스킬이 없었다.

"불로써 모든 것을 태워 새로운 세상을 열리라! 인페르노!"

루드라의 그림자에게서 음산한 목소리가 흘러나왔다. 분명 헤세의 목소리였으나 그의 목소리 같지 않았다. 지금 헤세는 저주받은 마력의 심장으로 루드라를 소환한 상태로 비록 정신은 또렷했지만 그의 캐릭터의 통제권은 변신 마법이 사라질 때까지 루드라의 것이다. 저주받은 마력의 심장을 지닌 것의 패널티였다.

드드드드!

파괴의 왕 루드라의 외침이 끝나기가 무섭게 딛고 있는 대지가 들썩였다. 서로 싸우던 두 무리가 모두 휘청거리는 몸을 가누려 애써야 했다. 그리고,

콰콰콰콰!

루드라를 중심으로 전장 곳곳의 바닥을 뚫고 새파란 불기둥이 솟구쳤다. 너무나 뜨거워 오히려 푸른빛을 지닌 화염이 수십 미터 높이까지 솟아올랐다. 순식간에 불기둥 근처에서 싸우던 자들은 모두 비명도 지르지 못하고 한 줌의 재로 흩어지고 말았다.

그것이 끝이 아니었다. 대지를 뚫고 솟아오른 화염이 허공에서 방향을 바꾸고 있었다. 놀랍게도 화염은 뱀의 형상을 하고 있었다. 불뱀 백 마리가 적아를 가리지 않고 전장의 곳곳에 대가리를 틀어박았다.

"크아악!"

"사, 살려줘!"

불뱀이 지나는 곳마다 비명과 함께 새하얀 잿가루가 흩날렸다. 주변이 온통 넘실대는 불길로 가득했다. 재수 없게 불길 근처만 가도 화르륵 옷가지에 불꽃이 옮겨 붙어 쓰러지며 불뱀의 영양분이 되었다. 방금 전까지 서로 무기를 겨루던 어둠의 군대가 불뱀을 피해 외곽으로 도망치기에 바빴다. 뱀들이 도망치는 그들의 뒤를 쫓았다.

"젠장! 슈페리어만 쓸 수 있었어도……."

얀이 안타까운 표정을 지었다. 루드라의 커다란 몸은 신궁 슈페리어의 좋은 표적이 될 수 있었다. 그러나 신궁 슈페리어를 쓰려면 무기 교체를 해야 한다. 그러면 다크로드 상태가 깨지게 되고 자신이 거둔 어둠의 군대의 통제권을 잃게 된다. 한편으로 슈페리어를 쓰고도 루드라를 제거하지 못할 수도 있다. 그 결과는 곧 자신의 패배로 이어지는 것이다.

얀은 고개를 흔들며 섣부른 모험을 포기했다. 그러는 동안에도 불길은 주변으로 확산되고 있었다. 다행히도 얀의 근처로는 불길이 접근하지 못했다. 아마도 샴쉬르의 때문인 것 같았다. 그런 얀이 못마땅했던 것일까?

휘류류류!

솟구치는 화염 줄기 하나가 얀을 향해 방향을 틀었다. 불뱀의 머리가 정확히 얀을 노리고 독니를 드러내고 있었다. 얀은 불뱀이 자신을 덮치기 전에 먼저 뛰어들어 불뱀의 몸통을 베어버렸다.

치이익!

퍼엉!

얀의 샴쉬르에 허리가 잘린 불뱀의 몸통에서 뜨거운 것에 물을 끼얹을 때와 같은 소리가 나며 칼의 궤적을 타고 하얀 수증기가 피어올랐다. 솟구치는 화염이 도중에 끊어졌다. 공급되는 화염이 사라진 불뱀이 허공에서 터지며 푸른 불꽃의 비가 되어 쏟아졌다.

"건방진 것! 너를 불태우리라!"

루드라가 얀을 바라보며 음산히 외쳤다. 그가 손을 내밀어 주변에 있는 불뱀 몇 마리를 잡았다. 불뱀들이 그의 팔뚝을 칭칭 감으며 그의 손을 벗어나고자 애썼다. 루드라가 그 팔을 얀을 향해 뻗었다. 잔뜩 성이 난 불뱀들이 마치 화염의 창처럼 날아들었다.

"다크 블레이드!"

얀이 다급하게 외쳤다. 허공에 타락한 영혼을 담은 어둠의 칼, 다크 블레이드가 나타났다. 급히 불러낸 것이라 겨우 두 개만이 나타났다. 다크 블레이드와 불뱀이 서로 마주쳤다.

서걱!

퍼퍼펑!

다크 블레이드에 의해 몸통이 잘린 불뱀 두 마리가 허공에서 불꽃으로 부서졌다. 이어 다크 블레이드의 몸통을 불뱀 둘이 물어뜯었다. 다크 블레이드가 폭발하며 불뱀과 함께 산화했다. 그리고 얀을 향해 남은 불뱀 세 마리가 기세등등하게 덮쳐들었다.

"다크 배리어!"

얀의 몸을 다시 약간 검은색이 감도는 투명 막이 감쌌다. 간발의 차로 불뱀이 다크 배리어에 부딪쳤다. 얀의 눈앞이 푸른빛으로 환해졌다.

콰아아아아!

그그그그긍!

다크 배리어에 부딪친 불뱀이 새파란 화염이 되어 터져 버렸다. 다크 배리어가 깨질 것처럼 일그러졌다. 충격으로 얀의 몸은 뒤로 밀려났다. 거의 땅을 파다시피 밀려나는 그의 등 뒤로 높이 10미터가 넘는 흙의 벽이 세워졌다. 그리고 거의 몸이 멈추기 직전에 다크 배리어가 깨져 버렸다. 새파란 불길이 마치 뱀의 혀처럼 얀의 몸을 훑고 사라졌다.

"크흑!"

끔찍한 열기가 느껴졌다. 살이 그대로 갑옷에 지글지글 녹아드는 것 같았다. 만약 얀이 입은 갑옷이 드래곤본 재질이 아니고, 그가 지금 다크로드로 변신한 것이 아니라면 지금의 공격으로 강제 로그아웃되고 말았을 것이다. 체력이 순식간에 바닥 가까이 떨어지자 얀의 벨트에서 오토포션 기능이 작동해서 홀리포션이 소모되었다. 덕분에 얀은 겨우 위기를 모면했다.

그리고 헤세가 불러들인 파괴의 왕 루드라가 지닌 스킬은 두 가지 모두 광역 공격을 위한 것이다. 만약에 그가 부른 불뱀들로 하여금 모두 얀을 노려 공격을 시켰다면 아마도 지금의 얀으로서는 로그아웃이 불가피했을 것이다. 하지만 불뱀들은 주변을 모두 파괴하려 날뛰었고, 루드라는 겨우 몇 마리를 직접 잡아 얀을 공격하는 것이 그쳤다.

저주받은 마력의 심장으로 불러들인 루드라의 힘은 본체가 지닌 힘의 일부분에 불과하다. 하지만 지금의 얀과 비교해서 힘의 차이를 극명하게 보여주고 있었다. 그러나 숙주를 통해서 펼칠 수 있는 공격은 한계가 있어 얀은 간신히 루드라의 공격을 버티는 것에 성공했다. 어느새 소환 시간이 지났는지 불뱀들은 모두 자취를 감추고 있었다. 얀으로서는 다행이다. 하지만 아직 루드라의 공격은 끝나지 않았다.

"제법이다. 하지만 이번 공격은 막아내기 힘들 것이다."

루드라가 마지막 공격을 준비했다. 두 손을 높이 쳐든 그의 그림자가 푸른 화염 속에서 서서히 회전했다.

휘이이이!

바람이 그의 회전력에 이끌려 그의 주변을 맴돌기 시작했다.

"모든 것을 불태우는 파괴의 불꽃이여, 대적하는 적들에게 그 위엄을 드러내리라. 헬 토네이도!"

루드라를 중심으로 모여들던 바람이 점점 거세게 회전하며 가속을 거듭했다. 그리고 아직도 꺼지지 않고 불타오르던 푸른 화염을 빨아들였다. 곧 꺼지지 않는 불과 바람으로 이루어진 거대한 회오리바람이 그 위용을 드러냈다.

쿠쿠쿠쿠쿠쿠!

소용돌이에 휩쓸린 불길 때문에 마치 푸른빛의 기둥처럼 보이는 헬 토네이도가 서서히 움직임을 보였다. 엄청난 흡입력이 진행 방향 주변의 모든 것을 끌어당겼다. 불뱀의 공격에서도 살아남았던 몬스터들이 헬 토네이도에 빨려들었다.

"크아아!"

"케헤엑!"

헬 토네이도는 적아를 가리지 않았다. 그 세력 범위 안에 있는 모든 것을 빨아들이고, 불태우고, 파괴할 뿐이다. 이미 전장의 전투는 멈추어져 있었다. 루드라의 헬 토네이도 때문이다. 데스나이트와 고스트아머, 뱀파이어와 스켈레톤, 아직 살아남았던 성기사들이 사력을 다해 버

타다가 불과 바람의 소용돌이 속으로 끌려 들어가 한 줌 재만 남기고
불타 버렸다.

고오오오오오!

얀의 주변 바람의 흐름이 격렬해졌다. 헬 토네이도가 얀을 향해 점
점 다가오고 있었다. 시퍼런 불기둥 속에 루드라의 검은 그림자가 언
뜻언뜻 엿보였다. 얀은 자꾸만 앞으로 딸려들려는 몸을 억지로 세우며
입술을 지그시 깨물었다.

'정말 대단한 회오리바람! 내 스톤 토네이도로 맞서는 것이 가능할
까?'

얀이 무의식중에 고개를 흔들었다. 아무리 그가 지금 능력치가 높아
졌어도 저 압도적인 힘 앞에서는 왠지 자신감이 약해졌다. 그러나 그
가 지금 루드라의 공격에 대항할 수단은 역시 스톤 토네이도밖에 없었
다.

"분명 내 스톤 토네이도는 저 헬 토네이도에 비해 위력이 떨어진다.
하지만……."

문득 얀의 눈빛이 강렬해졌다. 좋은 생각이 떠오른 것이다. 그가 지
닌 블러드 일루전 스킬을 떠올린 것이다. 블러드 일루전 스킬은 얀의
분신들을 만들 수 있다. 분신들은 일정 시간 실체와 똑같은 능력을 지
니며, 실체가 설정한 스킬도 사용할 수 있다. 물론 본체가 분신들이 스
킬 공격에 필요한 마나를 충당해 주어야 하지만, 지금의 얀은 본체는
물론이고 분신들의 공격에 필요한 마나량도 충분했다.

"시간이 없다. 죽이 되든 밥이 되든 시도해 보는 수밖에. 블러드 일
루전!"

얀의 몸이 흔들리는가 싶더니 얀의 분신들이 좌우로 모습을 드러냈

다. 그리고 다가오는 헬 토네이도 외곽으로 넓게 원을 그리며 움직였다. 곧 얀과 그의 분신들은 헬 토네이도를 중심으로 품자 형으로 자리를 잡았다.

"눈에는 눈, 이에는 이! 스톤 토네이도!"

쿠웅!

얀이 발로 진각을 밟으며 샴쉬르를 대지에 깊숙이 박았다. 동시에 그의 분신들도 칼을 대지에 꽂으며 스킬을 펼쳤다. 얀과 그의 분신들이 펼치는 스킬로 인해 세 개의 스톤 토네이도가 모습을 드러냈다.

쿠쿠쿠쿠!

돌과 흙, 바람이 이루어낸 파괴자, 스톤 토네이도의 검은 기둥 세 개가 헬 토네이도를 포위했다. 헬 토네이도에 비해 비록 그 크기는 1/3에 불과했지만, 대신에 스톤 토네이도의 숫자는 세 개였다. 붙어보기 전에 승부를 점치기 어려운 상황이다. 서로 다른 방향으로 회전하는 헬 토네이도의 푸른 기둥과 스톤 토네이도의 검은 기둥이 점차 서로를 향해 다가서기 시작했다.

카앙! 캉! 카카카카칵!

바람과 바람, 돌과 돌이 강하게 부딪치는 소리가 허공에 크게 메아리치기 시작했다. 마치 권투선수가 견제를 위한 잽을 날리듯이, 네 개의 바람 기둥은 가볍게 부딪치고 떨어지기를 반복했다. 그러다가 어느 순간에 이르러 본격적인 힘겨룸을 위해 씨름 선수들처럼 엉겨 붙기 시작했다.

콰콰콰콰콰콰!

"크흐윽!"

순간적으로 고막이 파열되는 것 같은 굉음이 터져 나왔다. 이어 강한 충격파가 연달아 얀의 전신을 두드리기 시작했다. 얀이 온몸에 들이치는 고통에 입에서 신음성을 토했다.

쉬이잉!

피잉!

카카카캉!

귓전을 스치는 바람이 칼날이 스치는 것 같다. 잘게 부스러진 돌조각은 마치 탄환처럼 빠르게 지나치며, 일부는 얀의 몸에 부딪쳐 그의 생명력 게이지를 사정없이 깎아내리기 시작했다. 다섯 배로 늘어난 체력과 더불어 상처 회복과 회복 속도도 늘어난 상태였지만, 드래곤본 재질의 갑옷마저 찢어발기는 돌조각의 공세를 감당하기엔 역부족이었다.

퐁!

체력이 65% 이하로 떨어지자 1,000HP를 채워주는 스페셜 힐링포션이 오토포션 기능에 의해서 소모되었다. 하강 곡선을 그리던 얀의 체력 게이지가 다시 상승 곡선으로 전환되었다. 하지만 계속되는 데미지 누적에 체력의 70%도 채우지 못하고 다시 고개를 아래로 떨어뜨리기 시작했다.

터엉!

"큭!"

거의 바위로 분류가 가능한 큰 돌조각이 얀의 왼쪽 어깨를 강타했다. 덕분에 체력이 순식간에 30% 아래로 급감했다. 그러자 이번에는 체력을 50% 회복시켜 주는 중급 홀리포션이 소모되었다.

문제는 얀의 분신들이다. 그와는 다르게 분신들은 포션으로 떨어지는 체력을 회복하는 것이 불가능하다. 얀에게만 보이는 그들의 체력 게이지는 이미 거의 바닥권에 근접해 있었다. 아직 루드라의 헬 토네이도는 기세를 잃지 않고 있었다. 헬 토네이도의 공격을 분산해서 막아주던 분신들이 쓰러지면 지금의 얀으로서도 더 이상 견뎌낼 힘이 없다. 얀으로서는 그저 분신들이 조금만 더 버텨주기를 초조한 마음으로 기대할 뿐이었다. 그때였다.

고오오오오오!

헬 토네이도를 세 방향에서 압박하던 스톤 토네이도가 마치 꽈배기마냥 서로 얽히기 시작했다. 푸른 기둥을 휘감는 세 마리 뱀이 합쳐져하나의 커다란 뱀으로 탈바꿈한 것이다. 동시에 얀의 분신들이 생명력을 잃고 소환 해제가 되었다.

그러나 이미 하나로 합쳐진 스톤 토네이도는 얀의 통제를 받으며 건재함을 과시했다. 스톤 토네이도가 합쳐진 검은 뱀이 헬 토네이도의 푸른 기둥을 칭칭 동여맸다. 그리고 푸른 기둥을 으스러뜨릴 것처럼 온몸에 힘을 주었다.

이에 질세라 헬 토네이도 역시 한 마리 푸른 뱀이 되어 검은 뱀을 휘감기 시작했다. 멀리서 보면 푸르고 검은 두 마리 뱀, 혹은 용이 여의주를 놓고 다투는 것 같이 보였다. 땅에서 구름 위까지 이어진 거대한 두 마리 용이 얽힌 몸을 꿈틀거리며 고통스런 몸짓을 보였다.

"세상에……!"

"오오! 신이여!"

로즈빌의 살아남은 수비병들, 전장 외곽에서 아직 칼을 휘두르던 성기사들, 그리고 방송을 시청하고 있는 수억의 시청자들이 모두가 입을 벌리고 탄성을 내질렀다. 그들은 두 마리의 푸르고 검은 용이 펼치는 장엄한 전투에서 눈을 떼지 못했다. 모두의 시선이 집중된 가운데 두 마리 용은 서로를 휘감은 몸에 더욱 힘을 주고 있었다. 어느 순간 동시에 검은 뱀과 푸른 뱀처럼 보였던 헬 토네이도와 스톤 토네이도가 서로의 힘을 이기지 못하고 최후를 맞이했다.

콰아아아아아아아!

하늘과 땅을 울리는 거대한 폭음이 터져 나왔다. 이어 몰려들던 구름이 산산이 바스러지고 몇 겹의 땅거죽을 벗겨내는 강력한 후폭풍이 대지를 휘몰아쳤다. 그리고 하늘에서 부스러진 돌과 흙, 아직도 꺼지지 않은 새파란 불꽃의 비가 대지로 후두두 떨어져 내렸다.

"크아아아!"

얀은 전신을 쇠망치로 마구 후려치는 것 같은 충격에 이를 악물었지만, 결국 터져 나오는 비명을 막을 수가 없었다. 폭발의 후폭풍이 그를 덮치는 순간에 급히 다크 배리어로 몸을 보호했지만, 몇 번의 충격파를 감당치 못하고 맥없이 깨져 버렸다. 하지만 그 강력한 후폭풍을 다크 배리어로 막아내지 못했다면 바로 강제 로그아웃이 되었을 가능성도 높았다.

퐁퐁퐁퐁!

급격하게 떨어지는 체력 게이지에 탐욕의 벨트의 포션들이 쉴 새 없이 소모되었다. 얀은 최대한 몸을 웅크리고 주저앉아 들이치는 파편에 맞는 면적을 줄이려고 노력했다. 그러나 곧 새로운 위험이 그를 덮쳤다. 그가 딛고 있는 발밑이 후폭풍에 그만 땅거죽이 벗겨져 버렸다. 얀의 몸이 뒤로 빠르게 날아갔다.

쿠웅!

"큭!"

다행히 멀리 튕겨지지는 않았다. 폭심에 깊이 생겨난 구덩이의 벽에 등을 부딪친 것이다. 얀은 등줄기에서 전해지는 충격에 인상을 찌푸렸다.

퐁!

마지막 홀리포션이 소모되었다. 얀은 서둘러 다크 배리어를 재차 생성시켰다.

타타타탕!

약간 검은 빛이 도는 투명한 외벽을 돌조각의 파편이 사정없이 들이쳤다. 더 이상 포션도 없는데 다크 배리어를 늦게 펼쳤다면 위험할 뻔했다. 다행히도 다크 배리어를 두드리는 파편들의 기세가 약해져 있었다.

후폭풍의 기세가 한풀 꺾인 것이다. 얀은 안도의 한숨을 내쉬며 자신의 몸을 살폈다. 엉망진창이다. 갑옷은 거의 누더기나 다름없이 찢겨져 속살이 다 보일 지경으로, 겨우 몸을 가릴 만한 기능만을 수행하고 있을 뿐 이미 갑옷 본래의 방어적 기능은 상실한 것이나 다름 없었다. 그때였다.

"어둠의 영광이여! 아직 기회가 사라진 것은 아니다! 나는 다시 돌아올 것이다!"

문득 흙먼지 속에서 루드라의 거대한 형체와 세 개의 눈이 엿보이는 것 같았다. 그리고 루드라의 목소리로 여겨지는 으스스한 음성이 흘러나왔다. 그리고 루드라의 눈은 곧 흙먼지 속으로 꺼지듯 사라져 버렸다.

'끝난 것인가?'

비명과도 같았던 외침을 끝으로 더 이상 파괴의 왕 루드라의 기운이 느껴지지 않았다. 그러나 얀은 긴장의 끈을 놓치지 않았다. 데메시스와의 종족 퀘스트에서도 그랬던 것처럼 루드라는 사라졌어도 아직 그 숙주였던 헤세는 로그아웃되지 않았을 것이다. 퀘스트 완료를 알리는 메시지도 아직 뜨지 않고 있었다.

저벅저벅!

얀은 샴쉬르를 굳게 움켜쥐고 걸음을 옮기기 시작했다. 하늘에서 떨어지는 불꽃이 주변의 모든 것을 불태우며 대지를 환하게 밝혀주고 있었다. 그러나 들고 있는 샴쉬르 덕분에 푸른 불꽃은 얀의 진로를 가로막지 못하고 맥없이 길을 열어주었다.

한동안 주변을 탐색하며 걷던 얀의 발걸음이 멎었다. 그가 찾던 헤세를 발견한 것이다. 그는 바스타드 소드를 발밑으로 늘어뜨린 자세로 얀을 기다리고 있었다. 역시 얀처럼 만신창이가 된 갑옷을 걸치고 있었다. 그런데 헤세의 모습이 변해 있었다. 파괴의 왕의 흉물스런 모습을 벗고 본래의 모습으로 돌아와 있었던 것이다.

"훨씬 보기 좋군요, 헤세님."

"흠! 자네 정도 모습만 되어도 멋져 보였을 것 같은데… 내가 봐도 영 아니더군. 흐흐흐!"

"저도 그렇게 생각합니다. 이번 퀘스트가 아니었다면 미처 몰랐을 겁니다. 덕분에 앞으로 레벨 업에 대한 욕심이 생기네요."

헤세가 아직 다크로드 상태인 얀의 모습을 보며 부럽다는 표정을 지었다. 파괴의 왕의 모습을 하고 있던 헤세의 변신 상태는 스스로도 약간 징그럽다는 느낌이 강했다. 이에 비해서 다크로드로 변신한 얀의 모습은 그런대로 봐줄 만한 자태(?)를 지니고 있었기 때문이다. 얀으로서는 레벨 업과 좋은 옵션을 지닌 아이템 확보에 열을 올릴 만한 충분한 자극이 되었다.

"진짜로 순수한 마력의 심장을 얻었나?"

"네, 운이 좋아 얻게 되었습니다."

"운도 노력이 있어야 얻을 수 있는 것이지. 어둠의 왕이라고 받들던 이들이 있는 것을 보니 종족 퀘스트에서 얻은 것으로 보이네만, 그리 만만해 보이지는 않던 퀘스트로 알고 있네."

"네, 쉽지는 않았지만 재미있는 추억이었습니다."

"잘해보게. 혹시 아는가? 나중에 마계에 가서 진짜 어둠의 군주들과 패권을 다투게 될지도."

"글쎄요. 어두침침한 마계보다는 저는 볼거리와 즐길 것이 많은 중간계가 좋습니다. 그런데 파괴의 왕은 이제 깊은 잠에 빠진 건가요?"

둘은 마주 보며 대화를 나누었다. 이미 헤세는 파괴의 왕의 모습을 벗고 있었다. 그것은 그의 퀘스트가 실패했음을 말해주는 것이다. 하지만 얀은 만약을 위해 확인하고 싶었다. 헤세가 그의 바스타드를 들어 얀에게 보이며 말했다.

"그런 것 같네. 아직 더 싸우고 싶은가? 지금의 자네라면 파괴의 왕의 힘도 사라진 늙은이를 혼내는 것은 그저 콧방귀 한 번으로도 충분하네."

헤세가 보여주는 바스타드소드에서 아까 보았던 루드라의 눈동자가 사라져 있었다. 대신 타버린 재처럼 검게 변한 세 개의 검은 점이 남아 있을 뿐이다. 얀이 가볍게 고개를 저어 보였다.

"아닙니다. 오늘은 더 이상 흥이 나질 않네요. 단지 한 가지 궁금한 것이 있어서요."

"무엇이 궁금한가? 말해보게."

"그동안 왜 망설였는지 알고 싶었거든요."

"무슨 말인가?"

얀의 말에 헤세가 오히려 영문을 모르겠다는 듯이 반문했다. 그 표정에 얀은 자신이 잘못 짚은 것이 아닌가 싶었다. 그러나 얀은 곧 자신이 헤세에게 가지게 된 의문에 대해 입을 열었다.

"제가 잘못 알았을지도 모르겠습니다. 그러나 왠지 그동안의 헤세님은 많이 망설이는 것 같은 움직임을 지니고 있었습니다. 처음에 어둠의 군대를 셋으로 나눌 때부터 그랬습니다. 압도적인 힘을 지닌 병력을 셋으로 나눌 필요가 없었습니다. 어느 방향으로 움직이는 병력이 주공인지 너무나 뚜렷한 상황에서 조공의 역할이 무의미한 병력의 분산이었죠. 더구나 그렇게 병력을 나누었으면 주공은 빠르고 전격적인 움직임을 보였어야 하는데, 결속의 동맹이 결성되어 앞을 막아설 때까지 어둠의 군대의 본진은 각 도시를 하나씩 차례로 점령하며 너무 느릿하게 진군했습니다."

그렇다. 얀이 아니라 누구라도 지금의 어둠의 군대 정도의 병력이면 적의 심장을 단칼에 찌르는 공격을 펼쳤을 것이다. 그러나 헤세는 전체 병력을 셋으로 나누었다. 그리고 자신이 지휘하는 어둠의 군대로 하여금 굳이 점령할 필요도 없는 도시들을 공략하며 진군의 속도를 늦추었다. 결국 결속의 동맹군과 얀이 자신의 앞을 막아설 때까지 말이다.

"그리고 로즈빌의 전투에서도 그렇습니다. 첫 전투에서 모든 것을 끝낼 수 있는 상황에서도 병력을 물리고 왈라키아의 뱀파이어 일족을 끌어들이려 시간을 끌었죠. 로즈빌이 무너지더라도 쉐이던 성의 반란군을 진압하러 갔던 병력이 돌아와서 다시금 어둠의 군대의 앞을 막아설 때까지 충분한 시간을 만들어준 것이 아닙니까? 더구나 헤세님이라면 오늘의 기습 공격을 미리 눈치채고 있었을 겁니다. 그런데도 본진의 수비는 통상적인 수준에 머물러 있었습니다. 그럼에도 불구하고 기습 부대가 방어벽을 뚫지 못하자, 굳이 제 앞에 몸을 드러내 주셨습니다. 제가 아는 헤세님이라면 결코 취하지 않을 경솔한 행동이셨습니다."

"글쎄, 나를 너무 높이 평가하는 것이 아닌가?"

"설마요. 제게 용병의 길을 일러주신 분이 아닙니까? 언젠가 한 번 겨루고 싶은 상대로 늘 생각하고 있었지요. 하지만 오늘은 아닌 것 같네요. 도대체 무슨 꿍꿍이를 숨기고 계신 겁니까? 오늘의 모습은 일부러 목을 들이미는 것 같아 보입니다만……."

얀의 말에 헤세가 양팔을 벌려 어깨를 으쓱해 보였다. 얀의 말이 모두 맞는 것은 아니다. 그러나 틀린 것도 아니었다. 문득 그가 얀에게 질문을 던졌다.

"얀, 자네에게 게임은 무엇인가?"

"네? 갑자기 물으시는 이유가? 제게 있어서는… 글쎄요. 현실에서 얻을 수 없는 꿈을 얻을 수 있는 곳이라고 할까요?"

"하하하! 역시 그렇군. 그래서 내가 자네를 처음에 버려두고 떠나지 못했는지도 모르겠어. 어딘지 나랑 비슷한 것 같았거든."

"네?"

헤세가 얀의 대답에 고개를 젖히고 크게 웃었다. 그러고 보니 자신이 얼마 전 여행길에 데리고 있던 엘시아란 녀석도 지금 얀의 곁에 있지 않은가? 그와 얀 엘시아는 어쩌면 같은 게임관을 지니고 있기에 서로를 끌어당겨 인연을 만들게 되었을 것이다. 헤세가 얀에게 미소를 보이며 입을 열었다.

"꿈은 달콤해야 하지. 파괴의 왕의 퀘스트는 내게 있어 최고로 멋진 유혹이었네. 어둠의 군주라는 강대한 힘과 왕국들을 삼키기에 충분한 세력을 주었지. 무슨 이유인지 몰라도 게임사는 나를 필요로 했어. 그리고 자신들의 일을 처리했지. 그러고 보니 내가 너무 커버린 거야. 그들은 고심했지만 나에게 어떤 제재를 가하지는 못했어. 게임 속의 일은 게임에서 처리한다는 원칙을 깨지 못했던 것이지. 하지만 나를 방치해 두지는 않았네. 자네가 의문을 품은 일들, 병력을 나누고 도시를 점령하며 시간을 지체한 것은 내 의지가 아니네. 드러나지 않게 누군가가 모든 것이 그렇게 흐르도록 만들더군. 그러더니 자네가 내 눈앞에 나서게 된 것이야."

헤세가 잠시 말을 끊고 주변을 둘러보았다. 어느새 불은 모두 꺼지고 없었다. 바람이 검은 연기를 모두 쓸어버렸는지 밤하늘의 뭇 별들이 눈앞에 쏟아질 것처럼 빛나고 있었다.

"처음에 나는 무조건 내게 맡겨진 사명을 반드시 끝내려고 했었네. 하지만 의도하지 않게 진행이 더디게 되면서 마음이 달라졌지. 내게 있어 달콤한 꿈 하나를 이루려고 다른 수많은 이의 꿈을 망치는 것이 아닌가 생각하게 된 것이야. 내가 하려는 일은 게임 속 세상을 완전히 파괴하는 일이고, 그것은 그동안 게임 속에 자신의 정열을 바친 수많은 이들에게 고통스런 결과를 안겨주는 것이지. 자네가 자토만 요새에서 어둠의 군대를 깨뜨렸다는 소식을 듣고 나는 짐작했네. 자네가 나를 상대하러 올 것이라고 말이야. 그래서 여기서 기다리게 되었네. 다크 나이트라면 파괴의 왕을 막을 수 있을 것 같았거든. 기습 부대의 연약한 공격에는 조금 실망했지만 어둠의 왕으로의 변신은 정말 대단했네. 그런 일이 벌어질 거라고는 감히 상상도 못했어. 자네에게는 자격이 있어."

"무슨 자격이요?"

"파괴의 왕을 죽이고 아르카디아를 구하는 영웅의 자격이지. 자, 어서 나를 찌르고 이 칼을 파괴하게."

헤세가 자신이 들고 있는 칼의 옆면을 내보였다. 숯덩이처럼 검게 변한 세 개의 눈의 흔적이 보였다. 아직 사악한 마력의 기운이 미약하게 흘러나오고 있었다.

"루드라의 눈은 감겼지만, 아직 이 칼에는 그의 저주 받은 마력의 심장이 남아 있네. 완전히 파괴하지 않으면 언제고 파괴의 왕은 다른 숙주를 통해 다시 부활하게 될 걸세."

"언제고 파괴의 왕은 다시 부활해야 할 때가 있을지도 모르지요. 그때 헤세님과 제 역할을 맡을 이가 따로 있을 겁니다. 그건 나중의 누군가의 몫이겠지요. 제가 맡은 사명은 이미 끝났습니다. 파괴의 왕은 다시 깊은 어둠으로 돌아가고 다크 포탈을 여는 열쇠 중의 하나인 어둠의 탑을 지켜냈지요. 헤세님과는 다음에 동등한 조건에서 다시 결전을 벌이고 싶습니다."

"다음에도 오늘과 같은 결과를 기대하긴 힘들……."

헤세가 말을 멈췄다. 누군가 다가오고 있었다. 둘은 대화를 나누면서도 주변에 대한 경계를 늦추지 않았다. 거의 열 걸음도 떨어지지 않은 거리까지 다가올 동안 몰랐다니, 얀과 헤세의 얼굴에 긴장감이 감돌았다. 그러나 뜻밖에도 나타난 이는 둘이 잘 아는 인물이었다.

"한스 영감님!"

"한스 브링거님!"

그렇다. 나타난 이는 다름 아닌 미프로이의 한스 영감, 혹은 파괴의 탑의 수호자 신분을 지닌 한스 브링거였다. 헤세에게 파괴의 왕에 대한 퀘스트를 주었고, 얀이 닉스의 신성한 임무 퀘스트를 얻는 단초를 제공한 인물이다. 그러나 지금의 한스 영감은 헤세와 얀이 알고 있던 모습과 사뭇 다른 느낌을 지니고 있었다.

파괴의 왕 루드라를 상징하는 세 개의 눈 문장이 가슴에 새겨진 짙은 남색의 로브는 어둠 속에서도 은은한 광채를 뿌리고 있었다. 붉은 수정처럼 투명하고 악마의 뿔처럼 기괴하게 뒤틀린 스태프는 마치 숨을 쉬는 것처럼 점멸하며 주변을 밝히거나 어둡게 만들었다. 그리고 후드를 벗어 드러난 주름진 얼굴은 천년 고목을 보는 것같이 범접할 수 없는 위엄을 품고 있었다.

"어둠의 열쇠를 얻지 못했군요, 헤세온님."

"제 능력이 부족하여……."

한스 영감이 헤세를 바라보며 입을 열자 헤세가 멋쩍은 표정을 지어 보였다. 이미 파괴의 왕의 신분을 잃고 퀘스트는 실패로 돌아갔다. 한스 영감을 대하는 그의 태도가 당당할 수 없는 일이다.

"루드라의 영광이여! 파괴의 불꽃은 다시 타오르게 될지어다!"

한스 영감이 주문과 같은 말을 뱉었다. 그러자 헤세가 들고 있던 바스타드 소드가 가루로 변해 버리더니, 대신 똑같은 모양의 칼이 한스 영감 앞의 허공에 모습을 나타냈다. 한스 영감이 손을 들어 칼의 검게 변한 루드라의 흔적을 만지자 그의 손으로 칼에서 분리된 검은색 구슬이 굴러 떨어졌다. 저주받은 마력의 심장이었다. 한스 영감이 구슬을 품에 넣었다.

"그동안 수고했소. 비록 어둠의 열쇠를 얻지는 못했지만 그대의 업적이 모두 사라지는 것은 아니지. 그러나 앞으로 파괴의 불꽃을 다시 품지는 못할 것이오. 루드라께서 그대의 업적을 보상하는 작은 선물을 내리시는 것이니 받으시오."

한스 영감의 말이 끝남과 동시에 헤세의 오른손에 바스타드소드가 다시 들려져 있었다. 그리고 왼손에는 붉은색의 크리스탈 병이 쥐어져 있었다. 미프로이 주점에서 한스 영감이 바텐더에게 맡겼던 술이다.

"아스란 왕가의 피가 섞여 있는 것이오. 또한 그 안에 왕관을 장식하던 보석 '로열 블러드'가 숨겨져 있지. 왕가의 피가 섞인 술을 마시고, 아스란의 상징인 검은 위엄과 보석을 합치시오. 다크랜드의 동맹국으로 부활한 아스란 왕국이 그대를 섬길 것이오."

쿠쿵!

퀘스트의 보상이 엄청났다. 파괴의 왕이 되어 마계를 부활 시켰으면, 다섯 개 대륙 중의 하나를 다스리는 황제가 되었을 것이지만 퀘스트는 실패했다. 그래도 비록 소국에 불과했지만 한 나라의 국왕이라니, 헤세는 엄청난 보상에 그저 입을 다물지 못했다. 파괴의 왕 퀘스트로 인해 불순 세력을 일거에 소탕한 게임사의 입김이 어느 정도 반영된 결과였다. 헤세로서는 막연하게나마 게임사의 개입만을 추측해 볼 뿐이었다.

"그대 덕분에 늘어난 다크랜드의 영향권 일부를 맡긴 것이오. 앞으로도 다크랜드를 넘보는 외적의 침입을 막는 든든한 방패가 되어주시오!"

"다크랜드의 검이 되어 싸우고 다크랜드의 방패가 되어 지키겠습니다!"

헤세가 한스 영감 앞에 무릎을 꿇고 굳은 맹세를 했다. 지금의 한스 영감은 다크랜드의 섭정의 신분이다. 헤세가 파괴의 왕의 대리자 신분을 잃었기에 그에게 섭정 지위가 자동적으로 복귀한 상태였다.

결국 헤세는 지금 파괴의 왕 루드라에게 속국의 왕으로서 충성 서약을 하는 것이다. 다크랜드와 동맹이 됨으로 아스란 왕국은 기존 인간들의 왕국들과는 적대적인 관계를 지니게 된다. 그러나 새로 등장한 마하루이 왕국과 서부대륙의 벨로크라 제국 등과 같은 오크들이 있다.

다크랜드를 중심으로 그들과 동맹을 맺으면 아스란 왕국의 존립에는 큰 문제가 없다. 그리고 휴먼 종족의 유저로서 금단의 영역인 오크 왕국과 다크랜드에 대한 출입이 가능하다. 헤세로서는 모험의 영역이 크게 넓어지는 것이다.

하지만 앞으로 헤세는 떳떳하게 기존의 신분으로 휴먼족의 왕국을 여행하기 힘들다. 그의 국적이 바뀌어 대부분의 왕국과 적대적으로 바뀌어 버렸기에 만약 움직이더라도 범죄자들처럼 신분을 속여야 할 것이고, 용병 길드 협회에서의 의뢰도 받지 못할 것이다. 그래도 얻는 대가가 크기에 헤세는 과감히 자신에게 주어지는 새로운 신분을 받아들였다.

"그대는 어둠의 힘을 얻었으나 그 의지를 잇지 않았다. 결국 왕의 군대가 무너지고 우리의 꿈은 다시 어둠 속에 잠기었구나. 하지만 루드라님께서는 그대의 의지에 감탄하셨다."

한스 영감이 헤세에게 눈을 돌려 얀을 바라보고 있었다. 그러나 그의 눈에서 적의는 보이지 않았다. 따지고 보면 지금 얀이 이 자리에 서 있는 것은 그가 던져 준 '한스 영감의 넋두리' 라는 퀘스트의 영향이 크지 않은가? 얀은 혹시 그가 뭔지 떡고물을 던져 주지 않을지 기대감을 품게 했다. 그러나,

"루드라께서는 그대에게 '어둠의 순례자' 라는 호칭을 주셨다. 이 문장을 가슴에 달면 1년 동안 다크랜드 전 지역의 여행이 가능하다. 그대는 어둠의 대지를 둘러보고 선택할 기회를 얻었다. 그대가 파괴의 왕께 충성을 맹세한다면 어둠의 군대의 지휘권을 받으리라."

한스 영감이 얀에게 겨우 루드라의 문장 아이템 하나를 주었다. 어

쩌면 헤세를 대신하여 얀을 꼬드겨 다시 파괴의 왕의 숙주로 삼을 생각이 있는 것 같았다. 하지만 얀은 기꺼이 문장을 받았다.

루드라의 숙주가 될 생각은 절대로 없었지만, 다크랜드를 아무런 위협 없이 둘러보는 좋은 기회가 될 수가 있었기 때문이다. 아마도 다크랜드에서 퀘스트도 받을 수 있을 것이다. 게임 시간으로 1년이면 다크랜드에서 즐거움을 만끽하기에 충분한 시간이다.

"그대들에게 어둠의 축복이 있기를."

"다음에는 오늘처럼 봐주는 일이 없을 것일세."

한스 영감이 어둠의 군대를 이끌고 먼저 자리를 뜨자 헤세도 곧 후일을 기약하며 남부대륙으로 길을 떠났다. 얀은 그들을 배웅하며 자리를 지켰다. 아직 남은 일이 있었기 때문이다. 자신의 편을 들었던 어둠의 군대를 처리해야 했다. 그냥 방치하면 그들은 중간계를 떠돌며 새로운 문제가 되리라.

"모두들 수고했다. 깊은 어둠으로 돌아가 승리의 영광을 즐기라!"

메카니가 이끌던 데스나이트와 스켈레톤 삼군단의 살아남은 병력이 얀의 명령에 따라 곧 마계로 되돌아갔다. 어쩌면 그들에 의해 얀의 명성이 마계에 널리 퍼질지도 모를 일이다. 데스나이트와 스켈레톤 삼군단의 병사들 몸이 검은 연기에 휘감겼다. 연기가 사라진 자리에는 그들의 형상을 닮은 모래 기둥들이 남아 있을 뿐이다. 부는 바람에 모래기둥은 하나둘 허물어지고 있었다. 그 광경을 지켜보던 얀은 아직 남아 있는 블랙 뱀파이어의 수장 블라드에게 시선을 돌렸다.

"블라드, 나에게는 어둠이 권능이 있다. 그대와 일족에게 걸려 있는 피의 저주를 내가 풀어줄 수 있다. 그대들은 다시 예전의 모습으로 돌아가고 싶은가?"

"오오! 피의 저주를 풀어주신다면 이 블라드는 당신의 종이라도 되어 섬기겠습니다."

블라드가 얀의 발아래 엎드려 복종을 맹세했다. 피를 탐하는 저주스런 몸이 되어 벌써 수백 년의 세월을 보냈다. 자신과 수하들이 피의 저주를 풀 수만 있다면 그는 얀을 위해 평생을 바칠 각오가 되어 있었다.

"종이라니? 그런 말 하지 말게. 우린 친구가 아닌가? 시간이 별로 없네. 날이 새기 전에 모든 일족을 모아 블러드 캐슬로 모이게. 내 그대들의 저주를 씻어줄 것이네. 서두르게. 해가 뜨면 내게서 어둠의 권능이 사라질 것이네."

곧 수만 마리의 검은 박쥐가 밤하늘로 날아올랐다. 박쥐들은 옛 왈라키아 공국의 영지로 흩어졌다. 그들은 뱀파이어들을 모아 블러드 캐슬로 되돌아올 것이다. 날이 샐 동안 먼저 도착하는 이들부터 차례로 저주를 씻어주기 위해 얀 역시 텔레포트 마법으로 블러드 캐슬로 이동했다.

아르카디아 대륙의 운명을 놓고 수십만 명이 겨루던 전장은 밤의 여신 닉스의 어둠의 장막이 참혹했던 흔적을 감추었다. 날이 새면 오늘의 전투의 흔적은 모두 사라지고 없을 것이다. 로즈빌에서 살아남은 수비병들이 내지르는 승리의 함성이 멀리서 들려오는 가운데, 파괴의 동맹과 결속의 동맹의 2차 전쟁은 결속의 동맹의 승리로 막을 내렸다.

5장

새로운 내일을 위하여

새로운 내일을 위하여

(1)

 오전 10시 40분, 출근 시간이 지난 전철은 한가했다. 넓은 좌석에 승객들이 듬성듬성 자리했고, 유리창을 투과한 햇빛이 나머지 빈자리를 차지하고 있었다. 초봄의 햇살은 온몸을 기분 좋게 어루만지며 심신을 나른하게 만드는 힘이 있다.

 "선행 열차와 안전거리를 유지하기 위해서 열차가 잠시 정차하고 있습니다. 이점 양해해 주시기……."

 스피커를 통해 승무원의 안내 방송이 들려왔다. 아직 약속시간은 20분이나 남았다. 그리고 도착지는 바로 다음 역이다.

 몇 명 되지 않는 승객들은 손에 든 핸드폰을 통해 DMB를 시청하거나, 음악을 듣거나, 창밖으로 보이는 한강 물줄기에 시선을 던지고 있었다. 열차가 지연되고 있어도 모두들 찡그린 표정을 짓고 있지 않다. 아마도 몸을 데워주는 봄 햇살의 마법 때문일지도 몰랐다. 현수도 부드럽고 따스한 손길의 일광욕을 즐기며 마음속에 여유를 품었다.

그러다가 문득 현수는 호주머니 속의 핸드폰을 꺼냈다. 혹시라도 은진에게서 연락이 왔는데 듣지 못했는지 확인하기 위해서였다. 새로 도착한 문자나 부재중 통화 목록이 없었다. 아직 도착하지 않은 것 같았다. 은진에게 어디쯤 왔는지 전화를 하려다가 참았다. 곧 목적지에 도착하는 것도 있고 휴식을 취하는 다른 사람들에게 방해가 될 것 같아서였다.

다시 핸드폰을 호주머니 속으로 넣으려다가 현수는 문득 손에 잡힌 핸드폰을 보며 현대 기술의 발전에 대해 새삼스럽게 감탄했다. 그가 초등학교에 다닐 때만 하더라도 삐삐라는 애칭의 호출기를 지닌 친구가 부러움의 대상이었다. 그러다가 시티폰이 나오더니 아날로그 방식의 핸드폰과 디지털 방식의 핸드폰이 차례로 출시되었다. 한동안 각축을 벌이던 핸드폰 시장은 디지털 핸드폰이 승리의 영광을 차지했다.

초창기의 핸드폰은 영화에서 보던 무전기처럼 크고 두껍고 무거워, 우스갯소리로 호신용으로까지 치부될 정도였다. 하지만 점점 두께가 얇아지고 세련되고 멋진 디자인은 기본이고, 각종 첨단 기능이 경쟁적으로 핸드폰에 탑재되기 시작했다. 통신비를 절약하기 위해 문자 메일 기능이 초창기부터 함께하더니, 음악을 듣는 MP3 기능과, 사진을 찍을 수 있는 디지털 카메라, 서로 얼굴을 마주 보고 대화를 나누는 화상 통신, 무선 인터넷, 내비게이션, 동영상 플레이어, 신용카드, 교통카드, DMB, 홈오토베이션 등 이루 헤아릴 수 없는 기능이 손 안에 잡히는 이 작은 핸드폰에 집약되어 있었다. 그리고 앞으로도 새로운 기능이 계속 추가가 될 것이다.

자신의 성장 속도보다도 빠른 것처럼 느껴지는 기술의 발전 속도에 현기증이 날 지경이다. 컴퓨터도 마찬가지. 공식적으로 1943년 최초의 컴퓨터 ENIAC이 탄생했다. 최초에 통계 조사의 간편함을 추구해서 만든 전산기였지만, 지금은 현대인의 생활 곳곳에 파고들어 컴퓨터가 없으면 생활이 불가능한 지경에 이르러 있다. 이 작은 핸드폰도 따지고 보면 축소형 컴퓨터나 다름없다.

현재 애완동물을 관리하기 위해 정부에서 강제로 시행 중인 생체 칩을 동물이 아닌 인간에게 주입시키고 컴퓨터와 인터넷이 결합하게 된다면 어떤 일이 벌어질까? 이미 미국에서는 실험에 자원해서 스스로 몸에 생체 칩을 심은 사람도 있다고 들었다. 누군가 사악한 목적으로 악용하는 이가 나타난다면 아마도 오래전에 유행했던 영화 매트릭스의 공상이 곧 현실이 될 가능성이 높다.

한편으로, 게임을 위해 현수가 이용하는 홍채와 뇌파 인식의 캡슐도 따지고 보면 생체 칩 기능을 대신하고 있다고 볼 수 있다. 몸에 주입하는 것이 아니라 대형의 캡슐이라는 점을 제외하면 이성적인 생체 칩의 완성형에 가까운 기능을 지니고 있다. 그렇다면 지금 현수가 즐기는 게임 아르카디아가 바로 매트릭스로 진행되는 중간 단계가 아닐까?

도리도리!

현수가 고개를 흔들었다. 조금의 틈만 있으면 공상은 방심한 현수를 덮쳐든다. 덕분에 기다리는 시간이 지루하지 않지만 남들이 보기에 조금은 멍해 보이는 부작용도 만만치 않다. 현수는 피식 웃으며 핸드폰을 주머니에 넣고 잡지를 펴 들었다.

(주)아이템 매거진에서 발행하는 것으로, 옵션 좋은 아이템을 얻는 퀘스트의 소개, 레어 아이템을 드롭하는 장소나 몬스터, 현재 경매장에 거래되는 아이템들의 시세에 대한 정보를 담고 있는 잡지였다. 이번

호의 첫 번째 면을 장식하고 있는 것은 게임 아르카디아의 패치에 대한 기사였다. 현실로 일주일 동안 진행되는 대대적인 업데이트에 대한 내용. 안은 눈을 빛내며 기사를 읽어 내렸다.

〈아르카디아 두 번째 업데이트—영웅들의 아침〉

드디어 첫 번째 업데이트 '혼돈의 새벽'이 마무리 짓고 새로 '영웅들의 아침' 버전이 업데이트를 준비 중에 있습니다. '혼돈의 새벽'에서는 각 종족의 종족 퀘스트를 메인으로 각 종족을 얽매이던 굴레를 벗기며, 한편으로 종족 간의 갈등을 부추겼습니다. 그리고 개개인의 유저들에게 작위를 부여하여 영지를 얻을 수 있는 길을 열어주었습니다.

이 결과로 북부대륙에 잠들어 있던 바빌로니아 제국이 다시 역사의 전면에 등장하게 되었고, 서부대륙에서는 카드모스 삼국을 내세운 휴먼 종족과 타우렐리아를 내세운 오크 종족이 전쟁을 벌이기도 했습니다. 그리고 드워프 종족은 망가진 게이트 시스템을 복구하여 오랫동안 단절되었던 왕국 간의 통로를 열었습니다. 생명의 나무를 중심으로 벌어진 엘프와 다크엘프의 종족 퀘스트는 결국 엘프 종족의 '화해와 협력'은 내부 갈등을 극복하지 못해 실패로 돌아갔고, 다크엘프 종족의 '홀로 일어서기'는 성공을 거두었습니다.

이로써 다크엘프 종족은 그들의 생명의 나무인 다크소울과 여기서 태어난 하이엘프와 함께 새로운 거주지로 옮겨갈 자격을 얻게 되었습니다. 그들의 터전이었던 '검은 숲'은 '타락의 숲'으로 변경되며, 영혼을 잃은 다크엘프들이 몬스터로 남아 엘프 종족과 휴먼 종족 유저들의 사냥터로 전락됩니다. 장차 타락의 숲의 소유권을 두고 두 종족 간의 불화가 예상되는 가운데, 다크엘프 종족의 새로운 거주지 '검은 숲'은 업데이트와 함께 등장하는 신대륙에 새로 조성될 것입니다.

신대륙 '헤게모니아'의 북부대륙에 다크엘프가 거주하게 되며, 동부, 서부, 남부대륙에 각기 휴먼, 오크, 엘프 종족의 전초기지가 세워집니다. 그리고 중부대륙에 다크랜드의 전초기지가 세워지며, 드워프 종족에게는 휴먼, 오크, 엘프 종족의 전초기지 부근의 드워프 마을로 게이트 스톤이 활성화됩니다. 헤게모니아 대륙의 북부대륙을 장악한 다크엘프 종족이 우세를 점하는 가운데, 신대륙에 대한 각 종족의 탐험과 도전의 역사가 시작됩니다.

현재 헤게모니아 대륙은 오래전 아르카디아 대륙에서 쫓겨난 라자드 맨들에 의해 통치가 되며, 그들에게 저주를 받아 몬스터로 변이된 종족들이 대륙 곳곳에 군소 왕국을 이루고 있습니다. 이들은 자신들의 도시를 점령하거나 왕국을 무너뜨리고 저주를 풀어주는 종족으로 변하게 됩니다. 많은 도시와 왕국을 점령하는 종족이 헤게모니아에서 자신들의 영토를 크게 늘릴 수 있습니다. 신대륙을 놓고 벌이는 각 종족의 경쟁이 기대됩니다.

그리고 '혼돈의 새벽' 버전의 마지막에 등장했던 '파괴의 왕' 퀘스트의 결과로 아르카디아 남부대륙의 비밀이 풀렸습니다. 어둠이 지배하는 제국 다크랜드가 본격적으로 역사에 나서게 되었습니다. 이제 신규 유저들은 다크랜드에서 캐릭터의 생성이 가능합니다.

종족의 선택은 휴먼, 오크, 좀비엘프로 제한이 있으며, 캐릭터 성향은 모두 어둠에 귀속됩니다. 휴먼 종족은 아스란 왕국의 블러드 템플, 오크 종족은 미하루이 왕국의 신병 훈련소, 좀비엘프 종족은 다크랜드 어둠의 묘역에서 첫걸음을 떼게 됩니다. 서부대륙의 벨로크라 제국이 파괴의 동맹에 합류했기에 다크랜드와 벨로크라 제국의 유저들 교류가 가능해졌습니다.

한편으로 ㈜아르카디아에서는 대략적으로 업데이트에 대한 정보를 제공하며, 이번 '파괴의 왕' 퀘스트와 같은 히든 퀘스트가 앞으로도 계속 유지될 것으로 밝혔습니다. 기존의 드러난 퀘스트는 폐지되며 파괴의 왕과 어둠의 왕을 깨우는 새로운 퀘스트가 만들어질 것으로 보입니다. 물론 이번의 다크 나이트의 경우처럼 어둠에 대항하는 퀘스트도 새로…….

덜컹!

〈이번에 정차할 역은 당산역입니다. 내리시는 문은 오른쪽입니다.〉

다시 전철이 움직이기 시작했다. 그리고 곧 정차 역의 안내 방송이 흘러나왔다. 현수는 잡지를 챙기고는 자리에서 일어났다. 곧 은진을 만난다는 설렘에 심장이 두근거리며 맥박이 조금씩 빨라지기 시작했다.

"오빠!"

당산역에 내려 약 10분 정도 기다리자, 은진이 계단을 내려오며 현수를 보며 손을 흔들었다. 그녀는 블랙 재킷에 귀여운 코끼리 그림의 나염 티셔츠, 블루진 스타일의 미니스커트와 무릎까지 올라오는 블랙반 스타킹, 상의와 같은 연보라색 캔버스 운동화를 신고 있었다. 세련하면서도 발랄한 은진의 모습에 현수는 눈앞이 환하게 빛나는 것 같았다.

"오래 기다렸어?"

"아니, 나도 방금 왔어."

은진이 현수의 팔짱을 끼고는 숨을 골랐다. 늦을까 봐 계단을 급하게 내려온 것 같았다. 현수가 은진의 이마의 땀을 가볍게 손으로 닦아 주었다.

"천천히 걸어오지. 넘어지면 어쩌려고 뛰어왔어?"

"모처럼 하는 데이트라 마음이 급했나 봐. 매일 게임만 하고 은진이는 들판의 양처럼 방목해 두더니 오늘은 웬일이래? 패치 때문에 게임을 못하니 드디어 내가 보고 싶어졌구나?"

"무슨 소리야. 겨우 일주일 만에 방목? 지난번 약속은 은진이가 바쁘다고 하고서는."

현수가 억울한 표정을 지어 보였지만 은진에게는 먹혀들지 않았다.

"연애하면서 일주일에 얼굴 한 번 보기도 힘드니 그렇지. 언니가 내 방 앞에 열녀문을 세워주겠네. 남자 친구 없는 언니는 날마다 밤늦게 들어오는데 나는 매일 저녁 퇴근하면 무심한 오빠의 연락을 기다리며 방에서 십자수나 놓고 있으니……"

"……"

퀘스트 때문에 며칠 동안 연락을 소홀히 한 죄로 현수는 감히 더 이상 대들지 못했다. 그저 죄인의 심정으로 은진의 푸념이 끝나기를 묵묵히 기다려야 했다. 종달새처럼 지저귀는 은진의 목소리를 바람에 흘려보내며 걷다 보니 어느새 윤중로에 도착해 있었다.

"우와! 너무 예쁘다!"

은진이 벚꽃이 흐드러지게 피어 있는 길로 들어서며 연신 감탄성을 터뜨렸다. 현수 역시 주변의 화려함에 압도당해 버렸다. 조용한 산책로의 좌우 나무들이 저마다 눈부시게 환한 빛으로 물들여져 있었던 것이다.

'이것이 벚꽃 축제! 이래서 매년 사람들이 찾는 것인가?

초봄의 벚꽃 축제는 그동안 현수에게 있어 관심 한 번 받지 못하고 스쳐 지나가는 연례행사의 하나일 뿐이었다. 그러나 올해는 달랐다. 은진이 함께 보러 가자고 했기 때문이다. 꽃이 누군가 이름을 불러준 것으로 의미가 깃들었다면 현수에게 있어 지금 옆에 있는 은진이 있기에, 현수에게도 비로소 벚꽃 축제는 뜻 깊은 의미로 다가설 기회를 얻게 된 것이다.

"마치 한겨울의 설목을 보는 것 같아!"

은진이 아직도 몽롱한 눈빛을 지우지 못하고 현수를 돌아보며 말했다. 현수도 역시 은진의 말에 고개를 끄덕여 동감을 표시했다. 아닌 게 아니라, 만개한 벚꽃 나무를 보노라면 마치 겨울 산의 눈 덮인 숲의 이미지가 떠올랐다.

어쩌면 사람들은 그런 느낌 때문에 봄의 벚꽃 축제에 더욱 열광하는 것인지도 모른다. 춥고 고통스러운 겨울을 지났기에 마치 지난 시련의 계절을 상징하는 것 같은 벚꽃 축제를 보며 과거를 회상하는 한결 여유로운 마음이 되는 것이 아닐까? 비록 지금은 고통스러워도 나중에 뒤돌아보는 과거의 추억은 언제나 아련한 그리움으로 가슴에 남는 것과 비슷한 느낌일 것 같았다.

"벚꽃 축제에 온 것은 처음이야. 그동안 이런 멋진 광경을 모르고 지나친 것이 너무나 아까워."

"정말? 이 공주님에게 점심 근사하게! 알았지?"

"그래, 이따가 이 원수를 단단히 갚아주지!"

"기대할게."

평일 오전이라 벚꽃을 구경하러 나온 사람은 아직 얼마 되지 않았다. 둘은 바람이 불면 눈송이처럼 흩날리는 벚꽃 나무숲을 거닐었다. 솜사탕도 입에 물고 사진도 찍고 70년대 영화의 주인공처럼 술래잡기도 했다. 그렇게 2시간이 지나자 은진이 지친 기색이 보였다. 사실 그녀는 급하게 나오느라 샌드위치 한 조각으로 아침을 때웠다. 오후 1시가 훌쩍 넘어가자 배에서 꼬로록 소리가 나올 지경인 것이다.

"오빠, 나 배고파."

"그래. 이만 밥 먹으러 가자. 어디로 모실까요, 공주마마?"

"맛있고 양 많은 데로. 지금 같으면 코끼리도 삼킬 수 있을 것 같아."

현수와 은진은 홍대입구로 가기로 결정하고 걸음을 옮겼다. 그렇게 되돌아 걷는 동안 현수의 표정에서 조급함이 나타나기 시작했다. 그가 어깨에 메고 있는 가방 안의 선물이 원인이다.

오늘은 둘이 만나서 백 일이 되는 날이다. 현수는 그녀에게 줄 선물을 고르느라 무척 고심했다. 오늘을 맞이해서 은진에게 정식으로 고백하려고 마음먹었기 때문이다. 그리고 그 선물을 건넬 장소로 벚꽃나무 아래로 정했는데 이대로 그냥 벗어나면 예정이 어긋나기 때문이다. 어느새 저 멀리 처음 진입했던 입구가 보였다. 이대로라면 5분 후에 작전 지역 이탈이다. 현수는 크게 숨을 들이키며 용기를 냈다.

"저, 저기, 은진아."

"왜?"

"오늘이 우리가 만나 백 일이 되는 날이잖아. 그래서 오빠가 선물을 준비했어. 자, 여기!"

현수가 가방에서 곱게 포장된 선물을 꺼냈다. 그런데 은진이 냉큼 선물을 받아 들다가 문득 현수를 째려보았다. 현수의 가슴이 철렁거리는 가운데 은진이 입을 열었다.

"꽃다발은 없는 거야?"

"여기 주변이 다 내가 은진에게 바치는 꽃다발이야. 이걸로 부족해? 욕심쟁이!"

"어머! 정말? 역시 오빠는 스케일이 달라. 호호호!"

급하게 얼버무린 변명이 먹혀들었다. 현수가 놀란 가슴을 쓸어내리는 동안에 은진이 선물 포장을 뜯었다. 포장 안에서 나온 것은 손바닥 크기의 타조 알로 만든 오르골이었다. 현수는 은진에게서 오르골을 받아 태엽을 감고는, 마치 공주님께 선물을 바치는 기사마냥 한쪽 무릎을 땅에 대고 오르골을 되돌려 주었다.

오르골은 레이스와 꽃으로 장식된 하얀색의 윗면이 평평한 원통형 받침대 위에 옅은 금색을 입힌 타조 알의 양쪽으로 하트 모양의 창문이 만들어져 있었다. 진주로 장식된 창문은 금색 사슬로 이 단으로 열리게 되어 있고, 안에서는 하얀 드레스와 검은색 연미복을 입은 남녀가 춤을 추는 자세를 취하고 있었다.

Memory, turn your face to the moonlight
추억이여, 달빛을 바라보아요
Let your memory lead you
추억에 당신을 맡겨요
Open up, enter in
마음을 열고 들어가요
If you find there the meaning of what happiness is
그곳에서 찾는다면 진정한 행복의 의미를
Look, a new life will begin

새로운 삶이 시작될 거예요

Memory, all alone in the moonlight

추억이여, 달빛 아래 홀로

I can smile at the old days

지난날을 생각하며 미소 지어요

I was beautiful then

그때 난 아름다웠죠

I remember the time I knew what happiness was

기억나요, 진정한 행복이 뭔지 알았던 때가

Let the memory, live again

추억이여, 다시 돌아와 줘요

Burnt out ends of smokey days

하루가 다 타버린 뒤

The stale cold smell of morning

생기 없는 아침의 찬 공기

The street lamp dies, another night is over

가로등은 꺼지고, 또 다른 밤이 지나면

Another day is dawning

또 다른 날이 밝아와요

Daylight, I must wait for the sunrise

여명이여, 태양이 뜨기를 기다려야 해요

I must think of a new life

새로운 삶을 생각해야 해요

And I mustn't give in

포기할 순 없어요

When the dawn comes tonight will be a memory too

새벽이 오면 오늘 밤도 추억으로 남겠죠

And a new day will begin

그리고 새로운 날이 시작될 거예요

Sunlight, through the trees in the summer

한여름 나무 사이로 스며드는 햇빛은

Endless masquerading

끝없는 가장무도회

Like a flower as the dawn is breaking

새벽이 밝아올 때의 꽃처럼

The memory is fading

추억은 희미해져 가네요

Touch me, it's so easy to leave me

날 붙잡아주세요, 나 홀로 두고 떠나는 건 너무

All alone with the memory

쉬운 일이죠, 추억만 남기고

Of my days in the sun

좋았던 날들의

If you touch me you'll understand what happiness is

날 붙잡아준다면 진정한 행복이 뭔지 이해할 거예요

Look, a new day has begun

보세요, 새로운 날이 시작되었어요

뮤지컬 '캣츠'의 'Memory' 음에 맞추어 두 남녀가 춤을 추기 시작했다. 춤을 추는 남녀의 목에는 작은 다이아몬드와 큐빅으로 장식된 백금 반지가 걸려 있었다. 단순한 백 일 기념 이상의 의미를 내포한 선물임을 누구라도 알 수 있을 것이다. 은진이 약간 당황한 목소리로 현수를 불렀다.

"오, 오빠?"

"이제 백 일밖에 되지 않았는데, 조금 이른 것도 같지만 말이야. 오늘을 기념으로 은진과 미래를 함께 꿈꾸고 싶다는 생각에 선물을 준비했어. 내 마음을 받아줘."

현수는 말을 마치고 시선을 내렸다. 벚꽃 축제를 보려고 조금씩 늘어나기 시작한 사람들의 눈이 자신에게 집중됨을 느끼기도 했지만, 여러 사람의 주목을 끌게 되어 얼굴이 상기되는 창피함보다도 혹시라도 은진의 얼굴에서 만약 머뭇거리거나 곤란한 표정을 보는 것에 대한 두려움 때문이다.

백 일이란 시간 동안 비록 매일 전화 통화는 했어도, 실제로 같이 만난 것은 일주일에 두세 번 정도, 실제로 얼굴을 맞댄 날은 겨우 40일 정도에 불과했다. 자신에게는 그녀에 대한 호의가 애정으로, 그리고 평생을 같이하고 싶다는 간절함으로 바뀌는 시간이었지만, 상대적으로 그녀에게 그 시간은 어떤 의미로 작용했을지 누구도 모를 일이다. 은진에게 있어 자신은 단지 좋은 사람이지만 결혼은 무리, 아니면 아직 관망의 대상이거나 혹은 너무나 갑작스런 접근에 곤혹스런 감정의 대상이 될 수도 있었다.

물론 그동안 은진에게서 나름대로 자신에 대한 호의적인 반응을 느끼기는 했다. 그러나 서로가 인생의 긴 항로를 함께 맞추어 나가기에 그녀의 마음의 진척도가 어디에 이르렀는지 현수는 아직 확신할 수 없었다. 그래서 오늘 현수는 다소 모험에 가까운 행동에 나서게 된 것이다.

지금과 같이 최대한 서로에게 부담을 주지 않으려는 만남도 싫은 것은 아니다. 하지만 앞으로는 서로가 함께 미래를 꿈꾸는 만남을 갖고 싶었다. 그녀가 자신의 마음을 받아준다면 오늘의 이벤트는 둘에게 있어 미래에 대한 언약식의 의미가 있을 것이다.

오르골의 태엽을 많이 감은 것도 아닌데, 오르골의 연주가 끝나는 시간이 너무도 길었다. 빠르고 거칠게 박동하는 심장의 울림이 느껴지고 이마에 한줄기 식은땀이 흘러내렸다. 그러나 은진에게서는 아무런 대답이 흘러나오지 않았다. 그리고 무척이나 길게 느껴지던 오르골의 음악 소리가 결국 멎었다.

현수는 더 이상의 침묵의 시간을 견디지 못하고 시선을 올렸다. 강바람이 하얀 벚꽃이 눈송이처럼 흩뿌리고 지나치는 가운데, 나뭇가지 사이로 비추는 햇살의 역광이 눈부셨다. 눈을 몇 번이나 끔벅였다. 그제야 은진의 표정이 보였다. 그녀가 얼굴 가득 환한 미소를 지으며 현수 앞에 활짝 피어 있었다.

The End.